खट्टे...खारी...खुरखुरे

(व्यंग्य-संग्रह)

वाणी प्रकाशन

21-ए, दरियागंज, नई दिल्ली-110002

फोनः 23273167, 23275710

e-mail : vani_prakashan@yahoo.com

vani_prakashan@mantraonline.com

खट्टे...खारी...खुरखुरे

लता शर्मा

वाणी प्रकाशन का लोगो
विख्यात चित्रकार मकबूल फिदा हुसेन की
कूची से

ISBN 81-8143-183-9

वाणी प्रकाशन
21-ए, दरियागंज, नयी दिल्ली-110002
द्वारा प्रकाशित

प्रथम संस्करण : 2004

मूल्य : 250.00

ललित ऑफसेट, शाहदरा, दिल्ली-110032
में मुद्रित

KHATTE...KHAARI...KHURKHURE
by Lata Sharma

पूज्य पिताजी को
समर्पित
खरे जीवन मूल्यों के लिए

अनुक्रम

भूमिका

उपग्रह की कृपा से अगणित चैनलों के माध्यम से इतनी शर्करा, इतना माधुर्य और इतना नवनीत परोसा जा रहा है कि सारे राष्ट्र को मधुमेह का खतरा है। कुछ खट्टे, खारी और खुरखुरे वचन भी सुनें!

सौंदर्यानुभूति पर ऐसा अस्तित्व संकट कभी न था! छोटे-बड़े परदे पर हर वस्तु इतनी सुंदर, इतनी यौवन स्फूर्त लगती है कि क्या कहें! जो दिख रहा है; वही यथार्थ है? अन्वेषण करें—नवरस में मधु, शर्करा और नवनीत के अतिरिक्त भी कुछ है!

शीर्षक और रचना का तालमेल ऐसा कोई आवश्यक भी नहीं। तालमेल है कहाँ? त्रिकालदर्शी अपने ही 'काल' के आगमन की आहट नहीं सुन पाते। सर्वबाधा निवारण में दक्ष, जेल बाधा का निवारण नहीं कर पाए।

संभव है कुछ माधुर्य मिल ही जाए। आँवला खट्टा होता है या मीठा? इमली के बारे में क्या ख़्याल है? और कच्ची कैरी? कभी झाँवा लेकर तन-मन रगड़ा है? नहीं!

कर देखिए! अद्भुत रस की प्राप्ति होगी।

शिक्षित या साक्षर?

हमारे शिक्षक संघ का वार्षिक अधिवेशन हो रहा था। मैंने महामंत्री पद के लिए निर्वाचन हेतु नामांकन पत्र भर दिया। इस संगठन के इतिहास में यह एक अनहोनी घटना थी कि कोई महिला इस पद के लिए चुनाव लड़े! हमारे देश में अनेक अंतर्राष्ट्रीय स्तर की महिला कलाकार, लेखिकाएँ, विदुषियाँ आदि हुई हैं, पर जहाँ तक किसी प्रतिनिधि संगठन के किसी सार्थक पद पर निर्वाचित हो कर कोई सशक्त भूमिका निबाहने का प्रश्न है, महिलाओं की संख्या नगण्य है। यही स्थिति लगभग प्रत्येक निर्वाचित पद के पीछे है। क्या कारण है कि इस संगठन में जो भी एक दो महिलाएँ हैं, वे 'मनोनीत' हैं–'निर्वाचित' नहीं। क्या प्रतिनिधि संगठनों में निर्वाचन मनोनयन से अधिक प्रजातांत्रिक नहीं? फिर 'निर्विरोध' निर्वाचन और मनोनयन का यह आग्रह क्यों?

मेरे चुनाव लड़ने के संकल्प को दुस्साहस माना गया। यदि किसी पद की समस्त अर्हताएँ मैं पूरी करती हूँ तो चुनाव लड़ना मेरा संवैधानिक अधिकार है, फिर यह उपहास की मुद्रा क्यों? मेरे साथियों की प्रतिक्रिया थी–

''यह क्या बचपना है? किसी उल्टी-सीधी जगह स्थानांतरण कर देंगे! कहीं यह भ्रम तो नहीं पाल रखा है कि तुम जीत जाओगी।''

''नहीं जी...ऐसा कोई भ्रम नहीं पाल रखा है।''

''आख़िर आप चाहती क्या हैं?''

''महामंत्री पद चाहती हूँ और क्या?''

''देखिए, जीतेंगी तो आप हैं नहीं, फिर यह नाटक क्यों? आप कहाँ स्थानांतरण चाहती हैं बोलिये...मेरा वादा है कि चौबीस घंटे में आपका काम करवा दूँगा। बस, मेहरबानी करके अमुक जी के समर्थन में आप अपना नाम वापस ले लें।''

''यदि मैं जीतूँगी ही नहीं तो आप बेवजह परेशान क्यों हैं? स्थानांतरण का वादा करने वाले आप कौन हैं? और अमुक जी ही मेरे समर्थन में क्यों नहीं बैठ जाते।''

निरंतर आवर्ती लहरों की भाँति यही प्रस्ताव घूम-फिर कर आता रहा, ''आप

अपना नाम वापस ले लें।'' जब से नौकरी आरंभ की है, तब से आज तक, जिन-जिन महाविद्यालयों में रही हूँ, वहाँ के मेरे मित्रों को पकड़कर लाया जाने लगा—मुझे समझाने के लिए। एक अद्भुत तथ्य। इनमें कोई महिला न थी। या तो वे इस प्रयास की निरर्थकता को जानती थीं, या वे इस समीकरण की राजनीति के चक्रव्यूह की मनोनीत सदस्या भी नहीं थीं।

दूसरे दिन 'समझाने' का स्थान 'झुँझलाने' ने ले लिया।

''आप बेहद ज़िद्दी हैं।'

''ठीक है, ज़िद्दी हूँ फिर?''

''आप अपनी मर्यादा में रहिए।''

''क्यों? मर्यादा अतिक्रमण का टेंडर क्या आपके ही नाम खुला है?''

''आप ने किया ही क्या है संगठन के लिए? पहले काम कीजिए और फिर पद की लालसा रखिए! इस पद के अनुरूप क्या योग्यता है आपके पास? कोई अनुभव भी नहीं है आपको? फिर आप महिला हैं। आपके पास समय है इस महान उत्तरदायित्व को निबाहने का?''

ओह! तो बाकी सब प्रत्याशी काम करके घिस गए हैं, तब पद पर आए हैं! ठीक तो है, चंदा, भीड़ इकट्ठा करना, चाय, पानी, भोजन की व्यवस्था और नारे लगाना काम नहीं है क्या? रहा योग्यता का प्रश्न? उपमा विचित्र है, पर है सटीक (कहाँ राजा भोज और कहाँ गंगू तेली)! प्रधानमंत्री पद के लिए स्वर्गीय राजीव गाँधी के पास क्या योग्यता थी। अमिताभ बच्चन किस योग्यता के बूते पर चुनाव टिकट पा गए और चुनाव जीत भी गए। क्या प्रतिष्ठित नेताओं के रिश्तेदार अचानक चुनाव मंच पर अवतरित नहीं हो जाते? निश्चय ही मेरे पास ऐसी कोई योग्यता नहीं है, अब रहा अनुभव?

मेरे विवाह पर यह प्रश्न किसी ने नहीं उठाया कि इस दिशा में मेरा क्या अनुभव है? मैं माँ बन गई, अनुभवहीनता आड़े नहीं आई। समाज ने मेरे इस रूपांतरण को सहज भाव से स्वीकार कर लिया। पर आज, जब मैं 26 वर्ष नौकरी करने के बाद उम्र की परिपक्वता में चुनाव लड़ना चाहती हूँ, तो यह बवाल क्यों?

और यह प्रश्न कितना निस्सार है कि महिला हूँ, अतः मेरे पास समय कहाँ है इस गहन गंभीर उत्तरदायित्व को निबाहने का। मैं नौकरी के साथ घर-गृहस्थी, बाल-बच्चे, अतिथि, अभ्यागत, जन्म-मरण-परण सब निबाहती रही। पतिदेव के काम में भी यत्किंचित सहायता करती रही! करनी ही चाहिए—ऐसी हमारे समाज की अपेक्षा है! पर जब किसी पद के निर्वाह की बात उठती है, तो मेरा महिला होना ही मेरी सबसे बड़ी अयोग्यता है! और ये बाक़ी प्रत्याशी? ये क्या घर से संन्यास लेकर आए हैं?

सबसे पैना और चुभनेवाला प्रश्न 'आपके पति कहाँ हैं? वे क्या करते हैं?'

(यह गाय खुली क्यों घूम रही है, इसका मालिक कहाँ है?)

क्या करेंगे यह जानकर? ऐसा प्रश्न पुरुषों से क्यों नहीं पूछा जाता कि तुम्हारी पत्नी कहाँ है, वे क्या करती हैं? मेरे पति का पता ठिकाना मिल जाने पर शायद उनसे मिलेंगे और कहेंगे–

"भले आदमी, तुम यहाँ अपने काम-धंधे में व्यस्त हो और वहाँ तुम्हारी बीवी चुनाव लड़ती घूम रही है, औरत को क़ाबू में नहीं रख सकते।"

अन्ततः नामांकन पत्र वापस ले लेने का समय निकल गया। अब एक नया स्वर उभरा, बहुत अच्छा किया आपने! कोई विकल्प तो रखा हमारे सामने! अमुक जी अपने आपको समझते क्या हैं? हम आपके साथ हैं और आपके समर्थक हैं! फिर न जाने क्या हुआ कि ये समर्थन देने की धमकी दे कर कार्यकारिणी में मनोनीत हो गए हैं! ठीक है। चुनाव (युद्ध) और प्रेम में सब कुछ जायज़ है! कबीरा लुकाठा लिए सरे बाज़ार खड़ा रहा और घर जलाने वालों का इंतज़ार करता रहा।

इस चुनाव में निर्णायक भूमिका अस्थायी व्याख्याताओं के नियमितीकरण की थी! यह मामला लंबे समय से विचाराधीन था, चुनाव से एक दिन पहले शाम को नियमितीकरण अध्यादेश के प्रारूप को मंत्रिमंडल की बैठक बुलाकर मंज़ूरी दे दी गयी। तुरंत संचार माध्यमों से यह घोषणा हुई और इस घोषणा के इच्छित परिणाम भी हुए, (यदि टी. एन. शेषन के अधिकार क्षेत्र की बात होती तो यह निर्वाचन स्थगित को जाता)। मेरे चुनाव एजेंट दबे पाँव मेरे पास आए और प्रार्थना करने लगे कि मतगणना के अवसर पर वे उपस्थित न रह सकेंगे, मैं कोई अन्य व्यवस्था कर लूँ। अंततः भाड़ फोड़ने के लिए चना अकेला ही रह गया, अमुक जी भारी बहुमत से जीत गए।

मुख्य अतिथि आए, शिक्षामंत्री का संदेश पढ़ा। श्रोताओं का उत्साह देखते ही बनता था। मुख्य अतिथि एक मिनट बोलते और श्रोता पाँच मिनट तक स्वरचित कवित्वमय नारे लगाते। विद्वान मुख्य अतिथि ने व्यक्तिपूजापरक नारे लगाने का निषेध किया, अब उत्साही सज्जन देवताओं पर टूट पड़े। रह-रह कर नाम-जयघोष! निश्चय ही विद्वान मुख्य अतिथि कुछ कहना चाहते थे और प्रबुद्ध श्रोता उन्हें सुनने को अत्यंत उत्सुक थे, पर जयघोष की बाढ़ सब कुछ बहा ले गई। जॉर्ज ऑरवेल का 'एनीमल फ़ार्म' याद आ गया। समय-कुसमय भेड़ों का अनवरत मिमियाना—फ़ोर लैंग्स गुड, टू लैग्स बैड।

प्यास भेड़ों की

एक बहुत घना जंगल था—सीमेंट का। ऊँचे-ऊँचे विशाल सीमेंट के पेड़ कंधे से कंधा मिलाए बरसों से वहाँ खड़े थे। इतना घना था यह जंगल कि सूरज की रोशनी इन पेड़ों की जड़ तक नहीं पहुँचती थी। शायद ही कभी कोई भटकी हुई किरण इन पेड़ों के नीचे उगनेवाली बौनी वनस्पति को मिली हो! इन्हें वर्षा की जीवनदायी बूँदों का स्वाद भी नहीं मालूम था, उनके लिए रात और दिन में कोई अंतर न था। वे धरती की कोख से अँधेरे में आँखें खोलते थे और उसी अँधेरे में फिर वापस लौट जाते थे। अतः सीमेंट के विराट वृक्ष तो फल-फूल रहे थे पर उनके नीचे अजीब सड़ांध, घुटन और अँधेरा था! इस जंगल में तरह-तरह के जानवर और पशु-पक्षी थे।

पर जंगल में ज़्यादातर आबादी भेड़ों और भेड़ियों की थी! वे अलग-अलग अपने-अपने झुंड में रहते थे और उनमें आपस में रोटी-बेटी का व्यवहार नहीं था। जंगल कानून के मुताबिक़ इस जंगल में एक शेर का राज था। यह राज भी भेड़ों के हित में नहीं था। शेर के मंत्री वग़ैरह सब भेड़िया समुदाय के थे और भेड़ों को सिर्फ़ खाना जानते थे। यदि भेड़ें चाहतीं तो किसी भेड़ को राजा बना सकती थीं। पर उनमें वह एकता और दूरदर्शिता कहाँ? वे अपने रंग-रूप, आकार-प्रकार के आधार पर भिन्न-भिन्न समूहों में विभाजित थीं। और अपने समूह के अतिरिक्त बाक़ी सब समूहों की जाति, वंशावली व कुलीनता पर लघु-दीर्घ शंकाएँ करती रहती थीं। पेड़ों के नीचे रेंगनेवाले जानवर तो क्या राजा बनते-बनाते! पेड़ों के ऊपर रहनेवाले जीव भी नितांत तटस्थ थे! बंदर गंभीर मुद्रा में वृक्षों की डालों पर बैठे सारी गतिविधियों पर सूक्तियाँ पढ़ा करते थे! मोर को अपनी सुंदरता पर रीझने और ताता थैया करने से फ़ुर्सत नहीं थी, (कभी-कभी अपने भद्दे पैरों को देख कर ऊपरवाले को कोस लिया करता था।) चिड़ियाँ इधर की ख़बर उधर करने में व्यस्त थीं, बैल ठहरे जन्मजात मूर्ख! तो बचा कौन? भेड़ें? वो अपनी भेड़ चाल के लिए प्रसिद्ध हैं।

इस जंगल में पानी की कोई कमी नहीं थी। एक नदी जंगल के बीच में से हो कर बहती थी। बारहों महीने, उसमें इतना पानी रहता था कि जंगल के सभी प्राणियों की प्यास बुझ जाए। उसी नदी की बदौलत जंगल इतना हरा-भरा था। पर

अब नदी का बहाव रुक गया था। शक्तिशाली जानवरों ने पानी की घेरेबंदी कर ली थी। काई और गंदगी से घिरे पानी के छोटे-बड़े गड्ढों ने नदी का स्थान ले लिया था। पानी केवल बड़े जानवरों की बपौती बन कर रहा गया था। कोई इक्का-दुक्का प्यास का मारा जानवर पानी के पास जाने का दुस्साहस करता भी था तो आते-जाते शिकार हो जाता था। सारा जंगल प्यास से तड़प रहा था। पर फिर भी बाक़ी जानवरों, ख़ासकर बहुसंख्यक भेड़ों की समझ में यह नहीं आ रहा था कि क्या किया जाए?

एक दिन अचानक भेड़ियों ने देखा कि उनके स्वास्थ्य में गिरावट आ रही है! सभी सुस्त और बेजान से हैं। एक उच्च स्तरीय कमेटी बिठाई गई। पता लगा कि ग़लती असल में भेड़ों की है। वे इतनी मरियल हो गई हैं कि उनके शिकार का सारा मज़ा ही जाता रहा। अब उचित खाद्य के अभाव में भेड़ियों का स्वास्थ्य तो गिरेगा ही, आनेवाली पीढ़ी पर भी असर पड़ेगा। कमेटी ने निष्कर्ष निकाला कि अगर भेड़ियों को जीवित रहना है तो भेड़ों के लिए थोड़े-बहुत पानी की व्यवस्था करनी होगी। सर्वसम्मति से तय पाया गया कि नदी की गंदगी साफ़ की जाएगी और उसमें से एक नहर निकाली जाएगी—भेड़ों के लिए। भेड़ों को लगा कि चलो, उनके लिए भी कुछ तो सोचा गया। पर योजना बनते-बनते भी काफ़ी साल निकल गए। पानी का सपना देखते-देखते भेड़ों की एक पीढ़ी भेड़ियों द्वारा पचा ली गई। फिर भेड़ियों ने कहा कि भाई देखो काम तुम्हारे हित के लिए हो रहा है, अतः तुम्हारा सहयोग ज़रूरी है, आख़िर यही तो प्रजातांत्रिक व्यवस्था कहलाती है। अगर हर भेड़ महीने में एक बार स्वेच्छा से अपनी ऊन इस पवित्र कार्य के लिए दे दें तो नहर आनन-फ़ानन में उन तक पहुँच जाएगी। चलो, यह भी सही। पर महँगाई जो बढ़ रही थी। महीने में दो बार भेड़ अपनी ऊन भेड़ियों को समर्पित करने लगीं। फिर तो यह क्रम चल निकला। जब तब भेड़ें मूंड ली जातीं। जल्दबाज़ी के कारण कभी-कभी ऊन के साथ उनकी खाल तक उतर आती थी। निरंतर मूंडे जाने के कारण वो हड्डियों का ढाँचा मात्र रह गई थीं, अब तो मौसम का बदलना ही उन्हें मार देता था...भेड़ें एक-दूसरे को देखकर निराशा से रो पड़ीं, क्या कभी पानी उन तक पहुँचेगा? आ रहा है, आ रहा है, सुनते-सुनते तो बरसों बीत गए।

आख़िर एक युवा भेड़ से नहीं रहा गया। वह अपने इलाके के प्रतिनिधि नेता के पास पहुँचा। नेता जी साफ सुथरे पुआल पर बैठे हरी-हरी घास खा रहे थे। युवा भेड़ अचकचा गया। इस जंगल में पानी के अभाव में यह घास कहाँ से आई? नेता जी ने गर्व से बताया कि आयातित घास है। आख़िर शेर वग़ैरह नहर के सिलसिले में उससे मिलने आते रहते हैं। उनके स्वागत की कुछ तो व्यवस्था करनी ही पड़ती है। भेड़ों की इज़्ज़त का सवाल है। नहर? हाँ, नहर! उसके लिए बजट स्वीकृत हो गया है, टेंडर भी निकाल चुके हैं, काम शुरू हो गया है। बस नहर पहुँचने ही वाली है। भेड़ को विश्वास नहीं हुआ, उसने स्वयं जाकर देखने का निश्चय किया कि नहर

कहाँ तक पहुँची।

उधर एक भेड़िए को भी यही चिंता सता रही थी। उसी के निरीक्षण में तो नहर का काम चल रहा था। भेड़ों की जो ऊन आ रही थी, उस पर हर भेड़िए की, और यहाँ तक कि छुपे तौर पर शेर तक की नज़र थी। सभी अपनी माँद में ऊन बिछाना चाहते थे, नरम-गरम ऊन! और फिर किस-किस को मना किया जा सकता है। सभी तो अपने हैं। थोड़ी बहुत ऊन की बिक्री से प्राप्त राशि ज़रूर नहर में लगी थी। तो वहाँ भी पानी आते ही यार-दोस्त बाल्टियाँ लेकर दौड़ पड़े। नहर के किनारे रोज़ पिकनिक हो रही थी। अब कल शेर सपरिवार आ रहा है। क्या कहेंगे इतना नीचा जलस्तर देख कर? उनसे यह थोड़े ही कहा जा सकता है कि हुज़ूर, ऊन आपकी माँद में ही सबसे पहले बिछी थी! नहीं ...नहीं...शेर को नाराज़ नहीं किया जा सकता! आख़िर सब उसकी आड़ में ही तो शिकार खेलते हैं। मारे चिंता के भेड़िये को नींद नहीं आई। वह भी उठ कर नहर की ओर चला—कोई सुराग़ ढूँढ़ने, जिसकी ओर इशारा कर कह सके कि यहाँ से सारा पानी बह गया और भेड़े अभी भी प्यासी हैं।

चाँदनी रात थी। सारा जंगल नींद में डूबा था। बस भेड़ों वाले हिस्से में थोड़ी हलचल थी। कुछ बीमार और भूखी-प्यासी भेड़ें रह-रह कर कराह उठती थीं। नहर के एक किनारे खड़ा भेड़िया गँदले छिछले पानी को देख रहा था। उसमें कहाँ गहराई और बहाव—जो भेड़ों तक पहुँचे। अरे! यह कौन है? भेड़? हाँ, एक भेड़ है। यह यहाँ आधी रात को क्या कर रहा है? भेड़िए ने एक छलाँग में उसे धर दबोचा।

''क्यों बे, नहर से पानी चुराकर पी रहा है?''

''हज़ूर, पानी है कहाँ जो पीऊँगा?''

''साले,'' भेड़िये ने एक धौल जमाया, ''साल भर पीता रहा है तू, तभी पानी कम हो गया है।''

''पर मेरी उम्र तो आठ महीने ही है।'' भेड़ ने मिमियाकर कहा!

''तो तेरे बाप ने पिया होगा,'' और भेड़िए ने उसका काम तमाम कर दिया। दूसरे दिन अख़बार में ख़बर थी, 'जनता नहर परियोजना में करोड़ों का घोटाला! गिरफ़्तार मुजरिम की पुलिस हिरासत में मौत...'

धोबी पाट

कल टी. वी. पर भयानक रोचक, भीषण कलापूर्ण, व घोर सांस्कृतिक कार्यक्रम आ रहा था कि फोन की घंटी बजी। पी. एम. के पी. ए. थे। मुझे सलाम भेज रहे थे। संकेत स्पष्ट था। व्यक्तिगत रूप से हाज़िर होकर सलाम थामो। दरबारे ख़ास में जाकर सलाम लिया, दिया। पी. एम. काफ़ी चिंतित थे। रह-रहकर पूर्वगामी पी. एमस् की ही मुख मुद्राएँ बनाने लगते थे। कभी हाथ बाँध कर टहलने लगते थे। कभी निचला होंठ लटका देते। मुझे देखते ही लपके।

"भई! जनता को स्वच्छ सरकार देनी है। देश से भ्रष्टाचार दूर करना है।" मुझे चुप देखकर 'तुरुप' लगाई!

"अरे! मैंने वादा किया है।"

मन में आया कि ज़ोर-ज़ोर से ग़ज़ल गाऊँ...

"तेरे वादे पर जिए हम तो ये जान झूठ जाना
कि ख़ुशी से मर न जाते अगर एतबार होता"

पर ये तो मेरे और आपके बीच की बात है पी. एम. के सामने कोई क्या ग़ज़ल गाएगा। सुना है शास्त्रीय संगीत के शौकीन हैं।

मैंने खँखारकर गला साफ़ किया और भूमिका बाँधनी शुरू की।

"देखिए, ये दोनों मुद्दे अलग-अलग हैं। जहाँ तक स्वच्छ सरकार का ताल्लुक़ है, कोई दिक्क़त नहीं है। सरकार गाड़ी में लदवाकर जमुना तट पर ले जाइए। साबुन सोडा देकर धोबी से धुलवा लीजिए। कहिए कि पत्थर पर पछीट-पछीट कर अच्छी तरह साफ़ कर दे।"

"ये काम धोबी कर सकेगा!"

"क्यों नहीं कर सकेगा! रामराज्य में एक धोबी ने राजा राम को धोकर रख दिया था। अब कलियुग में तो ज़ी. टी. वी. पर पले धोबी हैं! और भी उन्नत नस्ल है।"

"फिर?"

"फिर क्या! थोड़ा नील, थोड़ा कलफ़ ज़रा सी इस्तरी मारिए...

लो! हो गई तैयार

चकाचक स्वच्छ सरकार''

(अरे! ये तो ससुरी कविता बन गई।)

''अरे भई! आगे चलो...फिर?''

''फिर? संसद का वर्षाकालीन सत्र आरंभ होते ही थमा दीजिए स्वच्छ सरकार!''

''यहाँ तक तो सब ठीक है। पर विपक्ष? उनकी नज़र ब्ड़ी मैली है। सालों को कुछ भी स्वच्छ नज़र नहीं आता। जनता को भी चढ़ा देते हैं। उन्हें भी स्वच्छ सरकार मैली नज़र आने लगती है।''

मैंने स्वर धीमा किया।

''तो उनके घर पर भी धोबी भेज दीजिएगा। अलमारियों से ढूँढ़-ढाँढ़ कर सब गंदे कपड़े निकालकर चौराहे पर ढेर लगा देगा। ऐसा 'स्वच्छ' कर आएगा कि जीवन भर कहीं मैल नज़र नहीं आएगा। हाथ में सोटा और सोड़ा लिए धोबी को देखकर आँतें तक 'स्वच्छ' हो जाएँगी, आप नज़र की बात करते हैं।''

पी. एम. के चेहरे पर भोर का कुहासा झाँका।

मैंने बात आगे बढ़ाई।

''एक बार संसद के 'फ़्लोर' पर धुली पुँछी सरकार 'डिलीवर' कर दीजिए! बस! फिर आपकी कोई जिम्मेदारी नहीं है। 'स्वच्छ' चीज़ तो हाथोंहाथ मैली होती है। यहाँ किसके हाथ साफ़ हैं? विपक्ष के? इतने लोगों से हाथ मिलाया है कि अपनी असली रंगत ही भूल गए हैं। इन्होंने छुआ और सरकार मैली हुई। जनता के क्या कहने! वो इनसे भी चार हाथ आगे है। राशन पानी के लिए बनिए के पाँवों पर हाथ रखते हैं। रोज़ी-रोटी के लिए ठेकेदार के चरण चाँपते हैं। बच्चों के एडमिशन के लिए मिनिस्टर के चपरासी तक के हाथ जोड़ते हैं। फिर भी कोई क़सर रह गई हो, तो वो ज़िंदगी से दो चार हाथ करने में पूरी हो जाती है। और तो और, वोट के बदले भी उनके हाथ पर स्याही ही लगाई जाती है। जनता के हाथ लगे और सरकार 'स्वच्छ' बनी रहे! नामुमकिन! आप व्यर्थ परेशान हो रहे हैं।''

पी. एम. के चेहरे पर सूरज उगा!

भूमिका समाप्त हुई। चरमोत्कर्ष आया।

''अगर सरकार केवल आपकी निगरानी में रहे तो उसे 'स्वच्छ' रखने का आपका दायित्व बनता है। पर यहाँ तो सबकी ज़िद है कि सरकार संसद के 'फ़्लोर' से गुज़र कर विपक्षियों से गले मिलकर जनता से हाथ मिलाए।

ऐसे में उसकी स्वच्छता...

मैंने असहायता ओढ़ कर कंधे उचकाए!

पी. एम. के चेहरे पर दोपहर हुई।

''दूसरा मुद्दा है। भ्रष्टाचार मिटाने का! तो एक तरीक़ा तो है नेपोलियन वाला! टेंडर आमंत्रित कीजिए रबर मँगवाइए। सब शब्दकोशों से भ्रष्टाचार मिटवा दीजिए।''

पी. एम. देसी के शौक़ीन हैं। सो नेपोलियन वाला तरीक़ा नहीं जँचा! ऊँ...हूँ...उन्होंने रूठे बच्चे की तरह सिर हिलाया।

''सरकारी ख़र्च कम करने के बारे में भी सोचा जा सकता है।''

...लगा बिजली चमकी हो! ऐसे घूरा मुझे। मैंने तुरंत अपनी भूल सुधारी।

''मेरा मतलब है...सरकारी कर्मचारियों के वेतन भत्तों पर अंकुश लगाइए। हर स्तर पर छँटनी कीजिए।''

उनके चेहरे पर खिलकर आषाढ़ की धूप छा गई।

''एक आइडिया है।'' वो फुसफुसाए!...

उनकी बायीं आँख ज़रा झपकी!

''देश के आचार पर नज़र रखने के लिए क्यों न एक नया विभाग खोला जाए। केंद्र में, राज्य में...नगर-नगर, गाँव-गाँव, गली-गली उसकी शाखा-प्रशाखाएँ हों।'' उत्साह से वो 'डबल क्विक मार्च' करने लगे। भाषण देने के मूड में आ गए!

''हर विभाग, हर कर्मचारी के आचार पर चौकस नज़र रखी जाए। जरा सा भ्रष्ट होते ही तुरंत पकड़ बुलाया जाए और फटाफट कार्यवाही की जाए। कैसी रही ये योजना?'

''बस...बस...बस...प्रभु! आगे मत बोलिए! ख़ुशी के मारे कहीं मेरा हार्टफ़ेल न हो जाए!''

मेरा दिल हिरन की तरह कुलाँचे भरने लगा! केंद्र, राज्य, नगर, गाँव, गली-गली...शाखा-प्रशाखाएँ...शिक्षित बेकारों की लंबी-लंबी क़तारें! उधर भ्रष्ट आचार वालों की कातर कतारें! अगर एक केस पर सौ रुपए भी मिले तो कितना बनेगा!

अपराधी कौन?

जंगल में शांति से दो चार-दिन भी नहीं गुज़रने पाते! कोई नया हंगामा, कोई नया शगूफ़ा उठ खड़ा होता है। अब यही लो न! सब जानते हैं कि शेर जंगल का राजा है और मांसाहारी भी। सब यह भी जानते हैं कि सियार शेर की जूठन पर पलता है। यह तथ्य भी किसी से छुपा हुआ नहीं है कि इस उपकार का बदला सियार शेर को शिकार का पता ठिकाना बता कर चुकाता है। कभी-कभी शेर से शिकार संभलता ही नहीं है। तब सियार ही अपनी चालाकी से कोई हल ढूँढ़ता है। पूरा पंचतंत्र इसी तरह की नीति कथाओं से भरा पड़ा है। वो...दो बैलों की जोड़ी वाली कथा भूल गए! ऐसे मोटे-ताज़े हट्टे-कट्टे बैल थे कि शेर पर भी भारी पड़ रहे थे। तब सियार ने ही उसे यह ज्ञान दिया कि पहले इनमें फूट डालो। फिर एक-एक करके दोनों को गिरा लेना! यही हुआ और यही होता आ रहा है।

अब अचानक जंगलवासियों को इस पर आपत्ति है। वे कहते हैं कि सियार और शेर के संबंध नाजायज़ हैं। अपराध और राजनीति का कैसा संबंध? तो अब हम अपराधी हो गए! हम तो जन्मजात मांसाहारी हैं और शिकार की यह आयातित तकनीक भी कोई नई नहीं है! फिर अचानक यह आरोप क्यों? ज़रूर इस हंगामे के पीछे कोई रहस्य है! यदि सारे सियार केवल इसलिए जंगल-बाहर कर दिए जाएँ कि वे चुराकर मांस खाते हैं तो बड़ी गड़बड़ हो जाएगी। बेचारे भूखे मर जाएँगे, और शेर कौन सा बच जाएगा!

अपना राज चलाने के लिए शेर को इस प्रजाति की सख़्त ज़रूरत रहती है। अब इन हालात में सियार ने कभी कोई षोडशी बकरी हज़म भी कर ली तो ऐसा क्या अंधेर हो गया! बकरियों की कमी है जंगल में?

कहीं ऐसा तो नहीं कि सारे जंगल को अभयदान देकर बैल राजा बनना चाहता हो! उसके 'घासाहारी' होने की बात तो सर्वविदित है। या फिर भालू को यह शौक़ चर्राया हो! उसने शहद चाटती हुई, अपनी बाल-सुलभ निर्दोष छवि का धमाधम प्रचार किया हो! परंतु—क्या लोगों को उसके नुकीले दाँत और खूँखार पंजे नज़र नहीं आते। ख़ैर जो भी हो।

अफ़वाहों का बाज़ार कुछ ऐसा गर्म हुआ कि कुछ मक्खियाँ शेर के कान पर भी जा भिनभिनाईं! शेर बहुत झल्लाया! जो सामने आकर लड़े उससे तो निबटा जा सकता है। पर मक्खी-मच्छरों का क्या करें जो भिनभिनाकर उड़ जाते हैं! शेर सियार पर ग़ुर्राया। सियार चौकन्ना हो गया। बरसों मुसाहिबगीरी करके तो इस शेर को पटाया है, अब फिर यह गड़बड़! उसने तुरंत शेर को तरक़ीब सुझाई।

ऊँची नस्ल के श्वानों का 'कमीशन' बैठा दो। सूँघ-सूँघ कर बता देंगे कि कौन क्या है? निश्चय ही वे सत्ता पक्ष को इस झंझट से बाहर रखेंगे। आख़िर वे अपनी स्वामिभक्ति के लिए ही तो पाले जाते हैं। लो जी! बंदर की बला तबेले के सिर! श्वान बड़ी उलझन में पड़ गए। क्या करें क्या न करें। कैसे दिखाए अपनी स्वामि भक्ति? स्वामी बदलने के आसार जो नज़र आ रहे हैं। परिणामस्वरूप उन्होंने ऐसी संतुलित रपट दी कि क्या कहने! जंगलवासियों को प्रत्येक पशु झुंड में यह घातक गठजोड़ नज़र आने लगा। लो! अब टोपी विभिन्न झुंडों के मुंडों पर! बौखलाहट सूखे जंगल में आग की तरह फैल गई। प्रत्येक झुंड के नेता को लगा कि उसे अपनी स्थिति तुरंत स्पष्ट करनी चाहिए।

पर यह बात भी इतनी आसान नहीं। बड़ा झमेला है। अब देखो न! यूँ तो झुंड बंदरों का है, पर उनका नेता विकास की दूसरी, तीसरी या चौथी सीढ़ी पर बैठा है—डुगडुगी हाथ में लिए मदारी! उसने वक्तव्य जारी किया कि बंदर नचाना तो उसका धंधा है। इसमें अपराध या नीति की बात कहाँ आती है? पेट का सवाल है भाई? ऐसा सवाल जो लाजवाब है! वह तो बस, बंदर फँसाता है, 'ट्रेन' करता है और नचाता है! चार पैसा कमाने का अच्छा धंधा है। अपना समझकर यह राज़ भी बता दूँ कि यह धंधा बड़ा धन—दा है। इसके आगे वो कुछ नहीं जानता। बंदर अपने 'स्पेयर टाइम' में क्या करता है, वो ही जाने। अब बंदर तो बंदर! न जाने किस कला मर्मज्ञ ने उसके लिए यह वेशभूषा चुनी है। आसेतु हिमालय सब बंदर इसी गणवेश में नज़र आते हैं। सिर पर टोपी, हाथ में डंडा! मदारी की रस्सी के झटके पर ठुमकते हुए इक्कीसवीं शताब्दी की दहलीज़ पर आ पहुँचे, पर इनमें विकास के कोई लक्षण नज़र नहीं आए! वो ही डुगडुगी पर संतुलन बनाए रखना, ससुराल जाना और बंदरिया चमेली के नखरे उठाना! उधर बंदर भी बहुत 'कन्फ़्यूज़्ड' है। उसने टोपी से पसीना पोंछकर उसे नेकर की जेब में रख लिया।

इस तरह कब तक चलेगा। अच्छा-ख़ासा था जंगल में। मुट्ठी भर चने के लालच में फँस गया। अब बेटा, नाचो मदारी के इशारे पर! चमेली ससुरी उसकी तरफ़ ताकती भी नहीं। नाचते ही ज़िंदगी बीत रही है। कंबख़्त मदारी लाख नाचने पर भी बदन टिकाने को 'स्टूल' तक नहीं देता, 'कुर्सी' की तो छोड़िए। अब भैया! तुम्हीं बताओ मेरा अपराध क्या है? अपराध या नीति, जो कुछ भी है, मदारी की रस्सी में है। फैसला आपके हाथ में!

मदारी भी तो कई तरह के हैं। भाग्यवानों ने चुना बंदर! पकड़ना आसान, 'ट्रेन' करना और भी आसान। ख़ुशी-ख़ुशी नाचता है। दर्शक तालियाँ बजाकर सम्मानित कर दें तो और कलाबाज़ियाँ दिखाने लगता है। लेकिन कमनसीबों के पल्ले पड़ा भालू! क्या करते? किसी को तो पकड़कर नचाना ही था। बंदर तो पहले ही 'बुक्ड' था। चलो, भालू ही सही। पर उसे जनता की समता पर लाना लगभग असंभव है। धोती-कुर्ता पहनाकर नचाया, बात बनी नहीं। फिर सलवार-कुरता 'ट्राई' किया। कुछ मज़ा नहीं आया। कई नाम रूप बदलकर 'नुक्कड़स्थ' करने की कोशिश की। पर उसके आदिम स्वभाव और मौलिक असंतुलन के कारण उसको वो सार्वजनिक तालियाँ नहीं मिलतीं जो बंदर को सहज प्राप्य हैं। जान जोखिम में डालकर तो पकड़ा था, पर शहरी व्यवस्थित जीवन उसे क़तई रास नहीं आता! नाचेगा क्या, ख़ाक! अभी भी विकास की प्रारंभिक अवस्था में है। बस, ग़ुर्राना, दाँत दिखाना और शराबी की तरह झूमना जानता है। लाख 'ट्रेन' करो, नाच की बारीकियाँ पकड़ नहीं पाता। कब 'आउट ऑफ़ कंट्रोल' हो जाए, कहा नहीं जा सकता। अब भैया, हम क्या अपराध करेंगे। हमें तो भालू सँभालना ही भारी पड़ रहा है। उसे ही पकड़ो। न जाने कहाँ-कहाँ, क्या-क्या करता फिरता है।

और भालू! उसे चौथाई पेट भर आलू मिल जाएँ तो वो लंबी तानकर सोएगा। दुनिया जाए भाड़ में।

कच्ची नींद जागा भालू बड़ा ख़तरनाक होता है। हाँ। हूँ अपराधी। क्या कर लोगे मेरा! ज़रा पास आकर गलियाओ। दूर खड़े क्या 'लचकर' झाड़ रहे हो। तनि पास आओ, एक ही झापड़ में सारे अपराध नीति न बना दूँ तो कहना।

यानी कि सब शुद्ध नीतिज्ञ हैं। अपराध तो उनके 'शब्दकोश' तक में नहीं है। तो फिर अपराधी कौन है? अरे! इतना भी नहीं जानते! जंगल के बीचोंबीच एक कुआँ है। कुएँ के अंदर एक और शेर बैठा है। वो भी राजा बनना चाहता है। जो भी अपराध-अपराध राजनीति राजनीति-जपता है, उस कुएँ वाले शेर का जासूस है। ये ही लोग जंगल में अशांति फैला रहे हैं। वरना जब जंगल का राजा अपनी माँद में बैठा है तो मान लो कि सब तरफ़ अमन-चैन है। कोमल-कोमल बकरियाँ और इठलाती हुई मुर्गियाँ स्वच्छंद, विचरण कर रही हैं। शेरतांत्रिक वनराज्य में प्रत्येक जीव संपूर्ण प्रभुत्व संपन्न है। ऐश करो प्यारे! न कर सको तो जाओ, घास या भूसा जो रुचे, खाओ! ज़रा ठहरो! ये तुम्हारे कपड़ों पर ख़ून! यार! तुम तो स्वयं को घासाहारी बताते थे। भागते कहाँ! हाँ...हाँ...ख़ून तुम्हारे अपने घावों का है या दूसरे के...वो भी पता चल जाएगा। रात भर थाने में गुजारी नहीं कि सब खून उगल दोगे। और तो और...अपना 'मर्डर' तक क़बूल कर लोगे। ज़रा पीछे मुड़कर देखो! वो ख़ाकी वर्दी वाला तुम्हारा ही टेंटुआ दबाने लपका आ रहा है। तुम्हीं न अपराध में नीति ढूँढ़ रहे हो!

भारत में सांस्कृतिक पुनर्जागरण काल

भारत में सांस्कृतिक चेतना सागर की लहरों की तरह आती-जाती, उठती-गिरती रहती है। अति प्राचीन यह संस्कृति आजकल ज़रा-जर्जरित एवं स्खलायमान सी हो रही है। किसी तरह से स्वयं को प्रतिष्ठित किए हुए है। निरंतर आक्रमण झेल रही है बेचारी। प्रत्येक वर्ष सागर तट पर सुंदरियों का कुंभ भरता है। कंचुकी और अधोवस्त्र के संक्षिप्ततम् संस्करण से सन्नद्ध सौंदर्य की जल क्रीड़ा। संस्कृति हमारी काँख कराहकर रह जाती है। पिछले वर्ष तो कमाल हो गया। हमारी सुंदरियाँ गईं और प्रत्येक क्षेत्र में स्पृहणीय पश्चिमी सुंदरियों से मुकुट छीन लाईं। आते-आते उन्हें कबड्डी-कबड्डी भी कह आईं। अगले साल भारत आना, हम तुम्हें देख लेंगे। लोगों ने घर-आँगन लीप-पोत कर रंगोली डालनी शुरू कर दी। अचानक सांस्कृतिक चेतना में उफान आ गया। किसी तरह बीस-पच्चीस सुंदरियों को तो झेल लेते थे। पर विश्व भर की सुंदरियाँ! अरे नहीं भई। अब ये सब बवाल लगता है। गोबर मारो ऐसी बातों पर।

उफान उबाल बना। जलाओ पुतले। आग में झोंको तस्वीरें! लाओ, हमें दिखाओ! हाँ, यह ठीक है, सांस्कृतिक है। जाओ, खोलो दुकान, बेचो सामान। ये क्या है? छि...छि...ये नहीं चलेगा। ले जाओ—माचिस दिखाओ। काफ़ी कुछ जल फुँक गया।

न जाने कैसे कहाँ से ठंडे पानी के छींटे मिले। उफान बैठना शुरू हो गया। कल तक जो ब्लेड लिए विदेशी शब्द मात्र चीर-चीर कर निकाल रहे थे, 'मेरे अँगने में तुम्हारा क्या काम है' गा-गा कर ठुमके ले रहे थे, आज 'कला', 'मंडी' लगा रहे हैं। 'आ लौट के आ जा मेरे मीत' अलाप रहे है। घोर असांस्कृतिक अंधकार से घबराकर पुकार रहे हैं। 'दीया जला...जगमग...जगमग...दीया जला।' जरा जर्जरित संस्कृति की नसों में यौवन का उन्माद फूँकने के लिए झुमरी तलैया से मैकूलाल जयकिशन को बुला भेजा है। साला रात में भी काला चश्मा लगाकर नौटंकी करता है। अलबत्ता नाचता ख़ूब है। क्या गाता है? क्या कमर मटकाता है? आगे-पीछे, दाएँ-बाएँ। ऐसी चकरघिन्नी खाता है कि ख़ुद चकरा जाता है। रह-रहकर टटोल लेता है कि जो आगे है, वह वहीं है न।

मैं जंगली...आदिवासी। सागर तट की बालू की तरह निरर्थक...बेजान। संस्कृति

की बारीकियाँ मेरी समझ में नहीं आतीं। सीधा रास्ता मिले तो 'महाजनो येन गतः स पंथा' कहकर पकड़ लूँ। पर इस आपा-धापी में तो कुछ समझ में ही नहीं आता। इधर किसी सती नारी ने आह्वान किया है कि करो या मरो। मैं तो तैयार हूँ। पर यह तो बताओ कि क्या करना है और किस पर मरना है। उधर कोई आत्मदाह कर रहा है। हृदयदाह, उदरदाह और गृहदाह तो देखा था। ये आत्मदाह भी देखना चाहिए। इसका भी टिकट लगेगा शायद। संस्कृति और टिकट का गहरा नाता है न! पर भैया! संस्कृति का टिकट बहुत ही महँगा है। मेरी औक़ात से बाहर।

भारत में सांस्कृतिक पुनर्जागरण के साथ ही साहित्य और समाज में भी नवचेतना का संचार हुआ। राष्ट्रभाषा की लगभग सब मूर्धन्य पत्र-पत्रिकाएँ बंद हो गईं। इस तरह कुछ घरेलू किस्म के उपन्यासों और रूमानी काव्य कथा और साहित्य का स्थान लिया अत्यंत प्रगतिशील, चरम प्रतियोगी, परम चमकीली अंतर्राष्ट्रीय पत्रकारिता ने। मुखपृष्ठ से ले कर अंतिम पृष्ठ तक नयनसुख उपलब्धि। जाग्रत समाज की शब्दावली भी बदली। हवाओं में उप्स, आऊच, ऊ...ला...ला उड़ते नज़र आए। यहाँ-वहाँ जहाँ-तहाँ...हाय...बाय! हैप्पी होली, हैप्पी दिवाली के साथ हैप्पी राखी डे। पंत जी, थोड़ा उधर सरकें, देवी माँ सहचरिप्राण के पास 'डेट' के लिए जगह बनाएँ।

उदार चरितानाम् वसुधैव कुटुंबियों ने भाषा के संरक्षण, संवर्धन और संचरण के लिए विभाग खोला। पुरस्कार घोषित किए। यत्र-तत्र सर्वत्र सुभाषित सुशोभित किए। अंततः पुरातत्व विभाग ने अपनी मोहर लगा कर उसे 'एनडेंजर्ड स्पीशी' घोषित कर दिया।

स्वभाषा में लिखा जो माल फुटपथिया समझा जाता है, वही आयातित बिकनी पहन लेने पर बेस्ट सेलर बन भवसागर तर जाता है। इन चमकीली पत्रिकाओं को हाथ में लेते ही आदमी का क़द दस हाथ बढ़ जाता है। अंतर्राष्ट्रीय बाजार में उसकी साख बढ़ जाती है। और क्यों न हो ऐसा। रजतपट के छोटे बड़े सितारों के अछूते प्रेम प्रसंग, राजनीतिक शतरंज की दुरूह चालें, समलैंगिकता के आधुनिक फ़ैशन पर विचार-विमर्श, पत्र हो या चटपटी चाट, मसालेदार 'पूर्व' का कोई स्वाद नहीं छूट पाता।

अत्यंत लाभप्रद व मनोरंजक स्तंभ होते हैं। दुकानदार ने गड़बड़ की—इन्हें लिखिए। मकान मालिक ने नोटिस दिया, ये सहायतार्थ उपस्थित हैं सरकार से कुछ लफड़ा चल रहा है, कोई माँदा नहीं भीड़-वी.टी. से निकल दाएँ मारना...एक जूना बिल्डिंग गिरेगा...उधरीच जाने का...क्या?

और तो और, एक यंत्रणा, पीड़ा, व्यथा, जो चाहे कह लें—स्तंभ भी होता है। इस स्तंभ के अंतर्गत पीड़ित अपनी गोपनतम पीड़ा का सजीव, शाब्दिक चित्रण करता है और प्यारी बहन जी/आदरणीय भाई साहब इलाज बताते हैं। उदाहरणार्थ 'मुझे अपने भाई/पिता से प्रेम है—पिछले आठ वर्षों से निर्बाध सहवास चल रहा है—अब

भाभी/विमाता आ रही है—क्या करूँ। और भी अनेकानेक प्रगट-गुप्त यंत्रणाएँ हैं। कई बार देखा है कि परदुखकातर केवल पीड़ा पढ़ते हैं, प्यारी बहन जी की सलाह नहीं और सर्वश्रेष्ठ पीड़ा पर पुरस्कार...एकआध 'क्विज़'...और पुरस्कार।

इनका आकार, प्रकार और विस्तार सब बढ़ रहा है। ईश्वर जैसे दिन उनके फिरे, सबके फिरे। ढलते सूरज को कौन अर्घ्य दे। शांति-प्रिय देश अनुशासन पर्व मना रहा है। कहीं कोई शोर-गुल नहीं, कोई हंगामा नहीं। और तो और...मृतात्मा की शांति के लिए कोई शोकसभा तक नहीं। यूँ तो अत्यंत स्पर्शकातर है। ज़रा सी बात पर मरने मारने को उतारू। हमारे गाँव का नाम ये नहीं वो...। ऐसा रंगो...वैसा नहीं...तुमने गुल्ली फेंकी तो हम डंडा चलाएँगे।

जंगली आदिवासी फिर 'कन्फुजिया' गया। यू. एन. ओ. का और अपना करोड़ों रुपया खर्च करके पढ़ाया-लिखाया। अब क्या पढ़े वो? देशी पत्र तो पटा-पट बंद हो रहे हैं। घाटे की अर्थव्यवस्था तो केवल राष्ट्र ही झेल पाते हैं। असल में इन्होंने बाज़ार का रुख़...नहीं समझा। 'माल' की 'माँग' नहीं काढ़ी। कहीं से कोई ऐयूयार (व्हिज़ किड) बुलवाते। वो माँग, माल, रुझान के लोच का अध्ययन करता। खपत बढ़ाने के लिए प्रोत्साहन पुरस्कार घोषित करता। हर अंक में कोई 'क्विज़'—'बाणभट्ट की आत्मकथा' किसने लिखी (बाणभट्ट ने और किसने?)

पुनश्च : संपादकजी, दो रचनाएँ छापने पर तीसरी रचना उन्मुक्त (फ्री)।

इश्क़ ने ग़ालिब...

मियाँ ग़ालिब फरमा गए हैं कि इश्क़ ने उन्हें निकम्मा कर दिया, वरना वो काफ़ी काम के आदमी थे। अब ये कोई ज़रूरी तो नहीं कि हर आदमी इश्क़ करने से निकम्मा हो जाए। मेरा तो अनुभव है कि इश्क़ आदमी को जीने का सलीक़ा सिखा देता है। बिना पूँछ वाले इस प्राणी को इंसान बना देता है। मेरे बेटे को ही लीजिए। इश्क़ करने से पहले वो हमारे लिए सिरदर्द था, अब हम उसके लिए सिरदर्द हैं। पहले मैं चीख़-चीख़ कर कहती थी कि भगवान के लिए चुप हो जाओ और थोड़ी देर के लिए मुझे अकेला छोड़ दो। अब यही दुआ उसके होठों पर है।

क़िस्सा शुरू से सुनिए। मेरा बेटा स्कूल में पढ़ता है। आठवीं-नवीं कक्षा का सफ़र एक तूफानी दौर था। जब तक वह घर में है, शोरगुल, चीख़ पुकार, तोड़फोड़ भी है। कभी बहन से हाथापाई, कभी पालतू कुत्ते से छेड़खानी। सारा दिन उसके ऊपर चिंघाड़ते-दहाड़ते ही बीतता था। सुबह घंटा भर चिल्लाने पर उठता और पचास बार कहने पर हाथ मुँह धोता। यदि याद दिला दो तो ब्रुश कर लेगा, नहीं तो नहीं। अगर हाथ मुँह कहा, तो सिर्फ हाथ मुँह धोएगा, पाँव नहीं। एक बार कहा कि तुम्हारे कान बहुत गंदे हैं, ठीक से धोओ। तो केवल कान धोकर आ गया, मुँह धोने को कब कहा था? ठीक से नहाने की न तो उसे फ़ुर्सत है, न इच्छा। ठेलठाल कर भेजो तो जल्दी से दो लोटे पानी डालकर निकल आता। अच्छी से अच्छी चीज़ बनाओ। वो जल्दी-जल्दी खाता और एक साँस में दूध गटक कर घर से बाहर। बेतरतीब बाल, ऊबड़-खाबड़ भरा गया बस्ता, आधी कमीज़ नेकर के अंदर, आधी बाहर। यानि कि सारे व्यक्तित्व में, व्यवहार में घनघोर लापरवाही। उसकी सारी दुनिया खेल और खिलाड़ियों तक ही सीमित थी। कमरे की चप्पा-चप्पा दीवारें ख्याति प्राप्त खिलाड़ियों की तस्वीरों से भरी हुई थीं। 'मुझे बैट चाहिए' 'हॉकी चाहिए' 'फ़ुटबाल चाहिए' फ़ुटबाल के जूते चाहिए यानि की यह चाहिए—वह चाहिए के अलावा माँ से बात करने के लिए कोई विषय नहीं था। स्कूल जाने तक खेलता रहता और स्कूल से आने के बाद तो खेलता ही। वक़्त बेवक़्त भूख-भूख चिल्लाता आता और जो हाथ लगता वही साफ़। मिठाई पर विशेष कृपालु! कुछ मीठा न मिले तो गुड़ और चीनी भी

चल जाती।

और इस साल मेरा वही बेटा दसवीं कक्षा में आया और आया उसके जीवन में सोलहवाँ वसंत। अचानक देखा कि वो रोज़ नहाकर स्कूल जाने लगा है। बहन के स्त्रियोचित प्रसाधनों का ख़ूब डटकर इस्तेमाल हो रहा है। क्रीम भी, पाउडर भी, ऊपर से ढेर सा पफ़्र्यूम भी (आश्चर्य है, मधुमक्खियाँ उसे क्यों नहीं उठा ले गईं) यूनिफ़ार्म की क्रीज पर विशेष ध्यान दिया जाने लगा। मेरे पास उसकी रुआँसी शिकायत आई कि मैं बहन को ही अच्छे कपड़े बनवाती हूँ, उस बेचारे पर कोई ध्यान ही नहीं देता। ख़ैर। नए कपड़े बने। फिर फरियाद आई–

"माँ, मेरे लिए भी वैसा एक बना दो।"

"वैसा क्या?"

"वही जो लड़के गले में बाँधते हैं।"

"स्कार्फ़?"

"हाँ वहीं, स्कार्फ़।"

"तुम स्कार्फ़ बाँध कर स्कूल जाओगे।"

"नहीं। अपने पास रखूँगा। स्कूल जाते समय और लौटते समय बाँधूँगा।"

हे ईश्वर! ये क्या हो रहा है इस लड़के को?...यही नहीं, अब घंटों शीशे के सामने खड़ा अपनी सूरत निहारता है। तरह-तरह से बाल सँवारकर, अपने को भिन्न-भिन्न कोणों से देखता है। बाल, चेहरा, जूते, कपड़े, सब चमाचम।

फिर देखा कि खेलकूद में रुचि कम हो गई, पढ़ाई पर ध्यान दिया जाने लगा। "खेलकूद में कुछ नहीं रखा, पढ़ाई से ही भविष्य बनता है" हमारे नौनिहाल ने गंभीरतापूर्वक हमें सूचित किया।

एक दिन स्कूल से चार हाथ लंबा चेहरा लेकर लौटा। शुक्रवार, शनिवार अजीब छटपटाहट में बीता। न ठीक से खाना खाया, न चैन से सोया। लगा, बीमार है। लाख पूछने पर भी नहीं बताया कि तक़लीफ कहाँ है। मैं बड़ी परेशान। अब बैठे ठाले ये क्या मुसीबत आ गई। लड़की पर भी बड़ा गुस्सा आया। भाई किसी अनजानी तक़लीफ से त्रस्त है और ये गुनगुनाती डोल रही है। ख़ैर, शनिवार की रात भी इसी तरह ऊहापोह में बीती कि आख़िर इसे हुआ क्या है? इतवार की सुबह वो रोनी सूरत बनाए हुए मेरे पास आया। कोई अच्छी सी 'गिफ़्ट' चाहिए। किसी की बर्थ डे पार्टी में जाना है। बस...इतनी सी बात। न! बात इतनी सी नहीं है। गिफ़्ट बहुत अच्छी हो। बल्कि सबसे अच्छी हो। मैंने अनेक तरह की चीज़ें सुझाईं। बैट, बल्ला, हॉकी, फुटबाल। और वो न न करता रहा। आख़िर झुँझलाकर बोला कि किसी लड़की को बल्ला कैसे दे सकता है? लड़की? ऐं? लड़की। मेरी सुपुत्री दुष्टता से मुस्कराई, जी हाँ, लड़की। मैंने धीरे से कहा, कि कोई किताब दे दो। उसका चेहरा खिल उठा। "हाँ, कोई कविता की किताब ला दीजिए।" किताब लाई तो अनुरोध किया कि

उस पर अपनी भारी भरकम हिंदी में जन्मदिन की शुभकामनाएँ लिख दूँ। और बने तो किसी कविता की दो पंक्तियाँ लिख दूँ। उसे अच्छी तरह पैक कर दूँ। सुनहरा रिबन बाँध दूँ। मैं आविष्ट सी सब करती रही। दिन भर उसका प्रसाधन चला। नाख़ून काटे, अच्छी तरह से नहाया। वेशभूषा का चुनाव हुआ। बहन की राय ली गई। शाम को जनाब सजधज कर निकले, हाथ में गिफ़्ट। चाल से लगता था मानो विश्व विजय पर निकले हों। तब मैंने लड़की को पकड़ा। आख़िर ये चक्कर क्या है। उसने हँसकर बताया कि हमारे बेटे को इश्क़ हो गया है। पहला पहला प्यार, पहला नशा। पहला ख़ुमार—जो चाहे कह लें। किसी स्थानांतरित फ़ौजी अफ़सर की बेटी है। अभी कुछ दिन हुए, स्कूल में आई है। ग़ज़ब की पढ़ाकू लड़की है, सदा अस्सी प्रतिशत के आसपास नंबर आते हैं। नाम है—प्रत्यंचा। लड़कों की क्लास में इकलौती लड़की। सब लड़के जी जान से उस पर फ़िदा हैं। वो जिसकी ओर देख ले, वही कलाबाज़ियाँ खाने लगे। इस प्रतियोगिता में भला हमारा बेटा कैसे पीछे रह जाए।

साहब बहादुर बड़े प्रसन्न घर लौटे। उनका 'गिफ़्ट' सर्वश्रेष्ठ रहा। यानि वो सार्वजनिक स्वीकृति पा गए। अब उनका संक्रमण काल शुरू हुआ, जो प्रत्यंचा को पसंद है, वही इन्हें भी। जो वो करती है—ठीक, बाक़ी सब ग़लत। बहन ने मज़ाक में कह दिया कि प्रत्यंचा नाम बहुत क्लिष्ट है। इसे तमंचा कर दो। इस बात पर इतना रोया, इतना रोया कि घर बह जाने की नौबत आ गई। कुछ समझाने बुझाने की चेष्टा की तो बोला कि मुझे मेरे हाल पर छोड़ दो। झक मार कर—वही किया।

साल भर उसका ये चक्कर चला। कभी बहुत ख़ुश-कभी बहुत दुखी। समझ गई, तमंचा...सॉरी, प्रत्यंचा के कृपा कटाक्ष की सुलभता या दुर्लभता का परिणाम है। फिर अचानक एक दिन उन फ़ौजी अफसर का पुनः स्थानांतरण हो गया। प्रत्यंचा चली गई। और चला गया मेरे बेटे का पागलपन। वो फिर से 'नार्मल' हो गया। पर हाँ, साल भर उसने प्रत्यंचा का ध्यान आकर्षित करने के लिए जो हथकंडे अपनाए थे। वो अपना स्थाई प्रभाव छोड़ गए। साफ-सुथरा रहने लगा, कपड़े ढंग से पहनने लगा। सबसे बड़ी बात—पढ़ाई में ध्यान देने लगा। उसके सारे व्यक्तित्व में निखार आ गया। जो एक चुभने वाला उजड्डपन था—ग़ायब हो गया। उसके जीवन में एक ठहराव आ गया। उसकी ऊर्जा को सही दिशा मिल गई। मैं उस कन्या को दिल से दुआ देती हूँ। उसने मेरे बेटे को इंसान बना दिया।

कहिए? आई बात समझ में!

तो क्या ख़्याल है?

टैन प्लस टू में 'इश्क़' अनिवार्य विषय कर दिया जाए।

हाय, हम हसीं न हुए!

हमारी हार्दिक इच्छा है कि हम समाज सेवा करें। अविवाहित माताओं-बहनों की, अनाथ बच्चों बूढ़ों की, इसकी-उसकी। यानी कि जो जहाँ मिल जाए! पर इसके लिए पहले हमें विश्व सुंदरी का ताज जीतना पड़ेगा। समाज सेवा के मार्ग में यही सबसे बड़ी बाधा है। बिना विश्व सुंदरी बने कोई समाज सेवा कर ही नहीं सकता। हमें आशा ही नहीं पूर्ण विश्वास है कि यदि हम गंभीरतापूर्वक प्रयास करें तो अवश्य समाज सेवा कर सकते हैं। वैसे और भी कई लोग हैं इस क्षेत्र में। मेधा पाटकर है, सुंदर लाल बहुगुणा हैं, बाबा आमटे हैं। पर इन लोगों का कोई चांस नहीं है। कारण यह है कि अनशन कर-कर के, धूप में, पानी में, जाने कहाँ-कहाँ खड़े होकर इन लोगों ने अपनी हालत इतनी ख़स्ता कर ली है कि सुंदरता का ताज पहन कर ये लोग समाज सेवा के फाटक में घुस ही नहीं सकते। कोई भी पत्रिका इनका चेहरा मुखपृष्ठ तो क्या, अपने अंतिम पृष्ठ पर भी छापने को तैयार नहीं होगी।

वैसे हमें इस बात की ज़िद नहीं है कि पत्रिकाएँ अपने मुखपृष्ठ पर हमारा चेहरा छापें ही। वो तो क्या है कि जब कोई पत्रिका डूबने लगती है या कोई उत्पाद 'बीमार' हो जाता है तो वो विश्व सुंदरी के सुडौल तन का सहारा लेता है। फिर विश्व सुंदरी अपनी विश्व-मोहक भंगिमा से बताती है कि वो कौन सी कान-कुरेदनी या दंत-खुदनी का इस्तेमाल करती हैं...या अन्य कोई वस्तु...जो उनके नितांत निजी उपयोग के लिए होती है, उसका सार्वजनिक प्रदर्शन करती है। बस, फिर वो बीमार उत्पाद मिल्खासिंह की रफ़्तार से दौड़ने लगता है, डूबती हुई पत्रिका तैरने लगती है। यह भी अपनी तरह की समाज सेवा ही है।

परंतु विश्व सुंदरी बनने की शर्तें बड़ी विचित्र हैं। अविवाहित होना चाहिए। तैरना आना चाहिए और कच्छी-अंगिया पहनकर टहलने का अभ्यास भी होना चाहिए। अंग्रेज़ी में सोचना और बोलना तो ख़ैर आना ही चाहिए, नाचना-गाना भी आना चहिए। दो-तीन भाषाएँ आनी चाहिए।

लो, हो गई न मुसीबत! घर के बुजुर्ग क़तई नहीं चाहते कि हम समाज सेवा करें! तब ही न बाली उमर में ब्याह कर दिया। खैर! हमने भी जनहित में याचिका

ठोंक रखी है। समाज सेवा का अवसर सबको समान रूप से प्राप्त होना चाहिए! अब बात आई तैरने की। तो हमारे प्रदेश में तो पानी की इतनी क़िल्लत है डूब मरने को भी चुल्लू भर पानी उपलब्ध नहीं है, तैरने के लिए कहाँ से लाएँगे। हाँ, गाय, भैंसों को पानी पिलाने की जो लंबी सी टाँकी है। उसमें ज़रूर तैरने का अभ्यास किया जा सकता है। असली समस्या कच्छी-अंगिया में टहलने की है। यूँ तो गंगास्नान वग़ैरह पर खुले में नहाकर कपड़े बदल लेते हैं। पर यह सब काम झटपट होता है।...इतने ज़रा से कपड़े पहनकर टहलना ज़रा...अजीब सा लगता है...नहीं?

भाषा की कोई दिक्कत नहीं है। पुरबिया, भोजपुरी और ब्रजभाषा—कई भाषाएँ आती हैं। अंग्रेज़ी का ज़रा चक्कर है। बात यह है कि अभी तक रैपिडेक्स इंगलिश वालों ने विश्व सुंदरी वाला अध्याय जोड़ा ही नहीं है। रटूँ कहाँ से? क्या कहें अपने साहित्य प्रेमी बुज़ुर्गों को। सूर, तुलसी, मीरा रटा-रटा कर अधमरा कर डाला। नहीं जानते थे कि जिनकी मालिकों की भाषा में 'गति' नहीं है, उन्हें इस लोक में सद्‌गति नहीं मिलती।

बैंगलोर में हुई विश्व सुंदरी प्रतियोगिता को बहुत ध्यान से देखा। वीमेन ऑफ सब्स्टेंस पर बहुत ज़ोर है। सारा सब्स्टेंस ठोंक बजा कर देखा जाता है। आँख-नाक-कान-दाँत बाल वग़ैरह वग़ैरह! और सब तो ठीक है पर क्या बतावें...हमारे गाँव का नाम बाँकपट्टी ऐसे ही थोड़ी पड़ गया है। यहाँ के पानी में न जाने क्या कम और क्या ज़्यादा है। कि सबसे दाँत पीले और हाथ पाँव टेढ़े बाँके हैं। इसका कोई इलाज भी नहीं है अब हम तो पहले ही राउंड में आउट हो जाएँगे। सब्सटेंस दिखाने का मौक़ा ही नहीं मिलेगा।

सच! इतना रोना आ रहा है। अपनी हालत पर! गृहकार्य में दक्षता हासिल करने के चक्कर में घिसे हाथ, टूटे गंदे नाखून। गाँव से ही चिपके रहने के कारण टेढ़ीबाँकी काया। इस काया में कहीं सुंदर मन भी है—यह कौन मानेगा।

सुना है, पैसा हो तो आजकल सब कुछ संभव है। हर तरह का सब्स्टेंस बाज़ार में मिलता है। ख़रीदो और फ़िट करवा लो। पर वही बात—पैसा हो तो!

न भई ना! लाख चाहने पर भी हम समाज सेवा न कर पाएँगे।

नुसख़ा सफल लेखन का!

अपराध जगत के नामी सितारे हैं श्रीमान्! जेल के भीतर आधी ज़िंदगी गुज़ार दी। जब बाहर निकले तो एक किताब लिखी। खरीदने के लिए प्रकाशक और उस पर फिल्म बनाने के लिए निर्देशक दौड़े आए! बातों-बातों में करोड़ों बना लिए। इधर मैं हूँ। बिना नमक की बेस्वाद लौकी जैसी जिंदगी! कोई अलौकिक बात बने भी तो कैसे? मेरी सब (लगभग) रचनाएँ पालतू कबूतर की तरह वापस लौट आती हैं। उधर लोग लिख-लिख कर करोड़ों बना रहे हैं। यहाँ लिफ़ाफ़े, टिकट और स्याही का ख़र्च स्याह किए दे रहा है। आख़िर राज़ क्या है इस सफलता का!

मैंने कंप्यूटर बाबा की देहरी पर ढोक लगाई। आज कल हर समस्या का समाधान कंप्यूटर बाबा के ही पास है। इधर मैंने बटन दबाया, सफल लेखन की सुगबुगाहट 'फ़ीड' की उधर 'स्वेट मार्डेन' और 'डेल कार्नेगी' का मिला-जुला संस्करण अकुलाकर स्क्रीन पर अवतरित हो गया। उसने तुरंत सफल लेखन के नुसख़े बाँटने शुरू कर दिए। हर तरह से सफल लेखन—नाम भी मिले और दाम भी!

सबसे पहले स्याही, कलम, दावत से उलझना छोड़ दें और कंप्यूटर साक्षरता हासिल करें। उँगलियों पर लगी स्याही की कालिमा धोकर कंप्यूटर के प्रकाश की ओर उन्मुख हों। मसिजीवी होने का दंभ बुहार फेंकें और कंप्यूटरजीवियों की दिग्विजय का गहन अध्ययन करें।

तत्पश्चात पहली सीढ़ी—विवादास्पद बनें। ख़ानदानी विवादास्पद! नाना-दादा के ज़माने से विवादों से घिरे हों तो क्या कहने? जन्म से लेकर आज तक जो किया—सब विवादास्पद! अब ख़ानदानी विवादास्पद होना तो हरेक के बूते का रोग नहीं! हताश न हों! आजकल रेडीमेड भी उपलब्ध है। 'मुक्त व्यवस्था' का यही तो लाभ है। अनेक विकल्प हैं। किसी 'विवाद' से विवाह कर लें। इतना साहस न हो तो केवल प्रेम संबंध ही स्थापित कर लें। नैतिक-अनैतिक, परंपरागत-अपरंपरागत, प्राकृतिक अप्राकृतिक—के झंझट में न पड़ें। जितना अजूबा होगा, उतना ही विवादास्पद होगा। सीधी सी बात है, यदि 'फ़ास्ट फ़ूड' व 'इंस्टेंट कल्चर' का अर्थ जानते हो तो किसी विवादास्पद की पत्नी या प्रेमिका के साथ उड़न छू हो जाइए! पंखों में दम न हो

तो यह पवित्र विवाद अपने सुयोग्य पुत्र या पुत्री को सौंप दें। इस विवाद के विवादास्पद अनुभव ही नाम-दाम दिलाने वाली रचना में सहायक होते हैं।

दूसरी सीढ़ी—फ़्यूज़्ड रचना करें। आजकल 'फ़्यूज़न' का फ़ैशन है। 'फ़्यूज़न' नहीं जानते? किस क़दर (कन) फ्यूज़न चल रहा है। गीत-नृत्य, पूर्व-पश्चिम, सबका फ़्यूज़न चल रहा है। बहुत पुरानी परंपरा है इस विधा की। सृष्टिकर्त्ता ने एक नर बनाया, एक नारी बनाई और एक बनाया 'फ़्यूज़न'! इस प्रणाली के तहत अपना बल्ब जले न जले, दूसरे का ज़रूर फ़्यूज़ हो जाता है। अर्थात भाव, भाषा और अलंकार के क्षेत्र में इस शुभचिंतक का अनुसरण करें। हिंदी-अंग्रेज़ी, उर्दू-फ़ारसी सब चलने दे और फ़्यूज़न का मंत्र जपते रहें। इस तरह की रचना भले ही बूढ़े अरस्तू की कसौटी पर खरी न उतरे पर प्रकाशक इसे खोटा नहीं ठहराएँगे! हाथों हाथ लेंगे, रातोंरात छापेंगे और बातोंबात विमोचन होगा! क्या शरीर में केवल चंदन चर्चित ललाट ही है? पैर नहीं हैं? पैरों में नाख़ून और नाख़ूनों में मैल?

अब मुँह बाए क्या खड़े हैं? तुरंत जाइए और शुरू हो जाइए! आपकी विशेष सुविधा के लिए संपूर्ण विधि फिर से दुहराई जा रही है।

एक मध्यम आकार का कंप्यूटर लें! उसे ऑन करें! अच्छे आकार का ताज़ा विवाद डालें! किसी भी 'मीडियम' में सुर्ख़ करें। थोड़ा सा मैथुन और धुली हुई गालियाँ भी। नमक-मिर्च, अमचूर और गरम मसाला स्वादानुसार। अच्छी तरह हिला कर उबालें। जब भाप उठने लगे तो गर्म गर्म परोसें!

अरे हाँ। नीबू निचोड़ना न भूलें।

हम स्वतंत्र हैं...

आज का दिन कितना सुहावना है! कलफ़ लगा बढ़िया इस्तरी किया आसमान! फूल पत्ते हाथ मुँह धोकर चुस्त दुरुस्त बच्चों की तरह अपने स्थान पर झूम रहे हैं। मदमस्त पवन उनसे अठखेलियाँ कर रहा है। सारी प्रकृति हमें स्वतंत्रता की पचासवीं वर्षगाँठ पर बधाई दे रही है। आह! आज हमें स्वतंत्र हुए पूरे पचास वर्ष बीत गए। हमारा हर सपना पूरा हुआ! हम पूरी तरह स्वतंत्र हैं! बिल्कुल स्वतंत्र! कोई भी कुछ भी हमें अपनी मनमानी करने से रोक नहीं सकता! इस स्वतंत्रता ने हमें हर प्रकार की उन्नति के शिखर पर बैठा दिया है! कभी यहाँ दूध घी की नदियाँ बहती थीं; आज करारे नोटों की नदियाँ बह रही हैं! नदी तक पहुँचने भर की देर है! सूटकेस, बोरी—जिसमें चाहें भर लाएँ! नतीजा सामने है! सिनेमा हॉल के आगे लंबी लंबी क़तारें हैं! बाज़ारों में इतनी भीड़ है कि कंधे छिले जाते हैं! ये गगनचुंबी होटल देखो ज़रा! होटलों में बहती शराब! शराब के साथ शबाब और उसके हाथ में कबाब! पूरी स्वतंत्रता है जी भर कर उपभोग करें!

जो भी विभाग चाहें, चुन लें! सरकारी, ग़ैर-सरकारी, पक्ष-विपक्ष! छोटा-बड़ा घोटाला, कांड, केस, रिश्वत जो जी चाहें करें!...कोई कुछ नहीं कहेगा, कोई कुछ नहीं करेगा! आख़िर स्वतंत्रता के पचास वर्ष पूरे हुए! अब कैसा डर? कैसा आतंक? खुले दिल से जो चाहें करें!

इस संपन्नता से सौंदर्य के प्रति सजगता बढ़ी है! ये देखो, ऑलीशान ब्यूटीपार्लर! सदा जवान रहने के नुसखे और बनी सँवरी सूरतें! न...न...हिचकिचाएँ नहीं हाथ लगा कर देखें...सुंदरी और वस्त्र दोनों मेड इन इंडिया हैं। ये असंख्य टी. वी. चैनल्स! बच्चों और युवकों की प्रतिभा पनपने के असंख्य अवसर! चाहें तो 'इंटरनेट' पर वात्स्यायन के प्रतिद्वंद्वियों से भी भेंट कर सकते हैं।

बस...अब रुकें नहीं...भारत दर्शन पर निकल पड़े! बस और रेल की छत पर भी चढ़ना पड़े तो कोई बात नहीं! जी चाहे, वहाँ बैठिए! जहाँ उतरना हो, चेन खींच दें, रेल मंत्री को राखी बाँध दें, फिर जी भरकर जहाँ चाहें घूमे! अभी हवाई जहाज़ की छत पर चढ़कर घूमने की व्यवस्था नहीं; स्वतंत्रता की सौवीं वर्षगाँठ तक

यह सपना भी पूरा हो जाएगा।

प्रतिभाशाली लोगों के लिए प्राथमिक स्तर से लेकर इंजीनियरिंग, मेडीकल—हर तरह के तकनीकी शिक्षण की व्यवस्था है। जो कॉलेज अच्छा लगे, प्रवेश ले लें!

जैसी चाहें मार्कशीट बनवा लें! मेरी मानें तो इन झंझटों में क्यों पड़ते हैं? सीधे-सीधे डिग्री लीजिए न!

इतनी परेशानी भी न उठाना चाहें तो अब तो प्राइवेट सेनाएँ भी बन रही है। तुरंत रोजगार! काम जो वो चाहें, वेतन जो आप चाहें! हथियारबंद आतंक, गृह उद्योग, कुटीर उद्योग, प्रांतीय-राष्ट्रीय, हर स्तर पर ख़ूब मिलता है! बेरोज़गारी का सवाल ही नहीं उठता! जहाँ चाहें जैसा चाहें चुन लें! कितनी स्वतंत्रता है।

नौकरी न करना चाहें, तो व्यापार ही सही! बहुत आमदनी है! मनचाही राह चुन लें! बच्चों से करवाएँ या औरतों से! बच्चों का करें या औरतों का! कोई रोक टोक नहीं है।

ये सब ज्ञान मुझे अखबारों के माध्यम से मिला! उन्हें भी तो पूरी स्वतंत्रता है। जो चाहें छापें! जितना रंगीन और मसालेदार होगा—उतना ही लोकप्रिय होगा।

आदमी इतना स्वतंत्र कभी नहीं था। बलात्कार, हत्या और दहेज के लिए मार डालना तो अब समाचार रहे ही नहीं। आजकल औरतों को नंगा करके घुमाने का फ़ैशन है।! इतनी भागदौड़ रास नहीं आती हो तो तंदूर में झोंक कर तंदूरी मुर्गी पका लें।

राजनीतिक स्वतंत्रता के क्या कहने! जब चाहें जो कहने और करने की स्वतंत्रता! बंद करवा दीजिए, 'रास्ता रोक' लीजिए! संविधान की प्रति जला दें! झंडा फूक दें! राष्ट्रगीत गाएँ या न गाएँ, आपकी मरज़ी! पचास वर्षों में प्रजातंत्र ने अपनी जड़ें जमा ली हैं। चाहें जिस दल के साथ हो लें, रास्ते में दल बदल लें—रास्ता बदल लें! वोट खरीदे—वोट बेचें! लोकसभा में बैठें; सो जाएँ, जूते चप्पल चलाएँ, कपड़े फाड़ें—और मतदान के समय गायब भी हो जाएँ तो चलेगा! पूरी तरह स्वतंत्र हैं आप! ग्रह नक्षत्रों के चक्कर में पड़ कर कहीं जाना भी पड़े, तो कोई बात नहीं! अपनी कुर्सी पर अपनी पालतू पूसी को बैठा दें! आराम से सोती रहेगी, आप रिमोट दबाएँगे तो म्याऊँ म्याऊँ कर देगी। लौट कर आने पर हश...हश...करके उठा दीजिएगा। किसी तरह की कोई शंका नहीं है इस स्वतंत्रता के बारे में!

लाख साधने पर भी ग्रह नक्षत्र कभी-कभी रूठ ही जाते हैं। एक आध अपवाद को छोड़कर ये भगवाधारी भी आज स्वतंत्रता की पचासवीं वर्षगाँठ मना रहे हैं। इनके वातानुकूलित आश्रम देखें! शिष्य देखें! हाथों में गिनकर कुल दस अंगुलियाँ होती हैं; उनमें, जगमगाती अनगिनत अँगूठियाँ देखिए! धार्मिक निषेधों से पूरी स्वतंत्रता!

अब धर्म की बात चली है तो साफ़ बता दूँ...पूर्वजन्म के पापों के कारण कुछ लोग तो ग़रीब रह ही जाते हैं। गंदे बदबूदार झोंपड़े, ख़ाली पेट मज़दूर-किसान,

दर-दर भटकते बेसहारा लोग—ये सब नसीबों का खेल है। प्यारे! थोड़ा सबर करो! स्वतंत्रता के सौ साल पूरे होने तक ग़रीबी और ग़रीब पूरी तरह मिट जाएगा! गली के नुक्कड़ से झाँकता समाजवाद घर-आँगन में आकर बस जाएगा!

आज मामूली चपरासी से लेकर प्रधानमंत्री तक—सब स्वतंत्र हैं! देखना ज़रा...आधी रात को लोकसभा का विशेष सत्र होगा! प्रधानमंत्री भाषण देंगे! 'ट्रिस्ट विथ डेस्टिनी' से आज तक की यात्रा। स्वतंत्र प्रधानमंत्री पूरी स्वतंत्रता से बोलते हैं! कभी कहते हैं कि वो बहुत लाचार हैं! कभी, बिलखते हैं कि उनके चौदह पति हैं! कभी, ग़ुर्राते हैं कि सब भ्रष्टाचारी सज़ा पाएँगे। जो चाहें कहें, उनके पीछे तो सत्ता का सत है!

और सत्ता के सत...में डूबा डंडा पुलिस के पास है। जब चलता है डंडा तब देखिए! कितनी स्वतंत्रता से चलता है! स्वतंत्र देश की स्वतंत्र सरकार इसी डंडे के बूते पर चलती है।

ज़रा पचास साल पीछे नज़र डालें तो पता लगे कि आज हम कहाँ हैं?

चौपट पड़े थे, उद्योग धंधे! हर चीज़ को लेकर विदेशियों से खींचतान! पूरे पचास साल की स्वतंत्रता का निचोड़ यह है कि आज आप चाहें तो क्या नहीं कर सकते!

आप चाहें तो पूरे देश को ही अंतर्राष्ट्रीय बाज़ार में बेच सकते हैं।

हलो...हलो...

आज की ताज़ा खबर है कि चाँद पर भी एस. टी. डी. पी. सी. ओ. बूथ खुल गया है। सुप्तभारत के मुखपृष्ठ पर ही लंबा-चौड़ा चित्र छपा है। संचार मंत्री जी फोन का तार काट कर उद्घाटन कर रहे हैं। ये हुई न बात! अब चंदा मामा से सीधे बात हो सकेगी! फ़ुरसत मिलते ही बूढ़ी नानी का हाल-चाल जान सकेंगे। कितनी सुविधा हो गई! इधर नंबर घुमाया...उधर से आवाज आई...हलो...हलो...मैं चंदा मामा...किससे बात करनी है...

अब फ़ोन होने का मज़ा आएगा! अभी तक तो फोन लगवाने की सज़ा ही भुगत रहे थे। शुरू-शुरू में कम इस्तेमाल करते थे। क़ीमती चीज़ है, ज़रा सँभाल के! फिर पता लगा कि चाहो तो एक भी फ़ोन मत करो। न्यूनतम चार्ज तो देना ही पड़ेगा। एक बार बाँध टूटा तो सँभालना मुश्किल हो गया। बच्चे—बच्चे के दोस्त, पड़ोसी—पड़ोसियों के दोस्त, नौकर—नौकर के दोस्त। बिल देखकर दिल का दौरा पड़ गया। बच्चों को डाँटा, पड़ोसियों को (रो-रो कर) बिल दिखाया ओर नौकर को निकाल दिया।

एक दिन बाज़ार जा रही थी तो देखा कि बिल्डिंग का चौकीदार अपने मुलुक बात कर रहा है एस. टी. डी. बूथ से! बात क्या कर रहा है—सारे गाँव के हाल चाल पूछ रहा है! अरे...अरे...क्या कर रहा है ये बुद्धू! हजारों में बिल आएगा! सबको टाटा बाय-बाय करके जब उसने फ़ोन रखा तो हमने उसे सावधान करना अपना कर्त्तव्य समझा! वो हाथ हिलाकर हँसा...

"वो मानुष हमारा सगावाला है। अपुन का बिल जास्ती कैसे आएँगा।"

ऐसा भी होता है? तो हमारे साथ ही वैसा क्यों होता है? सुबह-सुबह पति का दफ़्तर, बच्चों का स्कूल, खाना बनाना, नहाना धोना, बड़ी भागमभाग रहती है। उसी समय पड़ोसी को भी बहुत ज़रूरी फ़ोन करना होता है वो भी फ़ोन उठा कर हमें ही हाँक मारते हैं।

"भाभी जी प्लीज़...ज़रा एक बॉलपेन देना, और काग़ज़ भी"...झक मारकर बॉलपेन और पेड वहीं रख ही दिया! खुल कई तक़दीर! अब सबको तो कुछ नोट

नहीं करना होता है न...! सो वो फोन सुनते समय टेबल क्लॉथ पर, दीवार पर, पेड़ पर...चिड़िया, फूल त्रिकोण या अपनी फेवरिट हीरोइन की तस्वीर बनाएगा! पड़ोसी के लड़का लड़की! उफ! लड़का घंटों फ़ोन सुनता है, लड़की घंटों फ़ोन पर बोलती है।

"आँटी...आप थोड़ा उस कमरे में चली जाइए...ज़रा प्राइवेट बात है"...हम अपने ही घर में पराए हो जाते हैं।

क्या मुसीबत है? जब हमारा अर्जेंट काम होता है तो फोन डेड-नो डायल टोन। पड़ोसी ने हाथ लगाया कि फ़ोन चालू! हम ही झूठे साबित हुए। पड़ोसी लाल-लाल आँखों से घूर कर बोला, कहाँ 'डेड' है? रिंग जा तो रही है!

फोन की महिमा वही जानता है जो इस दुख को झेलता है! कल फ़ोन बजा तो नहा रही थी! जल्दी-जल्दी हड़बड़-हड़बड़, पानी टपकाती हुई भागी आई, फ़ोन छुआ और वो बंद! कौन सच मानेगा!

दिन भर जो रांग नंबर आते हैं, वो? कोई अगस्त क्रांति में रिजर्वेशन माँग रहा है तो किसी को घर बैठे पीत्सा चाहिए! किसी का सण्डास चोक अप हो गया, कहीं बिजली गायब है! और उन आवाजों का क्या करें जो रांग नंबर के जवाब में कहती है कि कोई बात नहीं! हम आपसे ही बात कर लेंगे!..बड़ी प्यारी...खट्टी मिट्ठी आवाज है...अपना नाम बताइये न!...आजकल फ़ोन फ्रेंड का फ़ैशन है...मैं बीस वर्ष का खूबसूरत यंगमैन हूँ... आर. चंद्रा के स्कूल में एक्टिंग सीख रहा हूँ। सुभाष घई ने वादा किया है...यश साब ने भी बुलाया है! क्या ख्याल है?...अभी से 'बुक' कर लो...फिर कहाँ चांस?...बोलो मिलती हो बांद्रा बैंड स्टैंड पर?...

कुछ आवाजें तो सीधे हुक्म देती हैं...बाजू वाली बिल्डिंग से ज़रा रसिक भाई को बुलाना...। अब हम कामकाज बंद करके रसिक भाई या रमण भाई को ढूँढ़ने निकलें! यह तमाशा रात को भी बन्द नहीं होता! आधी रात को घण्टी बजी! एक पतली सी तीखी आवाज चीखी..."मम्मी...प्लेन लेट है...सुबह चार बजे पहुँचूँगी...ड्राईवर को भेज देना।"

मैंने अपनी नन्ही बिटियाँ पर नज़र डाली और पूछा..."आपको कौन सा नंबर चाहिए...239015"

"सॉरी...ये 239014 है..."

"ऐसा कैसे हो सकता है? ये चंदन चर्चित भाल वाजपेयी का घर नहीं है?'

"नहीं" हम फोन रखने ही वाले थे कि वो तीखी पतली आवाज घिघियायी!

"आंटी जी...प्लीज...239015 आपके पास ही होगा...ज़रा बुला दीजिए!"

लो...सुबह...सुबह...कॉल बेल...ओह...पड़ोसिन है! मेरे चिंटू और उनके बिंटू में झगड़ा हो गया है। झगड़े के चिन्ह उनके बिंटू के माथे पर नज़र आ रहे हैं। बेतहाशा ख़ून बह रहा है। पड़ोसिन घबरा गई थी, रोकर बोली कि डॉक्टर को बुलाओ।

घबराहट हमें भी कम न थी। तुरंत नंबर घुमाया। उधर से शीतल, शांत, मधुर आवाज आई...आपका नंबर ग़लत है, कृपया चेक करें! कमाल है। सब लोग हमें इतना मूर्ख क्यों समझते हैं? यही बात उन्होंने अंग्रेज़ी मराठी और गुजराती में कह डाली। इससे पहले कि वो बाक़ी भाषाओं तक जाती, हमने फोन रख दिया। डायरी निकाल कर नंबर चेक किया। नंबर तो सही है। फिर लगाया। इस बार वो बोली कि लाइन बहुत व्यस्त है, थोड़ी देर बाद फ़ोन करो! मैंने पड़ोसन को बिठाया...रूई डेटॉल दिया...चाय पानी पेश किया और फिर फ़ोन लगाया! इस बार उन्होंने थोड़ी प्रतीक्षा करने को कहा और हारमोनियम बजाने लगी! अरे वाह! यहाँ बच्चे के ख़ून बह रहा है और आप हारमोनियम बजा रही हैं! हारमोनियम बंद हुआ और उधर से आवाज आई रेलवे इन्क्वायरी! धत्त तेरे की! फिर से फ़ोन लगाया! इस बार बड़ी रौबदार आवाज में कोई बोला...सखाराम थानेदार...काय पाहिजे? फ़ोन हाथ से छूटकर गिर पड़ा! क्या मुसीबत है! सीधा सादा नंबर क्यों नहीं मिलता! इस बार तो मिलना ही चाहिए! हम कुछ बोलें उससे पहले ही आवाज आई।

"...साला...हलकट...कल आख्खा दिवस रास्ता देखा...अब मेरा तेरा दोस्ती खलास!" कोई मर्दानी आवाज इस जनानी आवाज को फुसलाने लगी...

"...ऐ चिकणी...जास्ती नखरा नई करने का, क्या? तेरा माफिक छोकरी लोक बोत देखेला हैं, क्या? कम स्याणा नई अपुन बी...! चल सोड़....शारूक कान...की नवी फिलिम का टिकट कटाऐला है...चलती क्या?"

हमने पड़ोसिन की तरफ देखा! ...उन्हें यह तो नहीं लग रहा कि हम जान बूझ कर डॉक्टर का नंबर नहीं लगा रहे! फिर-से सँभालकर ठीक से नंबर लगाया। वाह! इस बार सही सही नंबर लग भी गया! यहाँ भी वही हारमोनियम बज रहा था। हाँ, धुन थोड़ी अलग थी। फिर कोई बोला कि डॉक्टर साहब तो अस्पताल गये हैं। हमने अस्पताल का नंबर घुमाया। फिर कोई बोला कि डॉक्टर साहब छुट्टी पर हैं! मैंने उस आवाज को सूचित किया कि अभी अभी उनके घर फ़ोन किया था। और उनकी बीवी कह रही है कि डॉक्टर साहब अस्पताल गए हैं! ठीक से ढूँढ़ों, वहीं कहीं होंगे! आवाज ने उलटकर हमें ही घुड़क दिया! "मरद लोग एसाइच बोलता।...अबी घर फ़ोन करके ये, बताने का नई कि डॉक्ट्रर साहब इदर नई आया"! हे भगवान्! क्या करूँ! डायरी देखकर दूसरे डॉक्टर का नंबर लगाया! पहली ही घंटी पर आवाज आई..."अपुन को मालूम था भीडू...तू घंटी मारेगा!...क्या लुढ़काया है बाप...क्या लुढ़काया है!...अभी नवी सुपारी लेता क्या? मोटा सेठ है...दस लाख तक दे देगा...बोल...

एड़ी तक पसीना आ गया। काँपते हाथों से फ़ोन रख दिया! मुड़कर देखा तो पड़ोसिन जा चुकी थी। शायद पैदल चल दी है; कभी न कभी वो अस्पताल पहुँच ही जाएगी।

मुझे भी देनी है सुपारी!

कोई दिन ऐसा नहीं जाता जब अख़बार खोलें और सुपारी सुर्ख़ियों में न हो। और तो और—इस ज़रा सी चीज़ का नाता लाखों-करोड़ों से जुड़ने लगा। ऐं...क्या यह वही अपनी पुरानी गोल मटोल-छोटी सी सुपारी है, या कोई नई प्रजाति है? आख़िर इतना दाम कैसे? सोने की बनी है क्या?

यही बात सच निकली! इधर सुपारी की एक नई प्रजाति विकसित की गई है। पेड़ मुंबई में खड़े लहरा रहे हैं, जड़ें अरब देशों में हैं। ज़ाहिर है—वहीं जाकर सींचनी पड़ती है। सारा कारोबार भी वहीं से होता है। तो फ़िलहाल हालात यह है कि आए दिन इन्हीं ख़बरों से अख़बार रंगे रहते हैं।

किसने, किसको, किसके लिए, कितने में सुपारी दी?

सुपारी को छालिया भी तो कहते हैं। सो सुपारी देकर सात समंदर पार जा बैठा छलिया! लोग खैनी-चूना ठोंक-ठोंक कर खा रहे हैं, सुपारी वाला हाथ नहीं आ रहा।

हालात इतने सनसनीख़ेज हो गए हैं कि क्या बताऊँ? अपने मुंबइयूया लेखक मित्र से कहा कि बनारस गए थे। फलाँ-फलाँ संपादकजी ने तुम्हारे लिए मुझे सुपारी दी है। इतना कहा ही था, सुपारी निकालने के लिए जेब में हाथ डाला ही था कि मित्र का हाल देखकर चक्कर में पड़ गए! वे पसीना पसीना हो गए। केले के पत्ते की तरह काँपने लगे। इधर-उधर झाँकते हुए, दबे पाँव पीछे हटने लगे। हटते-हटते एकाएक ग़ायब हो गए। सुपारी भी नहीं ली।

यह तो भारतीय संस्कृति का चरम अपमान है। हमारे यहाँ तो पान-सुपारी देने का बहुत पुराना प्रचलन है। वो कहते हैं न, मान का पान बहुत और अपमान के पकवान फीके। शादी-ब्याह में, तीज-त्यौहार पर हर अवसर पर सुपारी की प्रधानता है। कोई भी मांगलिक अनुष्ठान बिना सुपारी के पूरा नहीं होता। इधर कुछ घटनाक्रम देखकर समझ में आया कि आख़िर सुपारी को इतना महत्त्व क्यों दिया जाता है। सुपारी माने अपनी ज़िम्मेदारी का अहसास और उसका निर्वाह। ज़रा भी अपनी ज़िम्मेदारी से चूके कि सुपारी सरौते पर! कुछ आया समझ में। यही ध्रुव सत्य याद

दिलाने के लिए सुपारी दी जाती है। घर आए मेहमान को सुपारी यानि कि देख ले, सुपारी है मेरे पास! ज़्यादा टाँग मत पसारना। आराम से बात समझ में आती है तो ठीक। तू ही रख ले ये सुपारी वरना देते हैं किसी और को।

पूजा पाठ में भी यही चक्कर है। अब यजमान को कोई न कोई कष्ट तो रहता ही है। कभी नौकरी कभी छोकरी, कभी ये, कभी वो। इसलिए वो सबकी सुपारी ऊपरवाले को दे देता है। भाई, तू ही सँभाल। मेरे बस का नहीं। पंडित जी भी ये सारी सुपारियाँ ऊपर चालान कर देते हैं। इस व्यवस्था से सब ख़ुश हैं। पंडित जी ख़ुश–उन्हें दक्षिणा मिलती है। यजमान ख़ुश उसने तो सुपारी दे दी। ऊपर वाला भी ख़ुश। इसी बहाने ही सही, लोग पूज तो रहे हैं।

एक भंयकर समस्या सामने है। सुपारी को लेकर इतनी-इतनी चर्चा है, पर सुपारी कहाँ ली-दी जाती है, इसका कोई ज़िक्र नहीं है। इसी अख़बार के पन्ने पलटिए। कब्ज के लिए कायम चूर्ण से लेकर कारखाने के लिए कल-पुर्ज़ों तक का विज्ञापन मिलेगा–पता, ठिकाना और नंबर सहित। जादू-टोना, मंत्र-तंत्र, करामाती अँगूठी, टीवी, फ्रिज, कार, बंगला, खरीदो-बेचो। फ़ोन पर रसीली बातें करो। यानी कि हर मर्ज़ का इलाज है, हर दर्द की दवा है और इसी तर्ज़ पर हर तरह का विज्ञापन है। पता-ठिकाना भी, फ़ोन नंबर भी। नहीं मिला तो सुपारी वाले का नाम-पता और फोन नंबर! सिर धुन रहे हैं कि सुपारी देनी है तो कहाँ दें और किस को दें। ये सुपारी का थोक व्यापारी कहाँ रहता है? बात यह है कि मैं बेरोज़गार हूँ। बातों की खेती कोई बहुत फायदेमंद धंधा नहीं है। कई बार...अजी कई बार क्या...अक्सर लागत तक वसूल नहीं होती। जब से सुना है कि सुपारी का लेन-देन लाखों करोड़ों में होता है, एजेंसी कैसे मिले इसी तिकड़म में हूँ।

यूँ तो धन्धा मेरे लिए नया ही है। पर विश्वास है कि अच्छा चलेगा। एक बार एजेंसी मिल जाए, दुकान खुल जाए, साइनबोर्ड लटक जाए, अख़बार में विज्ञापन निकल जाए, तो चल निकलेगा। मेरी तरह और भी तो लोग होंगे जो अभी तक सिर्फ़ इसलिए हाथ पर हाथ धरे बैठे हैं, क्योंकि उन्हें दुकान का पता-ठिकाना और फ़ोन नम्बर नहीं मालूम। वरना आजकल जो हालत है–कौन एकाध सुपारी लेना देना, नहीं चाहेगा? लोग ज़रूर जानना चाहते होंगे कि क्या 'रेट' चल रहा है? भाव-ताव होता है या नहीं? थोक में लें-दें तो कुछ 'कंसेशन' मिलेगा? इसका भी कोई 'सीज़न' होता है या बारहो महीने चलने वाला धंधा है। वग़ैरह...वग़ैरह...

यहाँ तो बेताबी का यह आलम है क्या बताएँ। अगर एजेंसी नहीं मिलती तो न सही। कम से कम दुकान का पता-ठिकाना और फ़ोन नम्बर तो मिले।

इधर आइए...कान में चुपके से कहने वाली बात है। इस सारी भागदौड़ की वजह यह है कि मुझे भी कुछ सुपारियाँ देनी हैं। हम गरीबों का करोड़ों रुपया डकार जाने वाले भ्रष्ट नेताओं के लिए–

धार्मिक उन्माद पैदा करके बेकसूर लोगों को लड़वाने वाले, ख़ून बहाने वाले धर्म के ठेकेदारों के लिए–

शराब, गांजा, तम्बाकू-गुटखा जैसी चीजें बच्चों तक पहुँचाने वालों के लिए–

हर तरह के मांस को ख़रीदने-बेचने वालों के लिए–

मतलब–हर उस आदमी के लिए जो मेरे और मेरी दो रोटी के बीच दीवार बनकर खड़ा अपना 'कमीशन' माँग रहा है। अगर इन लोगों के नाम कोई सुपारी ले ले तो आम भारतीय को कोई तक़लीफ़ नहीं। हम मेहनतकश लोग थोड़े में संतुष्ट हो जाते हैं। पड़ोसी कोई भी हो, उससे बनाकर रखते हैं। ज़्यादा तीन-पाँच में नहीं पड़ते।

हाँ...तो आपको पता लगे...तो बताना ज़रा...कहाँ संपर्क करूँ?

हैप्पी इंडिपेंडेंस डे

ओफ़्फ़ोह...यह तो बड़ी गड़बड़ हो गई। इस बार पंद्रह अगस्त शुक्रवार को है और राखी सोमवार को! शनिवार आ गया बीच में, वरना पूरे चार दिन की छुट्टी थी। ख़ैर...एक सी.एल. बिगाड़नी पड़ेगी...और क्या?

चार दिन हाथ में हैं। कुछ घर बाहर के ज़रूरी काम निबटाएँगे साला वर्मा...अपनी फ़ाइल निकलवा ले गया...बाक़ी ठेंगा। उसकी गर्दन दबोच कर ही वसूल करना पड़ेगा सुविधा-शुल्क! संडे के दिन कहाँ जाएगा? घर पर ही घेरना होगा।

कामकाज निबटाकर टी.वी. देखेंगें। इसी महीने पुराना टी.वी. देकर नया लिया है। अफ़सोस...यह योजना केवल टी.वी., रंगीन टी.वी. फ़्रिज और स्कूटर पर ही लागू होती है, वरना...खैर!

छुट्टी के दिन सोफ़े पर पसरकर टी.वी. देखना...सोचने से ही ख़ुमारी छाने लगती है। पर एक बड़ा झंझट झेलना पड़ता है। इस सुख के साथ-साथ—हमारे पूज्य पिताजी।

वैसे तो उन्हें दुनिया जहान में कोई दिलचस्पी नहीं है, पर पहली अगस्त से ही रटना शुरू कर देते हैं कि स्वतंत्रता दिवस आने वाला है। लो, जी! आ गया स्वतंत्रता दिवस! मार लो क्या तीर मारना है! बुढ़ऊ फोकटिए स्वतंत्रता सेनानी हैं। फोकटिए यानि कि डांडी मार्च के वक़्त नमक बनाने के चक्कर में अपनी टाँग तुड़वा बैठे। न तो सार्टिफिकेट ही लिया, न पेंशन क्लेम की! तब से अब तक डेढ़ टाँग पर फुदकते फिर रहे हैं। जी का जंजाल है, और क्या...? सार्टिफ़िकेट लिया होता तो कुछ मेरा भला हो जाता। अरे! खुद नहीं तो मुझे ही दिलवा देते। मार्च सैंतालीस में जन्मते ही चीख़-चिल्लाकर विरोध नहीं प्रकट किया था मैंने? पर नहीं! बुढ़ऊ मेरे लिए उँगली भी नहीं हिलाएँगे।

बहुत पहले से ही अपनी ड्रेस चकाचक करवा रखी है! पंद्रह अगस्त को पहनेंगे! रात को 'कल स्वतंत्रता दिवस है' जपते-जपते सोए थे। अब आज सुबह से कान लगाए बैठे हैं कि प्रभातफेरी सुनाई देगी। अब कौन समझाए इन्हें! देश तो कब का जाग गया, प्रभातफेरी की क्या ज़रूरत है? बच्चों से पूछ रहे हैं कि ध्वजारोहण और ध्वज वंदन के लिए कब जाएँगे। लो, और सुनो! जब घर बैठे डेढ़ दर्जन टी.वी. चैनल

स्वतंत्रता दिवस का जश्न दिखा रहे हैं तो क्या पागल कुत्ते ने काटा है कि भीड़भाड़ में धक्के खाने जाएँ।

रंगीन टी.वी. पर कैसा सुंदर लगता है सब कुछ! साफ़-सुथरा गाँव, नाचती औरतें, गीत गाता किसान...मेरे देश की धरती सोना उगले, उगले हीरे मोती...छाँट-छाँट कर फ़िल्मी कतरनें परोसी जा रही हैं। सेना की वर्दी पहने हीरो ब्रांड बंबइया छोकरे मटक-मटक कर देश भक्ति के गीत गा रहे हैं। आज का लोगो उभरता है। लंगरधारी यानि कि एंकर परसन आते हैं। वो...जिसके माथे पर कटे बाल झूल रहे हैं, लड़की है। जिसके इत्ती सी चुटैया है, लड़का है। दोनों डिज़ाइनर ड्रेस में हैं। तिरगें के रंगों का भरपूर उपयोग! बुढ़ऊ की भिनभिनाहट सुनाई देती है...

"ये तो...ये तो...राष्ट्रीय ध्वज का अपमान है।"

अच्छा! तो आ जमे ये भी! अब बराबर इनकी भिन-भिन चालू रहेगी!...क्या किया जा सकता है।

दोनों एंकर परसन खांटी आक्सफ़ोर्डी हिंदी बोल रहे है।

"हैप्पी इंडिपेंडेंस डे! आज इंडिपेंडेंस डे के हैप्पी ऑकेजन पर हम आपको राजा हिन्दुस्तानी फ़िल्म दिखाएँगे। और अब देखिये मोस्ट पॉपुलर सॉंग ऑफ दोज़ टाइम्स...रगुपति रागव राजा राम..."

तकनीकी कमाल और डिस्को की मसालेदार चाट...रामधुन का पॉप अवतार...कमसिन जिस्म परदे पर थिरकने-लरज़ने लगते हैं। वाह...क्या बात है। मेरा ख्याल था कि कमर केवल दाएँ-बाएँ हिलाई जा सकती है, यह तो मल्टी डाइमेंशनल आर्ट है! ऊह...बुढ़ऊ चैन से एन्जॉय करने दें तब न! कुनमुना रहे हैं...उस समय कैसी एकता थी...एकता! माई फ़ुट! अजी, तो आज क्या कम एकता है? कौन सी पार्टी है, कौन लीडर है क्या एजेंडा है—ऐसे तुच्छ भेदभाव नहीं रहे। एक ही लक्ष्य है—कुर्सी!

बुढ़ऊ मेढक की तरह उचकते हैं। "बापू ने नारा दिया था...अंग्रेज़ो... भारत छोड़ो! तो दिक़्क़त क्या है? लोग अंग्रेज़ बन रहे हैं और भारत छोड़ रहे हैं! विदेशी माल का बहिष्कार? चच्च...कैसे समझाऊँ! अरे! जब विदेशी यहीं आकर माल बनाएँगे तो वह विदेशी कहाँ रह गया? स्वदेशी नहीं हो गया! आप तो केवल मुट्ठी भर नमक के लिए पिटे थे! हम तो चुटकी भर हल्दी और दातुन जितना नीम बचा पाने के लिए टाँट खुजा रहे हैं...लाना ज़रा ठंडी पेप्सी और अंकल चिप्स का पैकेट...ख़ामख़ा टर्राते हैं! पेप्सी और चिप्स देखकर बुढ़ऊ भुकरे, फिर बर्राए—गाँधी जी ने कहा था—करो या मरो।"

हाँ...तो?...कर तो रहे हैं लोग! यहाँ-वहाँ, जहाँ-तहाँ, क्या नहीं कर रहे? ये तो बताओ!...और मर भी रहे हैं...'स्व-राज्य' के लिए सब मर रहे हैं। जेल जाने से भी नहीं डरते! प्रधान मंत्री से लेकर प्रधान तांत्रिक तक!

शराबबंदी भी हो रही है! इससे कुटीर उद्योग पनपते हैं। नतीजा सामने है! देश इतना समृद्ध कभी नहीं था। लोग रुपया अंटी में नहीं, सूटकेस और बोरियों में रखते हैं। लो...जी...टी.वी. पर भारतकुमार का इंटरव्यू आ रहा है! बुढ़ऊ अपनी टोपी सँभालते हैं। एंकर परसन सेल्यूलर फ़ोन पर बड़े-बड़े नेताओं की शुभकामनाएँ लेकर मुस्कान लगाकर दर्शकों की ओर फेंक रही है! इंडिपेंडेंस डे की ख़ुशी में कहीं जाज फ़ेस्टिवल हो रहा है!...कंधों पर बाल छितराए गिटार पर क़ोई अंग्रेजी गीत गा रहा है—शायद स्वतंत्रता के बारे में है!...फिर थोड़ी सी पुरानी कतरनें...प्रसिद्ध नेताओं के क्लोज़अप...ट्रिस्ट विथ डेस्टिनी...लाल किले की दीवार पर से भाषण देते प्रधान मंत्री...अब कुछ ताज़ा तरीन नेता...बुढ़ऊ आतंकित हो गए...''नंगे सिर!... टोपी कहाँ है!''

एंकर परसन कहती है...आज के शुभ दिन के लिए थैंक्स टू फ्रीडम फाइटर्स...फिर कतरन...दिलीप कुमार शहीद बने गा रहे हैं... 'वतन की राह में वतन के नौजवां शहीद हो...' भगत सिंह बने भारत कुमार आए...'मेरा रंग दे बसंती चोला...ओ माएँ रंग दे बसंती चोला...' और तो और खलनायक प्रेमनाथ और प्रेम चोपड़ा भी 'राजा बेटा' बन कर आलाप रहे हैं... जहाँ डाल डाल पे सोने की चिड़ियाँ करती हैं बसेरा वह भारत देश है मेरा!

वाक़ई! वो लोग धन्यवाद के पात्र हैं, जिन्होंने ये फ़िल्में बनाईं! वरना आज दूरदर्शन क्या करता? क्या दिखाता? जनता कितनी बोर होती!

बुढ़ऊ अब बच्चों का दिमाग़ चाट रहे हैं...कुछ पता भी है तुम्हें? 'झंडा ऊँचा रहे हमारा' गीत किसने लिखा था?

उधर इंडिपेंडेंस डे की ख़ुशी में एंकर परसन दोनों हाथ से चुंबन उछाल रही है। आज वो इंडियन ड्रेस पहनकर इंडियन खाना खाएगी।...और हाँ...ढेर सारे प्रायोजित तोहफ़े हैं, इनाम हैं। पहला इनाम...दो जनों के लिए लंदन आने जाने का टिकट...बिल्कुल मुफ़्त! बस इतना करना है कि प्रतियोगिता पोस्टकार्ड पर इस क्विज़ का जवाब भेजना है...

''कर चले हम फ़िदा जानोतन साथियों
अब तुम्हारे हवाले वतन साथियों''

बताइये...किस फिल्म का गाना है और इसके डायरेक्टर कौन है? एंकर परसन ख़ुशी से किलकती है।

'हैप्पी इंडिपेंडेंस डे।'

उपलब्धियाँ

आज कितनी धूमधाम से गणतंत्र दिवस मनाया जा रहा है! स्वतंत्रता की स्वर्ण जयंती वर्ष का गणतंत्र दिवस है आख़िर! अनेक चिंतक, विचारक और मनीषी गणतंत्र, प्रजातंत्र और संपूर्ण प्रभुत्व संपन्न लोकतंत्रात्मक गणराज्य के बारे में चिंतन, मनन और लेखन कर रहे हैं। टी.वी. रंगीन चित्रहार बाँट रहा है। कम्प्यूटर आँकड़े उगल रहा है। अख़बार विशेषांक निकाल रहे हैं। चारों ओर समारोहों का समुद्र ठाठे मार रहा है।

वाकई! मेरा भारत महान! हमने बहुत-बहुत और बहुत ही प्रगति की है। प्रागैतिहासिक काल से लेकर आज तक—एक क्षेत्र में तो हमने इतनी प्रगति की है कि क्या कोई माई का लाल करेगा! गोरी काली, पीली हर रंग की चमड़ी वाले को पीछे छोड़ दिया हमने! वह क्षेत्र है विचार स्वातंत्र्य नामक ख़तरनाक व भयानक संक्रमण फैलाने वाले जीव को एकाकी करने का काम! इस दिशा में प्रयत्न तो और देशों ने भी किए, पर महारत हासिल करने का श्रेय केवल मेरा भारत महान को जाता है।

एक हैं बड़े मियाँ! खुद को बड़ा फ़न्ने खाँ समझते हैं। एक लेखक समझ में नहीं आया तो उसके खिलाफ फतवा झाड़ दिया। लेखक फ़ौरन भूमिगत हो गया। जब तब निकलता है वक्तव्य झाड़ता है, किताब छपवाता है और फिर अन्तर्ध्यान हो जाता है। क़रीब दस सालों से यही लुकाछिपी चल रही है। चाटते रहिये अपना फ़तवा शहद लगाकर।

बड़े मियाँ तो बड़े मियाँ, छोटे मियाँ सुबहान अल्लाह! जम्बूद्वीप में भी छोटे-बड़े फ़तवे जारी होने लगे। पड़ोसी बांग्लादेश ने भी अनुसरण किया। यहाँ भी वही हुआ। लेखक तो होता ही है जन्मजात घाघ! विदेशियों से साँठ-गाँठ कर भाग निकला! किताबों के दाम बढ़ गए! कविताएँ हाथों हाथ छपने लगीं। ख़ुदा ख़ैर करे। जानो माल का कोई नुक़सान नहीं हुआ। फ़तवों का मुरब्बा बनाने का मौसम आ गया।

इक हूक सी दिल में उठती है! इस अकिंचन के लिए कोई प्रायोजित फ़तवा जारी नहीं हो सकता? मैं भी वातानुकूलित देश में बैठकर आराम से साहित्य सेवा करूँ! अंतर्राष्ट्रीय बाजार भाव बढ़ जाएगा सो अलग! यहाँ मठाधीश संपादक कछुए

के खेल से गर्दन निकालकर पूछेंगे "अकेले पड़ जाने का दर्द जानते हो?" उनसे मेरा नम्र निवेदन होगा, मरने का कष्ट जानते हो? पर ये सब ख़याली पुलाव है। हम तो 'एलिमिनेशन' यानि कि काट छाँट की कला में निष्णात हो चुके हैं ये फ़तवे-अतवे जारी करना बचकाना काम है। आप फ़तवा जारी करेंगे तो लेखक क्या घर पर बैठ कर हत्यारे की प्रतीक्षा करेगा? वो तुरंत किसी छेद में जा घुसेगा। मौक़ा ताक कर रेंग आएगा और तक्षक की तरह डस कर वापस अपने बिल में जा छुपेगा। अतः इन सब असुविधाओं के चलते हमने सर्वथा मौलिक तकनीक का विकास किया है! हो सकता है इस वर्ष का तकनीक नोबल पुरस्कार इसे ही मिल जाए! तकनीक यह है... जहाँ कहीं भी विचार स्वातंत्र्य असहमति या लेखक होने का फ़ितूर अपनी फ़ितरत दिखाने लगता है, वहीं एक ठो (आवश्यकतानुसार संख्या बढ़ाई भी जा सकती है) जल्लाद पठा दिया जाता है। न अपहरण, न जेल, न मुक़दमा...बस एक अदद गोली! तुरत दान महा कल्याण! इस प्रणाली का सबसे समर्थ, सबल पक्ष यह है कि कई जीव, जिनमें संक्रमण प्रारंभिक चरण में होता है, आत्महत्या कर लेते हैं। भारत जैसे महान लेकिन ग़रीब देश के लिए यह प्रणाली अत्यंत उपयोगी है। पश्चिमी तकनीक कितनी महँगी है। देखिए न...अपहरण करो...विमान का ख़र्चा...टेलिस्कोपिक लेंस वाली बंदूक चाहिए...जासूस और हत्यारा लगाने का ख़र्च! इतना सब करके भी जरा निशाना चूका कि सब मिट्टी। यहाँ इतना ताम-झाम नहीं करते। खुले आम गए, चौराहे पर भीड़ के बीच गोली मारी और वापस आए! कितनी प्रभावोत्पादकता है इस तकनीक में! तब ही न इसे सरकारी-गैरसरकारी, पक्ष-विपक्ष—सबका समर्थन प्राप्त है। वैधानिक चेतावनी : यह तकनीक बौद्धिक संपदा के अंतर्गत पेटेंट करवा ली गई है। कोई बचपना न करें।

कई विपरीत और विभिन्न परिस्थितियों में इसका प्रयोग करके देखा गया। हर बार अभूतपूर्व सफलता मिली! मुख्य चौराहे पर, नुक्कड़ पर, भीड़ के बीच रंगकर्मियों पर प्रयोग किया, शत प्रतिशत सफल रहा। शिक्षा और विद्या के गढ़ महाविद्यालय में छात्रों और अध्यापकों के बीच प्रयोग हुआ—घनघोर सफलता मिली। दूर जंगलों में आदिवासियों और मज़दूरों के लिए काम करते सिरफिरे समाज-सेवियों पर आज़माया—कोई दिक्कत नहीं! अब तो यह आम बात हो गई है।

इधर बंबई में फ़तवे और नक़द भुगतान की संकर तकनीक विकसित की जा रही है। यानि कि पहले तो फ़तवा देते हैं फिर नक़द लेकर शांत हो जाते हैं जो, असहमति प्रगट करता है उसे वहीं फूँक ताप कर चले आते हैं। यह तकनीक अभी प्रायोगिक अवस्था में है, पेटेंट नहीं की गई है। यह थोड़ा धीरे-धीरे असर करती है, पर असर ज़रूर करती है। सप्ताह भर में प्रांतव्यापी और पंद्रह दिन में देशव्यापी असर होता है।

राजस्थान अपनी अलग और नई तकनीक विकसित करने में व्यस्त है। यह

इलाक़ा अपने बीहड़ और बंजर रेगिस्तान के लिए प्रसिद्ध है। इसलिए यहाँ सरकारी स्तर पर शोधकार्य चल रहा है।...संक्रमित जीव को बीहड़ों की ओर हाँक दिया जाता है। दिन में भीषण गर्मी, रात में भीषण सर्दी...दूर-दूर तक मानवीय संवेदना की ऊष्मा नहीं...सहानुभूति की छाँव नहीं! है तो केवल जलती हुई धरती और आग उगलता आसमान! संक्रमण तो क्या, जीव ही जलभुनकर ख़ाक हो जाता है। इस तकनीक का सबसे बड़ा लाभ यह है कि इस तरह का प्रयोग अपना कोई साक्ष्य, कोई निशान नहीं छोड़ता! मानवाधिकार वाले भी कुछ नहीं कर सकते! यह भी देखने में आया है कि कुछ संक्रमित जीव 'स्वस्थ' भी हो जाते हैं। उनकी दिशा अनुकूल और सोच सकारात्मक हो जाता है। ऐसे 'स्वस्थ मना' लोगों को व्यवस्थित और प्रतिष्ठित होने में प्रशासन पूरी सहायता देता है। इनके लिए गीतगाड़ी पर राजस्थान दर्शन का प्रायोजन होता है। ये गीतगाड़ी लेकर निकलते हैं। और जनता का ज्ञान वर्द्धन करते हैं। प्यासों की प्यास बुझाते हैं, अपना भी कंठ तर करते हैं। इस भव्य आयोजन का संपूर्ण भार सरकार ही वहन करती है। फलतः गीतगाड़ी से गीत निःसृत होने लगते हैं। अपने मालिकों/माननीयों की क्षौर क्रिया से लेकर शौच क्रिया तक की विलक्षणता पर 'पचीसी' और चालीसा गाया जाता है। साधारण जनता बोर न हो, इसलिए लगे हाथों कोष्ठ बद्धता पर भी अचूक कवित्त कहे जाते हैं। जिन्हें बुद्धि का अजीर्ण हो गया है, उनके काम आएँगे। इतने पर भी जो लंठ नहीं मानते उन्हें सोने के बाद चार चम्मच और उठने से पहले चार चम्मच 'सत्तासव' पीने की सलाह दी जाती है।

गणतंत्र दिवस के शुभ अवसर पर उन सब महानुभावों को साधुवाद जिन्होंने इस तकनीक को संरक्षण दे पुष्पित-पल्लवित होने का अवसर दिया। बेरोज़गार युवकों के सामने रोज़गार के नए रास्ते खोले! प्रशिक्षण केंद्र स्थापित किये! यहाँ प्रशिक्षण प्राप्त कर नवयुवक अपना और अपने परिवार का पेट पाल सकेंगे! मुझे आशा ही नहीं, अपितु पूर्ण विश्वास है कि यही सुख शांति का मार्ग है। जो भी संक्रमण बड़े भाई को घातक लगेगा, उसकी तुरंत सफ़ाई होगी। और तब इस धरती पर रामराज्य आकर ही रहेगा। बापू का सपना साकार होगा।

आह! कितना सुंदर होगा वह दृश्य! राम दरबार लगेगा! भाई लोग चँवर डुलाएँगे! हनुमान करबद्ध नतमस्तक बैठे होंगे। महर्षिगण स्वस्ति मुद्रा में हाथ उठाए होंगे।

मुझे इस रमणीय चित्र में एक ही गड़बड़ नज़र आती है—सीता! सारी रामकथा में वही सब झंझटों की जड़ है। कोई न कोई बखेड़ा खड़ा करती ही रहती है। शूर्पणखा के नाक कान काट उसके अपहरण की व्यवस्था करवाई, अग्नि परीक्षा ली और चौदह साल बाद फिर जहाँ की तहाँ! अंततः अफ़वाहों का अभियान चलाकर जंगल में छोड़ आए लक्ष्मण! वहाँ भी चुप नहीं बैठी। लव-कुश जन दिए। याद कीजिए। यही थे वो युवक जिन्होंने राम के दिग्विजयी अश्वमेध को चुनौती दी थी। चक्रवर्ती की सेना

को, हनुमान को, लक्ष्मण को सबको परास्त कर दिया था। इन्हें तो भ्रूणावस्था से ही विचार स्वातंत्र्य का संक्रमण था। अयोध्या पहुँच गए और नारेबाजी करने लगे। सोने की सीता सहन नहीं कर सके। नासमझ युवको! सोना हमेशा औरत से ज्यादा कीमती रहा है और रहेगा। कोई भी समझदार प्राणी औरत के बदले उसके वजन का सोना लेने से इंकार नहीं करेगा।

मुद्दे की बात यह है कि रामकथा को सीता ने उलझा दिया। न होता बाँस, न बजती बाँसुरी! अगर यह तकनीक उस समय विकसित हो गई होती तो कितनी सुविधा हो जाती।

आप निश्चित रहें। पूर्णतया नष्ट हो जाएगा यह संक्रमण! आख़िर कटिबद्ध प्रतिबद्ध लोग क्या नहीं कर सकते! चाणक्य के वंशज हैं हम! जो कुश हमारे पाँव में चुभेगा, राजमार्ग की शोभा नष्ट करेगा उसकी जड़ें खोद कर मट्ठा नहीं डालेंगे अब हम! बस...एक अदद पेशेवर हत्यारा...

वणिक वीथि...

समर्थन ने अभूतपूर्व उछाल मारा। निष्ठा लुढ़की। सैद्धांतिक प्रतिबद्धता का निम्नतम सूचकांक दर्ज हुआ। भारी आवक के बावजूद समर्थन का बाज़ार तेज़ रहा। काफ़ी मात्रा में नक़ली माल भी बाज़ार में आ गया। असली माल की काला बाज़ारी हो रही है। लोग 'स्टॉक' को गोदाम में रखकर भी निश्चिंत नहीं बैठ सकते। लठैत निगरानी कर रहे हैं।

कूड़ा कुरेदकर दाना तलाशती मुर्गी की निराशा का अंत नहीं। वह कहाँ से अपने लिए समर्थन जुटाए। बाज़ार भाव तो देखो। बाहर से हजार, अंदर से लाख और अंतर्मन से दो, तो करोड़! इसके आगे बेचारी को गिनती ही नहीं आती। ऐसी गज़ब की ताक़त है इस समर्थन में कि इसके आगे जाति-वर्ण, इतिहास-भूगोल, राजनीति-अर्थनीति, सबकी दीवारें भरभराकर गिर जाती हैं। समर्थन मिले तो गधा पहलवान, नहीं तो तुम कौन हो, मेरी जान?

समर्थन के लिए यह दिन-रात की मारामारी क्यों? वही पुराना क़िस्सा है जी? सोने के अंडे देने वाली मुर्ग़ी किसान दबाए बैठा है। रोज अंडा हथिया लेता है, फिर उसे कूड़े का ढेर कुरेदने के लिए छोड़ देता है। अब जंगल के हर जीव की एक ही अभिलाषा है। किसी तरह यह मुर्ग़ी हथिया लें! दो दिन, दो महीने, दो साल—कोई फ़र्क़ नहीं पड़ता! मुर्ग़ी हर रोज़ सोने का अंडा देती है! ज़रा हिसाब लगाओ!

तो मुर्ग़ी आगे और सारा जंगल उसके पीछे। शेर ने प्रयत्न किया था, पर जंगल का राजा बहुमत यानि कि समर्थन नहीं जुटा पाया। इधर हाथी ने अंदर से और बैल ने बाहर से समर्थन दे दिया। सो फ़िलहाल किसान मुर्ग़ी पर काबिज़ है (काबिज़ का कब्ज़ से कोई लेना देना नहीं है। देर रात तक की सूचना के आधार पर पता चला है कि अंडे किसान को बदस्तूर हज़म हो रहे हैं।

घोड़ों ने घुड़दौड़ मचाई। पर समीकरण हल नहीं कर पाए। ऊँघता हुआ किसान और कूड़ा कुरेदती मुर्ग़ी बहुत पीछे रह गए। चक्कर काट कर लौटा तो देखा कि खच्चरों ने धावा बोल रखा है। थोड़े से समर्थन की क़सर है कि मुर्ग़ी हाथ आई। घोड़ों ने तुरंत भाव ताव शुरू कर दिए।

"महीने के पैंतालीस अंडे हमारे और बाक़ी सब तुम्हारे" खच्चरों ने प्रस्ताव का उत्तर दिया पर "महीने में दिन तो कुल तीस ही होते है?" घोड़ा हिनहिनाया!

"अबे! समर्थन की बात कर! मुर्ग़ी हाथ आते ही महीने के साठ दिन करवा लेंगे। खच्चर की खिजलाहट देखने लायक़ थी। गधे ने रेंक कर अपनी उपस्थिति दर्ज करवाई। खच्चर-घोड़े-वोड़े सब ताड़ गए कि निर्णायक समर्थन गधे के पास है। अर्थात् जिधर गधा, उधर ही मुर्ग़ी!

उच्चैःश्रवा ने नम्रता से खुर जोड़कर पूछा—

"आपका समर्थन मूल्य क्या है?"

"माँगने पर मैं सिर्फ़ दुलत्ती झाड़ता हूँ। किंग मेकर हूँ। जिस पर दिल आ जाएगा उसे ही समर्थित बना दूँगा।"

इधर बंदर ने सीधे मुर्ग़ी को 'अप्रोच' किया। प्रेम से राम-राम कहा। कूड़े के ढेर को देखकर आँसू बहाए। नया दड़बा बनवा देने का वादा किया। आयातित मुर्ग़ी आहार मँगाने का आर्डर दिखाया, पर मुर्ग़ी पूर्ववत कूड़ा क़ुरेदती रही। न जाने कितनी बार समर्थन दिया है। सब चोर बाज़ार में बेच देते हैं। अनाज के व्यापारी को दिया था। वो क़साई के हाथ बेच कर छुरी ख़रीदने चल दिया। फ़िलहाल किसान के पास है। ज़रा देखो तो! छप्पर गिरा जा रहा है, दीवारें ढह रही हैं। खेतों में अनाज नहीं, कुएँ में पानी नहीं। कूड़े का ढेर झोंपड़ी से ऊँचा हो रहा है। पर वो तो समर्थन की खाट पर लंबी ताने सो रहा है।

मुर्ग़ी की बेरुख़ी से बंदर समझ गया कि उसे भी समर्थन बाज़ार ही जाना पड़ेगा। कुछ लाल-मुँहे हैं। कालिख लगाकर समर्थक ही लगेंगे। देखें? क्या क़ीमत माँगते हैं?

बहुत देर से कौआ यह तमाशा देख रहा है। क्या करें? अकेले पड़ गए हैं। वरना मुर्ग़ी पर सीधा हक़ उनका ही बनता है। यह भी पक्षी, वह भी पक्षी। क्या ज़माना आ गया है। सीधी सी बात लोगों की समझ में नहीं आती। कल तक जिस मुर्ग़ीचोर लोमड़ी पर लोग विश्वास नहीं करते थे, वही दो-चार सियारों का समर्थन ख़रीद कर मुर्ग़ी को दाना डाल रही है। इस लोमड़ी से ख़ास चिढ़ है उन्हें। हर रोज़ पूँछ में नया रिबन फूल! चाहे कुछ हो, वो लोमड़ी के हाथ मुर्गी न लगने देंगे। अतः हर पंखधारी को निमंत्रण भेजा। इतने समर्थक आए कि दिमाग़ भन्ना गया। ये मच्छर साले! चुप क्यों नहीं होते।

अचानक अफ़रातफ़री मच गई। लगा—कोई भयंकर समर्थक आ रहा है। जिस कूड़े के ढेर पर मुर्ग़ी रहती है, ठीक उसके नीचे से निकला तिलचट्टा! बड़ी-बड़ी 'स्टेनगन' सी मूछें। पैनी सतर निगाहें। समर्थन के मुद्दे पर उसने हिक़ारत से थूक दिया।

"नामर्द कहीं के। मूँछें तक तो हैं नहीं, अंडों की चाहत में निकले हैं।"

काक श्री बुरी तरह सकपका गए। उन्होंने अंडों के बारे में इस दृष्टिकोण

से नहीं सोचा था। चलो। पंख तो इसके भी हैं, इसे ही किसान को अपदस्थ करने दो! फिर देखा जाएगा।

पर तिलचट्टे ने तो समर्थन की तरफ़ देखा तक नहीं! बंदूक की तरह मूँछें तान कर चिंघाड़ा! ''अक़्ल के दुश्मनों! समर्थन का अंतर्राष्ट्रीय बाज़ार मेरे कब्ज़े में है। तुम्हारे इस लचर समर्थन का मैं क्या करूँगा। तुम लड़ो अंडों के लिए। मैं सीधे मुर्ग़ी मालिक से ही अंडों की डिलीवरी लेता हूँ।''

भारी भीड़ देखकर तिलचट्टा भाषण के मूड में आ गया! ''जब तक कूड़े का ढेर है, मैं हूँ। अभी दिख जाऊँ तो किसान पत्नी फुदककर अलगनी पर बैठ जाएगी—किसान चप्पल लेकर पीछे भागेगा!'' यहाँ उसने एक ठहाका लगाया—ठीक फ़िल्मी खलनायकों वाला अट्टहास।

मैं न कभी मरा हूँ न मरूँगा! मेरे आतंक के बारे में तुमने केवल सुना है, देखा नहीं है। तुमसे तो दो-चार घोटाले भी हज़म न हुए। मैं बारूद पर ज़िंदा हूँ। अंडा, मुर्ग़ी, मुर्ग़ी का मालिक—सब मेरी जेब में है। अब भागते हो या...

पंछी उसके पाँवों पर सिर और अपने पाँव सिर पर रख कर भागे!

इस दौड़ में मैं ही क्यों पीछे रह जाऊँ। आप समर्थन दें तो एक दिन के लिए काग़ज़ के सिक्के चल सकते हैं—क्या ख़्याल है?

भूल...भारी भूल!

यह तो बहुत बड़ी भूल हो गई मुझसे! अब इसे सुधारना भी संभव नहीं। कितना पश्चात्ताप हो रहा है। क्या बताऊँ? रह-रहकर फ़िल्म 'बैंडिट क्वीन' का डायलाग कानों में गूँज रहा है।

"सुन फूलन...अगर एक-दो ख़ून किया तो ख़ूनी कहलाएगी और दस-बीस मारे तो बाग़ी! फिर पुलिस नहीं सरकार तेरे पीछे घूमेगी।" कितनी सही सच्ची सलाह थी। फलस्वरूप आज फूलनदेवी सांसद है और मैं?...क़लम घसीट!

कितना मन करता था मेरा कि कुछ लोगों को 'ऊपर' भेज दूँ! इस धरती पर उनकी ज़रूरत क़तई न थी। वे इस पवित्र धरा धाम पर बोझ थे, इंसानियत के नाम पर धब्बा और इंसान के लिए बहुत बड़ा ख़तरा! पर मैंने ऐसा नहीं किया। नतीजा सामने है—मेरी बेरौनक, बेस्वाद ज़िंदगी।

मैं आज तक ऐसे अपराध की सज़ा भुगतती रही जो मैंने नहीं किया! जिसमें मेरा कोई योगदान, सहमति और नियंत्रण नहीं था। भला इस बात पर मेरा क्या नियंत्रण हो सकता है कि किस घर-परिवार में लक्ष्मी का जन्म हो और किसके यहाँ उनके वाहन का? इसलिए मैं औरत होने की सजा काट रही हूँ। यत्र नार्यस्तु पूज्यंते में चरम विश्वास रखने वाले इस देश में भक्तों के अत्याचार हर स्तर पर झेलने पड़ते हैं। बड़ा मन करता था और अभी भी करता है कि इन भक्तों की मनोकामना पूरी कर दी जाए। जो 'मर' रहा है या 'मरना' चाहता है, उसे कुआँ दिखा देना या उसमें धक्का दे देना क्या अपराध है? पर फिर वही बात! डर गई! नागरिक शास्त्र के पाठ याद आ गए। यह तो हत्या है। और हत्या की सज़ा फाँसी। यह अक़्ल नहीं थी कि सुनियोजित ढंग से आधुनिकतम उपकरणों की सहायता से किया गया कोई काम, घोटाला, हवाला, डकैती, सामूहिक हत्या, बलात्कार वग़ैरह दंडनीय अपराध नहीं है। अपराध पहले सिद्ध करना पड़ता है। अपराधी के विराट आकार के सामने क़ानून का आकार छोटा पड़ जाता है। यह ज्ञान पहले हुआ होता तो...

विवाहोपरांत भी स्थिति में कुछ सुधार नहीं हुआ। बल्कि स्पष्ट कहूँ—गिरावट ही आई। कुछ 'सगे' और कुछ 'संबंधियों' को संखिया चटा देने का बड़ा अरमान

था। इतनी हाय-हाय मचाते थे मेरी जान के लिए कि क्या कहूँ? पर वही ढाक के तीन पात—हिम्मत नहीं पड़ी। रह-रहकर संविधान निर्माताओं पर ग़ुस्सा आता है। ज़रा भी इस बारे में नहीं सोचा और क़ानून की प्रक्रिया को जटिल से जटिलतम बनाते चले गए। जीवन में आठ-दस हत्याएँ करना मौलिक अधिकार होना चाहिए। कारण यह नहीं कि मैं कुछ लोगों को पसंद नहीं करती। कारण यह है कि कुछ लोग हर बार कोई न कोई बहाना बना कर बच निकलते हैं और फिर अपना पुराना धंधा यानी कि लोगों को सताना शुरू कर देते हैं। आख़िर सामाजिक न्याय के लिए अदालतों का मुँह कब तक ताकतें रहेंगे हम लोग! हमें चाहिए कि यह सत्कार्य अपने ही स्तर पर निबटा लें। इससे समाज का सुधार तो होगा ही, हमारी भी प्रतिष्ठा बढ़ेगी।

अभी तो यह हाल है कि अगर मैं प्रधानमंत्री से मिलना चाहूँ तो बड़ा असंभव सा काम है। महिला पुलिस 'टिंग-टिंग' आवाज़ करता 'तुनतुना' लेकर मेरी जाँच करेगी। इधर करोड़ों इधर से उधर कर देने वाले आराम से जा रहे हैं, सत्कार पा रहे हैं।

अब चुनाव सिर पर हैं। भला मेरे जैसा योग्य पात्र कहाँ मिलेगा? मैं घूम-घूम कर, माँग-माँग कर थक गई। कोई भी राजनीतिक दल मुझे टिकट देने को तैयार नहीं। कारण? मेरे पास, न्यूनतम पात्रता नहीं है। मैंने चंबल की घाटियों में समानांतर सरकार नहीं बनाई। मेरे पास हिंसक गुंडा दल नहीं है। किसी हवाले, घोटाले या और किसी फ़साद में जेल नहीं गई। सोनिया गाँधी और अमिताभ बच्चन से मेरी रिश्तेदारी नहीं। और तो और संदिग्ध हालात में जेल में, बम से, राजनीतिक संत्रास से यानी कि किसी भी कारण से मैं दया और करुणा की पात्र नहीं हूँ। कोई मुझे देखकर नहीं कहेगा, हाय! बेचारी। बस! इसीलिए मुझे वोट नहीं मिलेगा और जिसे वोट मिलने की संभावना नहीं है—उसे टिकट भी नहीं मिलेगा। हर राजनीतिक दल को पहले से ही पता होता है, किसमें करिश्मा है और किसमें नहीं।

उन्हें ऐसा चेहरा चाहिए जो अधिक से अधिक लोग—यानी कि जनसाधारण पहचानता हो। ऐसा चेहरा प्रतिबद्ध समाजसेविकाओं के पास है और विश्वसुंदरी के पास भी। पर समाजसेविकाओं को तो राजनीतिक 'ताऊ' सलाह देंगे कि वो अपनी घर गृहस्थी सम्हालें। हाँ! अगर विश्वसुंदरी, फ़िल्म जगत के सितारे और बुद्धूबक्से के तारे प्रचार प्रसार को राज़ी हो जाएँ तो क्या कहने! टिकट चाहिए तो उससे भी कहाँ इनकार है? अठारह साल के वोटर की क्या मजाल? विश्व सुंदरी माँगे और वह वोट न दे? उसकी तो जान हाज़िर है, वोट क्या चीज़ है? इधर राजनीति के क्षितिज पर नया सूरज उगा है। भूतपूर्व डाकू लाखन सिंह। दूरदर्शन ने इनका मुखड़ा दिखाया है। यह वही श्रीमुख है जो उत्तर प्रदेश और बिहार का हर ग्रामीण पहचानता है। हर थाने पर, बस अड्डे, रेलवे स्टेशन और सार्वजनिक स्थल पर इनकी तस्वीर

टँगी है, किसी ज़माने में इनसे मुलाक़ात करवा देने पर सरकार पचास हज़ार रुपए देने को तैयार थी। अब इन्होंने हृदय परिवर्तन कर लिया है तो राजनीतिक दल ने भी अपने रवैये में परिवर्तन कर लिया है। इन्हें ज़रूर टिकट मिलेगा। और ये श्रीमान जीतेंगे भी। गाँव वाले कहाँ भूल पाए होंगे इनका शौर्य?

तो देखा आपने? कितनी बड़ी भूल की है मैंने! ज़रा सा ग़ुस्सा आने पर चाकू चला देती तो कितना अच्छा होता। लोगों को मूली-गाजर की तरह काट फेंकने से भविष्य निखरता है। अरे! ख़ुद नहीं मार सकती थी तो कोई घोटाला ही कर लिया होता। इससे कोई सेना पाल सकती थी और सामूहिक सफ़ाई अभियान चला सकती थी। मैं जानती हूँ। अच्छे सांसद, मंत्री और मुख्यमंत्री बनने के सब गुण मुझमें मौजूद हैं। पर मेरा कोई चांस नहीं है...दूर-दूर तक नहीं है। क्योंकि मेरे तो वो भी साधारण अध्यापक हैं मुख्यमंत्री नहीं।

तू जा चूल्हे में...मेरा क्या?

अरे रे रे...नाराज न हों! आपकी शान में कुछ नहीं कहा है। यह तो हमारे नए एलबम का नाम है। वो...फ़ोटो लगाने वाला एलबम नहीं...एलबम का मतलब है गानों का वीडियो कैसेट...सीडी वग़ैरह। आजकल इसका ही फ़ैशन है। यही धंधा टॉप पर चल रहा है। और यही वह धंधा है जो हर अक़्ल का अंधा, गाँठ का पूरा कर सकता है।

टॉप का धंधा इसलिए कि लगाना कुछ नहीं है और मिलता ख़ूब है। चाहिए ही क्या? कुछ अंग्रेज़ी-हिंदी गानों के कैसेट और कुछ ए.आर. रहमान के। बारी-बारी से सबको एक-एक मिनट बजाओ और रिकार्ड कर लो। ये हो गया म्यूज़िक। अब बचा गाना...इसकी भी कोई कमी नहीं। गानों में सारा झंझट तुक मिलाने का है। यह झंझट मिटाने का सबसे सरल उपाय हाथ लग गया है कुछ भी कहकर आगे 'मेरा क्या' 'मैं क्या करूँ' या 'मेरा दिल/मन/इच्छा', कुछ भी लगा देंगे। दो-चार नमूने देखिए न!

तेरी मेरी कट्टी
नहीं करेंगे मिट्टी
क्यों नहीं दी चिट्टी
सारा मज़ा मिट्टी

या

तू गिर पहाड़ से...मेरा क्या?
तू जा चूल्हे में...मेरा क्या?
बाल्टी कुएँ में...मेरा क्या?
बाटली पेट में...मेरा क्या?

किसी पुराने लोकप्रिय गीत की सिलाई खोल कर, नया अस्तर लगाकर भी बेचा जा सकता है।

सारे देश के लोकगीत हमारी अपनी जायदाद हैं। उन्हें तोड़-मरोड़कर एलबम में डालेंगे। हथेलियों से ज़रा सा मसल कर कोई भी लोकगीत एलबम में डालने से ऐसी सोंधी ख़ुशबू आती है कि उस एलबम पर दुनिया भर में फैले भारतीयों की लार टपकने लगती है। वो एलबम ताज़े भुने चनों और मूँगफली की तरह धड़ाधड़ बिकने लगता है।

आप तो जानते ही हैं कि हम उत्तर प्रदेश के रहने वाले है। हमारे यहाँ शादी-ब्याह में बरातियों को कुछ ख़ास किस्म के गीत सुनाए जाते हैं। संगीतमय गालियाँ। उमर बीत गई ढोलक पीट-पीट कर गालियाँ और रसिया गाते। तालियों के अलावा कुछ भी नहीं मिला। सोच रहे हैं...लगे हाथ शुद्ध देसी गालियों का भी एलबम निकाल दें। नई चीज़ है, हाथोंहाथ बिकेगी। अब तो चुनाव भी सिर पर है, राजनीतिक दल भी इस्तेमाल कर सकते हैं। आजकल तो कनस्तर पीट कर रद्दी खरीदने वाले, हाँक लगाकर सब्ज़ी बेचने वाले भी गाजर मूली की तरह एलबम का धंधा कर रहे हैं और हरे भरे हो रहे हैं। तो हम ही क्यों पीछे रह जाएँ।

एलबम बनाने के लिए सारा ज़रूरी माल रेडी है, फिर पीछे क्या रहना? अभी से बता दूँ कि हमारा एलबम सबसे अलग हटकर यानी कि बहुत ही 'ओरिजनल' है। ऐसा एलबम न आपने पहले कभी देखा होगा, न सुना होगा। बाक़ी सब एलबमों में डेढ़ दर्जन लड़कियाँ अंगिया कच्छे पहनकर नाचती नज़र आती हैं। नाच भी क्या? बस कमर मटकाना और छाती हिलाना। हमने 'इंपोर्टेड' लड़कियाँ डाली हैं। क्या नाचती हैं ये लोग। कोई नए किस्म का नाच निकाला है—मुर्ग़ी नाच। ये इंपोर्टेड लड़कियाँ यही नाच करती हैं। कलग़ी हिलाती, चोंच खोले, कुड़कुड़ करती मुरगी जब अंडा देने जाती है, वैसी ही चाल चलती हैं ये लड़कियाँ। नाचती हैं तो इनके शरीर के दाएँ अंग घड़ी की सुई की दिशा में यानी कि 'क्लॉक वाइज़' गोल घूमते हैं, थिरकते हैं। बाएँ अंग 'एंटी क्लॉक वाइज़' यानी कि घड़ी के काँटों की विपरीत दिशा में घूमते हैं। नहीं समझे। वो तो देखने में ही समझ आएगा। कुछ तो नया डालना ही था न!

राजस्थान की पानिहारिनें नज़र आएँगी। सिर पर घड़े की जगह तबला होगा। वो तबले को कुएँ में डाल देंगी। अपने बालों की रस्सी बनाकर पानी भरने लगेंगी। बैक ग्राउंड में खजूर के ऊपर बैठा ऊँट गाना गाएगा। कुछ बाहर के 'सीन' भी डाले हैं स्विट्ज़रलैंड के 'सीन' हैं। कॉलेज का चपरासी बर्फ बटोर कर ठेले पर रखेगा। बर्फ़ के गोले बनाकर तीन रंग (राष्ट्र प्रेम) डालेगा। कॉलेज के लड़के-लड़कियाँ बर्फ़ के गोले चूसते हुए गाना गाएँगे। बची हुई काड़ियाँ एक दूसरे के नाक-कान-आँख

या जहाँ कहीं उनका मन करेगा, डाल देंगे। यहाँ थोड़ी उठा-पटक, थोड़ा 'वायलेंस' डाल देंगे।

अरे हाँ, एक बात बताना तो भूल ही गए। इस एलबम में 'ड्रेसेज़' का कोई ख़र्च नहीं है लड़के तो 'चांस' के बदले अपने कपड़े खुद ले आते हैं और लड़कियों को कपड़ों की ज़रूरत ही नहीं है।

बाक़ी सब कुछ भी इस एलबम में है। उलटा, सीधा, आड़ा, तिरछा कैमरा है। तेज रोशनी है, जलती-बुझती बत्तियाँ हैं, कीचड़ है, लिपटना-रपटना वग़ैरह भी है। नक़ली चाँद, फूल और प्यार है। सबकुछ है। बन गई न बात। तो आप हमें बताना ज़रूर कि ये सुपर-डुपर हिट एलबम आपको कैसा लगा?

वो फिर आ रहे हैं...

हथियार लपलपाते, जीपें दौड़ाते, धूल उड़ाते...निरंकुश तानाशाह नादिरशाह के वंशज। दिल्ली के सिंहासन को हथियाने के लिए बदहवास दौड़े चले आ रहे हैं। नई बोतल में पुरानी शराब भर, जनादेश लेने...वो फिर आ रहे हैं।

अभी तो उनके जाने के निशान भी न मिटे थे। ग़रीब जनता सँभल भी न पाई थी। और ग़रीब क्या? अमीर भी अपने घर द्वार की मरम्मत नहीं करवा पाए थे, उनकी छाप अपनी दीवारों से पोंछ नहीं पाए थे। अभी-अभी तो करोड़ों रुपया लूट कर गए थे ये लोग। उम्मीद थी कि अब चार-पाँच साल चैन की साँस ले सकेंगे। वो भी मूँछों पर ताव देते इस अदा से गए थे कि अब यहाँ क्या बचा है? अब फ़िलहाल इधर का रुख़ नहीं करेंगे। जनता अपनी रोटी की समस्या से जूझने लगी। कपड़े और मकान की ज़िद तो उसने कब की छोड़ दी थी। न जाने किसने उन्हें ख़बर कर दी कि महज़ उन्नीस महीनों में फिर से लूटने लायक हो गई यह जनता। हर चीज़ में हर क़िस्म की बढ़त हुई है। महँगाई बढ़ी, भ्रष्टाचार बढ़े, टी.वी. पर नग्नता बढ़ी, पुस्तकों के दाम, काग़ज़ और छपाई की क़ीमत बढ़ी। पढ़े-लिखे बेरोज़गार बढ़े, हड़तालें, तालाबंदी रास्तारोको बंद वग़ैरह बढ़े, चलती रेल में डकैतियाँ बढ़ीं, रेल दुर्घटनाएँ बढ़ीं, सामाजिक असुरक्षा बढ़ी। जनता का ये 'सुखचैन' लूटने का वक़्त आ गया और...वो फिर आ रहे हैं।

कोई क्या इनके इक़रार इसरार सुने। कोई उसूल नहीं, पाबंदी नहीं, किसी क़िस्म की रोक-टोक नहीं। महज़ बेशुमार दौलत इकट्ठी करने की हवस है। सांसद और विधायक बड़े कीड़े के लालच में पोखर के मेढक की तरह इधर से उधर कूद रहे हैं। कितना मुश्किल है यह याद रखना कि कौन किधर है और कब तक उधर ही रहेगा। और यह गठबंधन क्या चीज़ है? यानि कि इस शिकार का सिर मेरा और पूँछ तू ले ले। कल जो मारेंगे उसकी पूँछ तेरी और सिर मेरा! कल तक लक्ष्मी पार्वती का आशीर्वाद प्राप्त था, आज पता चला वो रूठ गई है। कल क्या होगा, कोई गांरटी नहीं। डाकुओं, गुंडों-बदमाशों, राजनीतिक विधवाओं और अभिनेताओं के पीछे दौड़ रहे हैं सिपाहासालार! ये साथ हो तो मैदान मारने में सुविधा रहेगी। जिस मैदान को

मारने आ रहे हैं, उसकी हालत भी तो देखिये! बच्चों के स्कूल नहीं, अस्पताल नहीं, मूर्तियों से पटा पड़ा है। कुछ टूटी हुई मूर्तियाँ, कुछ ध्वस्त मंदिर-मस्जिद। किसने बनाया, किसने तोड़ा—आज कोई कुछ कहने को तैयार नहीं! मैदान में दो पत्थर का चूल्हा बना दो रोटी पकाती जनता! ख़ाली पेट इतनी बड़ी मजबूरी है कि ये ही नीले झंडे उठाएँगे और ये ही भगवा झंडे फहराएँगे! इनसे ही तिरंगा, दुरंगा, काला जैसा चाहे झंडा उठवा लीजिए। दिहाड़ी भी वहीं, मज़दूर भी वहीं! बेजान चेहरे, बेरौनक़ आँखें और ख़ाली पेट इंसानों का मुट्ठी बाँध-बाँध कर नारे लगाना! इनकी पसलियाँ तो पहले भी गिनी जा चुकी थीं, अब साँसों की भी गिनती संभव है।...कितनी जान बाक़ी है...शायद यही जाँच करने वो फिर आ रहे हैं।

कहते हैं—जनादेश लेने आ रहे हैं! यानि कि अब तक जो चल रहा था, वो जनता के. आदेश पर चल रहा था। ये हवाले, घोटाले, सामूहिक नरसंहार, लूटखसोट, बलात्कार खुले आम यौन व्यापार! नादिरशाह के चहेते सिपहसालारों के बिगड़ैल शहज़ादे ख़ूबसूरत लड़कियों का जीना मुश्किल कर देते हैं। उठा ले जाते हैं। ये न बन पड़े तो मुँह पर तेजाब फेंक देते हैं। इन लुटेरों की कहीं कोई शिकायत दर्ज नहीं होती! कहीं कोई सज़ा नहीं मिलती। कत्ले आम मचा रखा है। इसे गोली मार दी, उसे चौराहे पर काट डाला। बीस बेकसूर लोगों को मौत के घाट उतार दिया। नादिरशाह को क्या फर्क पड़ता है? टी.वी. अख़बार काला हांड़ी के बारे में दर्दनाक खबरें छापते हैं, गाँवों में फैलती रतौंधी और विकलांगता की चर्चा करते हैं, नदियों के प्रदूषित होने की शिकायत करते हैं, और तो और सरहद पार से जब तब बेहूदा ललकारें आती हैं—पर नादिरशाह को क्या फ़िक्र? ये उसका देश तो है नहीं? अतः लूटखसोट जारी है। उसके प्यादों की तिजोरी भर रही है। दिल्ली का सिंहासन हथियाने में जिससे मदद मिलेगी, घुटनों के बल बैठकर उसका हाथ चूमेगा नादिरशाह! लाल क़िले की दीवार पर झंडा फहराने का सपना पूरा करने वो फिर आ रहे हैं।

जबरा मारे और रोने भी न दे। तीस पैंतीस क़त्ल और बलात्कार का मैडल लटकाकर जब चंद सिपहसालार 'जनादेश' वसूल लेते हैं तो फिर उन्हें अपना राज चलाने का लाइसेंस मिल जाता है। इसीलिए इन जनादेश के लिए इतनी भागदौड़ है। सारे क़ानूनों पर एक जनादेश भारी पड़ता है। वो शेर सुना है?

"जो उसूले गुलिस्ता से वाक़िफ़ नहीं
उनके हाथों चमन का निज़ाम आ गया"।

अब हालात यह है कि जनता को पढ़ना हो (ढंग से) तो प्राइवेट स्कूल कॉलेज में जाए। इलाज करवाना हो (ठीक होना हो) तो प्राइवेट डॉक्टर की फ़ीस भरे, बिजली पानी चाहिए (निरंतर) तो जेनरेटर रखे और कुआँ खुदवाए, कहीं ज़रूरी पत्र भेजना हो (निर्दिष्ट समय में) तो कूरियर सर्विस की शरण ले। अपनी जान माल की हिफाज़त करनी हो तो अपने ख़र्चे पर बंदूकधारी साथ रखें। ऐसा कौन सा काम है जिसे इनके

भरोसे छोड़कर निश्चित हुआ जा सकता है। बल्कि बना बनाया काम और बिगाड़ देंगे। घंटों क्यू में लगकर रेल आरक्षण करवाया। कोई 'रैली' या 'रैला' हुआ कि पूरी रेल इनकी और इनके बाप की! इन्हीं सब कारगुज़ारियों की मंजूरी लेने वो फिर आ रहे हैं!

इधर प्याज़ अट्ठाईस रुपये किलो बिक रहा है, उधर वो अपनी प्रजा के बीच सोने का मुकुट पहनकर मुस्करा रहे हैं। वनवास को गए थे तो राजपाट पटरानी को सौंप गए थे। अब लौट आए हैं तो नज़र दिल्ली के सिंहासन पर है। भैंसें वातानुकूलन में रहें, जनता को चारा भी मयस्सर न हो—यही तो जनादेश है। इनके सब वायदे झूठे हैं और सब दावे खोखले। कोई कहता है उन्हें राज चलाना आता है दूसरा कहता है, वो रामराज वापस ले आएगा! कोई लखनौआ टोपी पहनकर जनता को भुलावा देने की कोशिश में है, तो कोई स्थानीय भाषा में 'इलू इलू' कहकर इतरा रहा है सबकी ज़ुबान पर एक बात है—ये देश, इसकी जनता, उसका भविष्य—सब उनकी बपौती है। वो ही इसको स्थिर रख पाएँगे। जिनके अपने पाँव दो घोड़ों की रक़ाब में हैं, उनका भी यही दावा है, और जिस 'टुकड़ी' में केवल दो जने हैं—सिपहसालार और उनका चमचा या चमची, दिल्ली की किल्ली ठोंकने...वो फिर आ रहे है।

व्यवस्थाएँ चरमरा रही हैं। साख गिर रही है! रुपया लुढ़क-लुढ़क पड़ता है। पर उन पर कोई असर नहीं। दिल्ली और लखनऊ के राज दरबार में जो करतब आए दिन होते हैं, उसके लिए शब्द नहीं गढ़े गए अभी तक! और इन्हीं सबको जनादेश की पड़ी है। कुछ विद्वानों का कहना है कि इन गुंडे बदमाशों को 'जनादेश' मत दो। यदि जनादेश माँगने वाले सभी कुख्यात अपराधी हैं तो? क्या करें इस जनादेश का? बड़ी शोचनीय स्थिति है। अंधों में काणा राजा चुनना है। और कोई काणा भी न मिला तो? फिर दिल्ली के सिंहासन पर कोई धृतराष्ट्र बैठेंगे। कौरव खुलकर खेलेंगे। एकवस्त्रा जनता द्रौपदी को केशों से पकड़ राजसभा में खींच ले जाने के लिए...वो फिर आ रहे हैं।

यूँ तो बेचारी ग़रीब जनता शांति से रहती है। कोई जनम-मरण-परण ऐसा नहीं होता जिसमें अपनी ही जाति और धर्म के लोगों को बुलाया जाता हो! दोस्त-यार बुलाए जाते हैं—उनकी जाति और धर्म नहीं देखा जाता। साधारणतया साम्प्रदायिक सद्भाव बना रहता है। पर अब मौसम बदल रहा है। हवाओं में ख़तरनाक इशारे हैं। वो बुझी राख़ में से चिनगारियाँ ढूँढ़कर हवा देंगे, गड़े मुर्दे उखाड़ेंगे, दंगे-फ़साद, आगज़नी-चाकूबाजी करेंगे। जो न हो, वो थोड़ा है। और उस पर तुर्रा यह कि ये बस जनता के कल्याण के लिए हो रहा है। जनादेश के नाम पर एक बार फिर यही बस करने...वो फिर आ रहे हैं।

उनकी अपील है कि उन्हें हम मदद करें।
चाकू की पसलियों से गुजारिश तो देखिये।

ऑत कुतूर

आतंकित हो गए न! शब्द ही ऐसा है। ठेठ पेरिस से आयातित है। अर्थ है—अंगार प्रसाधन! दहकता हुआ व्यक्तित्व! देखने वाला झुलस जाए! यही सफलता का मूलमंत्र है। उपग्रह द्वारा संचालित दूरदर्शन के असंख्य प्रसारण बता रहे हैं कि किस तरह मार्जार पथ (कैट वॉक) ही वह राह है जहाँ से गुज़रकर, चौबारा सुंदरी रातोंरात ब्रह्मांड सुंदरी बन, करोड़ों काँख में दबा समाज सेवा को निकल जाती हैं।

महानगरों में अनेक विश्वविद्यालय खुल गए है जहाँ विधि-विधानपूर्वक इस कला में निष्णात किया जाता है। दीक्षांत समारोह होता है। सर्वाधिक अंक प्राप्त करने वाली प्रज्वलित शलाका को सौर मंडल की ओर अग्रेषित कर दिया जाता है। सफलता की ओर जाने वाला यह संक्षिप्ततम राजमार्ग सबको अपनी ओर आकर्षित करता है। मैं भी कोई अपवाद नहीं!

आधा जीवन व्यर्थ बिता कर, आधा दर्जन उपाधियाँ बटोर कर भी बात कुछ बनी नहीं। यही निष्कर्ष निकला कि व्यक्तित्व में रंचमात्र भी ऊष्मा नहीं है। यही कारण है कि मैंने 'ऑत कुतूर' की भव्य अट्टालिका का द्वार खटखटाया।

मुझसे अनेकानेक पत्रक भरवाए गए। मेरे कुत्ते की प्रजाति से लेकर वाहन की जाति तक बतानी पड़ी। मेरी वंशावली का गहन अध्ययन हुआ और अंततः साक्षात्कार! निरस्त ही हो जाता मेरा प्रवेशपत्र अगर उनकी दृष्टि मेरे वाहन संबंधी सूचनाओं पर न पड़ती! ऐसा वाहन अर्थात मोटी मुर्ग़ी! यह सिद्ध हो गया कि मैं कर्मठ हूँ। सौंदर्य मंदिर की प्रमुख पुजारिन ने मुझे प्रवेश देकर नवजीवन का आश्वासन दिया।

मेरा पुराना व्यक्तित्व नितांत निष्प्राण व निस्पंद था। उसे विस्मृत कर नवीन जीवंत व स्पंदित अंगार-प्रसाधित व्यक्तित्व की संरचना आरंभ हुई! कैसे चलना चाहिए! कमर से नीचे का भाग निरंतर दोलायमान रहना चाहिए। न्यूनतम वस्त्रों में प्रखर आत्मविश्वास से जगमगाता मुख! अधखुले...आमंत्रण देते अधर...मादक नयन! रंगीन तितलियों सी रेशमी नक़ली पलकें! पलकों को उठाने गिराने की कठिन शिक्षा! पलकें उठाने गिराने से साम्राज्य उठ-गिर सकते हैं। इतना कठिन पाठ्यक्रम और किसी

विश्वविद्यालय का न होगा! घोर से घोरतम नियंत्रण! तनलता को लचीला बनाए रखने के लिए खान कम, पान अधिक। अत्यधिक क्षुधार्त हों तो धूम्रपान!

आयातित मनोविज्ञान पर आधारित पाठ्यक्रम! हाथ वक्ष पर बाँध कर खड़े न हों, यह आत्मरक्षा की मुद्रा है, मानसिक भीत ग्रंथि को प्रगट करती है। अर्थात् आपके जीवन में कुछ छिपाने योग्य है, कुछ दाल में काला है। हाथ पीछे बाँध कर न चलें। इससे स्पष्ट है कि आप अपने पृष्ठ भाग के प्रति अत्यंत चिंतित हैं, कि आप पृष्ठ रक्षा के लिए सन्नद्ध हैं, कि आपकी पृष्ठभूमि संदिग्ध है और पृष्ठ संबंधों के प्रति आपका रुख़ नकारात्मक है। किसी दीवार या मेज़ आदि का सहारा न लें। इससे पता चलता है कि आप दुर्बलमना हैं। बिना सहारे के खड़े नहीं हो सकते; कर्मठ नहीं है, आक्रामक नहीं है और आज के भयंकर प्रतिस्पर्धात्मक युग के लिए सर्वथा अनुपयुक्त है। लहराकर, बल खाकर चलें। साधारण चाल पुरुषोचित होती है, उससे आपकी व्यक्तिगत रुझान के बारे में भ्रम उत्पन्न हो सकता है। किसी की पीठ या मेज कदापि न थपथपाएँ। यह कष्ट के माध्यम से आनंद प्राप्त करने की प्रवृति का द्योतक है। हाथ सिपाहियों की तरह न चलाएँ, इससे आपकी हिंसात्मक प्रकृति पर प्रकाश पड़ता है। हाथ कंधे के ऊपर न ले जाएँ, यह आत्म समर्पण की मुद्रा है। हाथ धोने की सी प्रक्रिया में हाथ न मलें, यह अपराधी मनोग्रन्थि को प्रगट करता है। इन्हें नमस्कार की मुद्रा में न रखें, यह दास्य प्रवृत्ति का परिचायक है। हाथों से अधिक संकेत न करें, इससे आपके व्यवसाय के बारे में भ्रम उत्पन्न हो सकता है। हाथ फैलाए न रखें—केवल व्यवसायी भिक्षुक ऐसा करते हैं। यदि बैठें तो पाँव एक दूसरे के ऊपर चढ़ा कर न बैठें, यह अनुभवहीनता का परिचायक है। पाँव फैला कर भी न बैठें। इसे खुला आमंत्रण समझा जा सकता है। अंततः गुरु माँ ने मुझे पूर्णतया विश्वस्त कर दिया कि हाथ पाँव किसी भी मुद्रा में, कहीं भी क्यों न हों, भ्रम का कारण बन सकते हैं। यह इस सत्र का पाठ्यक्रम था। अगले सत्र में बताया जाएगा कि आख़िर इनका करना क्या है?

अब केश सज्जा का क्रम आया। आजकल घुटे सिर और मुंडी भवों का फ़ैशन है...सिर घुटवा दिया और एक दर्जन 'विग' थमा दिए। किसी पर नन्ही असंख्य चोटियों किसी पर अनान्नास स्टाइल के बाल! कोई कान तक, कोई कंधे तक, कोई कमर तक और कोई एड़ी तक बाल वाला। बाल भी कई रंगों में। वस्त्रों से मेल खाता विग पहनने का प्रशिक्षण मिला! भवें मूंड कर काली पेंसिल थमा दी। जैसी मनःस्थिति, वैसी भँवे। कभी अर्धचन्द्राकार, कभी प्रश्नवाचक मुद्रा! कभी फन फैलाए नागिन सी, कभी बलखाती नदी। कभी पहाड़ी उभार, कभी घुमावदार पगडंडी। जब जैसा मूड हो...इसी तरह गाल और होंठ रंगने का प्रशिक्षण भी मिला। बीसों नाख़ून भी। इन्द्रधनुष का कोई रंग न बचा। बैंगनी परिधान हो तो सब कुछ बैंगनी। केश, पलकें, होंठ, गाल और नाख़ून भी।

फिर वस्त्रों की बारी आई। कई जोड़े हाथ बड़ी फुर्ती से काम कर रहे थे। मेरे लिए, केवल मेरे लिए बनाए गए थे ये वस्त्र! छोटी सी लाल फ्राक के साथ काली साटन का घुटन्ना! मर्दाना पाजामे के साथ कारचोबी काम की अंगिया! कुछ गाउन भी थे। जहाँ-तहाँ यहाँ-वहाँ से कटे हुए, पर्यावरण मित्र! हवा के आवासगमन की पर्याप्त व्यवस्था! कुछ देर बाद सामने दर्पण पर दृष्टि पड़ी! अरे! यह कौन है? यह भी कोई पोशाक हुई भला! लखनौआ सलवार कुरते पर बिना बाँह का बनारसी अंगरखा! उस पर बाँधनी कला की राजस्थानी चूनर! हाथों, गले और कानों में मोहन जोदड़ो और हड़प्पा की खुदाई में निकले धातु और लकड़ी के आभूषण! सिर पर रंगबिरंगी बीकानेरी पगड़ी और उस पर नन्ही सी तिरछी टोपी! कौन है यह नमूना? हाय राम! यह तो मैं ही हूँ। क्या धजा बना दी है! पर वो लोग किलकारियाँ मार रहे थे। एक दूसरे को बधाई दे रहे थे। विश्व की नवीनतम फ़ैशन प्रतिमा बनाने की। अपने इस विलक्षण, विचक्षण और अभूतपूर्व सृजन पर आत्ममुग्ध थे सब। मुझे भी बधाई दी। मैं विश्व की नवीनतम 'ऑत कुतूर' जो बन गई थी। सबने मुझे विश्वास दिलाया कि अंतर्राष्ट्रीय पनघट पर मेरे पहुँचने भर की देर है, विश्व की समस्त सुंदरियाँ पानी भरने लगेंगी। कोई ब्रह्मांड सुंदरी से ऊँची उपाधि की खोज में लग गए। मुझसे कई तरह के अनुबंधों पर हस्ताक्षर करवा लिए। अब तो सारे विश्व के फ़ैशन संस्थान, सकल वस्त्र उद्योग, प्रसाधन फ़िल्म जगत और भी न जाने कौन कौन, मेरे पीछे बौराया घूमेगा। घुटनों के बल गिर कर मुझसे अनुबंध की याचना करेगा। भविष्य में इस तरह की आय का पचास प्रतिशत मुझे गुरु दक्षिणा के रूप में देना होगा। आख़िर इस संस्थान के प्राणांतक परिश्रम ने ही तो मेरा यह रूप बनाया है। मेरा पुनर्जन्म हो चुका था और अब (उनके अनुसार) मुझे विश्व विजय के लिए प्रस्थान कर देना चाहिए था।

मार्जार पथ की चाल से जब मैं राजपथ पर आई तो दिवानिद्रा लेता श्वान दल उठ बैठा। उन्होंने सारंग, ऋषभ, गांधार आदि प्रत्येक स्वर में मेरे सौंदर्य की वंदना आरंभ कर दी। वाक़ई! ज़माना मुझे देखता ही रह गया! घर पहुँची तो माँ-बाप हाथ जोड़ कर अभ्यर्थना में खड़े हो गए। उन्होंने मुझे पहचाना ही नहीं...और उन्होंने क्या? किसी ने भी मुझे नहीं पहचाना!

ऑत कुतूर मेरे पचास हज़ार रुपए कुतर गया और कुतर गया मेरी अपनी पहचान!

तीन शब्द मात्र!

आह! अंततः किसी ने कह ही दिए वो शब्द! यूँ तो मात्र तीन शब्द! पर इन शब्दों को सुनने के लिए मेरे कान कब से तरस रहे थे। रोम रोम उत्कंठित था। इन तीन शब्दों के अभाव में मेरे लिए तो संपूर्ण त्रिभुवन ही अर्थहीन था, संसार असार, जीवन वीरान और भविष्य अन्धकार! इस घोर तमस में एक ही नन्हा सा आशादीप जल रहा था कि कभी न कभी, कहीं न कहीं, कोई न कोई तो कहेगा ही यह तीन शब्द!

कुछ लोगों को यह संक्रमण कम उम्र में ही लग जाता है। मेरे साथ भी ऐसा ही हुआ! जब खाने-खेलने के दिन थे, तब यह जानलेवा रोग गले लगा बैठी! इसकी पीड़ा में तिल-तिल कर घुलती रही। इसकी आँच में पल-पल झुलसती रही। हाय रे दैव! कोई न मिला जो ये जादू भरे शब्द गुनगुना देता या काग़ज़ पर ही लिख भेजता।

जब मेरी उम्र की अन्य लड़कियाँ नख-शिख-रूप-सिंगार की बातों में रस ले रही थीं, मैं छत पर चढ़, दुछत्ती में दुबककर अटकलें लगा रही थी! क्या करूँ जो कोई मुझसे भी वो तीन शब्द कहे! जब मेरी सखियों के दिखउआ यानि कि वरपक्ष वाले कन्या को देखने आ रहे थे। मैं 'काग़ज़ काले' करने में व्यस्त थी। राखी टीके पर मिले रुपए डाक ख़र्च पर 'स्वाहा' कर रही थी। पूरी आशा थी कि एक दिन मेरी तपस्या सफल होगी, साधना रंग लाएगी और कोई मुझे भी वो तीन शब्द लिख भेजेगा। जिसके लिए मैं 'जल बिन मछली' की तरह तड़प रही हूँ।

यूँ ही तड़पते-तड़पते समय बीत चला। भला वसंत किसके यहाँ रुका है जो मेरे पास रुकता? वसंत शिशिर कब के गुज़र गए। अच्छा ख़ासा पतझर आ गया। हाय रे दुर्भाग्य! किसी ने ना कहे ले दे के ये तीन शब्द। सखी सहेलियाँ ससुराल गईं, बाल बच्चे ले कर लौटीं। मैं वहीं की वहीं। झरे पात-सूनी डाल। अब तो संभावनाएँ और भी कम नज़र आने लगीं। लोगों ने भी समझाया। बहुत हुआ इंतज़ार! कोई काम धाम देखो! ऊँच-नीच समझो ज़रा! नौकरी कर लो मन बहलेगा! वग़ैरह-वग़ैरह पर मेरी पलकों पर अभी भी वह स्वप्न अटका हुआ था। वही तीन शब्द मात्र! किसी महान कवि ने मेरी दशा का क्या ख़ूब वर्णन किया है।

लकड़ी जल कोयला भई, कोयला जल भयो राख
मैं बैरन ऐसी जली, कोयला भई न राख।।

कुछ लोग ऐसे निर्मम निकले कि तीन शब्दों की जगह तीन हज़ार शब्द लिख भेजे। ज़ाहिर है इन तीन हज़ार शब्दों में मेरी उन ख़ामियों का विशद वर्णन था जिनके कारण मैं कभी दुनिया के सर्वाधिक लोकप्रिय तीन शब्दों का लक्ष्य नहीं बन सकती थी। स्थूल बुद्धि पर कटाक्ष थे, दृष्टि दोषपूर्ण थी, रसाकर्षण नाम की तो कोई वस्तु ही नहीं थी। और तो और मुस्कराने लायक़ भी कुछ नहीं था। ऐसे में तीन शब्द! असंभव! मारे ग़ुस्से के काँपने लगी मैं। जी में आया कि मैं भी उत्तर में तीन लाख शब्द लिख भेजूँ! ख़ालिस दिल्ली वालों की ज़ुबान में। ''ओये! तू चीज़ क्या है। अपना थोबड़ा देखा है आईने में? बाप के पैसों पर दफ़्तर खोल कर बैठा है और ख़ुद को फन्ने खाँ समझता है। मुझे उपदेश देता है। मुझे? जो तेरे जैसों को पाँव की छिगनी उँगली भी न छूने दें! वक़्त-वक़्त की बात है प्यारे! आज वक़्त तेरा है तू ज्ञान बघार ले। यही वक्त कल मेरे साथ होगा तब मैं बताऊँगी कि मेरे दाहिने हाथ में कितनी उँगलियाँ हैं।''

यह सब सोचा, पर लिखा नहीं। ग़म खा लिया, आँसू पी लिये! बुरी ख़बर बड़ी जल्दी फैलती है आज जो बात सिर्फ़ मैं और वो जानते हैं। शोर मचाने से कल सारी दुनिया जान जाएगी। तब जो मन ही मन सुगबुगा रहा होगा—वही तीन शब्द कहने के लिए—बिदक जाएगा। चुप रहना ही ठीक है। रहीम याद आ गए। उनकी सलाह उचित जान पड़ी! रहिमन चुप है बैठिये देख दिनन कौ फेर! मैं फिर हर समय फिरते समय की अपने पक्ष में फिरने की प्रतीक्षा करने लगी।

अचानक कबीर का दौरा पड़ा। इन्हें भी ढाई आखर का मर्ज़ था। जब सारी दुनिया चैन से सोती थी, ये महाशय रोया करते थे। निंदक नियरे राखिये वाली बात समझ में आई। ज़रा सी बात पर यूँ बिफरना ठीक नहीं। तीन हज़ार शब्द फिर ध्यान से पढ़े। तद्नुकूल स्वयं को सुधारने की प्राणांतक चेष्टा की। स्थूलता को कम करने के उपाय अपनाए। बुद्धि पैनी करने के लिए शंखपुष्पी चूर्ण का नियमित सेवन किया। भाषा और भावों पर छाई 'कुज्झटिका' को छाँटने का संकल्प साधा। प्रखर प्रांजल्य-प्रवाहमान कलेवर और तीखे नुकीले तेवर अपनाए।

और तो सब कुछ ठीक है पर...ये अपनी बात को सीधे स्पष्ट कहने की बात गले नहीं उतरती! सीधे-सीधे कैसे कह दूँ? ऐसा भी कहीं होता है। अपना सारा इतिहास उठा कर देखिये। कभी किसी ने स्पष्ट बात कही? अपने आसपास देखिए। आम आदमी से लेकर ख़ास नेता तक कोई कहता है सीधी स्पष्ट बात!

''बस भई! अब नहीं पिटा जाता'' न कहकर लोग सफ़ेद झंडा दिखाते हैं।

'थू नामर्द' कहने की जगह चूड़ियाँ भेज देते हैं। मेरा पीछा छोड़ दो कहना हो तो राखी बाँध देते हैं। साहित्य में भी प्रहेलिका न जाने कब से चली आ रही

है। अमीर ख़ुसरो की रचनाएँ पढ़ें तो स्त्री-पुरुष तक का भेद स्पष्ट नहीं होगा। बाद की तो बात ही जाने दें। यक़ीन न हो तो ''बहुत कठिन है डगर पनघट की'' से लेकर ''सजन मिलेगा उस आँगन में'' पढ़कर देख लीजिए। और गिनाऊँ? नामीगिरामी लेखक थे। इनका तो नाम ही अज्ञेय था, बात क्या ज्ञेय करते होंगे।

आज तक के अर्जित और चर्चित ज्ञान का निचोड़ तो यही है कि दाहिने पाँव के अँगूठे से धरती कुरेदते हुए, दाँतों में उँगली दबा, तिरछे नयनों से जो तीर फेंके गए, सही निशाने पर लगे और उनकी तत्काल प्रतिक्रिया हुई। इक्कीसवीं शती की दहलीज पर खड़ी दुनिया में यह शैली तो कालातीत हो गई। क्या करूँ? कैसे कहूँ अपनी बात और वह भी बिना लाग लपेट के। स्पष्ट सीधे जाकर छाती पर पिस्तौल तान दूँ? स्वीकार करते हो या दबाऊँ घोड़ा। इससे अधिक स्पष्ट बात और क्या होगी? चरम हताशा की उस सीमा तक पहुँच चुकी हूँ कि ना कहने पर गोली मार सकती हूँ।

तभी अचानक यह अघटित घटा! पूर्वजों के संचित पुण्य उदय हुए। कुलदेवता मुस्कराए। ग्रह-नक्षत्रों की कृपा हुई। नीरव निरभ्र आकाश में बिजली चमकी। उमड़ घुमड़ कर मेघ छाए और युगों-युगों की प्यासी तपती धरती पर मेह बरसा। मेरा जन्म लेना सार्थक हुआ। मैं धन्य हुई। मेरा रोम-रोम पुलकित हो उठा और हृदय गदगद! ऐसे पलों में और जो कुछ होना चाहिए, वह सब कुछ भी हुआ। अभी-अभी कहीं से, किसी ने दूरभाष पर तीन शब्द कहे हैं।

'लेख स्वीकार है।'

सो जाओ, देवता!

पुण्यभूमि भारत में एक विशेष तिथि पर सब देवता अकुलाकर उठ बैठते हैं। उनके उठते ही सारी मानवजाति भी कान पूँछ फटकार कर खड़ी हो जाती है और काम-काज में लग जाती है। विवाह का मौसम शुरू हो जाता है। जिसे देखो वही एक झिलमिलाता कार्ड लिए चला आ रहा है कि फ़लाँ-फ़लाँ तिथि को काठ में पाँव देने जा रहा है। इस मौसम के आते ही महँगाई बढ़ जाती है और घर का बजट डगमगा जाता है। आख़िर एक महीने में कितनी शादियाँ झेल सकता है इंसान? दोस्त, पड़ोसी, रिश्तेदार सब इसी मौमस में विवाह करेंगे। उनकी हड़बड़ देख कर तो लगता है कि अगले साल यह मौसम आएगा ही नहीं। बारातों का बैंड सुन-सुन कर यही समझ में आता है कि अब इस धरती पर कोई कुँवारा-कुँवारी नहीं बचेगा/बचेगी। सब इसी साल गृहस्थाश्रम के पवित्र बंधन में बँध जाएँगे। फिर? फिर मेहमानों से खचाखच भरे घर, चिल्लपों, नाज़ नख़रे और क्या? बारात तो जब आएगी तब आएगी, फ़िलहाल तो मेहमानों के नख़रे देखिये। दामाद पदासीन अफ़सरों के क्या कहने? मुँह में दही जमाए बैठे हैं। 'रूठे सैंया' की मुद्रा बना रखी है। चाय नहीं पिएँगे, खाना नहीं खाएँगे कुछ भी नहीं करेंगे। न जाने किसने किस बात पर उनका अपमान कर दिया है। जब तक उसका प्रतिकार नहीं होगा, वो 'पदमेक न गच्छति' की मुद्रा में बैठे रहेंगे। घर भर पूछ-पूछ कर हैरान है कि आख़िर हुआ क्या? पर वे चुप हैं। टैक्सी मँगवाने का हुक़्म फ़रमाकर सामान सहेज रहे हैं। जब सारा घर उनके चरणों में ही गिर पड़ा तो बोले कि सुबह उनसे जूनियर दामाद को पहले चाय मिल गई थी। भला इससे बड़ा अपमान और क्या हो सकता है? अतः वो जा रहे हैं।

उधर दूसरे कमरे में समानांतर अदालत चल रही है। घर की बहू सुबक रही है। सुबह से चाय लिए जीजाजी के पीछे-पीछे घूम रही है, और वो है कि कभी ब्रश कर रहे हैं तो कभी सुरती फाँक बैठते हैं। बस एक मिनट कहकर बाथरूम में जाकर सो गए शायद...। मेहमानों के दरवाजा पीटने से बाहर आए। अब चाय ठंडी हो गई। दुबारा बनी वो बहुत गर्म थी। कभी बहुत कड़क, कभी बहुत फीकी। ऐसे में क्या किया जा सकता है। कोई और उपाय नहीं है। लगे रहते हैं लोग चरण वंदना

में अंततः देवता पिघले। पिघले क्या? जनता पर अहसान किया। वरना वो तो चल ही पड़े थे।

ये जमे तो दिल्ली वाली बुआ उखड़ गई। सबको नाश्ते में कचौड़ी मिली, उन्हें सिर्फ़ पेठा और मठरी। घरवाले समझा रहे हैं कि भई ग़लती से ऐसा हो गया होगा। परंतु उनका विश्वास है कि जानबूझ कर ऐसा किया गया है। मेरठ में छुट्टन की शादी में भी ऐसा ही हुआ था। सबको बढ़िया गाढ़ा रायता परोसा गया, उनके रायते में पानी मिलाकर परोस दिया। जो इतिहास बखान रही है कि वाह! सारा ख़ानदान हर शादी में उनके साथ कुछ न कुछ कर बैठता है। वो रूठ कर नारा बुलंद करती हैं, अब मैं यहाँ एक मिनट भी नहीं रुकूँगी...घर भर उनके पाँव पकड़कर माफ़ी माँगता है, तुरंत उन्हें दर्जन भर ताज़ी कचौड़ियाँ भेंट की जाती हैं। साथ में गर्म जलेबी भी। काफ़ी मान मनुहार के बाद स्थिति सम पर आती है। हर शादी ब्याह में यह रुठना-मनाना ज़रूरी रस्मों रिवाजों की तरह चलता है। यह अरहर की दाल नहीं खाते, उन्हें उड़द से परहेज़ है। फ़लाँ को सुबह सात बजे नाश्ता चाहिए और अलाँ को बारह बजे। ब्याह क्या है, अच्छा-ख़ासा झमेला है।

वैसे चाहें तो इन समस्याओं को वैज्ञानिक ढंग से सुलझाया जा सकता है? शादी से पहले एक सीनियरटी लिस्ट बनाकर रिश्तेदारों को भेज दी जाए। जिसे कोई शंका या शिकायत हो, मय प्रमाण पत्रों के आए और अपना क्रम ठीक करवा ले। एक बार फ़ाइनल लिस्ट बनने पर कोई संशोधन न हो सकेगा बस! लिस्ट देख कर निबटाते चलिए।

एक रजिस्टर बहुत ज़रूरी है। उसमें सुबह की चाय से लेकर रात के खाने तक का सारा मीनू दर्ज रहे। आपको पूड़ी सब्जी, रायता...लड्डू कचौरी...पापड़ पानी वग़ैरह वग़ैरह मिला? हर आइटम के सामने, सही बना कर दस्तख़त ठोंकिये! ज़रूरी समझें तो ख़ास-ख़ास चीज़ों की गिनती भी दर्ज कर लें। ऐसी पक्की कार्यवाही करने के बाद कोई चूँ चपड़ नहीं कर सकता। तुरंत रजिस्टर हाज़िर किया जा सकता है कि दर्जन भर लड्डू डकार कर ये नाटक!

राम राम करके ब्याह का दिन आता है। मंगलगीत अब कैसेट पर बजते हैं। या फ़िल्मी गीत ही आयोजन की शोभा बढ़ाते हैं अब मंगल गीत महिला मंडली का विशेषाधिकार नहीं रह गए। बक़ायदा मंच बनना है म्यूज़िक सिस्टम आता है वर पक्ष को आमंत्रित कर धूमधाम से मंगलगीत गाए जाते हैं। वधू भी नाचने उठ खड़ी होती है, 'मेरा पिया घर आया हो रामजी'! पूज्य ससुर जी सौ का नोट लहराते हुए न्यौछावर करने आते हैं। वो वधू की ओर बढ़ते हैं और वधू कमर मटकाती मंच के दूरस्थ कोने पर थिरक जाती है। ससुर जी वहाँ तक पहुँचते हैं तो वह मंच के बीच में चकरघिन्नी खाने लगती है। बड़ी मुश्किल से वे न्यौछावर कर वापस लौटने हैं। तब सास जी जेठ जी, जिठाणी मंच पर चढ़ आते हैं। पिया के घर आने का

आनंदोत्सव भी चलना रहता है और न्यौछावर यज्ञ भी। चरमोत्कर्ष पर वर और उसके साथी भी मंच पर आ धमकते हैं। फिर जो धमाचौकड़ी मचती है कि क्या कहने?

उधर बारात का स्वागत भी कम तमाशा नहीं। चाट की दुकान भी है और बर्फ़ के गोले भी मिल रहे हैं। आइसक्रीम के साथ-साथ गर्म-गर्म इमरती भी। तरह-तरह के स्टाल सजा कर गृहस्वामी आतिथ्य के झंझट से छुटकारा पा लेता है। स्टाल सामने है जो जी चाहे, खाइये।

बारात के आने का समय? भला हो इन असंख्य टी.वी. चैनलो का कि बच्चों से लेकर बूढ़े तक नाच के नाम पर मटकना सीख गए हैं। अब सड़कों पर ट्रेफिक जाम हो या और कोई असुविधा। बाराती हैं कि बस नाच रहे हैं। एक बराती नाचना तो ख़ैर जानते ही थे, बजाना भी जानते थे। सो बैंड वाले के हाथ से तासे छीन लिये और बजा-बजाकर दिग्-दिगंत गुँजाने लगे। दुर्भाग्य से दूसरे कलाकार बराती का कान तासों के बीच में आ गया। उन्होंने इन्हें एक घूँसा जड़ दिया। इन्होंने तासे फेंक उन्हें सँभाला। हल्का-फुल्का थप्पड़ घूँसे लात का प्रोग्राम हो गया। पब्लिक बेचारी देख रही है कि कब यह नौटंकी आगे सरके, रास्ता खुले और वो घर जाएँ। समय की पाबंदी कोई नहीं मानता। बारात शाम के सात बजे से लेकर आधीरात बारह बजे तक कभी भी आ सकती है। आनंद तब आता है जब निश्चित अवधि के बाद तम्बू कनात वाले अपनी कुर्सियाँ समेटना शुरू कर देते हैं। आख़िर और भी तो लोग हैं जिन्हें इसी मुहूर्त में कुछ कर गुज़रना है।

जब लोग हाथ-पाँव झटकाते-झटकाते थक जाएँगे तो नाचना बंद करके हाज़िर हो जाएँगे। ठंडा गरम चलेगा। दुलहन की सहेलियों से हँसी मज़ाक करेंगे। जिनकी बैटरी डाउन हो गई है वो कहीं न कहीं से उसे रिचार्ज करने के चक्कर में रहेगा। दुलहन-परिवार अक्सर ये इंतजाम भी करके रखता है। चलो जी, सब ठीक ठाक चल रहा है। सजे सजाए मंच पर दूल्हा बैठा है, दुलहन की प्रतीक्षा कर रहा है। पर दुलहन कहाँ है? पता लगता है कि दुलहन तो अभी ब्यूटी पार्लर से ही नहीं लौटी। कोई शुभचिंतक फ़रमाता है।...अगर ट्रैफिक जाम में फँस गई तो...?

उधर बाक़ायदा म्यूज़िकल चेयर का खेल चल रहा है। आमंत्रित अतिथि हैं पाँच सौ तो कुर्सियाँ केवल दो तीन सौ। लीजिए दुलहन आ गई। वरमाला की रस्म हुई। वीडियो वाले को एंगल कुछ अच्छा नहीं लगा इसलिए उसने वंसमोर का इशारा किया। दुलहन ने दूल्हे के गले से माला निकाल ली और इस बार स्लोमोशन में वीडियो कैमरामैन की ओर मुस्कराते हुए माला डाली। अब आरम्भ हुआ उपहार पर्व।

इधर भोजन का केवल निमंत्रण है आग्रह नहीं। हिम्मत है तो चक्रव्यूह में घुसकर भोजन ले आइये वरना चाट और बर्फ़ के गोले पर संतोष कीजिए। इत्मीनान रखिए। कोई नहीं पूछेगा कि आपने पानी भी पिया है या नहीं। इस अजनबी महानगर में आधी रात को घर लौटने की कोई व्यवस्था है या नहीं।

सारा ख़ानदान दूल्हा-दुलहन के साथ फ़ोटो खिंचवाने में व्यस्त है ये नाना-नानी ये दादा-दादी। नवविवाहित जोड़े के सिर या कंधे पर आशीष का हाथ रखकर फ़ोटो खिंचवा रहे हैं। अगर ये इस तरह हाथ न रखें तो क्या आशीष व्यक्त नहीं होगा।

अब कबीरा अपना रास्ता देखा! उपहार देते ही सबकी दिलचस्पी तुझमें समाप्त हो गई। घर चल और टाइम टेबिल देख...अगली शादी का इंतजाम कर!

बहुत हो गया देवता...अब सो जाओ।

मैं खिलाड़ी, तू अनाड़ी

खेल-खेल में खिलाड़ी खेल दिखा गए; अनाड़ी हाथ मलते रह गए। जो ग़ुस्से के मारे लाल-पीले हो रहे थे; अब डर के मारे पीले सफ़ेद हो रहे हैं। टप-टप रोने वाले सरपट भाग रहे हैं—वक़ील को बुलाने। खिलाड़ी मैदान में डटा हुआ है। यह दाँव नहीं चला तो पैंतरा बदल दिया। अनाड़ी खड़ा टाँट खुजा रहा है, अब किस पर भरोसा करे? नेता तो ख़ैर, जन्मजात अभिनेता थे। खिलाड़ी भी इनमें जा मिले? जो भद्रजनों का खेल था; शिष्टाचार का कीर्तिमान था, उसने धोखाधड़ी के सब रेकॉर्ड तोड़ दिये। जब अनाड़ी रन गिन रहा था; खिलाड़ी नोटों की गड्डियाँ बना रहा था! ख़ूब सुर में सुर मिला कर चिंघाड़ रहे थे—"कम ऑन इंडिया...दिखा दो इन्हें।" लो। उन्होंने दिखा दिया असली खेल।...अब अपने घर जाओ भैय्ये। खेल ख़त्म, पैसा हज़म।

हुआ यूँ कि एक चने को भाड़ की गर्मी रास नहीं आई। अकेला ही भाड़ फोड़ने चल दिया। लोग हँस पड़े। क्या नादानी है। समझाया भी। देख बे! अकेला चना भाड़ नहीं फोड़ सकता। देसी चना बेचारा! इधर-उधर लुढ़कता फिरा और चुप लगा गया। उधर जब विदेश से भाड़ चटखने की आवाज आई तो देसी चना चौकन्ना हो उठा। तुरंत हरकत में आ गया। इस बार लोग हँसे नहीं, घबराए। 'इम्पोर्टेड' ख़बर थी, हँसकर नहीं टाल सकते थे। हमारे यहाँ अभी भी 'इम्पोर्टेड' ठप्पे की बड़ी क़ीमत है।

देसी चना जला बैठा था। उसने इंटरनेट पर टेप चला भाड़ तो क्या, आसमान में छेद कर दिया। खिलाड़ी का मुँह फक्क, अनाड़ी का दिल धक्क। जब हम गला फाड़-फाड़कर इनका उत्साह बढ़ा रहे थे, ये मैदान की धूल मिट्टी झाड़, सटोरियों से मिल, तिरंगे का भाव घटा रहे थे। यहाँ इनकी शान में सिक्के ढल रहे थे, वहाँ वो दबा कर नोट छाप रहे थे। वो शेर सुना है?

बाग़वाँ बन के उठे
और चमन बेच दिया

बात हमेशा 'झंडा ऊँचा रहे हमारा' से शुरू होती है। हमारा देश हर स्तर पर अंग्रेज़ों से लड़ा। खेत-खलिहान, नृत्य-संगीत, कला-साहित्य और खेलकूद। यदि

'अधनंगा फ़क़ीर' हाथ में लाठी लिये अंग्रेज़ों को खदेड़ने पर तुला था तो लकदक सफ़ेद पोशाक पहने काले साहब 'विलो' का बल्ला हाथ में लिये उन्हें हराने में जुटे थे। दोनों ही असफल रहे। अंग्रेज़ों ने भारत छोड़ दिया; भारत ने अंग्रेज़ों को नहीं छोड़ा।

अंग्रेज़ी खेल के अंग्रेज़ी तेवर। जाड़ों की मीठी-मीठी धूप में खेला जाता था। उपनिवेशी चेले गुरु से आगे निकल गए। हर मौसम में खेलते हैं। उधर खेल से रुपया टपकना शुरू हुआ, इधर उसमें नित नये अंकुर फूटने लगे।...ये कप...वो कप...तिकोनी शृंखला, चौकोर प्रतियोगिता, दिन में खेल, रात में खेल...एक दिन का खेल...अब तो लगातार साल भर खेल कर गिनीस बुक ऑफ़ वर्ल्ड रिकॉर्ड में स्थान पाना बचा है, बाक़ी सब कुछ तो हो चुका।

आधुनिक तकनीक का कमाल है कि आम और भिंडी की तरह यह खेल भी सारे साल उपलब्ध रहता है। ज़रा कल्पना कीजिए। मार्च-अप्रैल का महीना है। गर्मी के मारे बुरा हाल है। दर्शक पंखे के नीचे बैठे, हाथ के अख़बार से पंखा झल रहे हैं। खिलाड़ी कड़कती धूप में दस मन का जिरह-बख़्तर चढ़ाए खेल रहा है। भीतर ही भीतर अंडे की तरह उबला जा रहा है, पर खेल रहा है। मई-जून का महीना है। आकाश में बादलों का घटाटोप है। वर्षा की प्रबल संभावना है। पर खेल की पूरी तैयारी है। वर्षा होगी तो दौड़कर पवेलियन में चले जाएँगे, रुकेगी तो वापस आ जाएँगे। अब जाकर अनाड़ियों की इस अद्भुत निष्ठा का रहस्य समझ में आया है। मेहरबानी सटोरियों की। कहीं न कहीं, कोई न कोई हाथ में बल्ला लिये गेंद के पीछे पड़ा ही रहता है। खिलाड़ी बीवी नहीं बल्ले के साथ सोता है। न जाने कब कहाँ से खेलने का निमंत्रण आ जाए। गेंदबाज़ नींद में भी गेंद को सहलाता-घुमाता रहता है। सब खिलाड़ी पहलू बदल-बदलकर कुछ लपकने का अभ्यास करते रहते हैं। न आराम की फ़ुरसत है, न बीमारी की मोहलत। किसने कहा यह खेल है? यह तो अच्छा-ख़ासा व्यवसाय है। वैशाख की धूप है, जितने पापड़ बने, सेंक लो।

लाख जुल्म ढाए हों अंग्रेज़ों ने! हर काले पीले आदमी की तमन्ना सफ़ेद कहलाने की होती है। लाख इल्जाम लगें इस खेल पर। हर खेल प्रेमी युवक की तमन्ना टेस्ट क्रिकेटर कहलाने की होती है। अनाड़ियों ने ध्यान नहीं दिया। वरना खेल के रंगढंग तो न जाने कब से बदलने लगे थे। निशाना विकेट को नहीं, खिलाड़ी के शरीर को बनाना है। (बॉडी लाइन) पर वाह रे अनाड़ी! तनिक भी श्रद्धा कम न हुई। खिलाड़ी वही जो बल्ला घुमाए; सूरमा वहीं जो विकेट ढहाए। ग़रीब देश का अमीरी शौक। एक मैच का मतलब है लाखों रुपया। ढेर-सारे प्रायोजक; अनगिनत इनाम। प्रसारण अधिकार प्राप्त करने के लिए धक्कामुक्की। मैच के अजीबोग़रीब नाम रखे जाते हैं—सरफरोश। क्यों नहीं? ये सब 'आपरेशन विजय' (कारगिल युद्ध) से कहाँ कम है? अंतर केवल इतना है कि न उन्हें प्रायोजक मिलते हैं न विज्ञापन। और इनाम

किस बात का? जो कुछ अद्‌भुत अनोखा और अनुपम है वह क्रिकेट में है, बाक़ी सब घास कूड़ा है। सब मुँह बाये देख रहे हैं। क्या धुआँधार प्रचार है। यह खाओ...वह पीयो...यह ख़रीदो...वह पहनो। हर यात्रा का एक ही अंत। टेस्ट क्रिकेट के दो टिकट मुफ़्त। जब विज्ञापन पर इतना पैसा ख़र्च हो रहा है, तो असली खेल के क्या कहने? सब चाँदी काट रहे हैं और सटोरिये सोना। खिलाड़ियों की दसों उँगलियाँ घी में और सिर कड़ाही में। किसी की जेब से कुछ नहीं जाता। इन विज्ञापनों का ख़र्च भी ठंडी बोतल और चिप्स के पैकेट में जोड़, अनाड़ी की जेब से खींच निकालेंगे। खेल की भी कोई गारंटी नहीं। सिनेमाघर के बाहर बोर्ड कहता है, बिजली चले जाने पर टिकट के पैसे वापस नहीं मिलेंगे। स्टेडियम के बाहर भी लगभग इसी आशय का बोर्ड रहता है। वर्षा होने पर घर जाइये। हमारा भेजा मत खाइये।

ऐसे-ऐसे दिन देखे हैं अनाड़ियों ने कि क्या बताएँ। मैदान पर पड़ोसी से खेल चल रहा है, सीमा पर युद्ध। सारा देश खिलाड़ियों के उत्साहवर्द्धन में लगा है। चारण काव्य रचा जा रहा है। नाच-गाना, मिक्स-रिमिक्स, नारे-बिल्ले और न जाने क्या-क्या? आह रे! कराह उठा देश जब पिता की मौत के कुल तीन-चार दिन बाद खिलाड़ी कर्तव्य निबाहने मैदान में उतरा।...सीमा पर न जाने कितने अनाड़ी अपने-अपने शोक घर पर छोड़ युद्ध के मैदान में मौत से खेलने उतर पड़े थे। जान की बाज़ी लगा दी। इस 'खेल' का भी नोटिस लिया गया। इनके नाम पर ख़ून इकट्ठा किया, अस्पतालों को बेच दिया। राजमार्गों पर युवकों की टोली उतरी और चंदा उगाह कर अन्तर्ध्यान हो गई।

तिजारी के बुख़ार की तरह यह पाँच दिन का संक्रमण है। लोग टी. वी. से जा चिपकते हैं। सरकारी दफ़्तरों, बैंकों, स्कूल कॉलेजों में सार्वजनिक अवकाश का वातावरण छा जाता है। पान की दुकान मधुमक्खी का छत्ता नज़र आती है। परिचित कहिए, क्या हाल है? न कहकर, कहिए, क्या स्कोर है? कहते हैं।

यदि सटोरियों ने कह दिया, चलो! इस बार तुम जीत जाओ। तो सारे त्यौहार एक साथ। अगर मटका इनके नाम नहीं खुला तो सारे देश में सनक।

नेता अभिनेता सब इन पर न्यौछावर हैं। फ़िल्म तारिकाएँ वरमाला डालने को आतुर हैं। 'आठों सिद्धि नवों निधि' हाथ में हैं। लेकिन कलदार की खनक चुंबक का काम करती है। खिलाड़ी खिंचा चला जाता है।

कौमार्य भंग की तरह विश्वास भंग होने पर उसकी पुनः प्रतिष्ठा लगभग असंभव है। हो सकता है हमारे नाती-पोते अपने नाती-पोतों को कहानी सुनाएँ...एक खेल हुआ करता था।...सन् 3000 में वानखेड़े स्टेडियम की खुदाई में इस खेल के अवशेष मिले। अमीर ख़ुसरो की पहेलियों में एक पहेली और जुड़ जाए।

मौक़ा देख के रंग बदलता
कभी सफ़ेद कभी काला

बगिया का छैला रंगीन
कर गया ख़ूब घोटाला
क्यों सखी, गिरगिट?
ना सखी, किरकिट।

हर चीज़ मिल रही मुफ़्त...मुफ़्त

बर्तन माँजने और झाडू-पोंछा करने वाली हमारी बाई चौराहे की चाय-दुकान के टी. वी. की तरह है। एक बार शुरू होने की देर है, बंद होने का कोई वक़्त नहीं। कोई सुने न सुने, देखे न देखे, वो ऊँची आवाज में हाव-भाव सहित चालू रहती है।

"हाय...हाय...बीबीजी...महँगाई कितनी बढ़ गई है। ग़रीब आदमी का तो जीना मुश्किल हो गया है। बाज़ार में जैसे आग लग रही है, किसी चीज़ पर हाथ रखते नहीं बनता। प्याज़ तीस रुपये किलो, टमाटर बीस रुपये किलो...हरी मिर्च तक कोई मुफ़्त में नहीं देता।"

क्या बकवास कर रही है। अनपढ़ गँवार है न। अख़बार पढ़े तो पता चले कि कहाँ क्या हो रहा है। आजकल तो देश में समृद्धि की बाढ़ आई हुई है। लोग बाग चीज़ें बाँट रहे हैं, बिल्कुल मुफ़्त...

कार के टायर ख़रीदो...घड़ी मुफ़्त। टी. वी. लो तो वाशिंग मशीन, सी. डी. प्लेयर या माइक्रोवेव ओवन मुफ्त। बताइये, इतनी दिलदारी कभी देखी थी आपने। यक़ीन नहीं आता? अरे भैय्ये। जाकर दुकानदार से पूछ आओ। टी. वी. भी देगा और उसकी क़ीमत का चेक भी। पाँच साल बाद पूरी क़ीमत वापस ले लेना। अगर यह भी मुफ़्त नहीं हुआ तो और क्या है जिसे आप मुफ़्त कहेंगे?

सारे बाज़ार में यही बाढ़ आई हुई है। एक साड़ी लो तो दूसरी मुफ़्त। एक शैम्पू की शीशी लो, दूसरी मुफ़्त। पाउडर का बड़ा डिब्बा लो, छोटा मुफ़्त। चाय का पैकेट लो, कप मुफ़्त। साबुन ख़रीदो, टूथपेस्ट मुफ़्त। प्लास्टिक के डिब्बे पेन और पेंसिलों की तो कोई गिनती ही नहीं है। ये बाई कितनी मूर्ख है। अख़बार पढ़ती तो कितना फ़ायदा होता इसका।

और तो और...अख़बार वाले भी इनामी कूपन निकालते हैं। वर्ग पहेली पर भी इनाम देते हैं। आजीवन सदस्यता लो तो काफ़ी माल मिलता है, बिल्कुल मुफ़्त...पौटेटो चिप्स और ठंडे शर्बत के साथ तक स्वचिपकू गोदना यानि कि टैटू मिलता है। और क्या चाहिए आपको?

और जानकारी दूँ? पति यूरोप घूमने जाए तो पत्नी का टिकट मुफ़्त। पति-पत्नी

दोनों जाएँ तो दो बच्चों का टिकट मुफ़्त। आजकल मनोरंजक पार्क तक यही कर रहे हैं। वहाँ जाने से तरह-तरह के कूपन और इनाम मिलते हैं...बिल्कुल मुफ़्त।

कुछ वाणिज्य संस्थान ऋण पत्र (क्रेडिटकार्ड) देते हैं। इस कंपनी से लो तो विदेश यात्रा का लाटरी टिकट मुफ़्त। उस कंपनी से लो तो किसी प्रसिद्ध होटल में तीन-चार दिन-रात मुफ़्त में बिता सकते हैं। अनेक क्लब हैं, इनकी आजीवन सदस्यता लेने पर भी कुछ न कुछ मिलता है...बिल्कुल मुफ़्त। कहिए। कैसी रही?

हमारे पड़ोसी इन सब परिवर्तनों से बहुत प्रसन्न हैं। कुँआरे बैठे है। उसदिन की प्रतीक्षा है जब एक अदद पत्नी के साथ साली मुफ़्त मिलेगी।

तो...इसे कहते हैं,...आम के आम, गुठलियों के दाम।

पर ये हमारी बाई तो प्याज़ को रो रही है। अरी। कभी कभी टी. वी. देख लिया कर रोज दिखाते हैं कि इतनी सुन्दर महिला प्याज़ काटते हुए रो रही है। टी. वी. बताता है कि अब प्याज़ लहसुन, अदरक, टमाटर सब डिब्बा बंद आता है। जरूरत क्या है काटने पीसने का झंझट करने की? देश की संसद में भी बताया गया है कि टमाटर महँगा होने पर परेशान होने की ज़रूरत नहीं है। डिब्बा बंद 'टुमैटो प्यूरी' खरीदो। यह बात बहुत बड़ी क्रांति की सूचना है। इतिहास में पढ़ा था हमने। फ्रांस की राज्य क्रांति से पहले वहाँ की महारानी ने ऐसा ही सुझाव दिया था।पर लोग हैं कि नहीं समझते और बेकार का हो-हल्ला मचाते हैं। अभी-अभी एक और विधायक ने साफ़-साफ़ बात समझाने का प्रयत्न किया है। उन्होंने बताया कि टमाटर खाना स्वास्थ्य के लिए अत्यंत हानिकारक है। बरसात और जाड़ों में तो टमाटर छूना भी नहीं चाहिए। आयुर्वेद में तो टमाटर को क़तई नहीं गाँठते। कैसी सब्ज़ी? इसकी ओर देखना भी महापाप है। इतनी-इतनी चेतावनी के बाद भी जनता, टमाटर के पीछे पड़ी है।

और हाँ...याद आया। आजकल तो टी. वी. वाले भी कितने-कितने इनाम दे रहे है। हज़ारों रुपयों के चेक, घड़ियाँ, कपड़े, जूते, कार और मुफ़्त सैर। क्या नहीं कर रहे बेचारे। सोना और हीरे तक तो दे रहे हैं। अब कोई चैन से बैठ कर टी. वी. भी न देखे, तो फिर उसका भाग्य कोई कैसे बदल सकता है।

टी. वी. देखने की सलाह देने पर बाई मुझ पर बरस ही पड़ी।

"किसे फ़ुरसत है टी. वी. देखने की? दिन भर बाबू लोगों के यहाँ काम करते हैं और रात को अपने घर पर। आठ-आठ घंटे बिजली नहीं आती...टी. वी. कहाँ से देखें।...बीबीजी...मुझे कार-वार नहीं चाहिए। सोने चाँदी का भी लालच नहीं है। मैं ठहरी अनपढ़-गँवार। अब आप पढ़ी-लिखी हो, ज़रा अख़बार देखकर बता दो कि बीस रुपये वाली नेकर के साथ फ्री कमीज कहाँ मिल रही है। वो बबलू स्कूल जाता है न। किताबें ख़रीदने पर कितनी कापी फ्री देगा? उसका चप्पल लूँ तो छोटी मुन्नी का चप्पल फ्री देंगे?..."

अपने पल्लू से हाथ पोंछती-पोंछती सिर पर ही आकर खड़ी हो गई।

"दस किलो चावल या आटा लेने पर कितना दाल मुफ़्त में देगा? एक कट चाय लेंगे तो बड़ा पाव मिलेगा न। कितना कोंहड़ा लूँ कि थोड़ा प्याज़-टमाटर मुफ़्त मिले।"

वो आशाभरी नज़रों से मुझे देख रही थी। मैं अख़बार में मुँह छुपाए उसके पन्ने पलटती रही। पर ये मुँह छुपाना कब तक चलता? आखिर तो उसे बताना ही पड़ा। ये सब ज़रा-ज़रा सी मामूली चीज़ें कोई क्या मुफ़्त में देगा।

बाई जाते-जाते मुड़कर बोली, "अरे बीबीजी, ये सब आप बड़े लोगों की बड़ी-बड़ी बातें हैं।...हम मर भी जाएँ, तो क़फ़न तक मुफ़्त में नहीं मिलेगा।

...पदनाम बदलिये...

इस समय ज़रा जल्दी में हूँ बाद में बात करना...जनहित में एक याचिका दायर करनी है। मेरा पदनाम ग़लत है, इसे बदलना है! मैं कोई सेवक-वेवक नहीं हूँ। यह क्या बात हुई कि सरकारी सेवा में हूँ तो जनता यानि कि हर ऐरा-ग़ैरा-नत्थू-ख़ैरा मुझे अपना सेवक समझे।

बहुत हुआ...अब एक पल भी मुझे यह स्टेटस मंजूर नहीं। मैं शिक्षक हूँ—चाहें तो सरकारी शिक्षक कह लीजिए। पर सेवक? क़तई नहीं।

इस सेवक शब्द के चलते ही सारा झंझट है। इसीलिए आचार-संहिता की गुँजलक मुझे जकड़ लेती है। सरकार की आलोचना मत करो, ट्यूशन मत करो,...यह मत करो...वह मत करो...ऊँह। खुद तो कुछ भी नहीं कर सकते, पर सरकार जो करवाए, जैसे करवाए...करना पड़ेगा। कितनी असंगत बात है।

मेरे सेवा नियमों के क्या कहने! सही समय पर पहुँचकर दस्तख़त न करूँ तो प्रधानाध्याक, सरपंच और एस. डी. एम. से लेकर शिक्षा मंत्री तक ग़ुर्राता है। इनकी ग़ुर्राहट से दिग्-दिगंत गूँज उठता है। और अब सबने मिलकर यह फ़तवा दे दिया है कि मेरे कारण शिक्षा का स्तर गिर रहा है। स्कूल कॉलेजों में पढ़ाई-लिखाई होती ही नहीं। कोई भी काम नहीं होता और लड़के बिगड़ रहे हैं।

कोई काम कैसे नहीं होता? आए दिन अभियान नहीं चलाते हम लोग? तरह-तरह के 'दिवस' नहीं मनाते? मना-मुनू कर ग्यारह प्रतियों में सरकार को रपट नहीं भेजते? इसके अतिरिक्त जनगणना मैं करवाऊँ, पशु-गणना मैं करवाऊँ। किसी भी अभियान को चलाना है—शिक्षक को पकड़ो। लोक जुम्बिश योजना को सफल बनाना है। ठहर बे, भागता कहाँ है? तेरी गर्मियों की छुट्टियाँ कैंसिल। ले पकड़ योजना और चालू हो जा। हाँ...हाँ...ले लेना आधी पी. एल. कुल कार्य दिवसों के बदले। चल अब काम से लग।...यानि कि क्या बताऊँ? सघन साक्षरता अभियान से लेकर परिवार नियोजन, नशाबंदी, कुष्ठ निवारण, पल्स पोलियो, अल्पबचत, दीर्घखपत, अंधता, मूर्खता—सारे सरकारी महा-अभियानों की धुरी मैं हूँ। बीस बरस बँधुआ मज़दूर की तरह खटने पर पेंशन का अधिकार मिलेगा।

अब ज़रा दूसरे सेवकों पर भी नज़र डालिये। सबको ऊपरी कमाई या मेज़ के नीचे से आमदनी की सुविधा है। आवास मिलता है। दो या चार पहियों वाला वाहन भी मिलता है—वाहन चालक भी। ये 'सेवक' जिस शहर या गाँव के दौरे पर पहुँचता है—वहाँ के निवासियों को 'दौरा' पड़ जाता है। सबसे बड़ी बात—शैतान छोकरों का झुंड हरदम उनकी गर्दन पर सवार नहीं रहता।

और जो 'जनता के सेवक' हैं, उनके क्या कहने। यूँ तो 'सेवक' हैं; पर देखें तो 'मालिकों' को गश आ जाए। सेवा-नियम? वाह-वाह! 'मुख्यालय' पर ही रहने की कोई पाबंदी नहीं। 'कार्यालय' में आए तो ठीक, नहीं आए, तो भी ठीक। अगर आए भी तो सोकर, ऊँघ कर, वक़्त गुजारकर चले गए। जागे तो किसी पर जूता फेंका, किसी को थप्पड़ मारा। गालियों की तो कोई गिनती ही नहीं। ऐसे मनोरंजक 'कार्यक्रम' यदि 'कार्यालय' के एक क्षणभंगुर 'कार्यकाल' में झेल लिये तो आजीवन पेंशन का प्रबंध। अन्य सेवकों की तरह इन्हें कभी हड़ताल जैसी हाय-तौबा नहीं करनी पड़ती। कुल जमा पच्चीस तीस मिनट में ध्वनि मत से प्रस्ताव पारित हो जाता है। वेतन-भत्ते-सुविधाएँ बढ़ाना, सब अपने हाथ में। असली 'फ्रीडम' तो इन्हें ही मिली है।

कैसा मजाक चल रहा है। लोग गैस कनेक्शन, टेलीफोन और पेट्रोल पंप बाँट रहे हैं और मैं चॉक को कस्तूरी की तरह इस्तेमाल करने में व्यस्त हूँ! लोगों के घर से बोरियों रुपया निकलता है और वो 'सरकारी माल है' कहकर बच जाते है। मेरे घर से कुर्सी मेज़ बरामद हो जाए, तो भूकंप आ जाएगा।

अभी मेरा एक साथी 'राजनीतिक षड्यन्त्र' का शिकार हो गया था। उस पर एक सौ पैंतीस रुपये के ग़बन का आरोप था। इधर एफ़. आई. आर. दर्ज हुई, उधर को निलंबित हो गया। कुछ ख़ुशनसीब सेवक ऐसे भी हैं जिन पर करोड़ों रुपयों के घोटाले का इल्ज़ाम है;. पर संविधान में इनकी छाया तक छू पाने का प्रावधान बड़ी कठिनाई से मिला। सारा देश सिर खुजा-खुजाकर गँजा हो गया, तब कहीं उन्हें जेल हुई। और जेल भी कैसी? चकाचक फाइव स्टार जेल।

ज़रा सोचिये! पूरे राष्ट्र में मेरे नाम पर 'शिक्षक दिवस' मनाया जाता है। है कोई और सरकारी कर्मचारी या सेवक जिसकी शान में पूरा राष्ट्र 'दिवस' मनाता हो। उधर सारा राष्ट्र 'दिवस' मना रहा है और आप मुझसे अबे-तबे कर रहे हैं।

वो तो मैं ही हूँ जो इतने दिन झेल लिया। और कोई होता तो...ख़ैर।

मुझे भी चाक-डस्टर-ब्लैक बोर्ड और लायब्रेरी की पुस्तकें बाँटने की सुविधा होनी चाहिए। अपनी सेवा शर्तें और सुविधाएँ भी हम ही तय करेंगे। सप्ताह में एक दिन एक कक्षा में उपस्थित हो जाने पर जीवन भर पेंशन के अधिकारी होंगे। और हाँ...ट्यूशन तो द्रोणाचार्य के जमाने से चली आ रही है...मेरा जन्मसिद्ध अधिकार है।

अब मेरा पदनाम सरकारी शिक्षक है। सरकारी सेवकों के लिए बनी आचार संहिता को सिंगट्टा। भ्रष्टाचार निरोधक कानून...ये रखा ताक़ पर। जय-शिक्षक।

परिवार नंबर वन

कुली नंबर वन, हीरो नंबर वन और बीवी नंबर वन की अगली कड़ी है—परिवार नंबर वन! मारधाड़, हँसी-मज़ाक़ और नाच-गानों से भरपूर मनोरंजक फ़िल्म। क्या नहीं है इसमें! सस्पेंस है, ड्रामा है, फ़ाइट है, दैवीय चमत्कार है और सबसे बड़ी बात—भारतीय संस्कृति का गुणगान है। प्यार वग़ैरह तो ख़ैर है ही...

आजकल फ़ेमिली ड्रामा यानि कि परिवारिक पृष्ठभूमि पर बनी फ़िल्में ख़ूब चलती है। इसीलिए प्रसिद्ध निर्माता-निर्देशक एक्टर पदम जी भाई ने यह फिल्म बनाई है। देखना...हर क्षेत्र में ख़ूब कमाएगी। पिछले सारे रेकार्ड तोड़ देगी।

बड़ी सेंटीमेंटल कहानी है। एक संयुक्त परिवार है। जैसा कि आप सब जानते हैं, परिवार में हर तरह के सदस्य होते हैं। अच्छे भी, बुरे भी। सबसे बड़ा भाई छोटे भाइयों को पालने की ख़ातिर आजन्म कुँआरा रहा। जीवन भर खट कर इन लोगों को किसी लायक बनाया। बड़े होकर ये सब बड़े नालायक निकले। मेहनत मशक्कत और ईमानदारी का कोई काम नहीं करना चाहते। डींग हाँकते हैं, गाल बजाते हैं और गली मोहल्ले में दादागिरी करते घूमते हैं। जब जूते पड़ने के आसार नज़र आते हैं, तो दौड़कर भैया के पीछे छुप जाते हैं मुहल्ले में बड़े भैया का बड़ा दबदबा है, इसीलिए इन लोगों की चौधराहट चल जाती है। बड़ा दुख होता है बड़े भाई के लिये। चच्च! छोटे भाइयों की ग़ैरजिम्मेदाराना हरकतों का ख़मियाजा उन्हें भुगतना पड़ता है।

सभ्रांत परिवारों की तरह इस फ़िल्म में भी महिलाओं की भूमिका बस, यूँ ही सी है। जब परिवार पर कोई संकट आता है, तब ये महिलाएँ अपने त्याग, तपस्या और कर्मठता से परिवार की इज्ज़त बचाती हैं। यह पुनीत कर्तव्य निबाह वे पुनः रसोईघर में लौट जाती हैं। वही भारतीय नारी की युगों युगों से चली आ रही छवि! अच्छी तरह ढका तन-बदन, माथे पे गोल बिंदिया, कलाई भर चूड़ियाँ और माँग में शाश्वत सिंदूर।

एक ठो लड़ाका ननद भी है। बड़ी मुँहफट, बड़ी तेज-तर्रार! परिवार उसके बारे में दोतरफा नीति रखता है। जब वह बाहर झगड़ा करती है, हाथ फटकार-फटकार

कर ताने-तिश्ने उछालती है, तब घर के लोग चुप रहते हैं। जब यही लड़की घर-आँगन में क्लेश करती है, तो सब भाई डाँटते हैं। उसके स्वभाव के कारण उसका घर नहीं बसा पाये अभी तक! यही कारण है कि वह जब-तब ताल ठोंक 'दो-दो हाथ हो जायँ' वाली मुद्रा में आ जाती है। जब झगड़ती है तो जो धारा प्रवाह आग उगलती है कि गीला गोबर भी लपट पकड़ ले। आदमी साला क्या चीज़ है?

हाँ...जी, हाँ रोमांस भी है। आजकल दिल-विल प्यार वार के बिना फ़िल्म कहाँ बनती है! सो एक भाई तो किसी बाज़ारू रईसज़ादी 'जो असल में मालज़ादी है' के पीछे पड़े हैं। जब देखो तब गजरा लपेटे, पान चबाते उसकी चौखट चूमते नज़र आते हैं। कई ठनकते हुए मुजरे हैं इस फ़िल्म में।

दूसरे भाई साहब किसी फ़िरंगिन को दिल दे बैठे हैं। पूरा भरोसा है कि एक बार अपनी बना लें तो वो घर भर में उजियारा कर देगी। चौका-चूल्हा सँभालेगी और आए गए को भी देखेगी। उसके साथ कभी जंगल-पहाड़ पर तो कभी किसी पुल-सड़क पर कभी यहाँ तो कभी वहाँ दोगाना गाते नज़र आते हैं भाई साहब! इस पूरे गाने की शूटिंग विदेश में हुई है। इस बहाने अमेरिका, इंगलैंड, सब देखने को मिल जाता है।

बड़े भैया की छत्र-छाया में सब छोटे भाई मजे की छान रहे हैं। लाठी भाँजते हैं, दूध-मलाई उड़ाते हैं। ज़रा सा छेड़ों या न भी छेड़ों तो मारपीट पर उतर आते हैं। सब पक्के अखाड़ेबाज हैं। बड़े भैया के दफ्तरी रोब का फायदा उठाकर सरकारी ग्रांट ले ली है। यूँ तो अखाड़े हर गली मुहल्ले में होते हैं, पर ये अखाड़ा खूब चलता है। बात यह है कि यहाँ की मूर्ति 'जाग्रत' है। लड्डू खाती है, दूध पीती है। हज़ारों लोगों ने यह चमत्कार देखा है। अजी! देखना क्या? अपने हाथ से लड्डू खिलाये हैं, दूध पिलाया है। जिसे भी कोई मन्नत माननी होती है, यहीं धागा बाँधने आता है। यहाँ सुबह शाम बड़े-अच्छे अच्छे भजन होते हैं। फ़िल्मी तर्ज पर।

अब फ़ाइट मास्टर का नंबर आता है। मुहल्ले का गुंडा अक्सर कोंचता रहता था। मौका देखकर खेत की मेंड़ काट अपना खेत हाथ भर बढ़ा लेता है। बड़े भैया गनगना उठते हैं घर से बाहर निकलने को ललकारते हैं उस गुंडे को। मुहल्ले के लोग भी अपने आदरणीय दद्दा का यह अपमान बर्दाश्त नहीं कर पाते। ख़ूब ढिशुम-ढिशुम होती है, देसी कट्टे चलते हैं—ठाँय...ठाँय...। अखाड़े वाले पट्ठे ख़ूब नारे लगा-लगा कर, लोगों को लड़ने के लिए ललकारते हैं। अच्छा घमासान होता है। कई लोग अपनी जान से हाथ धो बैठते हैं। यहाँ बड़े भैया बहुत करुण गीत गाते हैं। सारा हॉल हिलकियाँ ले-लेकर रोने लगता है।

रहस्य रोमांच भी है। बड़े भैया की बैलगाड़ी ले उड़ा कोई। बाल-बच्चे नौंचंदी के मेले में जा रहे थे। सबको अगवा कर लिया। अब भैया परेशान, मोहल्ला परेशान...और हाँ...अखाड़ा भी परेशान। साले ने पीछे से छुप कर वार किया है।

मर्द है तो सामने आ...सब दाँत किटकिटाते हैं और—दंड-बैठक लगाते हैं।...यहाँ शारीरिक व्यायाम के आधार पर बहुत सुन्दर अंग्रेज़ी नाच है। अंग्रेज़ी क्या, हिन्दुस्तानी समझ लीजिये।...तो कहानी आगे बढ़ती है...पता चला कि यह उसी गुंडे के भाई बंदों की कारस्तानी है। क्या ताक कर बदला लिया है। ख़ैर...मोल-भाव चला। मनचीती फ़िरौती लेकर छोड़ दी गाड़ी।

कई ऐसे दृश्य हैं कि रोंगटे खड़े हो जाएँ। कोई-कोई निर्माता निर्देशक ही ऐसे सीन डालने का जोखिम लेता है। स्टंट मास्टर ने क्या आग लगने के सीन डाले हैं कि रोंगटे खड़े हो जाते हैं! ज़माने का सताया नौजवान पेट्रोल झिड़ककर अपने कपड़ों में आग लगा लेता है। आग की लपटों से घिरा...इधर-उधर भागता...वो इंसान। उफ!...फिर दंगे-फ़साद में आग लगती है। घरों, बाज़ारों और दुकानों में विस्फोट होते. हैं, लपटे उठती हैं। गाड़ियाँ धूँ-धूँ करके जलती हैं। ऐसा ग़ज़ब का 'सीक्वेंस' बनाया है कि भई वाह! जलते बच्चों की चीख़ें कलेजा हिलाकर रख देती हैं!...बड़ी ही रोमांचकारी फ़िल्म है।

आज के ज़माने में इतना बड़ा परिवार सँभालना बड़ा मुश्किल होता है। महँगाई बढ़ रही है, बड़े भाई परेशान हैं। क्या करें? कहाँ जाएँ! घर के पिछवाड़े छप्पर में एक कीमियागर रहता है, शायद वह कोई मदद करे। वो सनकी बूढ़ा न जाने क्या बुदबुदाता हुआ जादू का लखलखा बनाने में लगा है। एक चुटकी छिड़की कि सामने वाला ग़ायब। सीधी सी बात उसकी समझ में नहीं आती कि बड़े भैया को अनाज चाहिए...राख़ नहीं।...कई जादुई करिश्मे हैं इस फ़िल्म में।

अब कुछ लोग बड़े भैया के ख़िलाफ बड़बड़ाने लगे हैं। सब उनके अखाड़े बाज लौंडे-लपाड़ियों से परेशान हैं। कुछ ने तो यह भी कहा है कि वो किसी और मुहल्ले में जा बसे। बड़े भैया मुहल्ले वालों को समझाते हैं, अपने भाइयों को समझाते हैं, लौंडे-लपाड़ियों को समझाते हैं आख़िर में सब मिलकर भजन गाते हैं। भारतीय संस्कृति की महानता पर प्रवचन सुनते हैं और एक भव्य मंदिर की नींव रखते हैं।

यह फ़िल्म इस शताब्दी की सबसे लोकप्रिय फ़िल्म नामांकित हुई है। इसके देशभक्ति पूर्ण गीत सबकी ज़ुबान पर हैं। क्या कहा? इसमें कामेडी कहाँ है? मारधाड़ वग़ैरह तो है। हँसी मज़ाक क्या हुआ?

कमाल है! इस पूरी फ़िल्म में मज़ाक के अलावा भी कुछ नज़र आया आपको?

देखने हम भी गए, मगर तमाशा न हुआ

साँस रोके...धड़धड़ करते कलेजे को दोनों हाथों से थामे, हम सब यह दृश्य देख रहे थे। ततैया लाल मिर्च जैसा छोटा सा पतला सा बम और उसका सुलगता हुआ फ़्यूज़! ये बैठेठाले क्या कर डाला! माना कई सालों से यूँ ही पड़ा था, लेकिन था तो बम! इसकी 'पावर' जानने के लिए उसे सुलगाना ज़रूरी था? अब आलम यह है कि उलटी गिनती शुरू हो गई। लोगों ने शहर छोड़ कर भागना शुरू कर दिया। वो दो चार बार बम का आतंक झेल चुके थे। दुबारा जोखिम लेने को तैयार नहीं थे। कोई गुब्बारा भी फूटता तो लोग दुकानों के शटर गिरा देते। सड़कें ख़ाली और होटल वीरान! यानि कि जीवन का चक्का जाम! यह हाल तो उलटी गिनती के दौरान था। 'जब बम फूटेगा तो देखते ही रह जाओगे।' आतिशबाजों ने फ़िल्मी खलनायकों के अंदाज़ में कहा! सारा शहर जलकर राख हो जाएगा। शहर क्या पूरे राज्य में आग फैल जाएगी! राज्य क्या? पूरा देश सुलग उठेगा! इन नामुरादों से क्या सँभलेगी यह स्थिति! राष्ट्रपति शासन लागू करना पड़ेगा! हो सकता है, संयुक्त राष्ट्र संघ को भी बुलाना पड़े। अपनी बात का वज़न सिद्ध करने के लिए, नमूने के तौर पर, उन्होंने दुकानें-घर वग़ैरह तोड़कर दिखाये। बसक़ार वग़ैरह फूँककर भुट्टे सेंके। आतिशबाज़ों ने सारा शहर सिर पर उठा लिया। लूटपाट, तोड़फोड़ और आगज़नी मामूली सी बात हो गई। आम जनता निरीह-निष्क्रिय यह सब देखती रही। आज जनता का अमन-चैन इन आतिशबाज़ों के पास गिरवी पड़ा है। बेचारी ग़रीब जनता...गिरवी पड़ी घड़ी नहीं छुड़ा सकी...!...अमन चैन कहाँ से लौटा पाएगी!

सारा शहर आतंक से थर्रा उठा। अरे! कोई भागो रे! जमुना ज़्यादा दूर नहीं! वहीं से भर लाओ दो-चार मटके। यह बम बुझाओ भाई! इसे मत फूटने दो। यूँ समुद्र का पानी क्या बुरा है? आग ही तो बुझानी है। सो स्थानीय लोगों ने पानी उलीचना शुरू कर दिया और एहतियात के तौर पर कुछ लोगों को जमुना की ओर दौड़ा दिया।

लोगों ने राशन पानी जमा करना शुरू कर दिया! हो सकता है, कर्फ़्यू लग जाए! स्कूल बंद हो गए, दफ़्तर असमंजस में! सबका कलेजा काँप रहा था! न जाने

क्या होने वाला है?

कुछ शेरदिल लोगों ने बम के पास जाकर देखा। कहा—बहुत पुराना बम है। बारूद सील गया है। अब क्या फूटेगा? पर विशेषज्ञों ने फरमाया कि बम आख़िर बम होता है। फूट भी सकता है। फूटेगा तो कितना नुक़सान होगा—इसका अंदाज़ लगाया जाने लगा। सुरक्षा का बंदोबस्त होने लगा। दमकल बुलवा लो, अस्पतालों को चौकन्ना कर दिया। पुलिस वाले तो ख़ैर, वहीं खड़े थे। सेना भी बुलवा ली। आस-पास के राज्यों को चौकन्ना कर दिया।

इन सब तैयारियों में चौरासी करोड़ रुपये खर्च हो गए—ऐसा सुना है। जिस देश में करोड़ों लोग पीने के पानी, स्कूल, अस्पताल और रोज़गार जैसी बुनियादी सुविधाओं से वंचित हों, वहाँ एक बम के फूटने न फूटने को लेकर इतना रुपया ख़र्च हो गया? ऐसी फ़िज़ूलखर्ची! उधर जब से उलटी गिनती शुरू हुई है, अख़बार वाले भूल गए हैं कि इस देश में कहीं कुछ और भी घटित हो रहा है! बस, बम रे बम!

विधानसभा और लोकसभा में भी ख़ासा हँगामा हो गया! जनता के जान माल की सुरक्षा के प्रति, जनप्रतिनिधियों की चिंता स्वाभाविक है। उन्होंने अपनी 'चिंता' का प्रदर्शन किया। कुर्सी मेज़ें तोड़ दीं, काग़ज़ पत्तर फाड़ दिए। माइक़ के डंडे से मारपीट की और लगे हाथों सुरक्षाकर्मियों की भी धुलाई कर दी। क्या स्कूल-कॉलेज में उपद्रव होता होगा जो इन जन-प्रतिनिधि, सभाओं में हुआ! उस पर तुर्रा यह कि उन्हें इस 'चिंता' प्रदर्शन का पुरस्कार मिलना चाहिए। आख़िर जन-प्रतिनिधि हैं, कोई मज़ाक तो नहीं।

दस...नौ...आठ...सात...छह...पाँच...चार...तीन...दो...एक...लोगों ने आँसू भरी आँखों से एक-दूसरे को अलविदा कहा...बाल बच्चों को चूमा-चाटा...कानों में उँगली डालकर आकाश की ओर देखा। अपनी-अपनी भाषा में ऊपर वाले से कहा...सँभालना प्रभू.....हम ऊपर आ रहे हैं।...फ़्यूज़ सुलगते-सुलगते बम तक पहुँच गया!...दो...चार चिनगारियाँ निकलीं...और...और...और क्या? कुछ नहीं।... फुस्सऽऽऽऽ...

वाह रे अख़बार वाले! इस फुस्स पर भी पन्ने के पन्ने रंग डाले!

कुछ-कुछ होता है...

आप नहीं समझेंगे....कुछ-कुछ होता है। पुरस्कार शब्द मात्र सुनने से कुछ-कुछ होने लगता है। हमें कभी नहीं मिला। पहली कक्षा से लेकर आजतक हमारा हर प्रयत्न और कार्यकलाप अपुरस्कृत रह गया। जैसे सुलेख, कक्षा में सदा चुप रहना और...और अच्छा आचरण।

तब प्राथमिक शाला में कुछ इस तरह के निबंध लिखवाए जाते थे—मेरा प्रिय नेता, सुहाना सपना, मेरी महत्वाकांक्षा आदि-इत्यादि। हमारा जो सुहाना सपना तब था, वही आज भी है। महत्वाकांक्षा भी वही है। किसी तरह साहित्य का सर्वोच्च पुरस्कार जुगाड़ना। सुधिजन कृपया ध्यान दें। सम्मान नहीं, पुरस्कार। पुरस्कार झपट लेगें तो सम्मान ससुरा कहाँ जाता है। वह भी झक मार कर आ जाएगा। लेकिन क्या बताएँ! आजकल गुणों की ग्राहकी ढीली पड़ गई है। ऐसा नहीं कि इनका टोटा हो। तेजड़ियों ने पुरस्कार बाज़ार में गुणों की नकली मंदी पैदा कर दी है। अपनी ठेकेदारी उछाल रखी है। इस घेराबंदी के चलते हमें सर्वोच्च तो क्या, 'चच्च'....पुरस्कार तक नहीं जुट पाया।

जब भी किसी को पुरस्कार लेते देखते हैं, कुछ-कुछ होने लगता है, और होगा क्यों नहीं? मित्रगण निष्काम कर्म से पहले भी पूछते हैं, 'आपको कोई पुरस्कार मिला है?...अगर कोई काम हो तो क्या कहने? काग़ज़-क़लम सरका कर कहते हैं, 'जो भी पुरस्कार मिले हों, उनकी सूची बना दीजिए।' सूची? सूची बनाने लायक़ पुरस्कार मिले होते तो आपके सामने यूँ तीर्थकाक की तरह मुँह बाए बैठे होते। बताइए। जी नहीं जलेगा, ऐसी बातों पर। बिलबिलाता-तिलमिलाता जबाव जीभ की नोक तक आया...''हाँ हुज़ूर, नहीं मिला। आप ही दे डालिए न एक-आध, डेढ़-दो पुरस्कार। सूची बनाने के काम आएँगे।''

सच। जब अख़बार में किसी के पुरस्कृत होने का समाचार पढ़ते हैं तो कलेजे पर सपरिवार अजगर लोटने लगते हैं। आजकल यह दुर्घटना हत्या और बलात्कार की तरह आए दिन घटने लगी है। आज श्री 'ट' को पुरस्कृत किया गया। ये 'दैनिक ढकोसला' अख़बार में पिछले बीस वर्षों से, पाक विधियों के स्तंभ में खुदबुदा रहे

हैं। अद्‌भुत पकवान नामक इनका स्तंभ अत्यन्त लोकप्रिय है...ऐसा सुना है। कद्‌दू के छिलकों का हलवा और अण्डे के छिलकों की बिरयानी।...और...और कल श्री 'ठ' को पुरस्कार मिलेगा। ये घरेलू इलाज का स्तंभ हथियाए बैठे हैं। नीम-हल्दी-तुलसी काली-मिर्च पर उतरे पड़े हैं। निरन्तर चेताते रहते हैं, 'कुछ करने से पहले अपने डॉक्टर से ज़रूर पूछ लें। परसों, यहीं कहीं कोई गंभीर क़िस्म के लेखक श्री 'ड' पुरस्कार के लिए रेखांकित हैं। ये मनोवैज्ञानिक विषयों पर अपने अमूल्य विचारों के लिए जाने जाते हैं। मसलन, उद्‌दण्ड बच्चों को कैसे दण्डित करें। शराबी पति को कैसे हाथ में रखें। मानते है, भई मानते हैं। बहुत मेहनत माँगता है इस तरह का लेखन। पहले तो महान-महान लेखक ढूँढ़-ढूँढ़ कर उनके उद्धहरण दो, जैसा कि श्री हर्जोस्लोएमबर्ग वर्ग ने कहा है...फिर कुछ आँकड़े और तथ्य...जैसा कि श्रीमती तुक्का फ़ज़ीती ने हमें बताया...निष्कर्ष? हाँके चलो प्यारे। कौन सत्यापित करने जा रहा है आपके ये आँकड़े?...यही सब लिख लिखकर, न जाने कितने ट...ठ. ड...ढ...ण पुरस्कार खींच ले गए। यहाँ कंबख़्त एक झलक तक नहीं मिली, स्पर्श और दर्शन तो बहुत दूर की बात है।

पुरस्कार बगिया को सबसे सीधा और छोटा रास्ता नेता-मुहल्ले से होकर जाता है। यहाँ बसते ही लोग बसाने भी लगते हैं। नेता बनते ही, जो भी ऐंचकताना लिखोगे, तुरंत पुरस्कृत हो पुस्तकालयों की शोभा बढ़ाएगा। पेंच ठीक कस गया तो भारत और विश्व की समस्त भाषाओं में अनूदित भी हो जाएगा। कठिनाई यह है कि हर कोई इस मुहल्ले में बस-बसा नहीं सकता। तो नेता पर ही लिखो न। हाँ, नेता ज़रा अच्छे कद-काठी का होना चाहिए। पुरस्कार को अपनी प्रतिष्ठा का प्रश्न बना, आप पर चुआ कर दम लेगा। एक पुरस्कृत ने तो केवल दो ही पुस्तकें लिखी हैं। दोनों ही प्रधानमंत्रियों पर। एक निवर्तमान, दूसरे वर्तमान। अंतर्राष्ट्रीय मंच पर ऐसा भव्य विमोचन हुआ कि विरेचन हो गया। अत्यंत तृप्त मुस्कान फेंक कर पुरस्कृत जी डकारते हैं...प्रधानमंत्री के नीचे उन्होंने कभी कुछ नहीं लिखा।...और यह भी कि दोनों पुस्तकें धड़ाधड़ बिक रही हैं।

कुछ ऐसी अफ़रातफ़री मची है कि हमें भी अनायास ही तनाव हो गया। मिलना है तो अभी मिलें वरना बाद में किस काम का? असल बात यह है कि ये पुरस्कार देने वाले स्वयं को बड़ा मर्यादित बताते हैं। उन्होंने पुरस्कार के चारों तरफ़ मान्यताओं, वर्जनाओं और अर्हताओं के घेरे खींच रखे हैं। अब...इतने इतने चक्रव्यूह भेदों तब कहीं पुरस्कारों तक पहुँचो। कोई कहता है, चालीस साल से एक दिन भी ऊपर हुआ तो अयोग्य! यार! पुरस्कार दे रहे हो या किसी कुमारी षोडशी का हाथ! किसी ने हठ-ठान रखा है कि जब तक मुँह में एक दाँत अटका हुआ है, आप भी लटके रहो! पुरस्कार नहीं मिलेगा! अब क्या बत्तीसी निकाल कर आपके हाथ पर रख दें? तब मानोगे कि नकली है? कविता के पुरस्कार तो केवल सोलह से अट्‌ठारह के बीच

में ही टहल रहे हैं। फलतः आधी आबादी उसी जगह अटकी है! पुरस्कृत हों तो आगे बढ़ें।

हाँ। तो समस्या यह है कि पुरस्कारों की बात चलने पर हमें कुछ-कुछ होता है। अगर ऐसे ही हाथ पर हाथ धर कर बैठे रहे और कुछ नहीं किया तो कुछ भी नहीं होगा। जीवनभर केवल पुरस्कार वितरण समारोह के निमंत्रण पत्र मिलते रहेंगें, पुरस्कार कोई और उड़ा ले जाएगा। सो इस बार ताज़ा 'पुरस्कृत जी' को घेर लिया। और पूछा...'हे चकोरी! ये चाँद तेरे हाथ कैसे लगा? क्या तिकड़म बैठाई, ज़रा हमें भी बता।' लगभग वैसे ही, जैसे कक्षा में दो छात्र खुसुर-पुसुर करते हैं, 'बता दे प्यारे। ये दस में से आठ नंबर कैसे झाड़े।'

पुरस्कार भार से अलसाई, अच्छे आकार के श्रीफल के कारण थोड़ा आगे को झुकी हुई, पुरस्कार गरिमा से गर्वित, दुशाले की गर्मी से गर्मित, अनायास सम्मान से मत्त वह मानिनी बोली, ''अगर पुरस्कार चाहिए तो पुदीने को पकड़।''

पुदीने को? धत्त! यह तो ऐय्यारी दिखा रही है, असली तिलिस्म नहीं खोल रही। भला पुदीना पकड़ कोई सर्वोच्च पर चढ़ा है? क्या तो वो कहावत है?...चढ़ा दिया न पुदीने के झाड़ पर। यह सब अंदर ही अंदर...ऊपर से मुस्कराकर कहा! 'पुदीने को पकड़ूँ? अरे भई? मुझे चटनी नहीं पुरस्कार चाहिए।'

इस लीलावती ने हमें ऐसे निहारा जैसे कंधों पर अचानक मुखाकार मसूर की दाल उग आई हो। उपेक्षा से हँसकर कहा, 'पुदीने नहीं...पुदिने। अर्थात पुरस्कार दिलाऊ नेता।'

ओह! तो यह सूत्र है! ठीक है, पकड़ते हैं पुदिने को! पर कैसे और कहाँ? ''पहले तो पुदिने को ढूंढ़, फिर पटा और तब धर ले, पकड़ ले।'

'पकड़ लूँ? पर क्या?'

'ओफ़्फ़ोह! दूध के दाँत टूटे नहीं शायद! अरे। जो पकड़ने से रीझते हो, वही धर लो। अलग-अलग किस्म के पुदिने पर अलग-अलग पकड़ का असर होता है। कान...गर्दन...। और...और पाँव। एक बार पकड़ाई दे जाए तो छोड़ मत! जब तक कि आपकी गोदी में पुरस्कार न आ जाए।'

इन्हें धन्यवाद दे मैंने इधर-उधर नज़र दौड़ाई। पुदिने की खोज में अँखियाँ इधर-उधर भटकीं फिर एक जगह अटक गईं। वो ताड़ गई और तुरन्त भन्ना कर बमकी, 'इन्हें मत टटोल। इसे मैंने पकड़ रखा है।' उस दिन से अर्हनिश पुदिने की तलाश में जुट गए।

एक जगह उपलब्ध है, ऐसी भनक पड़ी। सुदर्शन करारे पुदिने महोदय! ताज़ा-ताज़ा धनाढ्य बने थे, सो राजसी गरिमा ओढ़े, सैल्यूलर हाथ में लिए कला और साहित्य को संरक्षण दे रहे थे। कला मर्मज्ञ की उपाधि के लिए बेतहाशा तड़प रहे थे। इसलिए प्रत्येक कला के मर्म तक पहुँचने की जुगत में लगे पड़े थे। इन्हें

पतित्व (सभा) उद्घाटन, अनावरण और विमोचन का संक्रमण भी लग चुका था। अख़बार उठाओ कि पुदिने, पुदिने और पुदिने। यहाँ पतित्व, तो वहाँ अनावरण! आज भेड़-ऊन संवर्धन मेले में आयोजित कवि सम्मेलन का सभापतित्व कर रहे हैं तो कल अखिल ग्रामीण तेली संघ का उद्घाटन। नेता-मुहल्ले में 'सत्ता हथियाने के एक हज़ार एक सरल उपाय तेली पुस्तक का विमोचन करके उठे और प्रतिमा का अनावरण करने चल दिए। प्रतिमा यानि मूर्ति।

हम भी अपना प्रार्थना पत्र लेकर आगे बढ़े। पर वहाँ तो ग़ज़ब की भीड़ थी। ढेर सारे पुरस्कार कामी जन (इतना लम्बा शब्द-बार बार नहीं लिखा जाएगा, केवल कामीजन कहने से इशारा समझ लें) इन्हें छेके बैठे थे। कोई मूँछें में ख़िज़ाब लगा रहा था, कोई कनपट्टी के बाल छाँट रहा था। कोई दाएँ हाथ की उँगलियाँ चटख़ा रहा था, किसी ने बायाँ हाथ कब्ज़िया रखा था। ज़ाहिर है—जो मूँछें में ख़िज़ाब लगा रहा था, वहीं इनकी मूँछ का बाल था। इसलिए पिंडलियाँ चाँपते लोग निरंतर ऊपर पहुँचने की टोह में थे। अजी, टोहना क्या? लिसोड़े की तरह लसे पड़े थे। अच्छा ख़ासा दरबार चल रहा था। वो छींके तो 'वाह...वाह...' वो पादें तो '...क्या बात है।' वो...ख़ैर। जाने दीजिए। कोई कारगुज़ारी ज़रूर दिखाई होगी। किसी कलावती कन्या का कोमल-कंठ किलका था...'एक बार और...' यहाँ तो हमारा नंबर बाद में आएगा, राम नाम सत्त पहले हो जाएगा।

खोजने पर क्या नहीं मिलता? एक खानदानी पुदिने की गंध मिली। खाँटा विलायत पलट। सफ़ेद कपड़े, काला चश्मा। मातृभाषा में लड़खड़ाते थे, पितृभाषा में भाव प्रकट करते थे। यहाँ मामला बिल्कुल साफ़ और सुलझा हुआ था। मैं आपको खुजाता हूँ, आप मुझे खुजाइए। आप हमारे लिए कुछ कीजिए, हम आपके लिए बहुत कुछ करेंगे! दुनिया में इसी तरह कुछ-कुछ होता है। आप हमें, हमारी पत्नी, साले, सास-ससुर, माँ-बाप, बेटा-बेटी, कुत्ता-बिल्ली को यहाँ-वहाँ, सारे जहाँ से चुनाव लड़वाइए और जितवाइए। फिर हम आपको सहर्ष पुरस्कृत करेंगे। कोई हाथ की सफ़ाई नहीं, नकद सौदा! हाँ...जरा इधर आइए। कान में डालने वाली बात है। जो भी पुरस्कार चाहिए—पान-फूल माला, नारियल-शाल समेत, पहले से ही जमा करवा दीजिएगा। अपना कमीशन काट कर, जब-जहाँ-जैसे कहेंगे, दे देंगे। न...यहाँ भी नहीं गलेगी। दाल! और क्या?

अनुकूल ऋतु में घास-फूँस की तरह जो पत्र-पत्रिकाएँ उगती हैं, सही संरक्षक का खाद-पानी पाकर इनके संपादक भी पुदिने में परिवर्तित हो जाते हैं। इनकी कृपा से कइयों की कामनाएँ फली-फूली हैं। ऐसे ही एक परोपकारी जीव से संपर्क साधा और दर्शनार्थ पहुँचे। आहा। दफ़्तर क्या था, पूरा देवालय था। भक्तजनों की भीड़, जयघोष, प्रार्थना...याचना...सब मुक़म्मल। प्रत्येक भक्त बढ़-चढ़ कर चढ़ावा चढ़ा रहा था। अधिकतर चीजें तो बेकार की थीं और नारियल की तरह शाम तक फिर

दुकान पर पहुँच जाएँगी। जैसे ब्रीफकेस, पर्स, पेनसेट बग़ैरह! कुछ 'आइटम' ठीक-ठाक थे, जैसे मेवा के डिब्बे। भक्तजन पता ठिकाना दर्ज कराते और चढ़ावा चढ़ाते। साथ में अपनी कामना की पर्ची नत्थी करना नहीं भूलते।...तब ही कोई भक्तजन सोमरस लेकर प्रकट हुआ। देवता की बाँछे खिल गईं। अच्छा! तो बिन्दु यहाँ शयन करता है। अब कुछ कहना सुनना बेकार था। उच्च कोटि के आयातित सोमरस की व्यवस्था में लग गए। नसीब देखिए! जब तक हम अपनी गोटियाँ फ़िट करते, पुरस्कार घोषित हो गया। जिन्हें मिला, वो किसी बहुराष्ट्रीय सोमरस फैक्टरी में जनसंपर्क अधिकारी थे। अब कहिए।

कुछ लेखक भी बुढ़ौती तक पहुँचते-पहुँचते पुदिने बन जाते हैं। सोचा—इसमें से किसी को पटाओ। इस कुछ-कुछ का इलाज तो करना ही था, सो एड़ीचोटी का ज़ोर लगा दिया। मिले एक श्रीमान। सर्वप्रथम इनका सारा साहित्य घोट कर पी गए। बुज़ुर्गवार अपने किए धरे के अलावा और किसी चीज़ पर ग़ौर फ़रमाने को तैयार नहीं थे। उनकी आत्मकथा कंठस्थ की। कितने प्रेम किए, सफलता का क्या प्रतिशत रहा। पहली रचना कहाँ छपी से लेकर पहली संतान किससे पैदा हुई। डॉक्टर कौन था, नर्स को कैसे पटाया। उनकी अस्थाई प्रतिबद्धताओं से लेकर स्थाई कोष्ठबद्धता तक की बारीक मीमांसा की। बँधुआ मज़दूर की तरह खटते रहे। उनकी खाट उठाने-बिछाने से लेकर बाज़ार हाट तक का काम किया। ये सज्जन कैंडे के आदमी प्रचारित थे। पुरस्कार की बात आते ही शंकालु हो उठते। कभी दीर्घ, कभी लघु।...फोकट में रगड़ मारा साले ने। हालात यहाँ तक पहुँचे कि लगा, वो तो हैं अलादीन और हम चिराग़। जब देखो तब रगड़ रहे हैं और घिघिया रहे हैं...जिन...जिन। न जाने क्या चाहते थे? इनकी चाहत को कोई राहत मिली कि उनके श्रेष्ठांग (बैटर-हाफ़) को ख़बर लग गई। बूढ़े मुँह मुँहासे उन्हें कतई नहीं सुहाएं। तुरन्त इजाल किया। पुदिने की चटनी बना दी।

भई। यह तो बड़ा बवाल है। हर बार कोई न कोई टण्टा खड़ा हों जाता है।...इस बार जाँच परख कर माल चुना और एक वयोवृद्ध पुदिने को जा पकड़ा। साहित्य शिरोमणि। पकड़ा तो..पर अत्यंत सावधानी से। दस द्वारों वाले इस पिंजर में प्राण पंछी न जाने कहाँ अटका था। शायद पुदिने के डण्ठल से। न मुँह में दाँत, न पेट में आँत। किसी तरह का कोई बखेड़ा ही नहीं। बड़े विलक्षण, बड़े विचक्षण। सर्वथा, निष्पक्ष, परम तटस्थ! सबको एक आँख से देखते थे। बाईं आँख निरंतर झपकती रहती थी। बड़ा सम्यक् ज्ञान। नाप-तौल कर पुरस्कार तय करते थे। ठीक वैसे ही, जैसे पंसारी आटा-दाल तौलता है। एक पलड़े में पुरस्कार और दूसरे में आपके करतब। जब डण्डी बिल्कुल सीधी हो जाती, पुरस्कार घोषित हो जाता। जब तक डण्डी ऊँची-नीची होती रहती, वे एकाग्र चित्त हो निरीक्षण-पर्यवेक्षण में लीन रहते। निरंतर हिलती गर्दन पर दोलायमान-मस्तक, घड़ी के लोलक की तरह, बाएँ से दाएँ और दाएँ से

बाएँ घूमता रहता। जब दाईं आँख अटक जाती और बाईं झपक जाती, तब वे समाधिस्थ हो किसी निष्कर्ष तक पहुँचने को सक्रिय होते। आप कहेंगे यह तो बहुत ही अवैज्ञानिक प्रक्रिया है। बात यह है कि ये साहित्य शिरोमणि ज्ञान-विज्ञान की पहुँच से बहुत दूर जा चुके हैं। न जाने कितनी सभा समितियों के अध्यक्ष बन, सकल ब्रह्मांड सूँघ, चख, पचा आए हैं। स्थानीय, राष्ट्रीय और अंतर्राष्ट्रीय हर किस्म की प्रक्रिया का अध्ययन कर इस नतीजे पर पहुँचे हैं कि उनकी प्रतिक्रिया ही सही प्रक्रिया है। अब प्रतिक्रिया भी क्या? सारी इन्द्रियाँ ओवर टाइम कर-करके थक चुकी हैं और सेवानिवृत्ति चाहती हैं पर महामहिम कार्यमुक्त नहीं करते। कुछ तो त्यागपत्र देकर चली गईं, कुछ बेमन से कार्यरत हैं। झपकती आँख, टपकती लार। किसी तरह टटोल-टटोलकर काम चला रहे हैं।

आपकी क़सम! ज़रा भी आभास न था कि इनका भी इतना तगड़ा बाज़ार भाव है। पैसे की अम्माँ पहाड़ चढ़ गई। कामीजनों ने अत्याधुनिक साहित्य केन्द्र स्थापित किया, केंद्र में सिंहासन रखा और किसी तरह टाँग-टूँग कर, सीधे खड़े होने तक में असमर्थ श्रीमन को, बड़े एहतियात से, वहाँ ले जा पधराया। वातानुकूलित बाडी, वातानुकूलित गाड़ी। सब चकाचक। प्रभु प्रसन्न भये। चारों तरफ़ बिखरा सौन्दर्य-वैभव देख, 'सजल, नयन, रोमावल ठाढ़ी' की दशा को प्राप्त हो गए। अवधी समझ में नहीं आई? अरे भई। मारे ख़ुशी के रो पड़े। रोम खड़े हो सकते थे, सो हो गए!

अब क्या यह बताना ज़रूरी है कि पुरस्कार किसे मिला?

जी घिना गया इन सब प्रपंचों से। याद आया...उपभोक्ता संस्कृति के कुछ अपने नियम-उपनियम होते हैं। जो कुछ खुले बाज़ार में दुर्लभ है वह काला बाज़ार में सुलभ होता है। राशन की दुकान पर भी दर्शन दे जाता है, नसीब अच्छा हो तो मिल भी जाता है। हाँ...राशन कार्ड बनवाना पड़ता है। बस! तुरन्त 'फ़ार्म' मँगवाया और निर्देशानुसार भरना शुरू कर दिया। अपना नाम....पिता का नाम...पता...... व्यवसाय....ये क्या? यहाँ भी सूची? प्रकाशित पुस्तकों की सूची?

ऐं! पुरस्कार के लिए लिखना भी पड़ता है?

पुरस्कार...साहस के लिए

अख़बार में छपा है तो सच ही होगा। प्रस्ताव आमंत्रित किए गए हैं। छब्बीस जनवरी को साहस और वीरता के लिए भी पुरस्कार दिए जाते हैं। अगर आप ऐसे किसी व्यक्ति को जानते हों जिसने विकट परिस्थितियों से जूझ कर; मौत का जोख़िम होते हुए भी, किसी की जान बचाई हो, कोई नैतिक साहस दिखाया हो, तो संपूर्ण जानकारी नीचे लिखे पते पर भेज दें। विवरण सही पाए जाने पर और जिलाधीश की अनुशंसा होने पर, ऐसे सभी महानुभाव गणतंत्र दिवस पर पुरस्कृत किए जाएँगे।

जी हाँ। हम जानते हैं ऐसे एक व्यक्ति को। इसने एक नहीं, अनेक साहसिक कार्य किए हैं, एक बार नहीं, अनेक बार। किसी एक दिन नहीं—हर दिन! शारीरिक, मानसिक और नैतिक साहस का जीवंत उदाहरण! और वह व्यक्ति है हम ख़ुद!

अपने साहसिक कार्यों की संपूर्ण जानकारी भी दिए देते हैं। रहा प्रश्न अनुशंसा का। उसकी कोई आवश्यकता तो नहीं है। आप सबने देखे हैं हमारे साहसिक कृत्य! आप सब ही गवाह हैं। खानापूरी ही करनी है तो जिलाधीश क्या? राष्ट्रपति जी से अनुशंसा करवा सकते हैं। हमारे साहस की जानकारी उन्हें भी है!

अब देखिए न! पुलिस अपराधियों को पकड़ने उनके पीछे भागती है। आए दिन एनकाउंटर होते रहते हैं। शहर क्या, जंगल ही समझिए। जहाँ बहादुर शिकारी भयानक ख़ूँख़ार-जानवरों का शिकार करने निकलते हैं। ऐसे एन्काउंटर में एक-आध गोली छिटक कर रास्ता चलते लोगों को भी लग जाती है। हमारी बहादुरी देखिए। हमने फिर भी रास्ता चलना नहीं छोड़ा। मौत का जोख़िम भी हमें रास्ता चलने से रोकने में असमर्थ रहा!

और सुनिए! लोकल ट्रेन पर फेंके गए पत्थरों से न जाने कितने लोग घायल हो गए। किसी की आँख फूट गई, किसी के दाँत टूट गए। ट्रेन के अंदर स्थिति और भी भयानक है। मामूली लूटपाट से लेकर बलात्कार तक—कुछ भी हो सकता है। जान-माल संकट में रहता है। ज़रा भी चूं-चपड़ की तो नीचे फेंक देते हैं बदमाश! चलती ट्रेन से ढकेले जाने पर जान भी जा सकती है और टाँगें भी कट सकती हैं। हमारी पीठ ठोंकिए! हम रोज़ लोकल ट्रेन पकड़कर दफ़्तर जाते हैं और शाम पड़े

घर लौटने की जुगत बिठाते हैं। यह साहस नहीं तो और क्या है?

आपने भी अख़बारों में पढ़ा होगा, हमने तो ख़ैर, पढ़ा ही है। देश में मिलावटी चीज़ों का समानांतर बाज़ार है। कहीं नक़ली दवाइयों का कारखाना पकड़ा जाता है तो कहीं नक़ली तेल का। इस मिलावट का सीधा असर जनता के स्वास्थ्य पर पड़ता है। मिलावटी तेल ने लोगों को विकलांग किया, अंधा किया और न जाने कितनों की जान ही ले ली। हमारी दिलेरी देखिए। हम तेल खाते हैं, बीमार पड़ते हैं और दवा भी खाते हैं।

कहाँ तक गिनाऊँ? आए दिन मकान तो क्या पूरी इमारत ही ढह जाती है। ऐसे पिंजरे जैसे मकान बने हैं कि आग लगने या ढह जाने पर बच कर निकलना असंभव है। मरा या अधभरा, एक हादसा तो होना ही है। हर बरसात में यह ख़ूनी खेल और बढ़ जाता है। पर हम भी किसी से कम नहीं हैं। अपनी ख़स्ता हाल इमारत के अब गिरे-तब गिरे कमरे में टिके हुए हैं। पेड़ के नीचे डेरा डालने नहीं गए।

रेलगाड़ी पटरी से उतर जाती है। पुल टूट जाता है। तो रेलगाड़ी नदी में गिर जाती है। कभी सामने आ रही रेलगाड़ी से टकरा जाती है। न जाने कितने लोग मर जाते हैं यह सब कुछ न हो तो रेलगाड़ी के अंदर ही यात्रियों को लूट लेने की व्यवस्था है! इन सब जोखिम और ख़तरों के होते हुए भी हम अपनी भांजी की शादी में शामिल होने पटना जा रहे हैं।

खुले आम जीप से लड़कियों को कुचल दिया जाता है। चाकू दिखा कर अपहरण कर लिया जाता है, तेज़ाब फेंक कर बदसूरत बना दिया जाता है। न जाने कितने और कैसे-कैसे अत्याचार दिन दहाड़े घट जाते हैं। पर हमने कभी अपनी लड़कियों को कॉलेज जाने से नहीं रोका। हमें मालूम है कि कई बार स्कूलों में पीट-पीट कर बच्चों को जान से मार डालते हैं।....हमारा मुन्ना रोज़ स्कूल जाता है।

हर नेता झूठे वायदे करता है। कुर्सी के लिए हमारी खाल तक का सौदा कर डालता है। हम फिर भी उसे बर्दाश्त करते हैं। हर चुनाव में गोली चलती है, बूथ कैप्चर होते हैं। अगला चुनाव होने पर हम फिर वोट देने चल पड़ते हैं।

न जाने कहाँ से कौन लोग आते हैं और हमारे घर के दाईं ओर रहने वाले पड़ोसी का घर फूँक कर चले जाते हैं—वह मुसलमान है। कुछ दूसरे लोग आते हैं और बाईं और वाले का घर जला देते हैं—ये क्रिस्तान है। हम दो जले घरों के बीच रह रहे हैं। कहिए! है न हिम्मत का काम।

रहा नैतिक साहस का प्रश्न! हम वहाँ भी आगे हैं। जो लोग 'गैंग-संचालक' हैं, कमांडो से घिरे बड़े शानदार बंगलों में रहते है, शानदार गाड़ियों में घूमते हैं। विदेशों में भी ज़मीन-जायदाद-परिवार रखते हैं उनके जन्मदिन पर क्या अभिनेता और क्या राजनेता—सब कमर मटकाने पहुँच जाते हैं। इनके जीवन पर पुस्तकें लिखी जाती हैं और फ़िल्में बनती हैं किसी देश की सरकार में दम नहीं कि इन्हें हाथ भी लगाए!...

हम फिर भी अपने पाँव अपनी चादर के अंदर ही रखने में लगे हैं!

दुनिया भर की योजनाओं, सहायताओं और आश्वासनों के बावजूद महँगाई बढ़ रही है।

तमाम कमीशनों, जाँच आयोगों, जन-हित याचिकाओं के बावजूद भ्रष्टाचार बढ़ रहा है।...और हम ज़िंदा हैं।

...यही सब लिखकर भेजा था, सोचा था कि छब्बीस जनवरी को पुरस्कार मिलेगा! पर उनका जवाब आया.....

यह साहस नहीं...दुस्साहस है!

इट हैपंस ओनली इन इंडिया

कैसा चरम, शाश्वत सत्य कह गया है कोई। ऐसा तो केवल भारत में ही होता है।

प्रधानमंत्री दहाड़ रहे हैं कि पाकिस्तानी टीम भारत आएगी और जवाबी ललकार आती है कि देखें, कैसे आती है? हाथों से तरह-तरह की स्वस्ति मुद्राएँ बनाकर गृहमंत्री कहते हैं कि सुरक्षा का चौकस प्रबंध है। चौबीस घंटों के अंदर ऐसी तोड़-फोड़ होती है कि बरसों का किया-धरा, काँच की किरचें बनकर सड़क पर बिखर जाता है।

न कोई ठोस सिद्धांत है न कार्यक्रम। न संविधान, न घोषणा पत्र। केवल हंगामा खड़ा कर देने की अपनी अद्‌भूत क्षमता के बल पर एक आदमी सारे देश का सुखचैन छीन सकता है।

सत्ता के स्तर पर केवल आश्वासनों की खेती होती है। निन्दा, भर्त्सना और कड़ी कार्यवाही की झड़ी लगी है। भोली जनता आश्वस्त होकर घर लौट जाती है।...अगले ही दिन पता चलता है कि किसी की निजी सेना ने बीस लोगों को भून डाला। फिर वही निंदा, भर्त्सना और कड़ी कार्यवाही। न जाने कब से यह दुष्चक्र चल रहा है।

जन प्रतिनिधियों की तो बात ही निराली है। उन्हें जनादेश क्या मिला है अलादीन का चिराग़ हाथ लग गया है। जो चाहे, कहें—जो चाहे, करे। जनादेश जो इनके हाथ में है। सत्ता में नौकर-शाही में, हर जगह पारदर्शिता की चर्चा चलती है। कितने पारदर्शी हैं यह जन प्रतिनिधि। बिहार के एक मंत्री बयान देते हैं कि हर सरकारी काम में दस प्रतिशत कमीशन तो हर मंत्री लेता है, उन्होंने भी लिया तो क्या हुआ? बिहार मंत्री और देश—सब अपनी-अपनी जगह कायम हैं। कहीं कोई हल्लागुल्ला तक नहीं।

महँगी गाड़ी में अमीरों के नौनिहाल आते हैं और छह लोगों को कुचलकर फर्राटे से निकल जाते हैं। कुछ नहीं होता; कुछ नहीं होगा। लोग जानते हैं कि पानी की तरह पैसा बहाकर इनके करोड़पति बाप इन्हें बचा लेंगे। देश का महँगे से महँगा वक़ील इनकी पैरवी करने खड़ा होगा। वो सिद्ध कर देगा कि ग़लती उन लोगों की है जो सड़क के किनारे खड़े थे। सुबह-सुबह वहाँ क्या कर रहे थे? इतनी तेजी से शक्तिशाली मोटर अपनी तरफ़ आते देखकर भागे क्यों नहीं। साफ़ ज़ाहिर है कि उनके इरादे ग़लत थे। वो इन पैसे वाले आसामियो से हरजाना वसूलाना चाहते थे।

किसी के मन में जरा भी संदेह नहीं है कि इन बाँके युवकों को कोई सज़ा होगी।

जीप से लड़की को कुचल दिया। सुंदर चेहरा हासिल न कर पाये तो तेज़ाब डाल दिया। बलात्कार और हत्या...अजी छोड़िए। इन सब बातों पर अब कोई उत्तेजित भी नहीं होता। तंदूर कांड में किसी को सज़ा हुई?

ये सब कुछ एक तमाशा मात्र बनकर रह गया है। जनता मौन खड़ी देखती रहती है। चलती ट्रेन में हत्यारा लड़की को मार रहा है, पर्स छीन रहा है, ट्रेन के बाहर धकेल रहा है और तीन लड़कियाँ चुपचाप देख रही हैं। तीन लड़कियाँ...न उस लड़की को बचाने की कोशिश करती हैं, न अगले स्टेशन पर अधिकारियों को कुछ कहती हैं और न ही पुलिस को सूचना देती हैं।

रुपयों की हेराफेरी, घोटाला, हवाला, रिश्वत, इन सब मामलों में हमारी सहनशीलता करोड़ों की सीमा लाँघ गई है। ये सब तो चलता ही रहता है। किसी ट्रक के पीछे यह सुभाषित पढ़ा था—सौ में से निन्यान्वे बेईमान, फिर भी मेरा भारत महान।

चुनाव सिर पर है और कहीं कोई गरमी नहीं? चर्च और उसके संस्थानों में आग लगाओ। हिन्दू-मुसलमान, हिन्दू-सिख, हिन्दू-दलित, मंडल, कमंडल, सब मुद्दे ठंडे पड़ गए हैं। हिन्दू-क्रिस्तान का भूत जगाओ। किस्मत ने साथ दिया तो शायद यह मुद्दा गरमा जाय और फिर कुरसी हाथ लग जाए।

बाज़ार में भारत सरकार द्वारा जारी किया गया दस बीस पैसे का सिक्का चला कर देखें। कोई नहीं लेगा। इनकी खपत और दुकान दोनों ही मंदिर के बाहर या तीर्थों पर हैं यहाँ दुकान सजा कर लोग रेजगारी बेचते हैं और क़तार के क़तार भिखारी आपसे गुहार करते हैं...दस-बीस पैसा दे दे, बाबा। रात को यही रेजगारी पुनः दुकानदार को बेच दी जाती है। उधर पाँच, दो और एक रुपये के नोट का ऐसा अकाल है कि फटे-टूटे-जर्जरित नोट प्लास्टिक की परतों के बीच रख कर, पिन लगाकर चलाये जा रहे हैं। किसे फ़ुरसत है इतनी ज़रा सी बात पर माथा-फोड़ी करने की। सबसे बड़ी चिंता है कुरसी की। यह बची रही तो सब कुछ बचा रहेगा; यह गई तो लोक-परलोक सब गया।

वह वक़्त गया जब हमारे बच्चे अमेरिका जाते थे। वहाँ सीखने को बहुत कुछ था। अब बाज़ी उलट गई है। कुछ बातों पर हमारा विशेषाधिकार है...पेटेंट है। बिल क्लिंटन अगर 'इंडिया' आकर किसी से सलाह लेते तो कभी इस झमेले में न पड़ते। क्या कुछ नहीं हो सकता था? सड़क पर दुर्घटना, चाकू गोली, बम विस्फोट—कुछ भी हो सकता था।

वो यह भी कह सकते थे कि यह सब हुआ ही नहीं; कि लड़की ही चरित्रहीन थी, कि यह सब अख़बार वालों की करतूत है। कितना गिरा हुआ मनोबल है कि अमेरिका जैसे देश का, स्वतन्त्र समर्थ राष्ट्रपति और एक ज़रा सी लड़की को गायब नहीं करवा पाया।...'इट हैपंस ओनली इन इंडिया'।

न लिखने का कारण

प्रत्येक महान लेखक समय आया जान, अपने न लिखने का कारण लिख रखता है। ताकि सनद रहे। इसी अनिवार्यता के चलते यह लेख लिखना पड़ रहा है।

न लिखने के अनेक कारण हैं। किस विषय पर लिखा जाए। रामायण और महाभारत जैसी रचनाओं की तो बात भी नहीं सोची जा सकती। पहले ही चेतावनी दे दी गई है कि जो कुछ है, यहीं है। अगर यहाँ नहीं है, तो कहीं भी नहीं है। इधर दिशा-शूल है, प्रयत्न भी व्यर्थ है। प्रजावत्सल-पृथ्वीवल्लभ भी गए। इनकी शान में कुछ कह-सुनकर पीढ़ियाँ काम चला लेती थीं। घोर कलिकाल है...आजकल भक्ति रस में क़लम डुबो कर लिखना भी बहुत ख़तरनाक है। न जाने कब, कौन कहाँ से आकर फूँक ताप जाए। रसिक सुजान सब इंटरनेट पर अंतर्राष्ट्रीय माल देखते-परखते हैं।...वो 'लोकल-टेलेंट' पर ध्यान ही नहीं देते! गोदान जैसी रचना का भी मार्केट नहीं रहा। आधे गाँव झोंपड़पट्टी में जा बसे हैं और बाक़ी आधे फार्म हाउस के घेरे में हैं। हाँ! गाँव का 'सेट' फिल्मों में देखा जा सकता है। देश धर्म निरपेक्ष है, सो गोरा जैसी रचना का भी भविष्य काला है। रहस्यवाद, छायावाद, हालावाद और न जाने कितने वाद-विवाद धुन कर रख दिये लोगों ने! अब?

हर वर्ष सूखा पड़ता है; बाढ़ आती है। न जाने कब से कालाहाँडी में अकाल पड़ रहा है और काश्मीर में गोलियाँ चल रही हैं। हर दूसरे-तीसरे वर्ष चुनाव... भ्रष्टाचार...चच्च...हर मुद्दा इतना फीका पड़ गया है कि कोई लिखे तो क्या?

ले दे कर बचा वही शाश्वत प्रेम! तो उसको हर कोण से इतना चिंचोड़ा जा चुका है; इतना पछीट-पछीट कर धोया जा चुका है कि उसकी रग-रेशे की भी धज्जियाँ उड़ चुकी हैं। ज्ञेय-अज्ञेय, सब बिन्दु निबट गए।...दोस्तों! आजकल लिखे हुए पर लिखा जा रहा है। इधर 'चाक' घुमा कर लेख उतारे जा रहे हैं; उधर पिंटी का साबुन निरंतर बुलबुले छोड़ रहा है। वॉरेन हेस्टिंग्स का साँड खड़ा अलग डकरा रहा है।

कुछ नया और ताज़ा करने के चक्कर में सम्मिलित राय बनी कि उत्तर आधुनिकवाद को पकड़ो। इसका सबसे बड़ा 'प्लस पाइंट' यह था कि ज़्यादातर लोग जानते ही नहीं थे कि ये बला क्या है। जब तक सँभलें...सँभलें...उत्तर-आधुनिक

काल जम गया। सब विधाओं पर छा गया। चारों दिशाओं में गूँज उठा। जो अत्यंत आधुनिक थे, ले उड़े। ऐसे-ऐसे रूसी, चेक, लातीनी अमरीकी यानि की खांटे आयातित लेखकों के नाम झाड़े कि उनका सही उच्चारण करने चलें तो जुबान ऐंठ जाए! आधे-आधे पन्ने के उद्धरण। जब तक बीच में पहुँचें भूल गए कि कहाँ से चले थे। अंत तक पहुँचते-पहुँचते तो सब कुछ साफ़। सारा साहित्य जगत प्रभाव और आतंक से थर्रा उठा। लेखक वही जो उत्तर–आधुनिकवाद ओढ़े और बिछाये! हर पान की दुकान पर उनके नाम का जमूरा, बाक़ी सब घास कूड़ा! सृजनशीलता और विश्वसनीयता पर प्रश्नचिह्न टंग गए। कतिपय पुरातनपंथियों की तो समझ में ही नहीं आया कि ये सब हो-हल्ला क्या है? और क्यों है? अतः उन्होंने इसके अस्तित्व को ही नकारना शुरू कर दिया! बस जी! ले-दे शुरू हो गई। अखाड़े के नामी दंगलबाज ताल ठोंककर उतर आए मैदान में। कुछ शातिर किस्म के पट्ठों ने सोचा, जब तक ये सूरमा आपस में सुलटें, हम लपक लेते हैं उत्तर आधुनिकवाद! काफी वक़्त लगेगा इन वीरों को! क्यों? अरे! माया–ब्रह्म का झगड़ा-टंटा ही आज तक नहीं सुलझा तो ये क्या सुलटेगा? जैसे ही कोई नया वाद निकलता है, तुरंत उसके दायें-बायें अनेकानेक वादी-प्रतिवादी उग आते हैं। सुधी जन गंतव्य छोड़, मार्ग की प्रामाणिकता स्थापित करने में व्यस्त हो जाते हैं।

नितांत मौलिक विचार आया। कुछ पकड़ना ही है तो ढंग से पकड़ो। शाख-पत्ते पकड़ने से क्या लाभ? क्यों न सीधे जड़ से ही उखाड़कर अपने आँगन में रोप लें। आधी रात को इसी जुगत में लगे थे कि मलिकाए-वक़्त यानि की परीकथाओं की राजकुमारी डायना की सासू माँ पर ख़लीफा-हारूँ-अल-रशीद का भूत सवार हो गया। वो बिना वेश बदले ही अपनी भूतपूर्व रियाया का हाल जानने निकल पड़ी। अकिंचन को उत्तर-आधुनिकवाद की सख़्त ज़मीन तोड़ते देखकर ख़ूब हँसी। बोली, बेकार 'भारत छोड़ो' मचाया तुमने। हमने भारत छोड़ भी दिया तो तुम लोग हमें कहाँ छोड़ रहे हो? 'इंपोर्टेड' का ठप्पा देखते ही लरियाने लगते हो। वाया यूरोप आया गोबर भी गुलकंद लगता है तुम्हें! क्या कहें तुम्हारी अक़्ल को! अच्छा-ख़ासा चल रहा था सब कुछ! अचानक स्वदेशी की सनक में सब चौपट कर दिया।...ये खोदा-खादी छोड़ो और भागो यहाँ से।...सुना है आजकल मल्टीनेशनल पर उतरे पड़े हो! इटली पर ख़ास मेहरबान हो।...जाओ...वहीं से उखाड़ो...जो कुछ उखाड़ना है। ऐसा ही गोरी चमड़ी पर फ़िदा हो जाँ निसार करनी थी तो हम क्या बुरे थे? चलो...निकल लो...पतली गली से!

अपना सा मुँह लेकर लौट आये। अब ज्ञानीजन निर्णय ही नहीं ले पा रहे हैं कि कोई स्वदेशी आंदोलन चलाना है या अंतर्राष्ट्रीय बाज़ार से माल उठाना है। मस्तिष्क में भन्नाटा; साहित्य में सन्नाटा।

हिम्मत कर यार लोगों ने जादुई यथार्थवाद को छुआ। जादू का मामला ठहरा;

अनंत संभावनाएँ नज़र आईं। तुरंत आचार्यों ने उस्तादी दिखाई और गद्दी सँभाल ली। लहक-लहक कर गंडा बँधवाने वालों को गुहारने लगे। चल निकला...भई...यह भी ख़ूब चल निकला। जादू सिर पर चढ़ कर बोलने लगा। जिसे देखो वही काला चोंगा पहने, बंद मुट्ठी पर छड़ी घुमा-घुमा कर मंत्र बुदबुदा रहा है। मुट्ठी जब खोल कर हवा में उछालते हैं तो कभी चुटकी भर राख़ गिरती है और कभी बड़ा सा लाल रूमाल। जिन चेलों ने उस्ताद से गंडा तो बँधवाया पर चिलम भरने में कोताही की, उन्हें धंधे के पूरे गुर नहीं मिले। मजमा जमा कर; बंद मुट्ठी पर छड़ी घुमाकर छूऽऽऽ किया, हवा में उछाला तो कुछ भी नहीं निकला। तालियों की जगह खुद पिट गए। फिर उस्ताद के पाँव पूजे, नया गंडा बँधवाया और चिलम भरनी शुरू की। नये सिरे से आं...आं...करके पत्थर के गोले उगलना सीखा। जमूरे की जीभ काट कर सुलाया और जनता का भविष्य बताया। अब थोड़ी बहुत तालियाँ पड़ने लगीं। बिछे हुए मैले कुचैले रूमाल पर कुछ सिक्के भी आ गिरे। चेले खुशी से उछल पड़े। कुछ और नई करामातें सीखनी चाहिए। इस कामना सिद्धि के लिए पुनः उस्ताद को टटोलना ज़रूरी था। पर जादू चढ़ता है तो उतरता भी है। जिन्होंने लकड़ी घुमा कर छूऽऽ करने की अदा सिखाई थी; वो किसी और—'एरिये' में टहल गए। जनता फिर अनाथ। किसे पकड़े?

बैठकबाजों का सुझाव आया, जब तक विदेशी का इंतज़ाम होता है? देसी ही लगाओ।

दलित-लेखन का शोशा क्या बुरा है? बस! नाम लेने भर की देर थी कि बावेला मच गया। कान-फोड़ चिल्ल-पों! कौन दलित है, कौन नहीं? दलित कर्म से घोषित हो या जन्म से? तदगुण या बहुब्रीहि अलंकार। चीख़-चीख़ कर लोगों ने कबीर-रैदास; सूर और तुलसी तक को घसीट लिया। बड़ी थुक्का-फ़ज़ीती मची। वो तो आधुनिक काल के लोगों तक को खींच लाते। उत्तर-आधुनिकवाद के उबलते-दूधिया छींटों से जले बैठे थे, सो मट्ठा भी फूँक-फूँक कर हलकान हो रहे थे। महीनों की कौआरोर के बाद पता चला कि अंततः लाटरी जन्मजात दलितों के नाम खुली है। पसोपेश में पड़े लोगों ने राहत की साँस ली। आचार्य गणों ने परिभाषाएँ कातनी शुरू की; इनके पार्षदों ने पंजीकरण का काम सँभाला! घोषणा हुई कि 'क़फ़न' अगर प्रेमचंद न लिख कर कोई दलित लिखता, तो अधिक प्रभावी बनता। जिसने झुग्गी झोंपड़ी में रहकर यथार्थ भोगा ही नहीं, वह कड़वा सच कैसे उगलेगा? दलित तुरंत काम धंधे पर लग गए और बाक़ी लोग यूँ ही शगल के तौर पर कनकौए उड़ा रहे हैं; लकड़ी की तलवार भाँज रहे हैं।

...न...न...यहाँ भी दाल नहीं गलनी।

क्यों न 'फ़ायर' फिल्म में दिखाये गए सखी-भाव की आँच में भुट्टे सेंकें! न के बराबर लोगों का ध्यान इस ओर गया है! वैसे भी...स्त्री-विमर्श में अभी इतनी

भीड़-भाड़ धक्कम-मुक्का नहीं है। फ़िलहाल यहाँ परिभाषा और पंजीकरण की झंझट भी नहीं है। स्त्री है—यह दिखाना पड़ता है और हो गया! जन्म से स्त्री है कि नहीं—इस तरह की बहसबाज़ी नहीं होती। फिर भी कुछ चींटेनुमा लोगों ने इस नये मकान में भी सुराख़ ढूँढ़ लिया। इन पुरुषों को स्त्री-विमर्श का हक़ है या नहीं जिनके 'अंतःकरण में कोई विरहिणी नायिका बैठी निरंतर रोये जा रही है' या जिनके 'मन-वृंदावन में वसंत छाया है और डालडाल फुदकती कोई कोयल कूक रही है'। शिकायतें-दाख़िल-दफ़्तर हो गई हैं, फ़ुरसत मिलने पर समाधान हो जाएगा। फ़िलहाल तो यह नियमावली सँभालें।

नियमावली? जी हाँ! स्त्री-विमर्श हो या संसर्ग, नियमों के अनुसार ही चलना पड़ेगा।

सुखी गृहस्थी, सहृदय पति नहीं चलेगा। जब तक पीड़ित, परित्यक्ता या बलात्कारित न हो, क्या ख़ाक लिखेगी? क्या खाकर लिखेगी? जब तक स्त्रीत्व सिद्ध न हो, लेखन कैसे सिद्ध होगा? मौलिक दृष्टिकोण कहाँ से उभरेगा? हाँ! एक सुविधा है! अगर यह सब स्वाभाविक रूप से घटित न हुआ हो, तो उत्साहीजन व्यवस्था करवा देते हैं। तत्परता से अर्हता का बिल्ला, मोहर, ठप्पा सब कुछ लगा देते हैं।

दूसरी बात—पति न हो तो और भी अच्छा! अगर है ही कहीं वह नामुराद; तो बिल्कुल बैकग्राउंड में रहे। स्त्री-विमर्श में बाधा न डाले! फ़ोर ग्राउंड में वही पति आए जो किसी काम के हों। विज्ञापन दे सकें या दिला सकें। स्त्री-विमर्श में व्यस्त जनों की धन-तन-मन से सेवा कर सकें। इतना सब कुछ हो, तब नाम लिखा जाएगा।

अब बारी आई कलम हाथ में लेने की। देखिये। काऊच-लेखन बिल्कुल 'नो...नो' है। काऊच लेखन अर्थात ऊबे हुए सुखी लोगों का लेखन। ज़रा दूर हटिये। काऊच अन्य रचनात्मक कार्यों के लिए आरक्षित है। यहाँ हाथ में क़लम पकड़ना वर्जित है। ऊबे हुए सुखी लोग दुखी होने की व्यवस्था करें; कुर्सी-मेज़ जुटायें। अब मुसीबत यह है कि जिनके पास अदद ही कुल एक है—काऊच। वो क्या करें? बाहर फिंकवा दें? फर्श पर आसन लगाएँ? कुर्सी-मेज़ की प्रतीक्षा करें? उधर दलित स्त्री-विमर्श का क्या होगा? वहाँ तो सब कुछ फ़र्श पर ही होता है! तो वो लोग पंक्तिबद्ध हो, संयम से प्रतीक्षा करें!

और हाँ...ध्यान रहे। यही लिखना है कि स्त्री आज भी शोषित है, पीड़ित है, दुखी है। अपने दुख को स्वयं नहीं समझ सकती। परदुखकातर समझते हैं और इसे भी समझाते हैं! परपीड़ा से तादात्मीकरण स्थापित कर—आत्मपीड़ा के सीत्कार और चीत्कार आत्मविलास हैं—जैसा तर्क नहीं चलेगा! यह कहा ही नहीं जा सकता कि देह प्रदर्शन में स्त्री को भी आनंद आता है; विजय-मद चढ़ता है। क्यों? जब पहलवान पट्ठे तेल लगाकर मांसपेशियाँ फुला-फुलाकर, मंच पर थिरकते हैं तो क्या देखने-दिखाने वालों को मरोड़ उठती है?

असल में सुभाषित बनाने का टेंडर इनके नाम खुला है। इस बहाने पांडित्य

से लेकर जो जी चाहे प्रदर्शित कर सकते हैं—पुजवा सकते हैं! 'फ्रैल्टी दाई नेम इज़ वूमैन', सत्य वचन महाराज। 'हैल हैथ नो फ़्यूरी लाइक अ वूमैन स्कार्न्ड', यथार्थ है श्रीमन! पिता रक्षति कौमार्ये...क्यों नहीं, क्यों नहीं...यत्र नार्यस्तु पूज्यंते...वाह...वाह क्या बात है। एक संशयात्मा ने प्रश्न उछाला। ऐसी सूक्तियाँ स्त्रियों ने क्यों नहीं गढ़ीं? जवाब में एक मर्दानी पंजाबी जनानी दहाड़ी, 'ओये। हमने इस चिलग़ोज़े को इस लायक़ ही नहीं समझा।'

और? अपनी सेंसुअलटी/सेक्सुअलटी से कतराती निगाहें यहाँ 'फ़िट' नही होंगी। इसी को घुमाकर कहें तो सेंसुअलटी और सेक्सुअलटी ख़ूब चलेगी! संभोग-सुख से लेकर प्रसव वेदना पर और कौन लिखेगा? विवश हो कतिपय प्रगतिशील लेखकों को यह सत्कार्य करना पड़ रहा है। योनिद्वार और मासिक धर्म की चित्रात्मकता लिखनी पड़ रही है। समय आ गया है कि स्त्री-विमर्श अपना दायित्व समझे और प्रामाणिक लेखन दें। ठीक अश्वमुख से निःसृत।

इक्कीसवीं शती में सब व्यवधान मिट चले हैं। स्त्री-विमर्श की भाषा जीवंत यानि कि धड़कती हुई, फड़कती हुई होनी चाहिए। यानी गाली न दे सकें, तो कैसे बात बनेगी? भाषा की जान और जड़ों की खाँटी पहचान तो ये धाराप्रवाह...माँ...में ही हैं।

न लिखने का एक नन्हा सा कारण यह भी है कि इतनी-इतनी वर्जनाओं के चलते जो लिखा गया, सधन्यवाद वापस आ गया!

साज़िश

क्योंझार में जो कुछ हुआ, उससे शांतिप्रिय देश की नींद में ख़लल पड़ा। अधसोया-अधजागा देश बहुत झल्लाया। उसे फिर से चैन की नींद सुलाना बहुत ज़रूरी है। अतः ज्ञानीजन वायुवेग से क्योंझार पहुँचे और पूरे तीन हज़ार छह सौ मिनट तक छान-बीन, पूछ-ताछ, चिंतन-मनन के बाद इस निष्कर्ष पर पहुँचे कि यह 'गहरी अंतर्राष्ट्रीय साज़िश' है।

दुष्ट बाहरी लोग। हमारे देश की ख़ुशहाली और अमन-चैन नहीं देख पाते, इसलिए इस तरह के षड्यन्त्र रचते रहते हैं।

आह! मेरा भारत महान! सर्वाधिक प्रदूषित महानगरों में राजधानी दिल्ली का सुनाम है। एशिया की सबसे बड़ी झोंपड़पट्टी हमारे यहाँ है। कुछ देशों की पूरी जनसंख्या जितने अंधे, विकलाँग, अनपढ़ बाल मज़दूर और ग़रीब भी हमारे यहाँ ही हैं। बस। जनसंख्या के मामले में हम दूसरे नंबर पर हैं। निराश न हों। प्रयत्न जारी हैं। बाहरी साज़िशों के बावजूद हम इस मोर्चे पर भी पहला नंबर लाकर दिखा देंगे।

मेहरबानी अख़बार वालों की। इतनी महत्त्वपूर्ण सूचना हम तक पहुँची। अब जाकर इस रहस्य-रोमांच से भरपूर हत्याकांड पर से परदा उठा। लोग-बाग न जाने क्या-क्या उल्टा-सीधा कहते रहते हैं कभी कहते हैं कि फलाँ भक्तदल का काम है। भला बताइये। इतनी भी क्या बेपर की हाँकना। कौन नहीं जानता कि भक्तदल तो दिन-रात करताल बजाकर भजन-कीर्तन में लगा रहता है। थोड़ा-बहुत वक़्त मिलता है तो बंदरों को चने खिलाते हैं; गणेश जी को दूध पिलाते हैं। ज़रा हिसाब लगाइये। देश भर में कितने बंदर हैं और कितनी गणेश जी की प्रतिमाएँ। गाँव-गाँव, डगर-डगर, हर नुक्कड़ पर मंदिर हैं। सो भजन-कीर्तन, पूजन-अर्चन, महाआरती और भोग-प्रसाद वितरण। इन सबके बाद वक़्त ही कहाँ बचता है कि कोई इन गंदी बदबूदार बस्तियों में जाए। कोढ़ियों की बस्ती। उफ़! हाथ की जगह ठूँठ। किसी काम के नहीं ये बदहाल लोग। भगवान जाने वोट भी देते हैं या नहीं। और आदिवासी। नंगे बच्चे, अधंनगे माँ-बाप! कभी इनकी बस्ती देखी है आपने? छिः, छिः, छिः, छिः। कूड़े के ढेर, आदमी और पशुओं का गोबर, उन पर भिनभिनाती मक्खियाँ। ऐसी गंदी और ग़लीज़ जगहों पर हमारे परम पवित्र साधु-साध्वियाँ कभी नहीं जाते। जब वो वहाँ जाते ही नहीं

तो 'गड़बड़' भी क्या करेंगे। छोड़िए इस चर्चा को। इन लोगों की बात करने से ही उबकाइयाँ आने लगती हैं बाई गॉड। न जाने मदर टेरेसा कैसे इन सड़े-गले, अधमरे लोगों को उठा-उठा कर 'निर्मल हृदय' ले जाती थी।

कुछ लोगों ने कहा कि जबर्दस्ती धर्म-परिवर्तन के कारण यह सब कुछ हुआ। बकवास। हमारा देश धर्मनिरपेक्ष राष्ट्र है। जैसे जातियाँ कुल दो ही होती हैं—अमीर और ग़रीब ! वैसे धर्म भी केवल दो होते हैं—स्वधर्म और अधर्म। जो हमारा है, स्वधर्म है, बाक़ी सब अधर्म है। बीच में सीटी हाथ में लिए रैफ़रीगिरी कर रही है सरकार। पास में ढेर लगा हुआ है—निंदा, भर्त्सना, कड़ी कार्यवाही, जाँच कमीशन और मुआवज़ों का। जिसे जैसी ज़रूरत होगी, दे देगी। बिल्कुल तटस्थ पूर्णतया धर्मनिरपेक्ष।

विद्वान् अर्थशास्त्रियों ने इस घटना को ग़रीबी से भी जोड़ा है। लो...और सुनो। हम और ग़रीब। असली बात यह है कि हम ठहरे संत प्रकृति के जीव। बाहरी चमक दमक और आडंबर के झमेले में नहीं पड़ते। वरना हमारे पास क्या नहीं है? हमारे मंदिरों को देखो। भगवान जी का छत्र-मुकुट, गहने-कपड़े खाट वग़ैरह सब सोने की है। सात-आठ बार लूटा महमूद ग़ज़नवी ने। लूट ले। हमने फिर से उतना ही सोना जमा कर लिया। आज भी कहीं कोई कमी नहीं है। मंदिरों का चढ़ावा आदमी गिन ही नहीं सकता, मशीनों से काम लेना पड़ता है। सुबह से शाम तक भगवान जी का भोजन देखिये। छप्पन भोग। षट्रस-व्यंजन। ग़रीब नारायण के बड़े ठाठ हैं। भैया। जो लोग उनके चरणों में पड़े हैं; भला वो क्यों दंगा फ़साद करने लगे।

कुछ मुस्टंडों ने कहा कि पारस्परिक असहिष्णुता के कारण ऐसा हुआ। हा...हा...हा...हँसते-हँसते बुरा हाल हो गया। हम और असहिष्णु। चार-पाँच दिन के अख़बार एक साथ पढ़ें तो आपको पता चल जाएगा कि हम कितने सहिष्णु हैं। आसेतुहिमालय—इस देश में क्या नहीं हो रहा। हमने कुछ कहा? हमने कुछ किया? सदा सर्वदा की तरह हम प्रतीक्षा कर रहे हैं कल्कि अवतार की। ईमानदारी की बात तो यह है कि अगर किसी देश की जनता को सहिष्णुता के लिए नोबल पुरस्कार मिलता होता, तो वह पुरस्कार हर साल हमें ही मिलता।

इसी तरह के न जाने कैसे-कैसे और कितने-कितने मुद्दे उछालते रहते हैं लोग। इस स्पष्ट और सच्ची बात पर किसी का ध्यान ही नहीं गया, यह सब बाहरी लोगों की कारस्तानी है। अंतर्राष्ट्रीय साज़िश।

गुजरात के डांग जिले में भी यही हुआ। इतने सालों से लोग शांतिपूर्वक रह रहे थे। और रहें कैसे नहीं। वैचारिक मत भेद के लिये भरा पेट और पढ़ा-लिखा होना ज़रूरी है। सारे झगड़े फ़साद की जड़ यही दो बातें हैं। नहीं देखा गया यह अमन-चैन बाहर वालों से। आये और लोगों को पढ़ाना-लिखाना शुरू कर दिया। ज़रूर कुछ खाने-पीने का भी इंतज़ाम रहा होगा। लीजिए। उत्पात शुरू हो गया। न ये वहाँ जाते; न ये सब कुछ होता। हज़ारों साल से जैसा चला आ रहा है, वैसे ही

चलता रहता।

उन लोगों की बुद्धि को क्या कहें जिन्हें पहले यह बात समझ में नहीं आई। असल में तर्कसंगत ढंग से सोच कर निष्कर्ष निकाल पाना हरेक के बूते का रोग नहीं है। देखिये। क्योंझार में जो मारे गए, 'बाहर' से आये थे; जिन्होंने मारा, 'बाहर' से आये थे, मार-मूर कर 'बाहर' चले गए। हुई कि नहीं 'बाहरी' साज़िश। अब भी कुछ सोचने-विचारने को, समझने-समझाने को रह जाता है?

कहाँ तक गिनाएँ? हर जगह वही घटना उतनी ही योजनाबद्ध तरीके से दुहराई गई। इन 'बाहर वालों' ने चैन से जीना मुश्किल कर दिया है?

और तो और...जहानाबाद भी इनकी गिरफ़्त में आ गया। रातोंरात सेना आई, नृशंस हत्याएँ करके चली गई। अब क्या यह भी बताना पड़ेगा कि यह सेना 'बाहर' से आई थी और जो लोग जवाबी कार्यवाही करेंगे, वह भी 'बाहर' के हैं। उनका जीवन-दर्शन राजनीतिक दृष्टिकोण—सब कुछ बाहरी है।

धीरे-धीरे और रहस्यों से भी परदा उठेगा। ये महँगाई-मिलावट, भ्रष्टाचार, आतंकवाद—सब कठपुतलियाँ हैं। 'बाहरी' हाथ डोरी खींचते हैं और हमारे देश में नंगा नाच शुरू हो जाता है। अच्छी साँसत में जान है।

वैसे...क्या यह शर्म की बात नहीं कि मुट्ठी भर 'बाहर' के लोग पूरे देश को सताएँ। अपना इतिहास उठाकर देखें। बार-बार यही हुआ है। ख़ैर...जो हुआ सो हुआ। अब हम ऐसा नहीं होने देंगे। 'बाहर' वालों को 'अंदर' आने का आदेश देंगे। एक बार अंदर आ जाएँ, फिर हम उन्हें ठीक कर देंगे।...वो ठीक हुए तो सब कुछ 'ठीक' हो जाएगा। जो 'अंदर' आने से इंकार करेगा, उसे 'देख' लेंगे हम।

तो संतो! यह बात तय पाई गई कि ये लूट-पाट, हत्याएँ और अग्निकांड गहरी अंतर्राष्ट्रीय साज़िश है क्यू. ई. डी. अर्थात...यही तो सिद्ध करना था। क्वाइट इज़ीली डन। कितना आसान था यह। जो उत्तर रुचे; चुन लें।

अरे।...हम साँप को दूध पिलाने वाले लोग। क्या दो नन्हें बच्चों और उनके बाप को फूँकेंगे?

गर है तो दिखा

यह हमारे रजत पटल और बुद्धू बक्से का आदर्श वाक्य है। सोलह आने सच्ची बात है। बेकार के दावे मत ठोक...वायदे मत कर...गर है तो दिखा। क्या? जो कुछ भी तेरे पास है...वही...यह नई उमर की नई फ़सल का नारा है। सुंदरियाँ झुककर, बैठकर, लेटकर—प्रत्येक कोण से अपने शारीरिक भूगोल की ऊँचाइयाँ और गहराइयाँ दिखा रही हैं। सुंदर युवक क्यों पीछे रह जाएँ? चल...तू भी टी-शर्ट उतार...क़मीज़ सामने से उठा...और दिखा दे अपनी मर्दानगी। 'ही मैन' का ख़िताब यूँ ही नहीं मिल जाता। वाक़ई मर्द है तो नाच-गाकर अपनी मर्दानगी दिखा। कुछ इस तरह नाच कि हर देखने वाला यही समझे कि यह सब आयोजन उसके लिए ही है। इसमें घबराना या शर्माना कैसा? यह तो मुक्त बाज़ार की प्रतिस्पर्धा का पहला नियम है। गर है तो दिखा।

और लोग दिखा भी रहे हैं अपना माल। ओढ़निया-चुन्नियाँ उड़ गईं। और अब ब्लाउज भी चला। अंगिया और पारदर्शी घाघरा सर्वप्रिय परिधान है। घाघरा भी यहाँ-वहाँ-जहाँ-तहाँ से कटा हुआ। क्या कहने। रस और सौंदर्य का छप्पन भोग थाल सामने हाज़िर है। बात भी ठीक है।...है...इसलिए दिखा रहे हैं। जिसके पास कुछ है ही नहीं, वह भला क्या दिखाएगा?

संगीत भी अब 'सुना' नहीं जाता देखा जाता है। क्या गा रहा है, कैसा गा रहा है, इससे मतलब नहीं है। कौन किस तरह से, क्या पहनकर और कहाँ-कहाँ से गा रहा है—इससे मतलब है। गायक का इतना महत्त्व नहीं है, जितना कपड़ों, दृश्यों, भव्य सेट, नदी, पहाड़ हेयर स्टाइल का है। दो-चार विदेशी छोकरे-छोकरियाँ, थिरकते-लरजते जिस्म...लोग बड़े शौक़ से म्यूज़िक देखते हैं।

अब कैमरे के सामने नाचकर दिखाने का फ़ैशन कम हो चला है। सुंदरियाँ कैमरे की ओर पीठ कर नाचती हैं। कैमरे की आँख उनकी निरंतर दोलायमान कमर पर लगी रहती है। वह भी पीछे से। क्या अर्थ है इसका? शायद सामने आने की हिम्मत नहीं है किसी में। वो तो सारी देह संपदा दिखा रही है और लड़का नाच-गाकर रह जाता है। क्यों नहीं...मर्दानगी सिर्फ़ दिखाने की ही तो चीज़ है। कुछ कर गुज़रने

की नहीं।

लोग मुँह बाए बैठे देख रहे हैं। हीरो जब विलेन को पीटना शुरू करता है, तो कहाँ-कहाँ ले जाकर, किस-किस तरह से, किन-किन हथियारों से पीटता है। जैसा मुक्का पड़ता है विलेन के थोबड़े पर और जिस तरह की आवाज़ होती, लगता है शायद आठ-दस दाँत टूट गए होंगे। अब दस दिन तक खाट से उठ नहीं सकेगा। पर नहीं...वो पुलिस के आने तक लड़ेगा। सबको मालूम है यह सब दिखावटी जोश है। विलेन तो ख़ैर, फिर भी मरता है। पर हीरो? वो सीने में गोली खाकर, हाथ-पाँव तुड़वाकर ख़ून में नहाकर भी हीरोइन के पीछे लगा रहता है।

यही करतब हीरो बनने की तमन्ना रखने वाले किशोर कर रहे हैं। बैंक कैसे लूटते हैं, अपहरण कैसे किया जाता है—हम बताते हैं। ऐसा कौन-सा काम है जो हीरो करता है और हम नहीं कर सकते। हम भी ट्रैफिक रोककर घंटों सड़क पर कूल्हे हिला सकते हैं। 'एंग्री यंग मैन' की तरह दुकानें तोड़ सकते हैं। आग लगा सकते हैं और विनाश का भीषण ताँडव कर सकते हैं। और हाँ, प्यार भी कर सकते हैं। नाच...नाच के, गा-गा के।

विज्ञापन संसार पर भी यही जादू छाया है। यह क्रीम लगा...उजला गोरा दिख, लोग तारीफ़ करेंगे। लड़कियाँ दीवानी हो जाएँगी। यह टूथब्रश दो पाँवों पर खड़े नटखट बालक-सा दिखता है। यही ख़रीदो। साथ में नाच सकेगा। तेल है। शैंपू है। लगाने से बालों की चमक नकली नायलोन विग जैसी...अपनी परछाईं देख लो। पर यह चेतावनी भी साथ है कि यह सब कैमरे का कमाल है। चाय ख़रीदो...चाय के लिए नहीं, सुंदर प्लास्टिक जार के लिए। चोट पर लगाने की पट्टियाँ अब चोट ठीक करें या न करें, दिखने में सुंदर हैं। जोशे-जवानी की पहचान? ख़ास किस्म की सिगरेट। बहादुर वही जो यह गुटखा खाए। वाह क्या मर्द है? लड़की को बचाने के लिए रस्सी पर कूदकर उसका हाथ थामता है। कैसा दिव्य होगा वह शर्बत, जिसकी बोतल के लिए वो नौजवान सहर्ष सागर की अतल गहराई में उतरकर उसे पा लेने का जोखिमभरा साहस दिखाता है। और तो और, गर्मी के ये दिन और आइसक्रीम! खा या मत खा, डंडी जरूर देख ले। क्योंकि आइसक्रीम का मतलब, इसकी गुणवत्ता या पौष्टिकता से नहीं है—उसकी डंडी से है। क्या पता? कौन कब और कहाँ पूछ बैठे! ऐ! तेरी डंडी पर क्या है?

बदलते मौसम...

जब स्थानीय गुंडे झुक-झुक कर नमस्कार करने लगते हैं और जनता के दुख-दर्द दूर करने की कोशिश करने लगते हैं, तो लोग समझ जाते हैं कि चुनाव आने वाले हैं। झकाझक सफ़ेद खद्दर का कुरता-पाजामा पहने, छोटे-बड़े नेता फर्राटे से जीप दौड़ाते इस बात की अधिकृत सूचना देते हैं कि नामांकन पत्र भरे जा रहे हैं। गली-मुहल्लों में भाषणबाज़ी, रैली और यहाँ-वहाँ-जहाँ-तहाँ चिपके पोस्टर देख कर पता चलता है कि कौन-कौन से नामी पहलवान इस दंगल में उतर रहे हैं लोग दीर्घ श्वास लेते हैं—आख़िर चुनाव आ ही गए।

उसी तरह जब कपड़े धोने के साबुन और शैम्पू के विज्ञापनों के बीच अचानक तिरंगा लहराने लगता है, शहीदों को याद किया जाने लगता है, देशभक्ति पूर्ण गीत बजने लगते हैं, तो लोग समझ जाते हैं कि 'स्वतन्त्रता-दिवस' आने वाला है। पुरानी दिल्ली में चहल-पहल, लालक़िले की साफ़-सफ़ाई-रंग रोग़न इस बात की अधिकृत सूचना होती है कि स्वतन्त्रता दिवस आ ही पहुँचा है। देशभक्तिपूर्ण फ़िल्मों के प्रसारण से पता चलता है कि यही 'स्वतन्त्रता दिवस' है।

ताज़ा 'रिमिक्स' में 'वंदे मातरम्' दिखाया जा रहा है। मादक धुनों पर थिरकती अधनंगी लड़कियों के बीच नामी-गिरामी लोग देश के नाम संदेश दे रहे हैं। अचानक 'मेरा भारत महान'—का संगीत रोम-रोम में बजने लगता है। देशभर में सद्भावना का दौर चल रहा है। एक-दो दिन यही आलम रहेगा। उसके बाद सब कुछ फिर—'जैसे थे' की स्थिति में आ जाएगा। 'गणतन्त्र दिवस' तक कोई झंझट नहीं।

दूरदर्शन सुबह-शाम, नई-पुरानी देशभक्ति पूर्ण फ़िल्में दिखा रहा है। ये फ़िल्में बॉक्स ऑफ़िस पर भले ही पिट जाएँ, दूरदर्शन इनका स्थाई ग्राहक है। वरना ऐसे राजकीय त्यौहारों पर क्या दिखाएगा? ऐसे कार्यक्रमों की अलग-अलग लोगों पर अलग-अलग प्रतिक्रिया होती है। अवकाश प्राप्त पिताजी आँखों में आँसू भर लाते हैं। 'क्या लोग थे वो दीवाने' की तर्ज़ पर शहीदों का गुणगान करने लगते हैं। भाईसाहब गालियाँ बकने पर आमादा हो जाते हैं, "किन निकम्मे और भ्रष्ट लोगों के लिए अपनी जान दे दी।" माँ और भाभी पहले फ़िल्म देख कर रोती हैं, फिर देश के ताज़ा हालात

पर सुबकती हैं।...मेरे अंदर संशय के साँपों की पिटारी खुल जाती है और तरह-तरह के छोटे-बड़े संशय मेरे दिलो-दिमाग़ पर रेंगने लगते हैं।

बड़े अजीब लोग थे ये शहीद। उनका मन नहीं करता था फर्स्ट क्लास सूट पहनकर सरकारी दफ़्तर में काम करने का? देविका रानी की फ़िल्मों का कोई असर नहीं होता था? 'फ़ियरलैस नादिया के दीवाने नहीं थे? कुक्कू के नाच की नक़ल नहीं करते थे? चन्द्रमोहन जैसे कपड़े पहनने और उनकी ही तरह बाल बनाने की तमन्ना नहीं रखते थे नौजवान?

और डर? डर नहीं लगता था उन्हें? आज तो पुलिस का नाम सुनते ही आम आदमी की पतलून आगे से गीली और पीछे से पीली हो जाती है। जब स्वतन्त्र प्रजातांत्रिक देश की पुलिस ऐसे आदिम भय का संचार कर सकती है, तो तानाशाह विदेशी पुलिस की निर्ममता के क्या कहने?

अजीब बात है। है न? हम लोग तो बात-बात में डर जाते हैं। इसी अनजाने डर की वजह से सब लोग चुप रहते। सड़क पर हत्या हो तो चुप; ट्रेन में बलात्कार हो तो चुप, प्रादेशिक नेता चलती ट्रेन की आरक्षित जगह से लोगों को उठा दे तो चुप, स्थानीय दादा हफ़्ता वसूले तो चुप।

करोड़ों का ग़बन हो, कोई बात नहीं। कोई रईसज़ादा पाँच-दस लोगों को कुचल कर निकल गया, कोई बात नहीं। उल्टी सीधी नीतियाँ, फलता-फूलता आतंकवाद—सब चलता है। कहीं बाढ़ आए, सूखा पड़े, ख़ून की होली हो, दंगों की दीवाली हो—हम अपने दड़बों को दीवारें सहलाते रहते हैं। बहुत हुआ तो संचार माध्यमों पर बकवास कर शांत हो जाते हैं। वो जुनून कहाँ गया?

जुनून है। दिखाई देता है जुनून। जब कोई माइकेल जेक्सन, वैंगाबॉयज या कोई और पॉप कार्यक्रम हो तो जनता का जुनून देखते ही बनता है। विश्व सुन्दरी की शोभायात्रा निकले, तब देखिये। कैसे जुनून का समुद्र ठाठे मारता है। उन्माद अपनी चरम सीमा पर पहुँच जाता है। उसके बाद टाँय...टाँय फिस्स...

सो प्यारे भाइयो और बहनो। 'स्वतन्त्रता दिवस' की शुमकामनाएँ। सहस्राब्दि का पहला 'स्वतन्त्रता दिवस' है। काफ़ी ज़ोरदार उत्सव होगा। तैयारियाँ चल रही हैं। लक़दक़ इंतज़ाम है। बुलेट-प्रूफ़ दीवार के पीछे से, लाल किले की प्राचीर पर झंडा फहराएँगे प्रधानमंत्री फिर भाषण देंगे। इस एक तमन्ना को पूरी करने के लिए क्या-क्या जोड़-तोड़ नहीं करते हमारे नेतागण। ग्यारह दिन ग्यारह महीने...कुछ भी चलेगा। क्योंकि फिर तो जीवनपर्यन्त भूतपूर्व प्रधानमंत्री की सुविधाएँ मिलनी ही हैं।

कमांडो से घिरे अन्य नेतागण भी हैं। इन्हें इस ज़ेड श्रेणी की सुरक्षा की क्या ज़रूरत? ये तो ख़ुद चाकू चलाने में माहिर हैं। इतने सालों से जनता का गला काट रहे हैं।...ख़ास आदमी मंच पर जमा बैठा है। आम आदमी...वहाँ सड़क के किनारे खड़ा है।

एक बार फिर सरकार अपनी उपलब्धियाँ गिनवायेगी। और जनता ताली बजाएगी। आम आदमी अपनी झोली टटोलेगा। यह तो ख़ाली है। ये उपलब्धियाँ आख़िर गईं कहाँ? सरकार कह रही है तो ठीक ही होगा। ऐसी सुदर्शन सरकार पर शक! वह शर्म से पानी-पानी हो जाता है।

...उससे कहा जाएगा कि अपने महान देश के लिए वह भी कुछ करे। यह करे, वह करे, मेहनत करे, त्याग करे। मेहनत कर रहा है आदमी। हाड़तोड़ मेहनत कर रहा है। और त्याग? उसके पास बचा ही क्या है जिसका त्याग कर दे? बस—शरीर में जान कहीं अटकी है। कहो तो वहीं त्याग दे। मगर अफसोस। ऐसा कुछ नहीं बचा, जिसके लिए जान दे दी जाए।

वर्षा के बाद शीत ॠतु आएगी। मौसम बदल जाएगा। स्वतन्त्रता दिवस का हंगामा समाप्त होते ही सब कुछ सामान्य हो जाएगा। टी. वी. पर फूहड़ नाच-गाने आने लगेंगे। मसाला फिल्में धमाके से कूद पड़ेंगी। तिरंगा तह कर रख दिया जाएगा और सारा देश यथास्थिति को प्राप्त हो जाएगा। बड़ा ही मौज़ूं शेर है...

"किस किस की फ़िक्र कीजिए, किस किस को रोइये
आराम बड़ी चीज़ है, मुँह ढक के साइये।"

चौके में छक्का

इसे कहते हैं घोर कलजुग। उल्टे सास को ही बहू को मनाना पड़ा। ऐसे नाकों चने चबवाए कि झक मारकर उसे झुकना पड़ा। बड़ी अकड़ती फिरती थी। मैंने सारी अकड़ निकालकर हथेली पर रख दी। बड़ी दंड-बैठक पेली, ढेरों दाँव-पेंच खेले, पर मेरे आगे एक न चली।

कल जिठानी को भेजा मेरे पास। वो बड़ी देर तक तो इधर-उधर की हाँकती रही, फिर घुटने छूकर गिड़गिड़ाकर बोली–

"अरी! क्यों घरवालों की नाक़ कटाने पर तुली है? पास पड़ोसी क्या कहेंगे। चल...तू ही जीती। सास ने तुझे पैर छूना कहलवाया है और कहा है कि परमेसुरी! अब तो मान जा। इज़्ज़त रख ले सबकी। लोग हँस रहें हैं कि किस पटाख़े से गाँठ जोड़ी है। जो करतब तू कर रही है, उससे तो और बहुएँ भी बिगड़ जाएँगी। बैरी मज़ा ले रहे हैं बहना...पुच्च...अब मान जा।"

घमंड से मेरी गर्दन अकड़ गई। क़द चार फ़ुट आठ इंच से बढ़कर आठ फ़ुट चार इंच हो गया। देखा...झुकाकर मानी सास को अपने कदमों में। इस जीत पर दिल बल्लियों उछलने लगा। पर ऊपर से उदास मुँह झुकाकर मरी-मरी आवाज़ में कहा, "इच्छा तो मेरी ज़रा भी नहीं। पर जीजी...तुम इतनी दूर से चल कर आई हो, तुम्हारा मान तो मुझे रखना ही पड़ेगा। लो...तुम्हें छू कर क़सम खाती हूँ। साल भर तक कोई झगड़ा-झंझट नहीं करूँगी। अरे हाँ...ऐसी पत्थर दिल नहीं हूँ मैं। आख़िर सालों से एक आँगन में रह रहे हैं। एक ही चूल्हे पर बनाया खाया है।"

जिठानी चैन की साँस लेकर चली गई। निगोड़ी सास को आज नींद आएगी। पन्द्रह दिन से तो दिन-रात काँटों पर लोट रही थी। खाना-पीना मुहाल था।

पर मेरी भी क्या ग़लती है? मुझे ये चोंचले रत्ती भर नहीं सुहाते। कभी परबाबा के ज़माने में ज़मीन-जायदाद का बाँट-बखरा हुआ था। खेत-खलिहान, कपड़ा-लत्ता, ज़ेवर, गहना, बर्तन वग़ैरह सब बँट गए। दीवारें खिच गईं। वो उधर, हम इधर। अब हमें चाचा ससुर के ख़ानदान से क्या लेना देना? वैसे भी...उनका तो पूरा क़ुनबा ही ततैया मिर्च है। पंचों को बुला, पंचायत बैठा, बाक़ायदा सारे गाँव के सामने चौपाल

पर फ़ैसला हुआ था। इस बात को भी पूरे पचास साल बीत गए। पर वो अभी तक एक काश्मीरी टोपी को लेकर कलप रहे हैं। सालों से पास-पड़ोस में शिकायतें कर रहे हैं। कौन सा दंद-फंद नहीं रचा उस टोपी के लिये। छाती पीटते घूम रहे हैं कि टोपी उनकी थी, हमने बेईमानी से हथिया ली। हाथ फैला-फैला कर कोसने-सरापने से लेकर टोने-टोटके तक किये। पेशेवर ठग बुला कर सैंध लगवाने से भी बाज नहीं आए। जाने कब से मुक़दमा ठोक रखा है। हमारी टोपी को घुन खाए जा रहे हैं। उनके डर से हम धूप तक नहीं दिखा सकते।

मगर हमारी सास जी का मानना है कि बँटवारा हो गया तो क्या हुआ? ख़ानदान तो एक ही है। लाठी मारने से कहीं पानी फटता है? हर गीत-आनंद में उन्हें बुलाया जाता है। वो लोग ठसके से आते हैं; हमारी ढोलक पीट-पीटकर, गा-बजाकर चले जाते हैं मुहल्ले में उनकी धूम मच जाती है। बोलो, कोई बात हुई ये?

उधर चाचा ससुर हमारे घर की तीन-तेरह करने में जुटे रहते हैं। हमारे बालकों को मिठाई का लालच देकर बुलाते हैं और घर में फूट डालने के लिए हड़काते हैं। पर हुआ उल्टा ही। कुछ बरस हुए, उनके अपने ही बेटे आपस में लड़ पड़े और चूल्हा अलग-अलग कर लिया। लो जी। छोटा देवर तो बड़ा गुरु घंटाल निकला। राम-राम करके हम लोगों से राह-रस्म खोल ली। मुँह में राम, बग़ल में छुरी। चतुर-सुजान अपने रेबड़ हमारे खेतों में हाँक देता है। खाने के वक़्त अपनी दर्जन भर औलाद भी हमारे दरवज्जे पर रिरियाने भेज देता है। वो एक बार आ जाएँ तो धक्का देने पर भी ना जाएँ। बरसात आये तो हमारा छप्पर दिखता है; आँधी आये तो हमारी कुठरिया। अच्छी मुसीबत है। कहो, क्या करें इनका। हाँ, बखत पड़ने पर मजाल है जो हमारे साथ खड़े हो जाएँ। तब घुटना पेट की तरफ ही मुड़ेगा, पीठ की तरफ नहीं।

और तो और...हमारे छोरा-छोरी उधर कहीं खेलते मिल जाएँ तो उनके छोरा-छोरी गालियाँ बकें, पत्थर मारें। बेचारे लाल हमारे। रोते बिसूरते घर लौटें।

सो पंचो। मैंने कह दिया। अब तक जो हुआ सो हुआ, अब ना चलेगी ये नौटंकी। आएँ तो सही हमारी गली में। टाँग तोड़ कर हाथ में ना पकड़ा दी तो कहियो! जीभ खींच कर सिर पर ठोंक दूँगी कील से। अब जब चुकौता करने ही बैठी हूँ तो अगला-पिछला, सब हिसाब बराबर कर दूँगी।

मुझे तो मुहल्ले में अपना सिक्का चलाने का अच्छा मौक़ा मिला। दाँव सही बैठ गया तो चौका-चूल्हा भी अपने कब्ज़े में कर लूँगी। सास-जिठानी-देवरानी...सबको दरवज्जा दिखा दूँगी। मुझे किस बात का डर? आदमी को तो मैंने पहले ही दिन से लड़-झगड़ कर, डरा-धमकाकर मुट्ठी में कर रखा था। मन में भले ही कितना पिनपिनाए; करेगा वही जो मैं कहूँगी। मैं कहूँ बैठो, तो बैठेगा; मैं कहूँ उठो, तो उठेगा। दफ़्तर मत जा...नहीं जाएगा; सड़क पर लेट जा... लेट जाएगा।...डरता है मुझसे। जानता है, बखत आने पर हाथ छोड़ने से भी नहीं चूकूँगी। सो मैंने महाभारत की

पूरी तैयारी कर ली। अपने बालक भी सनकार दिये। वो ज़बान चलाएँ; तुम हाथ चलाओ। ईंट का जवाब पत्थर से दो। जहाँ दिखें वही मारो; जो उनसे बात करे, उसे भी मारो। ऐसी हालत कर दो कि कोई नाम लेवा भी ना बचे।

एक बात कहूँ। बालक मेरे बड़े आज्ञाकारी हैं। मेरे कहने पर कुएँ में कूद जाएँ, आग में जल जाएँ, जो चाहे करवा लो। मेरा काम है कहना, उनका काम है करना। बस।

अब जब एक बार मारने पीटने की सोच ली तो मेरा और मेरे बालकों का तो शांति से बैठना मुश्किल। मारो-काटो की जूड़ी सी चढ़ आई। तोड़ने-फोड़ने को हाथ खुजलाने लगे। सोचा...किसी का सिर फोड़ने से पहले घर के मटके फोड़ो। ज़रा दहशत पैदा हो; रोब जमें। हमने घर भर के मटके फोड़ डाले और खाटें तोड़ दीं। काँच के क़ीमती बर्तन चकनाचूर कर डाले। मैंने लपककर एक लात चूल्हें में मारी। सांझी हाँडी लुढ़क चली। घर भर मुझे समझाए और मेरी एक ही रट...चाचा ससुर के लड़के-बाले ना आएँ यहाँ।

सास बड़ी भिन्नाई। वो तो उन्हें फाग खेलने को न्यौत आई थी। बुढ़िया लगी बातों का चरखा कातने। मैंने भी कह दिया। फाग तो इस बार हम खिलाएँगे उन्हें। धुलेंडी का मज़ा दिखा देंगे गाँव वालों को।

मेरे बालकों ने वो उत्पात किया कि सबके दिल दहल गए। उत्पात करने में किसे मज़ा नहीं आता। शायद ही किसी के मटका और शीशा साबुत बचा हो। सारे गाँव में फर्रुख़ाबाद का नाम ऊँचा हो गया। अब तो हाल यह है कि खड़ा खेल फर्रुख़ाबादी कहते ही लोगों की धोती गीली-पीली हो जाती है। गाँव का पीपल तक साँस रोककर चुप खड़ा है। सब सन्नाटा खींचे हैं। ये बावरी जाने क्या कर बैठे।

अचानक अनहोनी हो गई। पाँव के नीचे की धरती डोलती दिखी। जिस खूँटे के दम पर मैं कूदती थी, वही उखड़ गया। चुप्पा सा आदमी नाराज हो गया।

"ये काँच के बर्तन तेरी कमाई थी जो तोड़ दिये। समझती क्या है ख़ुद को। चल...कल सुबह ही मायके छोड़ कर आता हूँ...मैं भरपाया तुझसे। दूसरी ले आऊँगा।

मैं सन्न् रह गई। आदमी रूठा तो सब गया समझो। सब तरफ़ बड़ी थू...थू...होगी। अब यह झमेला कैसे निबटे। साँप भी मर जाए और लाठी भी न टूटे। वही हुआ। सास बिचारी को यह सब क्या पता? उसने जिठानी को भेज दिया। लो जी। चित भी मेरी, पट्ट भी मेरी, अंटा मेरे बाप का। आदमी की बात भी रह गई—नहीं करूँगी तोड़ फोड़—दूसरी मत लाओ। उधर सास तो बस नाम मात्र की सास रह गई है उसकी चुटैया मेरे हांथ में है। मुहल्ले की बाक़ी सासें भी दहल गई हैं।...बहुएँ गिरती-पड़ती भागी आ रही हैं, मुझसे गुरुमंत्र लेने।

चौके में छक्के का ये कमाल! सास को पवेलियन भेज दिया।

जोकर

सब जानते हैं जोकर को। सबको अच्छा लगता है वह। आख़िर हँसने-हँसाने का बहाना जुटाता है। लेकिन ज़िन्दगी बड़ी गंभीर सी चीज़ है। ज़रूरत से ज़्यादा जोकर नहीं झेल पाती। आजकल यही संकट सामने है।

यूँ तो पहला जोकर पहले नायक के साथ ही जन्मा था। यह...मसख़रा, सूत्रधार, नट, विदूषक, खलनायक और धर्मगुरु का मिला-जुला संस्करण। लगभग हर भाषा के साहित्य में अपना कोना दबाए बैठा है। इससे ज्यादा हरफनमौला कोई नहीं। कभी ग़ुलाटियाँ खाकर लोगों को हँसा रहा है; कभी निहायत सादगी से गंभीर दर्शन झाड़ उनको रुला रहा है। कभी नायक-नायिका के मिलन की व्यवस्था करता है, तो कभी खलनायक की भूमिका हड़प जाता है। ये हर जगह फिट हो सकता है। आकाश-पाताल, कुछ भी इसकी पहुँच से बाहर नहीं। अपने को ईश्वर का ग्यारहवाँ अवतार समझता है। (क्योंकि वो भी कोई कम मसख़रा नहीं) इस चरित्र की अपार संभावनाएँ देखकर आजकल कई महानायक भी इस भूमिका में अवतरित होने लगे हैं।

कहाँ नहीं हाज़िर हैं ये जनाब। ज़रा ध्यान से चारों तरफ देखिए। हर जगह किलकारियाँ मारते, कुलाँचे भरते नज़र आएँगे। मंच पर चाहे जो चल रहा हो, नेपथ्य में ये अपने करतब में व्यस्त हैं। इसकी टाँग घसीट, उसकी पतलून उतार। कोई न कोई नया तमाशा। कहीं न कहीं नया हंगामा। राजनीति से लेकर ताश की मामूली गड्डी तक इनके कब्ज़े में है।

इधर कुछ ज़्यादा ही ज़्यादती हो गई। है। ज़रा सोचिए तो। पहले ताश की गड्डी में केवल एक जोकर होता था। बावन पत्तों पर एक अकेला जोकर भारी पड़ता था। जिस खिलाड़ी के हाथ में आ जाए, वही अपनी जीत पक्की समझता था। बाक़ी खिलाड़ियों को यह एकाधिकार प्रजांतत्र की मूल भावना के विरुद्ध लगा। जोकर बनना और बनाना सबका मूलभूत अधिकार है। लो जी। ताश की गड्डी में जोकर बढ़ने लगे। सीधा-सीधा पाला खींच कर कबड्डी होने लगी। अब जोकर तो जोकर। मज़ेदार झालर वाली पोशाक, सिर पर फुंदने वाली टोपी। खेल और खिलाड़ियों के बीच अलग

से पहचान में आ जाता है। कैसा विचित्र संयोग है। उधर देश की संसद में भी इनके भाई बंधु पहुँचने लगे। वहाँ बैठे ठाठ से चुटकुले छोड़ते रहते हैं। कभी-कभी ठेठ देसी स्वांग भी दिखा देते थे। खड़ा खेल फर्रुख़ाबादी। तब मार्शल द्वारा बाहर फिंकवा दिये जाते थे।

जोकर की लोकप्रियता और उपलब्धियों से लोग इतने प्रभावित हुए कि क्या बताएँ। जो पैदाइशी जोकर नहीं थे, वो भी इनका संसर्ग और संरक्षण प्राप्त करने के लिए ललक उठे। जोकर बनने की प्रतियोगिता चल निकली।

सुना था समय परिवर्तनशील है। पर ऐसा ग़ज़ब का परिवर्तन दिखाएगा—यह नहीं सोचा था। अब बावन पत्तों में एक दो को छोड़कर बाक़ी सब जोकर आने लगे हैं।

बात शुरू हुई थी, एक जोकर से। प्रजातंत्र की दुहाई देकर दो करवा लिये। मनचले खिलाड़ियों को ये भी कम लगे। वो गड्डी से एक पत्ता खींच कर निकालते और उसे भी जोकर की तरह इस्तेमाल करने लगे। उसे ख़ुश करने के लिए नया नाम दिया—तुरुप (ट्रम्प)। तुरुप कैसी और कितनी हैं, यह खेल और खिलाड़ियों की मरज़ी पर। अगर ईंट का छक्का खींचा है तो सब छक्के तुरुप। कभी किसी खेल में पूरी ज़ात-बिरादरी ही तुरुप। मसलन, लालपान का पंजा खींचा। तो उसके सब नाते गोतिये तुरुप। ख़ैर जी...यहाँ तक भी ग़नीमत थी। पर खिलाड़ियों की खेल भावना के क्या कहने। ये सब भी कम पड़े। नया खेल निकला—पपलू। अच्छा-ख़ासा पत्ता पपलू कहा जाने लगा। फिर भी खुजली नहीं मिटी...निचलू आया। अगर हुक़ुम का सत्ता पपलू है तो हुक़ुम का छक्का निचलू।

अब बोलिये। क्या कोई खेल हो।...बताइये न। जब बावन पत्तों में से पचास जोकर, तुरुप, पपलू-निचलू हों तो क्या खेल खेले कोई? एक दो नौसिखिया खिलाड़ी पत्ते फेंक देते और फिर से खेल शुरू करने को कहते हैं। पत्ते ख़ूब फेंटे जाते हैं, गड्डी काटी जाती है और पत्ते बाँटे जाते हैं। हाय रे नसीब। फिर वही हाल। हर तरफ़ जोकर ही जोकर। तुरुप चाल पे तुरुप चाल। ऊपर से खीसें निपोरते पपलू और निचलू। बेकार पत्ते फेंके, बेकार फेंटे और बेकार ही बाँटे।...शौक़ीन तबीयत खिलाड़ियों की मौज है। वैसे भी...जो निठल्ला है, वही तो आता है इस खेल में। सो बस। लगा पड़ा है जोकर बनाने और तुरुप चलाने में। चतुर खिलाड़ी है। इसी से रोज़ी रोटी का शानदार जुगाड़ बैठा लिया।

उधर संसद में भी समानांतर खेल चल रहा है। वह ज़माने गए जब अध्यक्ष के प्रति किसी सदस्य द्वारा असंसदीय भाषा के प्रयोग मात्र से वो त्यागपत्र दे देते थे। भारी नैतिक दबाव के कारण ऐसे सदस्य को क्षमा माँगनी पड़ती थी। अब बेचारे अध्यक्ष जी 'शांत हो जाइये', 'शांत हो जाइये' चीख-चीख कर थक जाते हैं अगणित बार कार्यवाही स्थगित की जाती है। वैसे कार्यवाही भी क्या है? चीख़ पुकार,

गाली-गलौज, जूता-फेंक, माइक तोड़, कपड़े फाड़, छीना-झपटी। मार्शल किस-किस को बाहर फेंके। दो चार सयाने लोग ऊधम शांत होने की प्रतीक्षा करते हैं। कार्यवाही न चलने देना ही प्रमुख कार्यवाही है। कैसा चरम पुरुषार्थ! कितनी परम उपलब्धि! पहले केवल विपक्ष सरकार गिराने का भगीरथ प्रयत्न करता था, अब स्वपक्ष भी इस सत्कार्य में सहयोग देता है। जो नई सरकार चुन कर आती है; वह पुरानी सरकार से बीस ही सिद्ध होती है, उन्नीस नहीं।

तो जनाब। खेल चौपट है, धमाल चालू आहे। क्या मौलिक गालियाँ देती हैं लाल पान की बेग़म। लाल बादशाह मुस्कराकर बेग़म की हौसलाअफ़जाई करते हैं। लाल पान के ग़ुलाम को तसल्ली देते हैं।...जो हो रहा है...बिल्कुल ठीक हो रहा है। इक्की-दुक्की वग़ैरह की अपनी रेजगारी सँभाल कर रखो। क्या पता कब ज़रूरत पड़ जाए। और सुनो। किसी साले से डरने की ज़रूरत नहीं। हुक़ुम का ग़ुलाम हो या ईंट का। ठीक बोला है बेग़म साहिबा। ईंट के बादशाह की कुल जमा इक्कै ठो आँख है। अब काणे को काणा नहीं कहेंगे तो क्या कहेंगे? उनसे कहिए...जरा सँभल कर रहें। दूसरा आँख भी जो फूट गया तो...

कैसा मौंजू शेर है...

"जब एक ही उल्लू काफ़ी है बरबाद गुलिस्ताँ करने को,
हर शाख पे उल्लू बैठे हैं, अंजामे गुलिस्ताँ क्या होगा?"

वोट की चोट

बाएँ हाथ से लिख रहे हैं, बंधु। हस्तलेख समझ में न आए तो क्षमा करना! क्या करें? लिखे बिना रहा ही नहीं गया! अपना दुख-दर्द आपको न बताऊँ तो किसे बताऊँ? हमारे साथ तो कई कहावतें एक साथ चरितार्थ हो गईं! चौबे जी छब्बे बनने गए थे, दुबे बन कर लौटे। दो मुल्लाओं के बीच मुर्ग़ी हराम! रोज़े छुड़ाने गए थे, नमाज़ गले पड़ गई...वग़ैरह वग़ैरह!

बात यह है कि हमारे प्रदेश में चुनाव हो रहे हैं। सारा दिन प्रचार-प्रसार; चीख़-पुकार, और नारेबाज़ी की गहमागहमी रहती है। अख़बार सचेत करता है कि वोट डालो; ये आपका संवैधानिक अधिकार है, लोकतंत्र की रक्षा करो, आज़ादी खतरे में है......आदि...इत्यादि।

विभिन्न राजनीतिक दलों के स्वस्थ सबल युवक बिन बुलाए घर आकर दर्शन देने लगे। बिना वजह आँखे दिखाने लगे। वोट उनके उम्मीदवार के पक्ष में ही डालना है, चुनाव चिह्न है गधा! अतः गधे को न भूलें! कोई कहता कि लालटेन को याद रखें। किसी ने जूता दिखाया, तो किसी ने चप्पल! इतने परेशान हो गए कि क्या बताएँ! मन में प्रश्न उठा—किसी उम्मीदवार का चुनाव चिह्न चूल्हा नहीं है! उसी में झोंक देते यह वोट।

सुबह-दोपहर शाम ये युवक आते और 'प्रार्थना' करते कि वोट उनकी पार्टी के उम्मीदवार को ही दिया जाए...वरना...! जाते समय अपनी शक्ति का परिचय देना कभी न भूलते। कभी मेज़ पर घूँसा मार देते, कभी धड़ाम से दरवाज़ा बंद कर देते। संदेश स्पष्ट था। अगर इनकी पार्टी नहीं जीती तो यह शक्ति प्रयोग हम पर भी हो सकता है। अचानक हवा बदली। इन समझदार युवकों ने हमें समझाया कि मतदान केंद्र जाकर हम क्या करेंगे? वहाँ जाने में बहुत ख़तरा है। 'बूथ कैप्चरिंग' वग़ैरह होगी। गोलियाँ भी चल सकती हैं। ये माना कि लड़ाई उनकी उनसे है। पर गोलियों की बौछार में कोई गोली छिटक कर हमें लग गई तो? ख़ामख़ां क्यों परेशानी मोल लेते हैं? ये लोग हैं न! भला इनके रहते और कौन हमारी जान-माल पर हाथ डाल सकता है? हम कष्ट न करें! हमारे 'मत' का इंतज़ाम वो कर लेंगे!

रात को दूसरा जत्था आया! चुपचाप अपनी कलाइयाँ आगे बढ़ा दीं। वाक़ई—चूड़ियाँ नहीं पहन रखी थीं उन्होंने। हमें उनकी मर्दानगी का कायल होना ही पड़ा! वो दहाड़ कर बोले...दस्तख़त करके मत-पत्र लीजिए...अंदर जाकर मतपेटी में डालने के स्थान पर कपड़ों में छुपाकर बाहर ले आइए...हमारे कार्यकर्त्ता वहाँ होंगे। तो...एक मत पत्र जमा कीजिए...सौ का पत्ता लेकर घर जाइए...बस! इतना ही करना है। इससे अधिक कुछ नहीं।

अगली सुबह फिर एक दल हाज़िर था। अत्यंत शालीनता से उन्होंने यह तथ्य जानना चाहा कि हमारा जीवन-बीमा है या नहीं। और क्या वह राशि आजीवन हमारे परिवार के भरण-पोषण के लिए पर्याप्त होगी! जाते-जाते बड़ी प्यार भरी नज़रों से हमारे स्कूल जाने वाले बेटे और कॉलेज जाने वाली बेटी को देखा और चले गए! हम पर फिर कई कहावतें एक साथ उतर पड़ीं। साँप सूँघ गया, सिट्टी-पिट्टी गुम हो गई, प्राण नाख़ूनों में आ गए...वग़ैरह वग़ैरह!

शाम को रातपाली वाले आए! हमारी ग़रीबी उनसे छुपी न थी। अतः कोरे मतपत्र की कीमत सौ से बढ़ाकर एकदम पाँच सौ कर दी! हमारी दशा घड़ी के पेंडुलम जैसी हो गई। कभी इनकी सुनते, कभी उनकी! गर्दन कभी इधर, कभी उधर!

इतने में चुनाव आयोग ने घोषणा की कि निर्भय होकर निष्पक्ष मतदान करो! भैया! हम तो ख़ूब निर्भय होकर निष्पक्ष रूप से मतदान कर आएँ। पर इन स्वस्थ युवकों का दिन-रात का आना जाना तो रोको! इनकी शक्ल और हाव-भाव देखकर मुँह में कौर डालने की इच्छा नहीं होती; आप वोट डालने की बात करते हैं? चुनाव क्या है, ख़ासा सिरदर्द है। वोट डालें तो मुसीबत, न डालें तो मुसीबत।

राष्ट्रीय रंगमंच पर हो रही नौटंकी देखकर मन तो हमारा भी कर रहा था। कि स्वतंत्र उम्मीदवार को अपना वोट दें! दो दिन बाद पता चला कि वो सड़क दुर्घटना में गंभीर रूप से घायल हो गए हैं। अब चले, तब चले की हालत है। अतः वो किसी अन्य नेता के समर्थन में बैठ गए। और जाकर अस्पताल की खाट पर लेट गए। अब बताइए? ये सब देखकर कौन निर्भय रह सकता है?

अख़बार वाले भी ख़ूब हैं! एक तरफ़ तो गर्मागर्म मारधाड़-बलात्कार की ख़बरें छापतें हैं। दूसरी तरफ़ कहते हैं कि ग़ुंडो को वोट मत दो। उनके ख़ूनी पंजों से बचने का यही एक मात्र तरीक़ा है। इन्होंने ही यह सूचना दी है कि फलाँ-फलाँ विधायक ने अपनी हवेली के अंदर बने तालाब में मगरमच्छ पाल रखे हैं। और किसी अन्य सूरमा विधायक ने भेड़ियेनुमा कुत्ते पाल रखे हैं। ये कुत्ते पाँच फुट दस इंच के आदमी को पाँच मिनट में ख़तम कर देते हैं। हड्डियाँ तक चबा कर खा जाते हैं। ऊपर ख़बर छापी है कि चुनाव आयोग सतर्क है। यह कर रहा है; वह कर रहा है। ठीक उसके नीचे ख़बर छपी है कि मर्दों की आपसी रंजिश को लेकर घर की औरतों पर बलात्कार किया, निर्वस्त्र कर गाँव में घुमाया।

राम-राम करके चुनाव का दिन आया! जो करने चले थे; वो तो नहीं हुआ। जो नहीं होना चाहिए था, हो गया! मतदान केंद्र पर पहुँचने पर पता चला कि हम तो सपरिवार पहले ही मत डाल चुके हैं। अब एक दल कहे कि डाल चुके हैं और दूसरा कहे कि फर्जी वोट पड़ गया; ये तो अब आए हैं! बात तू-तू मैं-मैं से मुक्कालात और फिर लाठी बल्लम तक जा पहुँची! एक करारी लाठी हमारे कंधे पर पड़ी और दायाँ हाथ झूल गया!

अचानक देशी कट्टे निकल आए और धाँय-धाँय होने लगी! भाग-दौड़, धूल धक्कड़ में पता ही न चला कि कौन किधर गया! हमने भी घर भागने की सोची। भागने की मुद्रा में ही आ पाए थे कि बाईं जाँघ में भीषण दर्द हुआ। मारे दर्द के बेहोश हो गए। अस्पताल में होश आया! जाँघ की गोली निकाल दी थी और ज़ख़्म पर पट्टी बाँध दी थी। वोट देने गए थे, चोट खा गए। लोकतंत्र की रक्षा करने निकले थे, आत्मरक्षा तक न कर पाए! यहाँ अस्पताल में पड़े-पड़े कराह रहे हैं।

अभी-अभी टी. वी. पर ख़बर आई है कि हमारे क्षेत्र का मतदान निरस्त हो गया है। दुबारा चुनाव होगा। ज़रा स्वस्थ हो लें, तब एक बार फिर लोकतंत्र की रक्षा को निकलेंगे!

दुष्काल

उफ़ रे! क्या दुष्काल है। जीना मुश्किल हो गया है। जान आफ़त में है। क्या करें, कहाँ जाएँ। कुछ समझ में नहीं आ रहा। कैसे कटे ये दुष्काल! न दिन को चैन; न रात को आराम! सब करमों का दोष है।

कहावत है न, 'करमहीन खेती करे, बैल मरे या सूखा पड़े।'' जब सरकार का कार्यकाल पूरा होने में कुल जमा छह महीने रह गए, तब तो हमें मंत्री बनाया गया। इससे बड़ी दग़ाबाजी और क्या हो सकती है? हमने किसी से कम रुपया तो नहीं ख़र्च किया था? झंडे, पोस्टर और रैली, पचास लाख रुपया खा गए हमारा। आजकल भाव बहुत तेज़ है। जो मज़दूर सारे दिन बेकार बैठा मक्खियाँ डुलाता है; वही जुलूस और रैली के नाम पर पचास रुपया माँगता है। औरत का चालीस और दस बरस के इतने से छोकरे का भी तीस। बार-बार चुनाव होने से इन लोगों के भाव चढ़ गए हैं। अगले चुनाव में शायद सौ रुपया आदमी माँगेंगे।

किया ये सब। लाखों रुपया ख़र्च कर, जाने कहाँ-कहाँ से लाकर आदमी जुटाया और जन सभाओं को सफल बनाया। ख़ैर...अपना आदमी जीत गया। निर्दलियों के सहयोग से सरकार भी बन गई। यही बहाना मिल गया आला कमान को। जितनी मलाई; सब निर्दलियों को। हमारे जैसे लोग तो मंदिर के बाहर जूता-रखवाली के लिए बिठा दिए गए। जो गला फाड़-फाड़ कर भाषण दिया था कि गला ससुर आज तक ठीक होकर नहीं दिया। गद्दीदार कुर्सी मिली, उन लोगों को।

अब जब अगला चुनाव सिर पर है तो फिर दमदार कार्यकर्त्ता याद आए हैं। ख़ुद ही बुला कर मंत्रीपद थमा दिया। जून के महीने में मंत्रीपद मिला तो यही सोच कर तसल्ली की, अभी बरसात का मौसम आने वाला है। सूखा पड़ेगा या बाढ़ आएगी। जो भी हो, अपना तो बेड़ा पार है। पिछली बार सूखा पड़ा था तो दो सौ करोड़ केंद्र ने भेजे। बाहर से कितना आया, इसका कोई हिसाब नहीं। उससे पहले बाढ़ आई थी, तो भी यही हाल रहा। कौन बैठ कर गिनता है कि कितने फ़ूड पैकिट पानी में गिरे और कितने गाँव में। पाँचों उँगलियाँ घी में और सिर कड़ाही में।

जब से मंत्री बने हैं, बच्चे तो झंडा लगी कार में घूम कर ख़ुश हैं। बच्चों

की अम्माँ की बड़ी इच्छा है हैलीकोप्टर में बैठकर बाढ़ देखने की।

तकदीर हमारी ढाई कदम आगे चलती है। एक तो छह महीने के लिए मिनिस्ट्री मिली। इस पर कमाल यह कि इस बार न सूखा पड़ा, न बाढ़ आई। बस, औसत हालात हैं।

रात को टी.वी. न्यूज़ देख कर दिल रो पड़ता है। कैसे-कैसे राज्य हैं। गले गले तक पानी में डूबे हैं। ऊपर से सहायता की बाढ़ चली आ रही है, सो अलग।

देश में एक जगह है, अजीब सा नाम है, याद नहीं आ रहा, कुछ पतीली या भगौना जैसा नाम है। वहाँ पिछले बारह साल से सूखा पड़ रहा है। भयानक अकाल! दुनिया भर के अख़बारों में फोटो छपा! यू. एन. ओ. का दल आया! आनन-फ़ानन नहर का प्रस्ताव बना, अरबों-खरबों रुपया आया। पूरा नहीं पड़ा तो और आया। किनारों में कटाव हुआ, हिसाब हुआ तो मरम्मत के लिए रुपया आया। यार लोगों को चाँदी हो गई। गाड़ी-बंगला-फ़्लैट, फार्म हाउस....सब हो गया। नसीब वाले हैं...और क्या?

जब से भारत स्वतंत्र हुआ है, सूखा पड़ता है या बाढ़ आती है। कभी सुना आपने कि कोई मंत्री-परिवार सूख कर मर गया या बाढ़ में बह गया। सूखा और बाढ़ तो घर भर जाते हैं, उसमें मरना-डूबना क्या? हम तो मनाते हैं कि कुछ न कुछ हो। हमारे लिए तो अकाल ही सुकाल है।

पर इस बार सारी गोटियाँ पिट गईं। दुष्काल पड़ गया। सब लोग माथे पर हाथ धरे सोग मना रहे हैं। ज़्यादा बरसात ही नहीं हुई तो सड़के और बाँध भी नहीं टूटे। उनकी मरम्मत के लिए जो अनुदान मिलता था, वो भी गया। चुनाव सिर पर हैं और ऐसा दुष्काल!

कंबल, अनाज और फूड पैकिट वालों से सब बात तय करके रखी थी, बेकार चली गई। उलटे वो लोग ही हमारी जान खा रहे हैं। अब इस सड़े अनाज और गले कंबलों का क्या करें?

हर तरफ़ से मुश्किल है! बाढ़ नहीं आई तो कोई महामारी भी नहीं फैली। न कहीं भूकंप न कोई और गड़बड़! दशहरा आने वाला है, अब क्या चमत्कार होगा? ईश्वर की कृपा से कुछ दंगे-फ़साद हो जाएँ तो बात अलग है। चिनगारी तो मिले, फूँक कर लपटें हम पैदा कर लेंगे। अगर ऐसा ही चलता रहा तो अगला चुनाव गया हाथ से।

साला वोटर भी बहुत बिगड़ गया है। नक़द नारायण के अलावा भी बहुत कुछ माँगता है। पहले पड़ोसी राज्य में नशाबंदी थी, तो थोड़ा एक्सपोर्ट-इम्पोर्ट का धंधा बैठा कर माल बना लिया करते थे। वो भी चौकन्ने हो गए और सब बंदिशें ढीली कर दीं। अब कहाँ से लाएँगे चटपटी फ़िल्में, शराब और कबाब! बोलो! इतना कुछ जुटा देने पर भी वोटर आसानी से हाथ नहीं आएँगे। पिछले पाँच साल का

हिसाब भी माँगेंगे। बाल की खाल निकालेंगे। घोटाला हवाला तो ख़ैर है ही, तबादलों तक की बखिया उधेड़ेंगे। जनहित के नाम पर कुछ भी किया जा सकता है। खाया किसी और ने, बिल भरें हम।

अब इसे दुष्काल न कहें तो क्या कहें?

छपते छपते—अभी-अभी दूरदर्शन में ख़बर आई है कि प्रदेश के छप्पन ज़िलों में से छत्तीस ग्रस्त अकाल जैबाबा भोलेनाथ। छत्तीस ज़िले अकाल पीड़ित घोषित कर दिए! बच गए...चलते हैं। चुनाव की तैयार करनी है।

प्याज़ ही प्याज़

मनुष्य नाम का प्राणी निरन्तर नवीनता की खोज में रहता है। जो दुर्लभ हो, नए सिरे से नवीन हो जाता है। उसका फ़ैशन आ जाता है। हरियाली दुर्लभ होते ही फ़ैशन बन गई। क्या होटल, क्या दफ्तर, क्या घर! सब असली नक़ली हरियाली से सुसज्जित होने लगे। वही हाल प्याज़ का हुआ। दुर्लभ होते ही यह प्राचीन कंद नवीनतम समाचार बन गया। बाज़ार से ग़ायब हो गया। हाँ, सुबह-शाम दूरदर्शन पर दूर से दर्शन दे रहा है। शेयर बाज़ार की गतिविधियों के सूचकांक में जा मिला है। सुबह होते ही पहला विचार यह आता है, आज प्याज़ का क्या हाल है? उछ्ला, लुढ़का या चढ़ गया। किसे पता था कि यह दिन भी देखना पड़ेगा। पहले...खाना बनाते वक़्त अचानक प्याज़ कम पड़ जाता था तो पड़ोसिन से माँग लेते थे। अब ये बात असंभव है।

सब तरफ़ इसकी ही चर्चा है। प्याज़ पक्ष...क्षमा करें...सत्ता पक्ष बता रहा है कि कब, कैसे कितना और कहाँ से प्याज़ आयात हो रहा है शीघ्र ही यह पुनः सुलभ हो जाएगा! विपक्ष उलटी तान छेड़ रहा है। आलाप ले बता रहा है कि कब कैसे, कितना और कहाँ प्याज़ निर्यात कर यह कृतिम अभाव उत्पन्न किया गया है।

सरकारी मौसम विभाग ने जानकारी दी है कि अतिवृष्टि के कारण ऐसा हुआ है। अभी कुछ समय और प्याज़ लुकाछिपी खेलता रहेगा। सारांश यह है कि प्याज़ का फ़ैशन आ गया।

डिज़ाइनर ड्रेस बनाने वालों ने प्याज़ 'थीम' पर नई ड्रेस बनाई। खाद्य मंत्री ने यह चर्चित ड्रेस पहने चर्चित माडल का अनावरण (?) किया। कितनी सुन्दर। आह! प्याज़ी रंग का कपड़ा और प्याज़ के आकार की ड्रेस। सिर पर सफ़ेद खड़े बालों का 'विग'! नम्र निवेदन है कि यह ड्रेस पहनकर बाहर न निकलें! ज़रा सोच लें, लुट जाने का ख़तरा जो है। कन्नौज की प्रसिद्ध इत्र बनाने वाली कंपनी ने नया इत्र निकाला है—उग्रगंधा! प्याज़ जैसे आकार की शीशी में प्याज़ जैसी गंध का इत्र! जब कोई यह इत्र लगाकर दफ़्तर आता है तो सहयोगी उसे ईर्ष्या से देखते हैं—आज

इसने भरपेट प्याज़ खाया है। वास्तुकार भवन निर्माण कला में प्याज़ से प्रेरणा ले रहे हैं। यहाँ कुछ लोगों ने आपत्ति दर्ज कराई है। उनका कहना है कि प्याज़ के आकार का गुंबद बनाना तो बहुत पुराना फ़ैशन है। संदर्भ ताजमहल! डाक्टर प्याज़ पर शोध कर रहे हैं। कोई ऐसी संकर प्रजाति ढूँढ़ रहे हैं कि छिलका भी बो दें तो मनों प्याज़ हो। कविगण प्याज़ की उपमा देकर कविताएँ रच रहे हैं।

प्रिये
तुम दुर्लभ हो
जैसे प्याज़

या

हे! प्याज़ मुखी
कब तक तरसाओगी
आँखों में पानी लाओगी
अब करो सुखी

भक्ति रस के कवि क्यों पीछे रह जाते। उन्होंने भी प्याज़ रस में कविताएँ लिखीं।

प्रभु, तेरा कोई ओर छोर नहीं मिलता, थका ढूँढ़-ढूँढ़ जेसे छील प्याज़ का छिलका

सूफ़ी संतो ने प्याज़ और प्याज़ के छिलके में गहन रहस्यवाद की गुत्थी सुलझती देखी। आत्मा से परमात्मा का अद्‌भुत मिलन देखा। जो प्याज़ है, वही प्याज़ का छिलका भी है। और जो प्याज़ का छिलका है, अंततः वही प्याज़ है।

रसिक प्रेमियों ने प्याज़ और प्यार में अद्‌भुत समानता देखी। जीवन में दोनों का अभाव है; दोनों का स्वाद तीखा-मीठा होता है, दोनों का अस्तित्व रहस्यपूर्ण है और दोनों ही आँखों में आँसू ला देते हैं।

चित्रकार प्याज़ के रंग-रूप, बिंब और विधान पर प्रयोग कर रहे हैं। जनता प्याज़ को लेकर इतनी भावुक और संवेदनशील हो गई है कि एक चित्रकार के प्याज़ का छिलका उतारने, काटने-पीसने को लेकर बनाए गए चित्रों को आपत्तिजनक कहकर प्रदर्शनी में आग लगा दी।

एक पत्रकार ने पाँच किलो प्याज़ खरीदने का पूँजीवादी दुराग्रह दिखाया। उसने प्याज़ के साथ फोटो खिंचाई और उसे घर ले जाने के लिए पुलिस सहायता माँगी! इस घटना से चंबल-घाटी के निवासी सतर्क हो गए। अब प्याज़ मूँछो का सवाल बन गया। देखें। हमारे रहते कौन इसे ले जाता है। पुराने रईस-सामंत और जागीरदार भी सनके। पहले प्याज़ की टोकरी हमारी हवेली में उतरेगी। हम सूँघेंगे, चखेंगे,...फिर जिसका जी चाहे, ले जाए। फ़िल्मवालों ने भी प्याज़ पर धावा बोल दिया। धड़ाधड़ फ़िल्में बनने लगीं और फटाफट बाज़ार में आने लगीं। ऐसा प्याज़ कहाँ? जहाँ प्याज़

मिले। प्याज़ तो खोना ही था, पैसे वाले प्याज़ ले जाएँगे! गाने चल निकले...'ले ले प्याज़ ले, प्याज़ ले, प्याज़ ले ले, हर चौथी फ़िल्म का कथानक किसी दुर्लभ प्रजाति के प्याज़ की खोज में लगे हीरो प्याज़ कुमार और हीरोइन प्याज़नंदिनी को लेकर बुना जाता है।

अपना वैभव दिखाने का एक ही तरीक़ा है, अपनी प्याज़ संपदा का प्रदर्शन! प्याज़ की बंदनवार, फूलदान में प्याज़, फलदान में प्याज़, प्याज़ के गहने, प्याज़ के बटन, प्याज़ के कफ़लिंक्स, कोट के कालर में प्याज़, सुन्दरियों के जूड़े में प्याज़, दहेज में प्याज़, रिश्वत में प्याज़, इनाम-इक़रार में प्याज़, उपहार में प्याज़! इस बार भारत सुन्दरी को ढाई मन प्याज़ पुरस्कार में दिया जाएगा!

प्रेमी वही जो प्याज़ ले आए! पति का सारा पुरुषार्थ इस बात में निहित है कि वो सार्वजनिक वितरण प्रणाली से कितना प्याज़ सुरक्षित घर ला सकता है। माँ की ममता का एकमात्र मापदण्ड! कितना प्याज़ अपने बच्चों को खिलाती है?

सारा देश प्याज़मय हो रहा है। अस्पतालों में मरीज़ हाय-हाय नहीं, प्याज़-प्याज़ कर रहे हैं। मरने से पहले राम नाम भूलकर प्याज़ नाम जप रहे हैं। अंतिम इच्छा! दो बूँद प्याज़ का रस गले में टपका देना।

अमीरों की महफ़िलों में शराब पानी की तरह पिलाई जाती है और प्याज़ का सलाद इफ़रात से मिलता है। ग़रीबों के स्थाई मीनू, चटनी रोटी से चटनी ग़ायब हो गई—बस, नमक मिली रोटी बची है।

इधर एक अत्यंत प्रभावशाली केन्द्रीय मंत्री ने घर पर प्रीतिभोज दिया। मेहमानों को क़ीमती शराब से सराबोर कर पत्नी को आदेश दिया कि कुछ 'फल-फ्रूट, मेवा-शेवा' लाओ! मंत्री पत्नी क्रोध से तमक उठीं और तुनककर बोली, क्यों? फल-फ्रूट, मेवा क्यों? हमारे घर में प्याज़ नहीं है क्या? हम प्याज़ लाती हैं।

अम्माँ, तुझे सलाम!

वाह, क्या गीत है। कितने सुन्दर बोल हैं और कितने सच्चे! हथेली पर सूरज ले सारा जग छान मारने पर भी ऐसी अम्माँ नहीं मिलेगी। सच कहा है—जहाँ जाओगे, इनकी विशाल-विराट् स्मृति पीछा करेगी। सोते-जागते उठते-बैठते, नहाते-धोते, खाते-पीते, बस, अम्माँ ही अम्माँ याद आएँगी।

सुना है, शेषनाग ने पृथ्वी को सिर पर उठा रखा है। कोई बड़ी बात नहीं है। अम्माँ ने तो सारे देश को केवल छिंगनी उँगली पर उठा रखा है। मातृशक्ति कितनी महान होती है, इसका जीता-जागता उदाहरण अम्माँ हैं। स्थाई भाव-जैसे शिला से चन्द्रमुखी बनी हों! कितनी विपुल काया। आह! कैसा भव्य वेश! उनका वो दिव्य झबला! मुख पर परम संतुष्टि! जानती हैं न!

"भृकुटि बिलास सृष्टि लय होई।"

मातृशक्ति की जितनी वंदना की जाए, कम है। "नहीं तव आदि मध्य अवसाना"। भारतीय राजनीति में कब उदित हुई और कैसे इतनी शीघ्र 'रजत' भूधराकार आयाम ग्रहण कर लिया—बताना दुष्कर है। वो कब, कहाँ, कैसे और क्यों क्या कह देंगी या कर देंगी, अनुमान लगाना असंभव है। जगत में कुछ भी, कोई भी, व्यक्ति या पदार्थ उनकी पहुँच के बाहर नहीं है। सकल चराचर राष्ट्र में वही सर्वत्र व्याप्त हैं। अगम, अगोचर अदम्य और अपूर्व। कुछ नहीं है, पर सब कुछ हैं कही नहीं है, पर हर जगह इनका प्रभाव है।

जीवन और जगत रंगमंच है और नश्वर मानव कठपुतलियाँ। अम्माँ नचा रही हैं और कठपुतलियाँ नाच रही हैं। दर्शकगण ताली बजा रहे हैं। कुछ डरे-सहमे बैठे हैं। न जाने कब खेल ख़त्म हो जाए! कब कौन कहाँ से उठेगा और कहाँ जा गिरेगा, कोई नहीं कह सकता।

चन्द्रमा की तरह सहज कलंकी हैं; पर सर्वप्रिय हैं। कोई भयानक दुर्घटना हो जाने पर चन्द्र ग्रहण लगता है; अन्यथा दूरदर्शन पर प्रतिदिन दर्शन होते हैं। हिमशीतल लगती हैं, पर उनका ताप जो झेलता है, वही जानता है। कोई दिन, प्रहर और घंटा ऐसा नहीं जाता जब संचार माध्यम, मातृ वंदना में घंटे घड़ियाल न बजा रहे हों।

और क्यों न हो यह अर्निश महाआरती? माँ ईश्वर का पर्याय है। आधा राष्ट्र जमूरे की तरह झूम-झूमकर गाता है,–'वही होगा जो मंजूरे-अम्माँ होगा।' बाक़ी आधा चिल्लाता है। आई वणक्कम–।

इतनी सर्वशक्तिमान होने पर भी अम्माँ अन्ततः हैं तो स्त्री ही। अतः त्रियाहठ उनका जन्मसिद्ध अधिकार है। त्रेता युग में कभी कृष्ण ने बालहठ ठाना था, 'मैय्या, मैं तो चन्द्र खिलौना लैं हों!' अब कलियुग में त्रियाहठ की बहार है। अम्माँ आख़िर अम्माँ हैं। उनके हठ अनेक हैं...इसे हटाओ, उसे बिठाओ! इसे यहाँ भेजो, उसे वहाँ बुलाओ! रीतिकालीन नायिका की तरह कृपाकटाक्ष के याचकदल की ओर देखती तक नहीं। पत्र तक नहीं लिखतीं। याचकदल लिखे तो साफ़ इंकार कर देती हैं...उन्हें कोई पत्र-वत्र नहीं मिला। सचमुच! तेरे जैसा कोई नहीं इस दुनिया में!

भूल कर भी कभी किसी ने नहीं सोचा होगा कि मातृभक्ति का यह फल मिलेगा! युगो-युगो से 'नमस्ते सदा वत्सले मातृभूमे' गा रहे थे। अचानक माँ प्रसन्न हो उठीं। अपना वरद-हस्त भक्तों के सिर पर रख दिया। वैसे ही जैसे वामन-अवतार ने अपना पाँव राजा बलि के सिर पर रख दिया था। भक्तजन अभिभूत हैं, विस्मित हैं, असहाय हैं, निरुपाय हैं। बेचारे! रह रहकर कराह उठते हैं...अम्माँ, तुझे सलाम!

ये हिम्मत!

येल्लो! हमारा नामांकन पत्र ही निरस्त हो गया। अंदर की बात तो आलाकमान जाने, ब़ाहरी तौर पर कहा गया है कि इसमें कुछ अनियमितताएँ रह गई हैं। अच्छा...तो यह बहाना ढूँढ़ा है हमें राह से हटाने के लिए। ख़ैर...कोई बात नहीं! एक बार कुर्सी हाथ लग जाए, फिर देख लेंगे एक-एक को। अबे! हम ही तो साक्षात नियम हैं; हमें ही अनियमितताएँ सिखाते हो! कभी लड़ा है कोई चुनाव ज़िन्दगी में, जो नियम बनाने चले हो! नियम क्या हुए; ख़याली पुलाव हो गया, जब चाहा, पका डाला। इन्हें बनाने में तुम्हारा तो कुछ नहीं जाता, हमारी जान पर आ बनती है। कभी सोचा तुमने कि इस ग़रीब देश की अनपढ़ जनता कैसे समझेगी इतने नियम क़ायदे? और हमारी चरमराती अर्थव्यवस्था? क्या वो सँभाल पाएगी इन नित नये नियमों का बोझ! तुम्हारा तो कुछ नहीं जाएगा, प्यारे! बनाते रहो नित नये नियम! हाँ, बेचारी ग़रीब जनता पर करों का भार और बढ़ जाएगा! और कहीं ये...ये जो...क्या कहते हैं उन्हें? हाँ...आई कार्ड। अगर ये कार्ड किसी घुसपैठिये और आतंकवादी के हाथ लग गए तो बस! चाँदी ही चाँदी है उनकी! पर तुम्हें क्या डर! क़ानून और व्यवस्था हमारी ज़िम्मेदारी है। नियम बनाना तुम्हारी! सो तुम बनाते चलो नियम! कानून व्यवस्था, शांति सुरक्षा की जिम्मेदारी—हमेशा से निबाहते चले ओ रहे हैं, आगे भी निबाहएँगे किसी तरह! पर एक बात तो तुम्हें माननी ही पड़ेगी। इन नियमों के हिसाब से चुनाव लड़ा जाए; तो कभी कोई साला जीत कर लोक सभा या असेंबली में न पहुँचे।

एक तो अनियमितता यह रह गई कि पार्टी की मुहर लगा उम्मीदवार घोषणा-पत्र नहीं था। क्या कहते हो यार! पार्टी किस-किस को मुहर लगाकर उम्मीदवारी घोषणा-पत्र देगी! क्या मतलब है इस नियम का? अरे! हाथ टूट गए आला कमान के पाँव दबाते; पालतू कुत्ते की तरह उनका पीछा करते रहे; बाक़ायदा दुम भी हिलाते रहे; अपना घर द्वार छोड़ उनके दर के सामने पड़े रहे; टिकट की उम्मीद में हर त़रह की कलाबाज़ियाँ दिखाते रहे! पर आला कमान का भी क्या आला अंदाज़ है? टिकट तो क्या, कटे नाख़ून तक देने को राज़ी नहीं हुए। तो अब हम क्या करें? जनता जनार्दन को निराश करें? उनका प्रतिनिधित्व करने से इंकार कर दें? उनकी सेवा

न करें? नहीं...यह सब नहीं चलेगा। ज़रा भारत का संविधान, उठा कर पढ़ो। उसके सामने सब बराबर है। सबको चुनाव लड़ने और जनता की सेवा करने का अधिकार है। हमने भी अपने उसी अधिकार का प्रयोग किया है।

और यह नया तमाशा क्या है, भाई! एक आदमी दो जगह से चुनाव नहीं लड़ सकता। क्यों, भई...क्यों? क्यों नहीं लड़ सकता? कहीं लिखा है ऐसा संविधान में? ज़रा चश्मा लगा कर देखिये और हमें भी दिखाइये! हमारी जेब में पैसा है और हाथ-पाँव में ताक़त है। हम दो क्या, सब जगह से एक साथ चुनाव लड़ेंगे। तुम कौन होते हो हमें रोकने वाले! एक बात बताऊँ? जेब में पैसा हो तो तुम भी लड़ो! असल बात तो यह है कि अंगूर खट्टे हैं।

फिर...एक से अधिक जगह से चुनाव लड़ना तो बड़ी पुरानी परंपरा है। भैया! भारत परंपराओं का धनी देश है। हम अपनी परंपराओं का पालन बहुत उत्साह से करते हैं। समय के साथ-साथ उनमें थोड़ा बहुत परिवर्तन ज़रूर आता है। पर परंपराएँ नहीं टूटतीं। देखो न। आज भी अपहरण (संदर्भ—सीता हरण) की परंपरा है। स्त्रियों का सार्वजनिक वस्त्रहरण (संदर्भ—द्रौपदी-वस्त्रहरण) की परंपरा है। ज़िद्दी स्त्रियों को शारीरिक दण्ड (संदर्भ—शूर्पणखा अंग-भंग) की परंपरा है। जब प्रत्येक गौरवशाली परंपरा अपनी जगह फल-फूल रही है तब इस एक परंपरा के पीछे ही क्यों हाथ धो कर पड़े हो। ज़रा याद करो। देश के प्रधानमंत्री तक दो-दो तीन-तीन जगह से चुनाव लड़ते रहे हैं। न कोई छींका, न कोई खांसा! हमने अगर दो जगह से नामांकन पत्र भर दिया तो कौन-सा पहाड़ टूट पड़ा। ये सारे नियम भी तभी बनाने थे जब हमारी सत्ता संकट में हो।

एक नियम और बनाया है। नामांकन पत्र पर दस समर्थकों के दस्तख़त हों। किस दुनिया में रहते हो, यार! एक समर्थक जुटाना मुश्किल है और तुम दस की बात करते हो! बीवी-रखैल, बेटा-बहू, बेटी-दामाद, नाती-पोते सब टिकट का जुगाड़ बैठाने में लगे हैं। इस टिकट के लिए वो सब कर सकते हैं। हमारा सिर काट कर आला कमान को पेश कर सकते हैं। ये हमें सर्मथन देंगे। अजी! आजकल समर्थक होते ही कहाँ हैं? भाड़े के टट्टू होते हैं। सब साले खाने में लगे हैं। चारे का थैला मुंह से हटाते ही दुलत्ती मारने लगते हैं। सौ काम कर दो तो कुछ नहीं, एक न करो तो फुदक कर विपक्षी के ख़ेमें में! ऐसे में दस समर्थक! हे भगवान कैसे-कैसे अनाड़ी बिठा दिये हैं इन कुर्सियों पर! एक समर्थक के हस्ताक्ष की कीमत का कुछ अंदाज़ है तुम्हें? नहीं साहब। वह सब तो हमारा सिर दर्द है। इन्हें हमारी परेशानियों से कोई मतलब नहीं है।

और अपने इन कार्यकर्त्ताओं को क्या कहें? दिन भर खाते हैं और पड़े-पड़े मुटाते हैं। बिनां डंडा किये तो कोई काम करते ही नहीं। अपनी तोला भर अक़्ल का इस्तेमाल हमारे काम के लिए क्यों करें? वो तो राई रत्ती ख़र्च हो रही है हमारे

माध्यम से पैसा बटोरने में! किसी उल्लू के पट्ठे को यह नहीं सूझा कि पहले ज़रा नियमों की जानकारी हासिल कर लें! बस ढोल-ताशा लेकर चल दिये नामांकन पत्र भरने। सब के सब बैंड मास्टर हैं। शोर मचवा लो। बाक़ी किसी काम के नहीं। दिल ऐसा फुँक रहा है कि क्या बताएँ। इन सालों का क्या गया। हमारी साख मिट्टी में मिली। एक तो अपने ही राज, में अपने ही राज्य में, अपनी ही सरकार के नियमों से अनजान सिद्ध हुए! और दूसरा भी बड़ा भारी नुक़सान हुआ है। जीत के 'चांसेज़' पचास प्रतिशत तो सीधे-सीधे कम हो गए, शून्य पर भी जा अटकें तो क्या आश्चर्य!

रिसाइकिल

कीटाणु मुक्त स्वच्छ पेय जल यानि कि पीने के पानी की हर बोतल पर लिखा रहता है—प्रयोग के बाद तोड़ दें। ग़रीब लेकिन विकासोन्मुख देश के समझदार नागरिक! ख़ाली बोतल इधर-उधर रख देते हैं। किसी के काम आएगी। आती है साहब! हमारे ही काम आती है। पानी भर कर, सील लगा कर पुनः काउंटर पर आ जाती है वह बोतल!...कुछ भी फेंक दें, नष्ट कर दें—यह हमारी संस्कृति नहीं। हम प्रत्येक वस्तु को 'जैविक चक्र' में रिसाइकिल होने के लिए डाल देते हैं। यूँ तो रिसाइकिल का हिन्दी पर्याय है पुनरोत्पादन! पर जो चिकनाई, फिसलन और वैज्ञानिक भावबोध रिसाइकिल में है, वह पुनरोत्पादन में कहाँ? हाँ...तो वस्तु उपयोगी नहीं रहती...हम उसे रिसाइकिल कर देते हैं अरे! हम ही तो हैं जो आत्मा तक को नष्ट नहीं होने देते। चौरासी हज़ार योनियों में रिसाइकिल करते रहते हैं पदार्थ अविनाशी है—इस तथ्य को जैसा हमने आत्मसात किया है, कोई और क्या करेगा?

इसलिए जब चीज़ आपके काम की न रहे तो उसे फेंकिये मत! रिसाइकिल होने दीजिए। भारत इस कला में निष्णात है। यहाँ सब कुछ रिसाइकिल हो जाता है। ख़ाली बोतलें, बासी अख़बार, कपड़े, जूते, फर्नीचर...सब कुछ। और तो और, ढाबे पर बचा खुचा खाना और बर्तन धोने का पानी तक रिसाइकिल हो जाता है। बचा खाना भरवाँ पराँठों क़ोफ़्तों और कटलेट्स का रूप ग्रहण करता है। बर्तन धोने का पानी अंततः सब्ज़ी का शोरबा बन जाता है। यही स्वस्थ जैविक चक्र की निशानी है। वैज्ञानिक रिसाइकिलिंग को बहुत ही अच्छी प्रक्रिया बताते हैं। इस प्रक्रिया से गुज़र कर जीव या पदार्थ हर तरह के कल्मष से मुक्त हो जाता है। वातावरण भी साफ़- सुथरा रहता है। जो चीज़ें रिसाइकिल नहीं होतीं—जैसे कि बुढ़ापा—वो घोर प्रदूषण का कारण होती हैं। इसीलिए निरन्तर जवान दिखने पर इतना ज़ोर है। हर खासो आम से अपील है कि इस प्रक्रिया को अपनाये; अनुपयोगी वस्तु को उपयोगी बनाये! सड़ा आटा, फटा दूध, फफूंद लगी डबलरोटी....कुछ भी नष्ट करने योग्य नहीं। ये सब भी आत्मा की तरह अजर-अमर हैं। रंगीन मिठाई और बिस्कुट बन कर पुनः प्रगट होंगे।

बड़े मज़े का धंधा है। इसलिए आजकल बड़े ज़ोरों पर है। कई नाते-गोती भी पैदा हो गए हैं। रिमिक्स, रिअरेंज, फ़्यूजन वग़ैरह। पुरानी फ़िल्में रिसाइकिल हो रही हैं। कहानियाँ तो इतनी बार रिसाइकिल होती हैं कि अंततः साइकिल बनकर रहे जाती हैं, जो चाहे, सवारी गाँठ लें। उदाहरण चाहिए? लैला मजनूँ, जुड़वाँ बच्चों का बिछुड़ना-मिलना, बचपन का बदला जवानी में। प्रेम शब्द लगा कर कुछ भी बना लो! प्रेम पत्र, रोग, शास्त्र, गीत, कैदी, ग्रन्थ और भी न जाने क्या अला-बला। यही हाल गानों और धुनों का है। एक-एक धुन पर पन्द्रह-बीस गाने झूल रहे हैं। एक ही गाने को चार लोग गा रहे हैं, अलग-अलग दृश्य संयोजन, रंग विधान और नाच-गाना। सो भैय्ये! तेज़ी से चल रही है रिमिक्सिंग और रिसाइकिलिंग।

दो पैसे बना लेने की गुंजाइश देखकर बड़े-बड़े सूरमा इस धंधे में कूद पड़े हैं। हर चीज़ रिसाइकिल जो हो रही है। हर पुरानी मशीन अब बदलकर नई ली जा सकती है। घर में जितनी मच्छर-मार मशीनें हैं, ले जाओ और दुकानदार के माथे पटक, नई ले आओ। पुराना फ्रिज, वाशिंग मशीन, म्यूज़िक सिस्टम, बीवी, क्षमा करें, टी.वी.—सब पुराना माल जमा कर आइये और कुछ रुपया ऊपर से देकर, नया ले आइये।

बड़ा सुना है संशयात्मा विनश्यते! फिर भी मेरा संशय दूर नहीं होता। दुकानदार से पूछ ही लिया, "क्या करोगे मेरे इस दस साल पुराने फ्रिज का?" वो कुछ नहीं बताता, चुपचाप मुस्कराता है। आख़िर करेंगे क्या इस कबाड़ का? पॉलिश करके किसी और को टिका देंगे, और क्या? शायद हमें ही! पानी की बोतल की तरह। ज़रा ध्यान से देख लीजिए। यह जो नया चमचमाना टी.वी. खरीद कर लाये हैं, कही 'रिसाइकिल्ड पीस' तो नहीं? छह महीने के गारंटी पीरियड तक तो चल जाएगा, उसके बाद? फिर बदलना पड़ेगा। यानि कि अब कबाड़ से पीछा छुड़ाना संभव नहीं। वो रिसाइकिल्ड होकर पुनः प्रगट होता रहेगा।

हमारे नेता भी रिसाइकिल्ड होते रहते हैं। जब काँग्रेस' में फुस्स हो जाते हैं तो बिहार या उत्तर प्रदेश के किसी मेले हाट में खड़े मिल जाएँगे। किसी और पार्टी में 'भये प्रगट कृपाला' का झांझ-घड़ियाल कीर्तन सुनाई देगा। जब वहाँ भी इनकी उपयोगिता समाप्त हो जाएगी, तो और भी कई पार्टियाँ हैं 'मेरा भारत महान' में! 'पुनरपि जन्मं, पुनरापि मरणं' चलता रहता है याद रखिये! पदार्थ कभी नष्ट नहीं होता; अपदार्थ भी नहीं।

नेता क्या? पूरी की पूरी पार्टी रिसाइकिल हो जाती है। नई से नई पार्टी को खुरच कर देखिये! खुरचते जाइये, खुरचते जाइये। परत दर परत के अंदर निकलेगी काँग्रेस! बहुत हुआ तो जनसंघ! जनसंघ रिसाइकिल होकर बना जनतादल। इसके कल पुर्ज़े टूटकर बिखरे और रिसाइकिल होकर बने भारतीय जनता पार्टी, राष्ट्रीय जनता दल, जनता दल, जनता दल लोकतांत्रिक वग़ैरह वग़ैरह। और स्थानीय पार्टियों

की तो कोई गिनती ही नहीं। ये बड़ी पार्टियों के उपग्रह की तरह काम करती हैं। उनका समर्थन मिले तो इनका भी मिल जाएगा। बड़ा फ्रिज ख़रीदने पर अलार्म घड़ी मुफ़्त! उत्तरप्रदेश और बिहार—रिसाइकिलिंग की थोक मंडी है। सारे देश का बाज़ार भाव वे ही तय करते हैं।

यह तो अच्छी मुसीबत है। आख़िर कबाड़ को कहाँ तक सँभालकर रखें? बाहर निकाल दें तो रिसाइकिल्ड होकर फिर हाज़िर! सरकार बदलने के चक्कर में करोड़ों रुपया ख़र्च हो गया। हाथ झाड़ कर सोचा कि चलो, अब नई सरकार, नये नेता आएँगे! लेकिन कहाँ? यह तो फिर वही रिसाइकिल्ड माल निकला। नई बोतलों में पुरानी शराब! वही लटके-झटके! वही झगड़े-टंटे! राम जाने गारंटी पीरियड के बाद क्या होगा? और इस बात की भी क्या गारंटी है कि फिर जो आएगी, वह भी रिसाइकिल्ड नहीं होगी। सुना है देश का संविधान भी रिसाइकिल्ड होने जा रहा है।

सच तो यह है कि राजनीति में रिसाइकिलिंग ज़रा ज़्यादा ही चलती है। गली का दादा चोर-जेबकतरा बनकर जेल में जमा होता है। वहाँ से ख़ूनी डाकू बनकर निकलता है। जब देश के सब थानों में इनका फ़ोटो टँग जाता है तो यही डाकू श्री किसी राजनैतिक पार्टी में घुस जाते हैं। वहाँ से रिसाइकिल्ड होकर सीधे विधान सभा या संसद में प्रगट होते हैं। थोड़े दिन बाद यही नेता जन कल्याण की योजनाओं का ठेका उठाते दिखाई देंगे। रिसाइकिलिंग के असली मालिक यही हैं। करोड़ों का चारा, अलकतरा, बाढ़, सूखा-प्राकृतिक आपदा, सामग्री रिसाइकिल हो जाती है।

अब समझ में आया। आज़ादी के पचास वर्ष बाद भी पीने का पानी बोतलों में क्यों मिल रहा है।

दीवाला

हमारे चौदह इंची श्वेत-श्याम टी.वी. परदे पर दिन-रात फुलझड़ियाँ छूट रही हैं। दीवाली जो आ रही है। ये ख़ूबसूरत चमकदार रंग देखिये! घर की काया पलट कर देगा! बिना रंग-रोगन के कैसी दीवाली!...क़ीमत सुनकर हमारा रंग उड़ गया।

रास्ता चलना मुश्किल है। पहले लोग हाथ में कुछ न कुछ थमा देते हैं; फिर हाथ फैलाते हैं। पैसे दो! तरह-तरह के रंग बिरंगे विज्ञापन बाँट रहे हैं। ऊपर लिखा रहता है, बिल्कुल मुफ़्त! दुकान पर जाओ तो पता लगता है कि पाँच सौ रुपयों के पटाखे ख़रीदने पर एक माचिस मिलेगी—बिल्कुल मुफ़्त! तरह-तरह के सामान से बाज़ार अटा पड़ा है। इतने कपड़े! इतनी तरह के कपड़े! जूते, ज़ेवर, बर्तन, फ़र्नीचर, पटाखे! तरह-तरह के नमकीन फरसाण! ज़रा मिठाइयों की दुकान तो देखो! आख़िर इतनी मिठाइयाँ बनती कैसे हैं? क्या त्योहारों पर गाय-भैंस ज़्यादा दूध देने लगती हैं? हमारे घर जो दूध मिला पानी आता है; वह तो बदस्तूर आ ही रहा है। इतनी मिठाइयाँ बनाने के लिए अतिरिक्त दूध कहाँ से आया? हैरानी से मुँह खुला का खुला रह जाता है। बाज़ार में इतना ढेर सारा सामान और हाथ में गिने-चुने रुपये।

सजे-धजे बाज़ार की 'ख़रीदो-ख़रीदो' फुलझड़ियाँ थमती हैं तो राजनीतिक मंच पर पटाखे छूटने लगते हैं। लोक सभा क्या है, पटाखों का ढेर है। यार लोग पलीते को माचिस दिखा, कान मूँदकर दूर जा खड़े हुए। धीरे-धीरे पलीता सुलगता रहा; वो देखते रहे। पर लाल मिर्च जैसे बड़े-बड़े पटाखों की लड़ी तो फुस्स हो गई। कोई बात नहीं। अभी बहुत पटाखे हैं इनकी झोली में। चार पाँच अनार क़तार में रखकर सुलगाये। एक आध चिनगारी छोड़कर वो भी ठण्डे पड़ गए। उधर...एक गोल मटोल बम...अब फूटा-तब फूटा...की सी नाजुक हालत में चल रहा था। वो भी वैसे ही सुलगा रखा है। लोग पास जाने से डरते हैं...न जाने कब फूट जाए! कुछ ज्ञानीजनों ने सुझाव दिया है कि ऐसे बिना पलीते के बम बहुत ख़तरनाक होते हैं। अतः सुरक्षित दूरी बनाये रखकर उन पर निरन्तर ठण्डा पानी डालना चाहिए। इधर एक बुझी फुलझड़ी फिर चिनगारी छोड़ने लगी है। इन्हें फुलझड़ी क्यों कहते हैं? आकार क्या? हर प्रकार से पूरा एटमबम...नहीं हाइड्रोजन बम है।

कभी ध्यान दिया आपने? पटाखे कितने सुन्दर और रंगीन झिलमिल आवरण में बिकते हैं। ऐसे ही हमारे राष्ट्रीय पटाखे हैं। चिकने चुपड़े चेहरे, लक़दक़ कपड़े, चमाचम कार, फूले गाल, मदमाती चाल। लक्ष्मी जी अवश्य ही आडंबर प्रेमी हैं। इसीलिए अपना 'वाहन' तो हमारी 'चाल' में 'पार्क' कर देती हैं, ख़ुद चली जाती हैं इन मोटे-मोटे लोगों के यहाँ। नोटों की आतिशबाज़ी देखने।

हमने जनहित में याचिका दायर की है। पूरी पकवान के लिए तेल छोड़िये...प्याज़ की चटनी भी जुटाना मुश्किल हो तो कैसी दीवाली? अदालत से 'नोटिस' लाकर दरवाज़े पर चिपका देंगे। माफ़ करना मित्रों! मिठाई माँग कर शर्मिन्दा न करें। ये 'दीवाला' है। जैसा भी टूटा-फूटा-पुराना बेरौनक घर है, तो दरवाज़ा भी है और नोटिस चिपकाने की सुविधा भी। पेड़ की डाल से; ओढ़नी में दुधमुँहा बच्चा लटका, जिस गृहलक्ष्मी ने दिन भर पत्थर कूटे हैं, वो क्या करेगी? क्या परोसेगी अपने कलेजे के टुकड़ों के सामने? कैसे नज़र मिलाएँगे वो पति-पत्नी?

हम ख़ुद पिछले दो सप्ताह से यही चिंता ओढ़-बिछा रहे हैं। हमारे घर में पहला सप्ताह 'उधार चुकाओ' सप्ताह के रूप में मनाया जाता है। दूसरा सप्ताह 'कम खाओ' सप्ताह होता है। तीसरे सप्ताह से खींचतान शुरू हो जाती है। चौथा सप्ताह पुनः 'उधार लाओ' सप्ताह बन जाता है। परिवार भी 'हम दो, हमारे दो' के सिद्धान्त पर आधारित है। कई वर्षों से अलादीन के चिराग़ की तलाश में हूँ मिल ही नहीं रहा। सारे जादुई-करिश्मों का कॉपीराइट टी.वी. वालों ने ख़रीद लिया है। असली ज़िन्दगी फीकी और बदरंग हो गई है।

पत्नी और बच्चे बड़े जागरूक साबित हुए। विधिवत् दीवाला निकालूँ और उसकी घोषणा करूँ; उससे पहले ही उन्होंने पक्की कार्यवाही कर 'नोटिस' दे दिया। 'हर ज़ोर ज़ुल्म की टक्कर में हड़ताल हमारा नारा है।' जब सारा देश 'बंद' की घोषणा कर विरोध प्रगट करता है; ये लोग निरन्तर 'चालू' रहकर भरपूर दबाव बनाए रखते हैं अपनी माँगे मनवाकर ही चुप होंगे।

लीजिए! टी.वी. फिर कान खाने लगा। बड़ा नया रंगीन टी.वी. ख़रीदो, वाशिंग मशीन ख़रीदो, सी.डी. प्लेयर ख़रीदो, कार ख़रीदो! अरे भई! कुछ तो ख़रीदो! वरना कैसी दीवाली! और कुछ न बने तो हीरे ही ख़रीद डालो। पुरानी बीवी को ताज़ा मोहब्बत का यक़ीन दिलाओ। अँधेरे में भी जगमगाएँगे। वो भी क्या याद करेगी कि किसी दिल वाले का साथ मिला था।

दिल तो सबके ही सीने में है, मेरे दोस्त! पर आजकल बाज़ार भाव सुनकर धड़कता है; बीवी की अदाओं पर नहीं।

अब पता चला कि ये शहर समुद्र से घिरा हुआ क्यों है? जगमगाते शहर की तरफ़ पीठ करके इसके किनारे बैठे रहना कितना बड़ा सुख है। आधी रात तक ये शहर दीवाली मनाता रहेगा। तब तक बीवी बच्चे सो चुके होंगे। हिम्मत हो तो अपने अँधेरे बिल में रेंग जाना, वरना समुद्र तो है ही।

महज़ योग

अवकाश प्राप्ति से छह महीने पहले ही कथित मित्रों और निश्चित शत्रुओं ने यह पूछना शुरू कर दिया कि अब हम क्या करेंगे? क्या बात है? ये लोग इतने परेशान क्यों हैं? चिंतन-मनन और विचार विमर्श से बात स्पष्ट हुई। ये तुच्छ मनोवृत्ति के लोग। हमारी ऊर्जा का सहज शिकार बनना नहीं चाहते थे। ये हमारे घोर स्वार्थी शुभाकांक्षी नहीं चाहते थे कि सुबह-दोपहर-शाम, जब भी वो चैन से बैठे दिखें, हम उनको अपने अथाह ज्ञान से लाभान्वित करने पहुँच जाएँ। आख़िर तीस साल की आदत थी। दिन में छह घंटे लगातार, बिना रुके धाराप्रवाह बोलने की लत लग गई थी। ऐसा प्रचंड अभ्यास और किसी को नहीं होता। शिक्षक को लगातार बोलने की क्षमता को केवल एक ही व्यक्ति चुनौती दे सकता है। वह है—सड़क के किनारे मजमा लगाने वाला पेशेवर बाज़ीगर।

हमने भी गंभीरता से सोचना शुरू किया। वाकई? क्या करेंगे दिन भर।

यूँ तो कई विकल्प हैं। नेता, अभिनेता, समाज सुधारक...वग़ैरह वग़ैरह।

पर अच्छी तरह से, ठोंक बजाकर देखने पर यह लगा कि आज के घोर कलिकाल में धार्मिक प्रवचन दे दे कर 'परम पूज्या माताजी' बनना सबसे अधिक लाभकारी है। यह धंधा सबसे अधिक धनदा है। दुखी जनता का कल्याण होता है, वह अलग। लागत कुछ भी नहीं; लाभ बेशुमार। हर्र लगे न फिटकरी; रंग चोखा आ जाए। मसलन, नेता बन कर क्या होगा? बड़े-बड़े नेता किसी न किसी 'माताजी' या 'बाबाजी' की चरण वंदना करते हैं। जब प्रधान मंत्री चरणों में झुका हो तो नेतागिरी की उठापटक किस काम की।

अभिनेता भी गिरते पड़ते दौड़े आते हैं दर्शन करने। निर्माता, निर्देशक...कोई पीछे नहीं रहना चाहता। स्वयं अभिनय करने का जो 'स्कोप' यहाँ है, वह और कहीं नहीं। निरंतर मुस्कराते रहना, चेहरे पर परमहंस का भाव टाँगे रहना, बराबर स्वस्ति मुद्रा में हाथ उठाए रखना, कोई आसान काम तो नहीं। अच्छे से अच्छा अभिनेता भीड़-भाड़, गर्मी-सर्दी से परेशान होकर झल्ला बैठता है। लेकिन 'परम पूज्या माताजी' ऐसा नहीं कर सकतीं। कैसी कठिन तपस्या हैं! कितनी घोर साधना। बहुत बड़ी

चुनौती है यह और चुनौतियाँ स्वीकार करना हमारा पुराना शौक़ है।

जहाँ तक समाज-सेवा का प्रश्न है; परम पूज्या के पद पर आसीन हो जितना जन कल्याण और समाज सुधार किया जा सकता है, वह अन्य तरीकों से असंभव नहीं। अतः यही निर्णय लिया कि अब हम अवकाश प्राप्ति की भी प्रतीक्षा नहीं करेंगे। तुरंत पूर्णकालिक यानि कि 'फ़ुल टाइम' 'परम पूज्या माताजी' का पद सँभाल रहे हैं। इस पद के लिए सब योग्ताएँ हमारे पास हैं। शिष्य मंडली, चेले-चपाटी, भक्त गण चाहिए। वो बने बनाए मौजूद हैं। बस। विज्ञापन निकालने भर की देर है कि कब कहाँ और कैसे दर्शन + आशीर्वाद वितरित होगा।

दर्शन देना और आशीर्वाद बरसाना कोई नई बात नहीं है। तीस साल से विद्यार्थियों को नियमित रूप से दर्शन और आशीर्वाद दे रहे हैं। परीक्षा कक्ष में जब विद्यार्थी प्रश्न पत्र देख कर पसीना-पसीना हो जाता था, तो हमारे दर्शन मात्र से उसमें नवीन प्राणों का संचार हो जाता था। हमारी अभय मुद्रा और बुदबुदाए मंत्रों की सहायता से वह परीक्षा वैतरणी पार कर जाता था।

जो नमन करता है, उसे फोकट में आशीर्वाद देते हैं! इसमें क्या झंझट है? आशीर्वाद देने में हमारा क्या ख़र्च होता है? जितना चाहिए, ले जाओ। अपने पास-पड़ोसियों-रिश्तेदारों के लिए भी ले जाओ। चाहो तो रोज़ सुबह-शाम आकर ले जाओ। कभी मना नहीं करेंगे।

प्रवचन? अजी। तीस साल और किया ही क्या है? प्रवचन ही तो झाड़े हैं। यह करना चाहिए, वह करना चाहिए...वग़ैरह वग़ैरह। मज़मून भाँप लेते हैं, लिफ़ाफ़ा देखकर। विद्यार्थी की दो-चार बातें सुन कर ही पता चल जाता है कि इसको कौन सी चिंता सता रही हैं, उसी हिसाब से प्रवचन देते हैं। परीक्षोपयोगी महत्त्वपूर्ण अंशों को रेखांकित करके देते हैं; आठ-दस संभावित प्रश्न बता देते हैं। जो प्रश्न आता ही नहीं, उसका गोल-माल उत्तर देने की कला सिखा देते हैं। बस। हो गया।

यही सब 'परम पूज्या माताजी' बनकर करना होगा। आख़िर इंसानी परेशानियाँ हैं ही कितनी? नौकरी, बीमारी, बेटे-बेटी का ब्याह, लड़का न होना, व्यापार में हानि, राजनीतिक टाँग-घसीट। यही तो गिनी-चुनी समस्याएँ हैं। इलाज और प्रयत्न वो पहले से ही कर रहे होंगे, आगे भी करते रहेंगे। हमे तो केवल प्रवचन देना है... धैर्य से काम लो। समय आने पर सब कुछ होता है।

सत्संग। यह तो हमारे बचपन की 'हॉबी' है। मुहल्ले में जो कुछ घटता था, उसका 'सत्' हम सबके संग बाँटा करते थे। अब भी वही करेंगे। ईसा से गाँधी तक, न जाने कितने संत और धर्मग्रंथ वही एक बात तरह-तरह से कह गए हैं। सच बोलो। जीव मात्र को प्यार करो। किसी को व्यर्थ कष्ट मत दो। अब आप यही बात 'डिस्को' या 'रिमिक्स' में सुनना चाहते हैं, तो हमें क्या एतराज़ हो सकता है? जैसी यजमान की श्रद्धा।

हमारा विषय अंग्रेजी साहित्य रहा है बंधु। देखना। जब अंग्रेजी में प्रवचन देंगे तो तिल धरने को जगह नहीं मिलेगी। मंतरी से संतरी तक—सब विस्मय-विमुग्ध न रह जाएँ, तो कहना। कुछ अंग्रेज चेले बना लेंगे तो मामला अंतर्राष्ट्रीय हो जाएगा। सब प्रमुख देशों की राजधानी में 'महजयोग' के केन्द्र खोल देंगे।

महज योग? जी हाँ हम इस नई विचारधारा का प्रचार करेंगे। सहज योग तो सदियों पुराना हो गया। महज योग अर्थात सिर्फ जोड़ जोड़ता चल। दिल से दिल, इंसान से इंसान, कम्प्यूटर से कम्प्यूटर और रुपये से रुपया। तू सिर्फ जोड़ता चल, प्यारे। इधर-उधर मत देख। प्रत्येक साँस के साथ आयु घट रही है, जीवन पीछे छूट रहा है। इसलिए तू पूरी ताकत से जोड़। जोड़ने में जो भी जोड़-तोड़ करनी पड़े-साफ है। क्योंकि यह बड़ी कठिन साधना है। और लोग भी तो जोड़ने में लगे हैं। वो तुझे जोड़ने देंगे भला। वो तोड़ने का प्रयत्न करेंगे। ये हमेशा से होता चला आया है। साधक जोड़ने का (ध्यान वगैरह) प्रयत्न करता है; छलना, माया, दुष्ट राक्षस जो चाहे कह को-तोड़ने का (वही...ध्यान वगैरह) प्रयत्न करते हैं। इसलिए अपनी सारी अकल, ताकत और राजनैतिक पहुँच भिड़ा कर तू जोड़ा। यही शाश्वत सत्य है।

वो दिन दूर नहीं जब हर स्टेशन, पुल, सड़क, दीवार, अखबार और परचे पर हमारा मुस्कराता चेहरा नज़र आएगा। नीचे यह शुभ समाचार लिखा होगा कि हम कब कहाँ और कैसे भक्तों को निहाल करने आ रहे हैं। भक्तगण परम उत्साही हैं, सब व्यवस्था करेंगे। वाहन की, आवास की, विदेश-प्रवास की। सब कुछ पाँच सितारा। जो ठाठ तीस साल नौकरी कर हासिल नहीं हुए, वह परम पूज्या के चरणों में होंगे। चाँदी की खड़ाऊँ, हीरों जड़े जेवर। हो सकता है, जब कल आप टी. वी. खोलें तो 'गुड मॉर्निंग' की जगह हमारा भव्य मुखमंडल मुस्करा कर कहे... 'मंगलम्-सुप्रभातम्... भक्तो।'

पुनश्च : इस आलेख को अग्रिम सूचना समझें। दर्शन व आशीर्वाद हेतु जानकारी के लिए इसी अखबार का नियमित पाठन करते रहें।

दिन दहाड़े डाका

सुना है कि कंप्यूटर यानि कि साइबर स्पेस पर धड़ाधड़ डाके पड़ रहे हैं। हमें बहुत ख़ुशी हुई, बड़ी तसल्ली मिली। डाके आख़िर हम ग़रीबों के घर पर ही क्यों पड़ें?...हमारे पैरों तले की ज़मीन छीन ली। और तो और आस्माँ तक हथिया लिया! अब पता चला! लाख सावधानी के बाद भी डाका पड़ सकता है! अब शायद इन अमीरों की नींद खुले और ये लोग यह स्वीकार करें कि देश में क़ानून और व्यवस्था की स्थिति बहुत ख़राब है। सुरक्षा की आवश्यकता पूरे समाज को है। आप अपने शानदार मकान के आलीशन फाटक पर मुच्छड़ चौकीदार बिठा कर सोच रहे थे कि अब कोई आपका बाल बाँका भी नहीं कर सकता! लीजिए! डाकू तो ठीक नाक के नीचे से मूँछ उखाड़ कर ले गया!

कई महीनों से मूड बहुत ख़राब चल रहा था! यह क्या तमाशा है। कंप्यूटर को इतना लाड़ क्यों लड़ाया जा रहा है। आयात शुल्क में कटौती; आयकर में रियायत। इधर कंप्यूटर तकनीक का भयंकर प्रचार और प्रसार—; उधर प्राथमिक शिक्षा की भी व्यवस्था ढीली ढाली! ऐसा क्यों? ताकि विशिष्ट वर्ग का राज युगों युगों तक चलता रहे!

हमारे गाँव में चौपाल है, चौपाल में पंचायती दूरदर्शन और दूरदर्शन पर विज्ञापन! हर विज्ञापन के नीचे लिखा रहता है, हमसे फ़लाँ-फ़लाँ वेबसाइट पर मिलो। हर कार्यक्रम के अंत में 'ई' मेल का पता है। यही हाल अख़बारों का भी है। हर जगह वही वेबसाइट और 'ई' मेल! बताइए! यह भी कोई बात हुई! अगर हम इनसे मिलना चाहें तो कहाँ मिलें? कंप्यूटर क्या, हमारे पास तो ढंग की स्लेट भी नहीं है! जब धड़ाधड़ फ़ैक्स और 'ई' मेल आ रही हो तो बेचारे पोस्टकार्ड को कौन पूछेगा! इसके आगे हमारी औक़ात नहीं है, चलन भी नहीं है! हमारे गाँव में क़ाग़ज माने रद्दी काग़ज़, जिसका इस्तेमाल पुड़िया बाँधने के लिए किया जाता है। लिखना-पढ़ना तो प्रौढ शिक्षा केंद्रवालों का काम है।

हाँ जी, हाँ! स्कूल है। दो कमरे हैं। एक में सरपंच जी की गाय भैंसें बँधती हैं और दूसरे में उनका चारा रखा जाता है। छब्बीस जनवरी और पन्द्रह अगस्त को

मास्टर जी आते हैं। सरपंच जी से झंडा फहरवाते हैं। हफ़्ते में एक दिन डाकिया आता है। बरसात के दिनों में जब मरज़ी हो तब!

बरसों से यही हाल है। न जाने कितनी योजनाएँ बनी और पूरी भी हो गईं!...हमारे बच्चों को स्लेट पेंसिल नहीं मिली! क्या हमारा मन नहीं करता कि हमारा मुन्नू भी टाई पहन कर स्कूल जाए और गिटपिट अंग्रेज़ी बोले! जो अंग्रेज़ी नहीं जानता वो कंप्यूटर पर क्या ख़ाक काम करेगा। तो भैया, हमारे लिए तो हर दरवाज़ा बंद है।

पहले किसी तरह ट्यूशन कर करा के अंग्रेजी सीख लो तो नौकरी मिल जाती थी। हमारे गाँव के कितने ही छोरे रैपीडेक्स रट-रटाकर चपरासी और बाबू बन गए! अब कंप्यूटर भी आना ज़रूरी है। हमारा तो ख़र्चा बढ़ गया न! क्या करें! खेती-बाड़ी छोड़ कर झोंपड़पट्टी में जा बसें! बाल-बच्चों को नौकरी चाहिए। अकेली खेती पर कहाँ गुज़र होती है? जो कंप्यूटर लिटरेट हैं उन्हें तुरन्त नौकरी मिलती है। चतुर सुजान ढाबे को साइबर कैफ़े में बदल देते हैं। इस नई तकनीक के ज़रिए एक रुपये का फूल तीन रुपए में बिक रहा है। और तो और...पान की दुकान भी 'ई' कामर्स के ज़रिए चल रही है।...गाय भैंस दुहे जाते सुने थे, ये लोग तो कंप्यूटर को दुह रहे हैं।

सुना है, सरकार हर सांसद को एक-एक कंप्यूटर देगी। हमारे तो सांसद और विधायक दोनों ही अँगूठा छाप हैं। क्या करेंगे कंप्यूटर का? टेलीफोन और गैस कनेक्शन की तरह बेच देंगे और क्या?...इन्हें अंग्रेज़ी नहीं आती, फिर भी चल जाता है। ज़रूरत भी क्या है कोई भाषा ठीक से जानने की! वो तो जूता लात से ही बात करते हैं। राजनीति में सब खप जाता है। फिर वही बात! सांसद बनना क्या आसान बात है? बड़ी सांसत है। करोड़ों का खेल है! ग़रीब के बस का रोग नहीं।

शहर जाओ तो चपरासी से लेकर बड़ा अफ़सर तक चायपानी का ख़र्चा माँगता है। यानि कि सब हमारी टेंट के चार पैसों पर डाका डालने को तैयार बैठे हैं। अब जाकर सेर को सवा सेर मिला! कंप्यूटर पर भी डाका पड़ गया! अमरीका तक में कामकाज ठप्प पड़ गया! डाकू जी! हमारी विनती है, तुम साइबर स्पेस चुराकर ग़रीबों में बाँट दो। लगे हाथ कुछ पी. सी. भी उठा लाना! हम भी तो देखें ये चीज़ क्या है? अच्छे डाकू ऐसा ही करते हैं। वही तो सच्चे समाजवादी हैं अमीरी-ग़रीबी का फ़र्क़ मिटाते हैं।

अख़बार में ख़बर छपी है कि साइबर स्पेस में हवन-पूजा-आरती, सब कुछ हो रहा है। वरकन्या ढूँढ़े जा रहे हैं; जन्म कुंडली मिलाई जा रही है। इस तरह तो बहुत कुछ बदल जाएगा! हमारी अम्माँ ढोलक पर बन्ना गाती थीं....बन्नी हमसे कॉलेज के पास मिलना! अब इसे यूँ गाना होगा...

बन्नी हमसे वेबसाइट पे आके मिलना...

ज़रा अलग हट के...

वो सब बड़े परेशान, बड़े बेचैन लग रहे थे। कारण? उनसे गंदी पुरानी ज़मीन पर कुछ न होगा। वो नई ज़मीन तोड़ना चाहते हैं। नई दिशा-नए मैदान की जुगत में हैं...ज़रा अलग हट के कुछ करना चाहते हैं। उनका कृत्य तो ताज़ा होगा ही; वातावरण और समाज को भी नई ताज़गी प्रदान करेगा।

हालात यहाँ तक बेक़ाबू हुए कि हर ऐरा-ग़ैरा-नत्थू ख़ैरा एक टाँग से दूसरी पर उछल रहा है।...ज़िदिया गया है...जब करेगा...ज़रा अलग हट के ही करेगा।...निराला, नवीन, अद्‌भुत, विलक्षण, विचक्षण, लीक से हट कर, बुद्धि से परे!

'महाजनो येन गतः स पंथा' के दिन पूरे हुए; अपनी ढपली अपना राग का सूरज उगा। ये जो कुछ 'ज़रा अलग हट के' हुआ, उसके कुछ नमूने देखिए। पड़ोसियों से लड़ाई-झगड़ा कोई नई बात नहीं। होता ही रहता है। कभी इससे; कभी उससे। छात्रों की सुविधा के लिए इतिहासकार उन्हें क्रमवार लगाकर दिनांक वग़ैरह डाल देता है ताज़ा हलचल कारगिल में हुई। कई दिन तक चली। जानमाल का नुक़सान हुआ।...यह शांति नहीं थी। लेकिन प्यारे! यह युद्ध भी नहीं था। यह 'युद्ध जैसा कुछ' था। अब बोलो! है न बात ज़रा कुछ अलग हट के।

हॉलीवुड गुरु गुड़ का चेला बॉलीवुड शक्कर निकला। हर निर्देशक, नायक-नायिका, गायक-गायिका का नौनिहाल ज़रा अलग हट के ही कुछ करने की ठाने बैठा है। क्या? कैसे? यह नहीं समझ पाएगा। आपको अपनी अक़्ल की जमा-पूंजी ही ख़र्च करनी पड़ेगी।

पहले एक नायक, एक नायिका और एक अदद खलनायक। बन गया त्रिकोण; चल गई फ़िल्म। अब तीन नायक, चार नायिकाएँ और अनगिनत खलनायक। पहले की नायिका सिर ढके, शालीन संभ्रांत, मिठबोली। और खलनायिका? कोठेवाली या कैबरे डांसर। कम से कम कपड़े पहने सिगरेट-शराब, उड़ाती हुई। पहचानना आसान था। अब क्या नायिका और क्या खलनायिका। सब एक जैसे कपड़े पहनती हैं। एक ही तरह से कमर, कूल्हे और छातियाँ मटकाती हैं। इसे ही नाच कहते हैं। नाच क्या? कभी लगता है, शारीरिक व्यायाम है। कभी लगता है; महामुनि वात्स्यायन के

निर्देशन में चारुदत्त और वसंत सेना कुछ नवीन प्रयोग कर रहे हैं।

यही हाल संगीत का है। पहले—जादू वह जो सिर चढ़ कर बोले। गीत वह जो हर ज़ुबान गुनगुनाए। अब गीत वह, जिस पर काम़सूत्री नृत्य हो सके। मौलिकता गई भाड़ में। पुराने गीतों को ही तोड़-मरोड़ कर दिखाया जा रहा है। जी हाँ...अब गीत-गज़ल...सब कुछ सुनने से ज़्यादा देखने की चीजें हैं। इतना कुछ अलग हट के हो रहा है कि सारा वातावरण गमक उठा है। देशी-विदेशी तरह-तरह के वाद्य, एक साथ और जुगलबंदी में बजाए जा रहे हैं। घटम् के साथ दाँतों की कटकटाहट।

फैशन की दुनिया में तो ज़रा नहीं...सब कुछ अलग हट गया है। वस्त्रों के स्थान पर अंतःवस्त्र पहने जा रहे हैं। ये अंतःवस्त्र भी...क्या बताएँ? अच्छे से अच्छे साबुन से धोने के बाद भी निरंतर सिकुड़ते जा रहे हैं। पहले रूमाल अपना पसीना और प्रेयसी के आँसू पोंछने के काम आता था। अब वो सेवइयाँनुमा फीते लगाकर वक्ष पर बाँधा जाता है। कंचुकी का ज़रा अलग हट के संस्करण। मेरे जैसे कुटिल बुद्धि लोग निरंतर आशंकित रहते हैं...ये सेवइयाँ टूट गईं तो? ज़रा अलग हट के तमाशा हो जाएगा। नहीं?

वस्त्रों से याद आया। द्रौपदी चीरहरण और गोपिका वस्त्र हरण जैसी घटनाएँ बिहार जैसे पिछड़े राज्यों में ही घटी हैं। महानगरों में YK2 T.V. के आग्रह पर सुकन्याएँ स्वयं निर्वस्त्र हो जाती हैं। वहीं...सड़क पर...हर खासो आम के सामने...है न ज़रा अलग हट के।

और राजनीति? बिल्कुल ही अलग हट गई है। पहले एक/दो दल सत्ता पक्ष में बैठते हैं, बाक़ी सब विपक्ष में। अब एक/दो दल विपक्ष में बैठते हैं, बाकी सब सत्ता पक्ष में पहले...प्रधानमंत्री के हटते ही सारा मंत्रिमंडल लुढ़क जाता था। अब? मंत्री के हटने से प्रधानमंत्री लुढ़क जाता है। पहले मंत्री त्याग-पत्र देता था, तो अपने काग़ज़ पत्तर समेट कर घर चला जाता था। अब वो अधिक दुधारू विभाग में जाता है। उसे मालूम है उसका त्यागपत्र ज़रा अलग हट के है; मंजूर नहीं होगा।

अब चोरी नहीं, सीनाज़ोरी होती है। पहले चुनाव जीतने के लिए ग़ुंडों का सहारा लिया जाता था। अब ग़ुंडे स्वयं चुनाव लड़ते हैं और उन्हें जीतने के लिए किसी के सहारे की ज़रूरत नहीं। हत्या और बलात्कार जैसे मामूली अपराधों का आरोपी मंत्रीपद के उपयुक्त नहीं है। सौ दो सौ करोड़ रुपयों का ग़बन या घोटाला किया हो तो आगे बढ़े, बात करे। सब कुछ अलग हट के जो हो रहा है। प्रजातंत्र खिसक कर राजतंत्र में समा गया है। पति के स्वर्ग, नरक या जेल जाने के बाद पत्नी, बाप के बाद बेटा-बेटी, ससुर के बाद पुत्रवधू या दामाद।

गृहस्थ और साधु का भेदभाव भूल जाइए। आजकल साधु, साध्वियाँ चींटियों की तरह सत्ता गुड़ से चिपके हुए हैं। संसद से सड़क तक चोर-लुटेरे और डाकू सक्रिय हैं। जनता गिनती की और जनसेवक अनगिनत।...सब कुछ ज़रा अलग हट के!

जनतंत्र का चौथा स्तंभ—समाचार पत्र! वह ही क्यों अटल खड़ा रहे? ज़रा अलग हट के कुछ करने की तमन्ना यहाँ भी सुगबुगा रही है।...पहले उनका सुनिश्चित ध्येय और परिभाषित लक्ष्य होता था। अब वे व्यावसायिक प्रतिष्ठान हैं। जनमत को प्रशिक्षित और प्रभावित करने जैसे टुच्चे काम छोड़ कर अब वो विश्व सुंदरियाँ प्रशिक्षित कर अंतर्राष्ट्रीय रंगमंच प्रभावित करते हैं और ख़बरें? विश्वस्त सूत्रों से ज्ञात हुआ है...'कथित बलात्कारी' जैसे खालबचाऊ टोटकों से शुरू होती हैं।

साहित्यकार तो सदा से ही ज़रा अलग हट के कुछ करने को हड़का रहता है।...अब वह दाना-पानी लेकर उतर पड़ा है।...कुछ पता नहीं चल रहा...कहानी है या संस्मरण। उपन्यास है या आत्मकथा। दीवार में एक खिड़की रहती थी या किताब में एक हाथी रहता था? फिल्मों से प्रभावित, विदेशी कहानी से रूपांतरित...नई बोतल में पुरानी शराब...सब कुछ खप जाता है। और कविता? उसके क्या कहने? छोटी, बड़ी मंझोले आकार की पंक्तियाँ पूर्ण विराम लगाकर, गद्य की तरह लिखते चले जाओ। यह कविता है। तुकांत-अतुकांत गीत, ग़ज़ल, हाइकू-वायकू...सब कुछ चलता है इस पावभाजी में। अब आपकी समझ में न आए, जुबान पे न चढ़े। तो इसमें बेचारी कविता का क्या दोष?

उधर चित्रकला भी तैयारी पर है। रंग, बिंब, विषय, पटल...सब ज़रा अलग हट के हैं। बस एक-दो लकीरें। मानना पड़ेगा ये गणेशजी हैं। सरस्वती देवी को हाथी पर सवार दिखा हाथ में कद्दू पकड़ा दे तो विश्व इतिहास की अनुपम उपलब्धि। हनुमान जी सीता मैया को कार में बिठाकर ध्वस्त बाबरी मस्जिद दिखाने ले जा रहे हैं। वाह! क्या मौलिक सूझबूझ है। शिवजी के दस शीश दिखा दें तो भी ठीक। आख़िर वे ठहरे ज्ञानीजन। ज़रा अलग हट के जो कर दें, थोड़ा जानिए। इस संदर्भ में यह सांत्वना भी जोड़ लें कि अब महाकवि केशव की तरह 'केशन' के कारण कोई चंद्रमुखी मृगलोचनी 'बाबा' नहीं कहेगी। फोकट का प्रचार-प्रसार मिलने पर प्रसन्न होगी। प्यार से गाल पर चुम्मा देगी। शंखिनी, हस्तिनी, चित्रणी...सब के भेद समझाएगी। ज़रा अलग हट के कुछ करने का साहस जुटाइए।...अनंत संभावनाएँ हैं।

ऐसा जुनून चढ़ा है जनता जनार्दन पर कि जनाना-मर्दाना का फ़र्क़ करना मुश्किल। मर्दों ने बाल बढ़ा रखे हैं, औरतें कलमें बनवाती हैं। 'ज़रा सा' कह के लोगों ने अलग हट के इतना कुछ कर डाला है कि सँभाला नहीं जा रहा। फिर भी कुछ बचे रह गए हैं। अभी तक इन्हें 'सृजन के संत्रास' से 'मुक्ति' नहीं मिली है। सो वो ज़रा अलग हट के किसी नए 'एरिये' की तलाश में टहल रहे हैं।

वह ख़बर पढ़ी आपने! हिमालय निरंतर चीन की ओर सरक रहा है। लो! अब हिमालय भी ज़रा अलग हट के कुछ करने की सोचने लगा। बाक़ी देश का क्या होगा? आजकल जो कुछ भी होता है। 'आसेतु हिमालय' होता है। अब यह लहर कन्याकुमारी तक ज़रूर पहुँचेगी।

ज़रा अलग हट के कुछ करने की ज़िद में जब पूरी भीड़ शामिल हो जाए, तो क्या कीजिए?

...अभूतपूर्व दृश्य है। सब हाथों के बल चल रहे हैं; कानों से देख रहे हैं, आँखों से सुन रहे हैं, जीभ से तलवे चाट रहे हैं और पूँछ? वो इतनी तेज़ी से हिल रही है कि नज़र नहीं आ रही। (ये तो नहीं समझे बैठे हैं कि आदमी नाम के दोपाये के पूँछ नहीं होती।)

अब ये सब पुनः अपने पाँवों पर तभी खड़े होंगे, जब फिर से ज़रा अलग हट कर कुछ करने की मजबूरी जोर मारेगी।

अच्छा बताइए। यह आलेख आपको समझ में आया? नहीं आया न। कैसे आता? ज़रा अलग हट के जो है।

ब्रांड नेम

जै हो...जै हो...आख़िर मैदान मार ही लिया! ब्रह्मांड सुन्दरी, विश्व सुन्दरी, एशिया पैसिफिक सुन्दरी.....सब ख़िताब भारतीय सुन्दरियाँ जीत लाईं! 'सुन्दरी' शब्द सुनते ही भारत का बिंब उभरता है, और....तन्वी श्यामा शिखरिदशना पक्व बिंबाधरोष्ठि...को तुरन्त मुकुट पहना दिया जाता है। भारत सुन्दरी ब्रांडनेम बन गया है, जैसे गोदरेज लोहे की अलमारियों का है।

कृषि प्रधान देश? ठेंगा! आज हमारा प्रमुख उत्पाद सुन्दरियाँ हैं। निन्यानवे दशमलव नौ प्रतिशत उद्योग धंधे इनकी कंचन काया के सहारे खड़े हैं और फल-फूल रहे हैं! प्रत्येक उत्पाद–चाहे मोटर हो या माचिस–बिना विज्ञापन के नहीं चल सकता और विज्ञापन बिना सुन्दरियों के नहीं बन सकता!...इस क्षेत्र में देश न केवल आत्मनिर्भर है, सुन्दरियाँ निर्यात कर बहुमूल्य विदेशी मुद्रा भी कमा रहा है। फ़ैशन शो भारतीय सुन्दरियों से जाज्वल्यमान हैं। प्रातःस्मरणीय फ़ैशन डिज़ाइनर अद्भुत वस्त्र तैयार करते हैं, सुन्दरियों को पहनाते हैं–तब वो सोने के भाव बिकते हैं।...ज़रा सोचिए...जो सुन्दरी नहीं है, अर्थात मातृत्व दायित्व से ढलकी...ढीली-ढाली, खुरदुरी काया पर कौन फ़ैशन डिज़ाइनर अपना समय नष्ट करेगा? अब ये बात दीगर है! कि ये डिज़ाइनर वस्त्र पहने लोग सड़क-बाज़ार में नज़र नहीं आते! यह उद्योग साधारण जनों के लिए है ही नहीं। इन वस्त्रों का उपयोग भी ये सुन्दरियों फ़िल्म तारिकाएँ और फ़ैशन-मंदिर की अधिष्ठात्री देवियाँ ही करती हैं। वह भी....बस! केवल एक बार! ठीक पतंग की तरह! एक बार चढ़ी, पेंच लड़ाए और उतर आए तो ग़नीमत समझिए! दुबारा इस्तेमाल के क़ाबिल नहीं रहती।

हर मजमे को जमाने के लिए सुन्दरियों की ज़रूरत पड़ती है। गायक या कलाकार मंच-प्रदर्शन के लिए आ रहा है; नेपथ्य से मंच तक मार्ग सुन्दरी दिखाएगी। मंत्री जी उद्घाटन करने आ रहे हैं, कैंची सुन्दरी पकड़ायेगी! अंतर्राष्ट्रीय महोत्सव में प्रधानमंत्री दिया जलाएँगे, माचिस सुन्दरी थमाएगी! यह सूक्ष्म तकनीकी काम और कोई कर ही नहीं सकता! यही...माल्यापर्ण और पुष्पगुच्छ भेंट करना, वग़ैरह-वग़ैरह! वग़ैरह-वग़ैरह का मतलब?. अजी...अतिथि इस योग्य हुआ तो चट से उसके गाल

पर चुम्मा भी जड़ देंगी! (कृपया ध्यान दें, चुबन की अर्हताएँ अस्पष्ट हैं, व्यर्थ गाल आगे न बढ़ाएँ!)

केवल आर्थिक ही नहीं, सामाजिक, साहित्यिक और राजनीतिक गतिविधियाँ भी सुन्दरियों के पदाघात से अशोक की तरह खिल उठती हैं। सब सुन्दरियाँ मदर टेरेसा का क्लोन यानि कि मदर टेरेसा का प्रतिरूप हैं। ग़रीबों की सेवा करती हैं; कोढ़ियों की मरहम पट्टी में व्यस्त हैं, अनाथ बच्चों, मरणासन्न बूढ़ों, अविवाहित माताओं की सेवा में तत्पर हैं। आप भी!...क्या अख़बार में फोटो नहीं देखते? मानसिक रूप से पिछड़े बच्चों को उपहार बाँटती सुन्दरी अपंग-विकलांगों के साथ गाना गाती सुन्दरी, एड्स के रोगियों को गले लगाती सुन्दरी! अपना जगर-मगर ताज धारण किए, लक़दक़ गाउन सँभाले, झोंपड़पट्टी के बच्चों के बीच खड़ी, कैमरे की ओर निष्प्राण मुस्कान फेंकती सुन्दरी!

सत्यानाश! कुछ मन्दबुद्धि इस फलते-फूलते उद्योग को बंद करना चाहते हैं। ऐसी घनघोर प्रजातांत्रिक प्रक्रिया का यह अपमान! यही तो संपूर्ण प्रभुत्व संपन्न लोकतंत्रात्मक गणराज्य का वरदान है कि कच्छ के दलदली रेगिस्तान की बंजारिन हो या अबूझमाड़ की आदिवासी युवती—सबको अवसर की समानता है। पहले तो सौन्दर्य चंद राजघरानों की बपौती थी। रानियाँ-राजकुमारियाँ ही सुन्दर हुआ करती थीं। मज़दूरिनों-घसियारिनों को इन सबसे क्या काम? अगर कहीं इनके पास बरामद हो जाए सौन्दर्य; तो कड़ा हुक़्म था कि फ़ौरन महलों में जमा कराओ! कैंसी धाँधली थी, साहब!...अब ऐसी कोई बाध्यता नहीं है जो चाहे, चार लगा कर चार करोड़ बना सकता है। आखिर जमा-जमाया आधुनिक उद्योग है, परंपरागत खेती नहीं!...बीज डाला और हो गया! बाक़ी काम ऊपरवाले पर! और सच पूछो तो अब खेती-किसानी भी कौन भगवान भरोसे छोड़ता है? उन्नत बीज, कीटनाशक, खाद-पानी का इंतज़ाम नहीं करते? इसी तरह अब सौन्दर्य भी हर ऐरे-ग़ैरे, नत्थू ख़ैरे की मेहरबानी पर निर्भर नहीं। हर सौन्दर्य के पीछे कोई सुन्दरी खड़ी है।...कोणार्क और खजुराहो देखिए! देखिए न! खड़े के खड़े न रह जाएँ तो कहना! ज़मीन से आसमान तक...बस! सुन्दरियाँ ही सुन्दरियाँ।

ख़ैर! अब तक चूके सो चूके। अब मत चूकना। विज्ञापन निकलते ही फ़ौरन फ़ार्म भर देना या भरवा देना। हाँ, दो-चार बातों का ध्यान रहे! केवल अविवाहित कन्याएँ ही भाग ले सकती हैं। विवाहिताएँ तो अपने पति की संपत्ति होती हैं। भला वो कैसे विश्व सुन्दरी बन सकती हैं? जबर्दस्त अंग्रेज़ी आती हो। न आए तो कोई कोर्स कर लें! बस, पच्चीस हज़ार की ही तो बात है। दो-चार भाषाएँ और आती हों तो बहुत अच्छा! आप भी क्या?...अरे भई...दो-चार भाषाओं का अर्थ... बंगला-उड़िया-तमिल-तेलगु नहीं, फ्रेंच-जर्मन और इटैलियन है। अच्छी तरह से तैयारी करना! बड़ा कर्रा इम्तहान होता है! सब कुछ जाँचा-परखा जाएगा! चलकर दिखाओ,

बैठकर दिखाओ, गा कर सुनाओ, नाच कर रिझाओ। पानी में कूद कर दिखाओ, पानी में तैर कर दिखाओ! तरह-तरह के कपड़ों पहनकर दिखाओ। उन्हें उतारकर दिखाओ! दाँत, नाक, कान, आँख, सब ठोंक बजा कर देखते हैं। बाल तक की खाल निकालकर देखते हैं। और क्यों नहीं? वो ब्यूटी विद पर्पज़...ब्यूटी विद सब्स्टेंस ढूँढ़ रहे हैं। सौन्दर्य का लक्ष्य हो...सौन्दर्य में सार हो!....सौन्दर्य का लक्ष्य विश्व सुन्दरी का ताज है! और सार बाज़ार में बिकता है! जिस साइज़ का चाहें...खरीद कर फ़िट करवा लें।

लीजिए! पचास हज़ार वॉट के बल्ब जल उठे। सागर तट पर सौन्दर्य कुंभ आरंभ होने ही वाला है। सुन्दरियाँ सार-कलशों को यत्न से संतुलित कर मंथर गति से आ रही हैं। मंच के सामने भूतपूर्व सुन्दरियाँ (क्षमा करें भूतपूर्व शब्द केवल काल निर्धारण के लिए प्रयुक्त हुआ है।) और निर्णायक मंडल बैठा है। मंडल में हैं.... अंतर्राष्ट्रीय ख्याति प्राप्त, अभिनेता, खिलाड़ी और लक्ष्मीपुत्र! उनकी पत्नियाँ और विधवाएँ! एक और भी जीव है।...वही! जो हर जगह...हर समय...हर फटे में अपनी टाँग घुसाने को आतुर रहता है—पत्रकार!

मुझ अकिंचन को यह समझ में नहीं आया कि प्रसिद्धि के आकाश से बटोरे, इन उगते-ढलते, जलते-बुझते सितारों के बीच कोई अध्यापक क्यों नहीं है? ख़ास तौर से साहित्य का अध्यापक! वह तो रसशास्त्र और सौन्दर्य बोध का विशेषज्ञ होता है! उनका तो धंधा ही सवाल करना, जवाब जाँचना और नंबर देना है। उन्हें क्यों नहीं बुलाया? अपनी लाल पेंसिल ले, अगर कहीं आ जाते तो ऐसे सवाल पूछते जिनके जवाब इनकी कोचिंग क्लास चलाने वालों को भी नहीं मालूम होते! शायद इसीलिए कभी नहीं बुलाया! एक भय और भी है। अध्यापक ठहरा गुरु! कहीं दक्षिणा में विश्वसुन्दरी की कलाई थाम ली तो?...जो भी हो! बात यह ग़लत है। आप ही बताइए...अन्याय नहीं है ये?...जिन्हें हर साल हज़ारों विद्यार्थियों को जाँचना-परखना पड़ता है, वो तो इस 'अनुभव' से दूर रख जाते हैं। और जिन्होंने कभी कोई लंबी चौड़ी परीक्षा न ली, न दी....मंच के सामने जमे बैठे हैं!

इधर आपने हमें बातों में लगा लिया, उधर सुन्दरियाँ मंच पर अवतरित हो रही हैं!...वाह! क्या बात है? पुष्ट यौवन...उन्मुक्त हाव-भाव! रसामंत्रण देते नयन...रसीले अधर...ये चल रही हैं या लहरों की तरह समगति से तैर रही हैं? क्या वस्त्र हैं? रंचमात्र भी संदेह नहीं कि ये सब नवयुवतियाँ ही हैं!...अरे वाह! ये तो हमारी ही ओर देख रही हैं...चुंबन भी फेंक रहीं है...पकड़ना ज़रा!

आह! सुन्दरी भी अंततः स्त्री ही होती है। दया-करुणा, माया-ममता की प्रतिमूर्ति! हर सुन्दरी पीड़ित मानवता की सेवा करने को आतुर है। बस! ताज पहनने की देर है और वो मंच से कूद...दन्न से पीड़ितों की सेवा में हाज़िर हो जाएगी!

कैसी प्रत्युत्पन्नमति! विलक्षण-विचक्षण बुद्धि! अभी आधा सवाल मुँह में ही

है कि जवाब हाज़िर है!...अरे रे रे...ऐसी भी क्या जल्दबाज़ी है? ये तो ग़लत जवाब है। मदर टेरेसा 'समकालीन' कहाँ हैं? हाय...हाय...ये क्या कर डाला!...

तरह-तरह के प्रसाधन केन्द्र हैं, विशेषज्ञ हैं! केवल पच्चीस हज़ार...लेंगे और आड़े-तिरछे दाँतों को मोतियों की लड़ी में बदल देंगे! पच्चीस हज़ार और एक ऑपरेशन...फैली-चौड़ी नाक तीखी कटार में बदल जाएगी। पच्चीस हज़ार देते चलिए, आँख, कान, होंठ...सब सुदर्शन हो जाएगा! बस! रुपया होना चाहिए...कोयले की बोरी को विश्वसुंदरी बना देंगे! क्यों? इसमें आश्चर्य की क्या बात है? आख़िर हीरा कोयले से ही तो बनता है! यह सब मुझे कैसे मालूम?...अरे भई! हम भी तो बरसों से यही तमन्ना पाले बैठे हैं!...हाय! हसन, हम न हुए! और हम क्या? हर कच्ची पक्की उम्र यही सपना देख रही है। इसलिए एक मशहूर पत्रिका ने सब जानकारी नाम पते सहित प्रकाशित की है। यह है प्रजातांत्रिक प्रक्रिया! अब कोई भी इस जानकारी का लाभ उठा सकता है। चौंक पड़े न आप! विश्व प्रसाधन उद्योग भी चौंक पड़ा है! भारत सुन्दरी का हाथ थाम भारतीय बाज़ार टटोल रहा है। इन सब करतबों का हमारी अर्थव्यवस्था पर बड़ा अनुकूल प्रभाव पड़ेगा! ज़रा विश्व सुन्दरी की शोभा यात्रा देखिए! कैसी भीड़!...कितना उन्माद! उधर उसने तड़ातड़ चुंबन उछालने शुरू किए, इधर हमारी अर्थ व्यवस्था कुलाँचे भरने लगी।

आइए, अब साहित्यिक गतिविधियों पर सुन्दरियों के प्रभाव का अध्ययन करें!...साहित्य और सुन्दरी का तो दूध पानी वाला रिश्ता है! बिना पानी मिलाए दूध बिकता है कहीं? कितनी पत्र-पत्रिकाएँ हैं जो इन सुन्दरियों के दम पर ही दम लगा पाती हैं! कोयले की बोरी को हीरा बना कर विदेशी रंगमंच पर पहुँचाना ही इनका प्राणवायु है! चलना-फिरना, उठना, बैठना, रोना, गाना—सब सिखा देती हैं! कैसा सुन्दर दायित्व है! नहीं?

हर क्षेत्र का यही हाल है! बिना सुंदरी के नग्न कंधों का सहारा लिए कोई ख्याति की ओर बढ़ा है क्या? चाहे वह विश्वामित्र हों या वात्स्यायन...जूलियस सीज़र हों या एडवर्ड अष्टम...या अपने मित्र बिल क्लिंटन! आदमी की क्या बिसात! न जाने कितनी इमारतें हैं जिनका वजूद इन्हीं सुन्दरियों से है। मुमताज़महल के बिना ताजमहल बनता? रानी रूपमती के बिना माँडू?...इस कहावत में थोड़ा संशोधन करें! हर महान व्यक्ति नहीं, हर महान के पीछे यहीं 'ब्रांड नेम' रक्षार्थ कवच का काम देता है!

निर्णायक सौ में से दो सौ नंबर देता है।...अई शाबाश्श! क्या चट से जवाब दिया है! क्या पटाख़ा है! पट से बोल दिया! 'मदर टेरेसा'! यह तुरत-फुरत अदा ही असली सार है....यही लक्ष्य है! यही सब कुछ है! सोच मत! दे मार जवाब! भली करेंगे राम!

तो भई...किस्सा कोताह यह है कि हमारी कन्याएँ...नहीं! सुंदरियाँ ताज जीत

लाईं! सारी दुनिया में धूम मच गई। यही हाल रहा तो इतिहासकार फिर से भारत को सोने की चिड़िया कहने लगेंगे! हर व्यक्ति पिंजरा लाएगा और चिड़िया पालेगा! जवान होने पर यही चिड़िया सोने के अंडे देगी! अब सोने का बाज़ार भाव तो आपसे छिपा नहीं! ख़ुद ही हिसाब लगा लें!

कहाँ गए वो मर्दुए जो भारत को साधुओं, भिखारियों और सँपेरों का देश बताते थे?

बाहर से समर्थन के फ़ायदे

पिछले दो लोकसभा चुनावों ने मेरे सामान्य ज्ञान में आशातीत वृद्धि की है। गठबंधन और समर्थन का शब्दकोशीय अर्थ तो मैं जानती थी; पर उसके परत-दर-परत इतने अर्थ और रंग हैं—यह अभी पता चला है। इस ताज़ा जानकारी का परिणाम यह हुआ कि मैंने अपने पति को चेतावनी दे दी। अब मैं भी बाहर से ही समर्थन दूँगी, अंदर बिलकुल नहीं। यह बाहरी समर्थन भी सत्ता के केंद्र यानि कि पतिगृह पर लागू होगा! मायके में, जहाँ मेरा राज चलता है, उनके यहाँ पूर्ण समर्थन! जो खटकते हैं, उनके यहाँ विपक्ष में जा बैठूँगी। हर तरह का समर्थन गठबंधन मुद्दों पर आधारित होगा। वैसे तो यह सशर्त गठबंधन विवाहपूर्ण ही होना चाहिए था। परंतु अब विवाह ऐतिहासिक दस्तावेज़ मात्र रह गया है। इसका कोई ख़ास सामायिक महत्त्व नहीं है।

इस नवीन स्थिति के बड़े लाभ हैं क्योंकि मैं बाहर से समर्थन दे रही हूँ, इसलिए घर की अंदरूनी समस्याओं से मुझे कोई मतलब नहीं। खाना ख़ुद बनाएँ या नौकरानी से बनवाएँ या फिर भूखे सो जाएँ! कपड़ा धोबी को दें या चौराहे पर सार्वजनिक नल के नीचे ख़ुद धोएँ—मुझे कोई मतलब नहीं। मैं तो बरामदे में आराम कुर्सी डाल आराम से झूल रही हूँ और तमाशा देख रही हूँ। चाय-नाश्ता, दोनों वक़्त खाना, मिठाई, पान सुपारी—सब वहीं पर मिलेगा। अब समर्थन (बाहर से) की इतनी क़ीमत तो इन्हें अदा करनी ही होगी। लेकिन सावधान! कान खोलकर सुन लो। यह नहीं होगा कि इधर मैं तो बरामदे में झूलती रह जाऊँ और कोई पिछले दरवाज़े से दाख़िल होकर शयनकक्ष तक जा पहुँचे। मैं तुरंत समर्थन वापस लेकर मायके वालों को गुहार लूँगी। वे सब आकर ऐसा कौआरोर मचाएँगे कि क्या कहने! इनकी ऐसी-तैसी कर डालेंगे। और दामाद पद से अपदस्थ करके ही दम लेंगे! मुझे आशा ही नहीं अपितु पूर्ण विश्वास है कि सचल जी (पति) ऐसी कोई नासमझी नहीं करेंगे।

जब तक यह 'बाहर से समर्थन' का शोशा हाथ नहीं लगा था, बड़ी दयनीय स्थिति थी। इनका हर हुक्म बजाना पड़ता था। ज़रा-ज़रा सी बात पर ये मायके भेज देने की धमकी देते थे। किसी और को घर में डाल लेने की बात करते थे। बहुत कम पैसे देते थे। इसी बजट में ही खींचतान कर घर चलाना पड़ता था। हर

सुविधा, साज सिंगार के लिए इन पर ही निर्भर रहना पड़ता था। इनके रिश्तेदारों की ख़ातिर; इनके दोस्तों का सत्कार, इनके बच्चों की देखभाल! बस, इन्हीं सब में घिसी जा रही थी! ईश्वर लंबी उम्र दे उन बुद्धिमानों को, जिन्होंने बाहर से समर्थन का सिद्धांत प्रतिपादित किया। अब तो मेरी पाँचों उँगलियाँ घी में है और सिर कड़ाही में।

ये बिलकुल नहीं चाहते कि मायके में स्थापित गठबंधन टूटे। इसीलिए झकमार कर बाहर से समर्थन पर राज़ी हो गए हैं। मेरे साथ मेरे रिश्तेदार भी तो हैं। मैं गई, तो सब गए! अतः अब उल्टी गंगा बह रही है। मेरी ख़ातिर तवज्जो हो रही है, सिल्क साड़ियों की बरसात हो रही है। खुले आम तो गहने गढ़वा नहीं सकते; इनकम टैक्स वालों से डरते है; पर गुपचुप पचास तोला सोना दे चुके हैं। रही इनके रिश्तेदारों की बात! तो उनके कारनामे मुझसे ज़्यादा कौन जानता है? अगर उन्होंने ज़रा भी चूं-चपड़ की तो फौरन सारा कच्चा चिट्ठा अख़बार वालों को 'लीक' कर दूँगी। कहीं मुहँ दिखाने लायक़ नहीं रहेंगे। इस तरह की बातें ये अच्छी तरह जानते हैं, इसलिए ख़ून का घूँट पीकर रह जाते हैं। क्या करें? बड़े बुरे फँस गए हैं? मालिक बने रहने की बहुत बड़ी कीमत चुकानी पड़ रही है। बाहर जो नामपट्ट लगा है, वह उतर न जाए, इस चिंता में नींद तक नहीं आती। मैं भी फ़िलहाल मायके में गठबंधन क़ायम रखूँगी। बाहरी समर्थन हमारा आपसी समझौता है, उसे मायके तक क्या ले जाना! फिर इनकी नकेल मेरे हाथ में है, ये मेरे ही बलबूते पर टिके हुए हैं—इस बात से तो मेरी ही शान बढ़ती है। लोग कहते हैं—वाह, क्या बात है राज तो हमारी बेटी कर रही है। क्या मजाल है पति एक गिलास पानी भी माँग लें, फिर तो मैं उसकी सात पुश्तों को पानी पिला कर छोड़ूँगी। तो ये ठाठ हैं हमारे।

मैंने कहा था न, कि बाहरी समर्थन भी मुद्दों पर विचार करके दिया जाएगा। यह नहीं होगा कि इनके रिश्तेदार ही खटिया तोड़ते रहें। मेरे भाई भतीजे भी यहीं रहेंगे। जब भी इनके कार्यालय में कोई कुरसी ख़ाली होगी, वहाँ मेरे भाई भतीजे ही फिट किए जाएँगे। कोई टेंडर, ठेका, फ़ौरन टूर या पैसे बनाने का काम हुआ तो वह भी मेरे ही 'आदमी' को मिलेगा। ऐसा न हुआ तो सोच लीजिए। ये गया आपका नाम पट्ट। इस स्थिति से परेशान होकर इन्होंने मुझे मनाने को बड़ी कोशिशें कीं। कभी कहते हैं, घर सँभालो। कभी आमदनी और ख़र्च का हिसाब रखने को कहते हैं पर मैंने साफ़ पल्ला झाड़ लिया। कोई कच्ची गोलियाँ थोड़ी ही खेली हैं? ना, बाबा न। मैंने हाथ जोड़ लिए! ये वे मुद्दे हैं ही नहीं, जिन पर मैं बाहर से भी समर्थन दूँ। जहाँ मेरा कोई निजी काम न हो, दो पैसे न बनते हों, वहाँ क्यों फोकट में समर्थन बरबाद करूँ।

बाहरी समर्थन और सीमित गठबंधन की इस नई नीति से कुछ झंझटें भी पैदा हो गई हैं। कुछ लोग नाराज़ हैं; कुछ ख़ुश। कुछ ने संबंध तोड़ लिए तो कुछ ने

जोड़ लिए। कुछ मौन रह कर चिंतन-मनन कर रहे हैं, अपना हानि लाभ तौल रहे हैं, जिधर ज़्यादा मिलने की आशा होगी, वहीं कनेक्शन बिठा लेंगे। मुझे इन सबकी रत्ती भर भी परवाह नहीं। मेरा समर्थन मूल्य सूचकांक तो बढ़ता ही जा रहा है। अभी तक तो इनके ही नाम का डंका बजता था, अब लोग मुझे भी ऊँचे दर्जे का खिलाड़ी मानने लगे हैं मेरी हर चाल को शतरंज की चाल की तरह देखा परखा जाता है। यह कोई कम बात है? 'प्रांतीय' से 'राष्ट्रीय' बन गई। वह भी केवल बाहर से समर्थन देकर। इधर मुझे बरामदे में बैठा देखकर कई 'छैला' क़िस्म के लोगों ने गली के चक्कर लगाने शुरू कर दिए हैं। कोई लखनौआ कुरता टोपी में आता है, तो कोई लाल रूमाल लहराता है। कोई ग़ज़ल गुनगुनाता है तो कोई सीटी बजाता है। सच कहूँ... मुझे भी इन बातों में बड़ा रस आता है। फोकट समर्थन देते-देते उमर गुज़र गई। मुझे तो पता ही नहीं था कि मेरे समर्थन की यह मार्केट वैल्यू' है! अब मेरे तरकश में नया और पैना तीर आ गया है। अगर...मैंने...किसी 'छैला' को समर्थन दे दिया, तो? सोचो...क्या होगा?

ये साला दिन!

जब हम प्राथमिक पाठशाला में पढ़ते थे; तब केवल दो दिवस ही 'मनाए' जाते थे। स्वतंत्रता दिवस और गणतंत्र दिवस। ये राष्ट्रीय पर्व थे और हर गली-मोहल्ले में मनाए जाते थे। क्या उत्साह से मनाए जाते थे ये दोनों दिन। प्रभातफेरी लगती थी। ओजस्विनी कविताओं का पाठ होता था। अभियान गीत गाए जाते थे। स्वतंत्रता संग्राम की मुख्य-मुख्य घटनाओं की झाँकियाँ सजाते थे। चिल्ला-चिल्ला कर भारतमाता व अन्य नेताओं की जय-जयकार करते थे।...तब रेडीमेड नारों का प्रचलन नहीं हुआ था। जैसे...'देश का नेता कैसा हो?' '...' जैसा हो! '...' तुम संघर्ष करो, देश तुम्हारे साथ है!...रिक्त स्थानों में किसी का भी नाम भर दीजिए।

पारिवारिक स्तर पर एक ठो जन्मदिन मनाया जाता था, हमारे भाईसाहब का! तब 'हैप्पी बर्थ डे' बाज़ार में नहीं आया था और लड़कियों का जन्मदिन मनाने जैसे हास्यास्पद विचारों ने भी जन्म नहीं लिया था।

फिर दो अक्टूबर को अछूतोद्धार दिवस के रूप में मनाया जाने लगा। उस दिन हम हरिजन बस्ती में जाते; वहाँ सफ़ाई वग़ैरह करते, फिर उनके साथ बैठ कर (किसी तरह...थोड़ा सा) भोजन करते।...धीरे-धीरे यह सब बड़ा असुविधाजनक लगने लगा। तब इसे गाँधी जयंती का रूप देकर पुनः परिभाषित कर दिया गया। अब इस दिन हम उनके जीवन पर आधारित लेख वग़ैरह पढ़ते, उन पर लिखी गई कविताओं और गीतों का पाठ करते...ओ द्विधाग्रस्त शार्दूल, बोल!...चल दिए जिधर दो डगमग पग,...दे दी हमें आज़ादी बिना खड्ग बिना ढ़ाल, साबरमती के संत तूने कर दिया कमाल! और अंत में रामधुन। बड़े अहिस्ता से चौदह नवंबर बाल दिवस के रूप में उभरा। बच्चों के लिए तरह-तरह के आयोजन! मेले-तमाशे, प्रदर्शनी-प्रतियोगिताएँ, विचित्र वेशभूषा, चॉकलेट-बिस्किट...वग़ैरह-वग़ैरह। चलो! मन गया बाल दिवस! अब साल भर की छुट्टी!

यूँ तो भगतसिंह शहीदे आजम कहलाते हैं, लेकिन शहीद दिवस मनाया जाता है तीस जनवरी को! बापू की हत्या का दिन! इस दिन सब ग्यारह बजे से ग्यारह बज कर पाँच मिनिट तक मौन रखते हैं।...हमारी सशस्त्र सेनाएँ भी अपना-अपना

दिवस मनाती हैं।

इसके बाद तो जैसे बाँध ही टूट पड़ा हो! अध्यापक दिवस, साक्षरता दिवस, कुष्ठ निवारण दिवस, ऊर्जा संवर्द्धन दिवस, पर्यावरण संरक्षण दिवस, अल्प बचत दिवस इत्यादि मनने लगे। ये सारे ताम-झाम सरकारी स्तर पर, सरकारी संस्थाओं में होते थे। और कुछ करो न करो, तेरह प्रतियों में सरकार को रपट ज़रूर भेजो!

जयंतियों के साथ भी यही हुआ। अंबेडकर जयंती, झूलेलाल जयंती, सूरदास जयंती, तुलसीदास जयंती, (मीरा जयंती का प्रस्ताव आ रहा है), वाल्मीकि जयंती, परशुराम जयंती, गुरु नानक जयंती, गुरु घासीराम जयंती और भी न जाने कितनी-कितनी जयंतियाँ! (इस संबंध में अधिकारिक जानकारी के लिए देखें—कालनिर्णय कैलेंडर) किसी न किसी स्थानीय महापुरुष को संत पद प्रदान कर, उनकी जयंती मनाने का आंदोलन चलता ही रहता है। यदि हमारे स्वजातीय संत की जयंती नहीं मनती, तो कहाँ रही हमारी जातीय अस्मिता! और हमारी मर्दानगी?...थू...थू...! कुछ करो, भाई! नसों में ठंडा पानी बहता है क्या?...क्या कहा? कैसे मनती हैं इतनी सारी जयंतियाँ? अजी, सरकारी-ग़ैर सरकारी संस्थानों की छुट्टी हो जाती है!—जैसे चाहो, मना लो!

ज्ञातव्य है कि ये दिवस अंतर्राष्ट्रीय, राष्ट्रीय, प्रांतीय और स्थानीय त्यौहारों के अतिरिक्त मनाए जाते हैं। यानि कि होली-दिवाली-ईद-क्रिसमस-ओणम-बैसाखी के अतिरिक्त!

फिर अंतर्राष्ट्रीय संगठन भी आ कूदे। महिला दिवस, बालिका दिवस, मज़दूर दिवस, रेडक्रास दिवस, संयुक्त राष्ट्र संघ दिवस, वन्य जीव संरक्षण दिवस, एड्स निवारण दिवस...और भी न जाने कितने-कितने कैसे-कैसे दिवस!

अब व्यापारी वर्ग ही क्यों पीछे रहे! उन्होंने भी अपने अनोखे दिवस अविष्कृत किए और बाज़ार में उतार दिए। सबसे अधिक धूमधाम से आता है, 'वैलेंटाइन डे'! यानि कि प्रेम दिवस!...आह! यह भी क्या दिन है! एक पैना-नुकीला तीर है, जो कलेजे में उतर जाता है! न जीते बनता है, न मरते!...बाज़ारों की रौनक़ देखते ही बनती है। सारे दृश्य-श्रव्य माध्यमों पर एक ही राग!...प्रेम दिवस आ रहा है।...यह ख़रीदिए...वह ख़रीदिए! सुंदर-सुंदर कार्ड, तरह-तरह के फूल, नन्हे-नन्हे भालू और ख़रगोश। और भी अनेक सुझाव हैं। हीरा ही है असली प्यार की पहचान! अगर आपने इस 'वैलेंटाइन डे' पर अपनी प्रेयसि को हीरा भेंट नहीं किया, तो...तो क़ुतुबमीनार या अरब महासागर में से किसी एक को चुन लें!...यूँ शर्मदारों के लिए, सुना है, एक चुल्लू पानी ही काफ़ी है। मगर आप उस श्रेणी में कहाँ! अरे! और कुछ नहीं, तो लाल सुर्ख़ दिल (प्लास्टिक का) ही उपहार में दें!...बात बस, इतनी सी है कि कुछ उपहार अवश्य दें! रुपये को 'चक्रायित' करते रहें, अपनी जेब में ही न पड़ा रहने दें! आपके इतने से सहयोग से विश्व अर्थव्यवस्था गतिमान हो उठती है।

जब वैलेंटाइन डे का हंगामा थमा, तो मदर्स डे आ धमका। इस दिन सब अच्छे बच्चे अपनी माँ को एक कार्ड भेज कर अपना प्यार और आभार व्यक्त करते हैं। जितना महँगा और बड़ा कार्ड, उतना ही अधिक प्यार व आभार! चाहें तो माँ को उपहार भी दे सकते हैं। पर वैलेंटाइन डे जैसी आपातकालीन अनिवार्यता नहीं है। चोरी-चोरी, चुपके-चुपके पिता दिवस को भी आक्रामक तरीक़े से 'मार्केट' करने यानि कि बाज़ार में उतारने की तैयारियाँ चल रही हैं। पिता के प्रति प्यार व आभार व्यक्त करने वाले कार्ड तो ख़ैर, बाज़ार की शोभा बढ़ा ही रहे हैं!

इस दिशा में विनम्र अनुरोध है कि साल में चौबीस घंटों की जो बची-खुची इकाइयाँ हैं; उनका भी शीघ्र निबटारा कर दिया जाए। यूँ एक-एक क़दम आगे बढ़ने से क्या लाभ!...नाना-नानी, मामा-मामी, मौसा-मौसी, दादा-दादी, ताऊ-ताई, चाचा-चाची, बुआ-फूफा, भैया-भाभी, जीजा-जीजी, सास-ससुर, जेठ-जिठानी, देवर-देवरानी, ननद-ननदोई—यानि जितने रिश्ते, उतने ही दिवस!

और हाँ! सारी दुनिया एक तरफ़ कर देने वाले को न भूल जाइएगा। सर्वाधिक धूमधाम से 'मनना' चाहिए—साला दिवस!

यही तो है वह संबंध, जो किसी से भी स्थापित किया जा सकता है!

हर्बल अख़बार

ख़ुशखबरी....ख़ुशखबरी....ख़ुशखबरी...

छप गया...छप गया...छप गया...

विश्व का पहला हर्बल अख़बार...केवल प्राकृतिक जड़ी-बूटियों से उत्पादित...पर्यावरण मित्र...एक सौ तिहत्तर आयुर्वेदिक शुद्ध जड़ी बूटियों से बना...संपूर्ण स्वदेशी अख़बार।

लीजिए! दिल थाम कर पूरी ख़बर सुनिए। सबसे पहले तो बधाई! आप अत्यंत बुद्धिमान और सफल व्यक्ति हैं। उच्चतम आधुनिक तकनीक से निर्मित कंप्यूटर से आज यह ख़बर मिली है कि जो भी व्यक्ति अख़बार पढ़ता है, वह बुद्धि और सफलता के उच्चतम मंच पर जा बिराजता है अतः पाठकों को हार्दिक धन्यवाद-ज्ञापन के साथ-साथ अख़बार की गुणवत्ता में क्रांतिकारी परिवर्तन लाया जा रहा है। आमूल चूल परिवर्तन! अब यह हर्बल अख़बार छपे अक्षरों की दुनिया में क्रांति मचाने में अग्रणी होगा।

चकित करने वाली ख़बर है न! बात यह है कि आजकल जड़ी बूटियों का बड़ा जोर है। हर वो चीज़ जो जड़ी-बूटियों से बनती है, बहुत बिकती है। सफल लोगों की भाषा में कहें तो हर्बल हर हर्डल को लाँघ कर बिक्री की दौड़ में आगे निकल जाता है। हर्बल चाय, हर्बल मंजन, हर्बल तेल, हर्बल साबुन, हर्बल शैंपू, हर्बल फिनाइल, हर्बल क्रीम, हर्बल काजल, हर्बल पाउडर, हर्बल बिंदी और तो और हर्बल पेट्रोल भी।

विश्व सुंदरियों की सुंदरता का राज़ हर्बल प्रसाधन ही हैं। जवाँ मर्दों की जवानी का राज़ हर्बल गोलियाँ हैं। सुबह का कार्यक्रम अनायास निबट जाए, हर्बल चूर्ण लीजिए। जो कुछ अच्छा है, हर्बल है, बाकी सब तो बस यूँ ही है।

इसलिए आज की धमाकेदार ख़बर—हर्बल अख़बार। आँखों के लिए अत्यंत सुखद व लाभकारी । हाथों के लिए कोमल और बुद्धि के लिए सरल व सहज! एक साथ दीपक, पाचक व रेचक—हर्बल अख़बार । मानव व मानव जाति का परम हितैषी पर्यावरण मित्र है यह हर्बल अख़बार। आग में जल जाता है, पानी में गल जाता

है, हवा में उड़ जाता है। मात्र चौबीस घंटों बाद पंच तत्त्वों में विलीन होने को तैयार।

साइबेरिया, टुंड्रा, कनाडा, आस्ट्रेलिया, हवाई द्वीप व अफ़्रीका के अंतःस्थल से उच्चकोटि के घास-बाँस, भूसे और चीड़ के बीज मँगा कर, अन्यान्य जड़ी बूटियाँ आयात कर हमारे वैज्ञानिकों ने कई नई और उन्नत नस्लें विकसित की हैं। इन्हीं एक सौ तिहत्तर जड़ी बूटियों से इस अख़बार का काग़ज़ बनता है। जामुन के रस और कत्थे से स्याही!

इस हर्बल अख़बार के पढ़ने से नेत्रों की ज्योति बढ़ती है; दिन में भी तारे दिखाई पड़ते हैं। मस्तिष्क उर्वर होता है और उर्वरक उत्पादन बढ़ जाता है। इसे पकड़ने मात्र से हाथ कोमल हो जाते हैं। चौबीस घंटों में अख़बार की गुणवत्ता में आशातीत वृद्धि हो जाती है। इसमें रखकर भेलपूरी, बटाटा-बड़ा, बड़ा-पाव-भाजी-पूरी पोहा, झुनका भाखर, मसाला-डोसा—कुछ भी खाया जा सकता है। साथ ही साथ हर्बल अख़बार भी खा लें। पौष्टिक, स्वादिष्ट व पाचन के लिए अत्यंत उत्तम है। देखिए न! अख़बार में जो कुछ छपता है; कितनी आसानी से हज़म होता है। हत्या-बलात्कार, घोटाले, कुछ भी छापो, सब हज़म! अख़बार ने किसी का हाज़मा ख़राब किया हो, ऐसी ख़बर—अभी तक नहीं मिली है। इसके प्रयोग से तो पत्थर भी हज़म हो जाता है, आख़िर हर्बल अख़बार ठहरा! सो लक्कड़-पत्थर सब हज़म। धीरे-धीरे पूरा जिस्म ही पत्थर बन जाता है पत्थर का इंसान, जिस पर धूप, हवा, पानी, किसी चीज़ का असर नहीं होता। यक़ीन न हो तो अपने आसपास नज़र दौड़ाइए! वातानुकूलित साहब से लेकर गमछे से पसीना पोंछने वाला रिक्शा चालक तक, अख़बार-पढ़ कर तह कर रख देता है और अपने काम धंधे से लग जाता है।

इसे ओढ़-बिछा कर सोने से बहुत अच्छी नींद आती है। पूछ लीजिए इस देश की ग़रीब जनता से, बात शत प्रतिशत सही है या नहीं! जो इस हर्बल अख़बार को ओढ़ता-बिछाता है; उसे कभी कोई बीमारी नहीं होती। यह नहीं होगा कि बदन में सैकड़ों नलियाँ घुसी हुई हैं; इसका दिल, उसका जिगर, अलाँ की आँख और फलाँ का गुरदा लिए अस्पताल के बिस्तर पर पड़े हैं। तो संतो—हर्बल अख़बार इस्तेमाल करने वाला केवल मौत से मरता है और वह भी इसलिए कि मनुष्य मरणधर्मा है। अब इसके आगे और क्या कहें....समझा करो!

वैधानिक चेतावनी :—अख़बार छापना, पढ़ना, ओढ़ना-बिछाना, ख़रीदना-बेचना, देखना-दिखाना स्वास्थ्य के लिए अत्यंत हानिकारक है।

नर के मनसबदार

नगर में हड़बोंग मच गई। राजा टोडरमल आ रहे हैं। वो देखो...वो रहे। हाथी पर बैठ कर आ रहे हैं। (उन दिनों संपूर्ण भारत गंभीर ऊर्जा-संकट से ग्रस्त था; यद्यपि देश में पेट्रोल चालित वाहन नहीं थे।) जिससे मिलने पधारे थे राजा टोडरमल; उन्होंने दो टूक जवाब दे दिया। हम नहीं जाते आगरा दरबार में कोर्निश करने! हम क्या किसी से कम हैं?...रघुवीर के चाकर हैं! उनकी रसोई तक में हमारी रसाई है। परम पद भी मिलेगा। हम क्या तुम्हारी मनसबदारी को लुलुआएँगे!...इत्ता सा मुँह लेकर लौट गए राजा टोडरमल।

हाय...हाय...हाय। आस-पास के लोगों का दिल जल कर राख़ हो गया। अरे, तुम्हें नहीं चाहिए थी, तो हमारी सिफ़ारिश कर देते! हम भी रघुवीर के चाकर हैं। न हो तो अंदर आ कर देख लो। क्या चम-चम मंदिर बनवाया है! क्या गोटा-किनारी के कपड़े हैं! सुबह-शाम, पूजा-आरती। सब चकाचक।...मनसबदारी के असली हक़दार हम हैं। बाल-बच्चेदार आदमी। तुम्हारी तरह अस्सीघाट की सीढ़ियों या मस्जिद में जाकर तो सो नहीं सकते।

वो दिन है, और आज का दिन है। रघुवीर के इन तथाकथित चाकरों में मनसबदारी के लिए रस्साकशी चल रही है। ये चाकर मनसबदार बनना चाहते हैं; और मनसबदार ख़ास दरबारी!

टिटहरी के अंडे की तरह यही तमन्ना 'से' रहे हैं ज़ालिमलोशन। हर बीमारी का स्थाई इलाज करते हैं, अतः यही नाम जनप्रिय हो गया। मूलनाम किसी को याद नहीं। पुराने चाकर हैं ज़ालिमलोशन; लगे हुए हैं मनसबदारी की जुगत में। कड़ी धूप में मार भागमभाग! लगता है, अंतर्वस्त्र में हजारों लाल चींटे जा घुसे हैं। भागें न तो क्या करें?...पहले मीटिंग होती थी सरयू किनारे, घाट पर। सुनने वाले सिंघजी, भाई-बंधु, साधु-संत और दो-चार उनके चेले-चपाटी। जैसे-जैसे राजपाट जमा, मीटिंग भी जमने लगी। जमावड़ा बढ़ने लगा। सरयू तट छोड़ यहाँ पुराने नगर के बीचोंबीच आना पड़ा। कितना झंझट है इन सब में! झंडा-बंदनवार और फूलमाला से लेकर भीड़ तक—सब जुटाओ। ज़ालिमलोशन की गाँठ कटती है और आला कमान की

नज़र में नहीं चढ़ता! ग़ौरतलब है कि हर साल भीड़ की रेट बढ़ती जा रही है। भीड़ हाँक कर लाने वाला छुटभैया नेता कहता है, '...भाषण सुन-सुन कर अफ़रा गए हैं। इतने-इतने बरस तो हो गए। मुँज़बानी याद हो गया है। कहो तो हम ही दे डालें।'

रेट बढ़ाने से स्मरणशक्ति मंद पड़ जाती है, और एक बार फिर ठट्ठ की ठट्ठ भीड़ जुट जाती है। अपनी क़ीमत की ऐसी जानकारी है कि अब 'यूनीफॉर्म' भी माँगने लगे हैं।...देनी भी पड़ती है। न दो तो ऐसे चीथड़े लटकाकर हाज़िर होंगे कि साफ़ पता चले—भाड़े के टट्टू हैं।

किया।...ये सब इंतजाम किया जालिमलोशन ने। पर सब किये धरे पर पानी फिर गया। साले देहाती भुच्च! बैठे-बैठे ऊँघते रहे। कहीं कोई उत्साह नहीं; कहीं कोई सार्थक प्रतिक्रिया नहीं। दरियाई घोड़े जैसा मुँह फाड़ कर जम्हुआते रहे। अजी, ताली तक नहीं बजाई! झोला-डंडा, पूड़ी-साग, चाय-खैनी और दिहाड़ी—सब मिला कर दो सौ रुपए फी खोपड़ी ढीले हो गए और आलाकमान की भँवें तन गईं। अँगूठा टिका कर रुपया लेते वक़्त छुटभैय्ये नेता को 'टाइट' किया तो खींसे निपोर कर बोला, 'कहाँ की ताली! ऐसा कोई दिशानिर्देश नहीं मिला था। हमें क्या पता कहाँ नारा लगाना है और कहाँ शेम...शेम कहना है। पहले से लिख कर देते तो नारा भी लगवा देते।...ख़ैर, कोई बात नहीं। आगे से ध्यान रखिएगा। पहले से ही सब लिखकर दे देना, नारा-ताली 'एडवांस' के साथ।'

'ऐह!' ज़ालिमलोशन ताव खा गए। 'अब नारा-ताली 'एडवांस' भी देना पड़ेगा?'

'काहे? काहे न देंगे? विरोधी पार्टी की सभा भंग करने के लिए काले झंडे, सड़े अंडे-टमाटर नहीं देते हैं?'

...दंग रह गए ज़ामिललोशन! अब ये लोग नारे-ताली का पैसा भी झाड़ेंगे? यही लोग थे न! चौदह साल पहले, ख़ुद अपनी ही पोशाक में चल कर आते थे। चना-चबेना तो लाते ही थे, फूलमाला भी लाते थे। वो ताली बजाते थे, वो ताली बजाते थे कि हाथ उठा-उठाकर कहना पड़ता था, 'भाइयों!...शांत...शांत...'

...सब वक़्त-वक़्त का खेल है। वक़्त पड़ने पर गधे को भी बाप बनाना पड़ता है। गधे को छोड़िये। वह तो फिर बड़ी शांत प्रकृति का, सदा चुप रहने वाला सहनशील प्राणी है। वक़्त पड़ने पर बंदर जैसे महाउत्पाती, छीनू-झपटू और खौंखियाकर काटने दौड़ने वाले को बाबूजी-भैयाजी कहना पड़ता है। आता होगा कोई न कोई, दरबार में हाज़िरी का हुकुम सुनाने! जाने-अनजाने ज़ालिमलोशन का पाँव उनकी पूँछ पर पड़ गया है। वो उन्हें बख़्शेंगे? नहीं। नीचे से ऊपर तक, सब की पूँछ मरोड़ी जाएगी। जी तो ऐसा खटाया है कि ख़ुद ही उखाड़कर उनके चरणों में रख दें! 'ये लो! साली को हिलाओ-डुलाओ या आग लगाओ।...हमारे ठेंगे से!' और कुछ नहीं, चौदह साल की मेहनत पर पानी फिर जाएगा।

ठीक यही व्यथा हनुमंतसिंघ की आँतें मरोड़ रही है। क्या हो गया है इस नई पीढ़ी को? प्रभु-वचनामृत सुन, तनिक नहीं हर्षाये! हाथ पर हाथ पटकना भी भारी पड़ रहा है! ऐं?...अरे, राजनीति में आए हो तो चरण वंदना के साथ-साथ कुछ और भी सीखो।...वत्स! प्रभु सर्वशक्तिमान हैं, सर्वज्ञ हैं।...सबसे पहले हमीं धरे जाएँगे।

'कहिए सिंघजी! कैसा रहा?'

'बहुत अच्छा, प्रभु! अतिउत्तम!'

'तो...वो क्या नाम है? बाल-दल...सुसंस्कृत यूथ...आपकी वाहिनी...आहिनी जो हैं! करतल-ध्वनि क्यों नहीं हुई?'

अब बोलो! क्या जवाब दें!

सिंघजी बहुत उदास हैं। आजकल कोई भी घास खुदाई करना नहीं चाहता! सीधे सिंघासन के दायें-बायें जगह चाहते हैं! दूर-दराज़ के बीहड़ों, गाँवों और जनपदों से आ, एकबार प्रभु के झंडे तले क्या खड़े हुए, सीधे राजधानी पर चढ़ दौड़े! लौटना ही नहीं चाहते! स्वयं प्रभुजी ने कई बार कहा, 'राज्याभिषेक संपन्न हो गया। सिर पर मुकुट है और पाँव में पादुका! अब आप लोग जाओ। अपना काम-काज देखो। हमारा राज है, सो निर्भय विचरण करो। कोई कुछ कहे, तो हमारा नाम ले देना। जाओ! खेलो-खाओ और हमारी जै-जैकार करो।' जो मूर्ख थे, लौट गए। जो रत्ती भर भी अक़्ल रखते थे, यहीं जमे हैं। चंट बिलौटे की तरह मलाई ताक रहे हैं। यही असली उत्पाती हैं। इनकी नज़र सिंघजी के आसन पर है।...

'लड़े तो हम सब ही थे। फिर प्रभु चरणन में सिंघजी अकेले क्यों?...हमारा भी 'प्रमोशन्' हो!'

...और तो और!...न जाने कहाँ-कहाँ के आश्रमों के संत-संतनियाँ दरबार में स्थान माँगते हैं।...हठपूर्वक!...अपना अधिकार जता कर!...शबरी भीलनी और साध्वी अहिल्या राजसभा की स्थाई सदस्य हैं ही।

उधर अड़हुलपरशाद मार भनभना रहे थे। जी घिना गया इस मनसबदारी से। क्या उमर भर यही करते रहेंगे? सिंघजी के 'आगे नाथ न पीछे पगहा।' क्या करेंगे 'प्रमोशन' का? वैसे भी 'चाकर नंबर वन' की लाल मख़मली गद्दी दाबे बैठे हैं। मगर अड़हुलपरशाद? उनका पूरा कुनबा है। सबको 'सैटल' करना है। मनसबदारी से ही चिपके बैठे रहे, तो कैसे चलेगा? सूरते-हाल यह है कि लोग उन्हें पंडिज्जी की जगह, मनसबदारजी कहने लगे हैं। हद है! लल्लू की स्कूल रिपोर्ट में कड़छुलपरशाद मनसबदार टँक के आ गया!

आइना देख रहे हैं मनसब...ऊँ...हूँ...अड़हुलपरशाद भारद्वाज। कितने बाल और बचे हैं? जब तक खोपड़ी पर बाल हैं, बाल-दल के मनसबदार ही रहेंगे। आधी खोपड़ी सफ़ाचट होने पर 'युवादल' के नेता बन पाएँगे। जनता 'भैयाजी-भैयाजी' कह कर चरण गहेगी और अख़बार वाले लिखेंगे, 'युवा' हृदय-सम्राट!' आइने जैसी चिकनी

चमचमाती चाँद हो और निस्सीम, निर्दत मुख! तब कहीं मिलता है, चोटी के नेता का 'टाइटिल'! क्या करें इन ससुरे बालों का? पंडिज्जी का बस चलता तो उस्तरा फिरवा, सीधे राजगद्दी पर धावा बोल देते। हाय...हाय...उस्तरा फिरी टाँट में वह चमक कहाँ जो ख़ुद से झड़ी चटियल चाँद में है! अपने पांडेजी को ही ले लो। ऊदबिलाव जैसी मूँछें ज़रूर हैं। पर खोपड़ी खल्वाट है। चोटी के नेता जो ठहरे! लंबी साँस ली अड़हुलपरशाद ने! जब तक बाल नहीं झड़ जाते, घास खोदते रहो! यही बात चोटी के नेता श्री होतीलाल पांडे कह रहे थे।

'जो 'डेडीकेसन' घास खोदते-खोदते पेड़ की फुनगी तक पहुँचने वालों में है, वो रातोंरात पुल बनाने के लिए जुटे इन वर्करों में कहाँ? दल का आग्रह है कि इन डैड...डैड...डैड वर्करों को ही'...न...कहीं कुछ गड़बड़ा गया है। आँख मूँद कर तनिक सोचा। 'हाँ! इन 'डैडीकेटेड' वर्करों को ही आगे लाना चाहिए।'

'भाड़ में गया दल!' प्रभु दहाड़े। तुरंत खांसी का दौरा पड़ गया।...उमर भी तो हुई आख़िर! पानी पिया। जबड़ा कस नकली बत्तीसी जमाई।...और फिर 'स्टार्ट' लिया।

'नाम मत लेना इन उत्पाती लोगों का। भूल गए कहाँ थे!...और कहाँ ले आया हूँ मैं! मेरी ओर देखकर', उन्होंने काँपती तर्जनी अपने ललाट पर ठोकी। 'मेरी ओर देख कर लोग चुप हो जाते हैं। वरना इतना उत्पात सहन करेगा कोई?' खों...खों...खुल्ल...खुल्ल...पानी... 'अरे! तुम उजले नहीं, तो जिस-तिस के मुँह पर कालिख पोत दोगे?...काले मुँह के बंदर साले!...क्या तमाशा है? जनता का राह चलना मुश्किल है। आये दिन आपके ये 'डैडीकेटेड वर्कर' फ़साद करते रहते हैं। तोड़-फोड़, लूट-पाट अलग!...ज़रा सी बात पर घर-द्वार फूँक डालते हैं। अपने बाप का राज समझ रखा है?'

'नहीं प्रभु! राज तो आपका है।' भरसक कड़ुआहट दबा, समझौते का सुर पकड़ते हैं चोटी के नेता। चाँदी सी चमकती चाँद पर हाथ फिराकर होतीलाल बोले। 'क्षमा कीजिएगा। आप ये क्यों भूल जाते हैं कि इस परिवार में आप अल्पमत में हैं। निर्णायक मत किसी और के खाते में दर्ज हुआ था।'...

'आज की तारीख़ में राजगद्दी दबाये रखना 'नंबर गेम' है। आपको यहाँ तक पहुँचाने में इन अनगिनत दलों, यूथों और वाहिनियों का महत्त्वपूर्ण योगदान है। अड़हुलपरशाद...'

'बुलाओ अड़हुलपरशाद को ज़रा।' बीच में ही प्रभु बोल पड़े। 'कैंडे का आदमी है...कैंडे का आदमी है, सुनते-सुनते कान पक चले हैं। मुझे तो शक्ल से ही पक्का गुंडा नज़र आता है।'...वो कुछ और वचनामृत टपकाते। पर हनुमंतसिंह ने आकर सीधे कान में कुछ निवेदन किया। प्रभु ने कलाई पर बँधी, मित्र पड़ोसी शासकों द्वारा भेंट मिली, बहुमूल्य घड़ी देखी। संकेत स्पष्ट था। यानि कि अब विदा लें होतीलाल।

ठीक है!...यही सही! फिर कभी देखेंगे! जब ये हनुमंतसिंघ आसपास न हों!

शाम को पूरी राजधानी जगर-मगर हो रही थी। विजयोत्सव का उन्माद! राज्याभिषेक की वर्षगांठ मनाई जा रही थी। लंबे संघर्ष के बाद, आज के ही दिन विजयी प्रभु राजधानी लौटे थे। नगरवासियों ने घर-द्वार सजाए। झिलमिल दीप जलाये। और क्यों नहीं? कितनी-कितनी विघ्न-बाधाओं को पार कर, कितने-कितने नदी-पहाड़ और समुद्र पाट कर प्रभु सिंघासनाधीन हुए थे। सत्तासव चखा था। पर आकंठ डूब नहीं पाए। ये कैंडे के आदमी कोई न कोई कीड़ा छोड़ देते हैं, जो निरंतर कुलबुलाता रहता है। उनका मन पूर्णतया संशयमुक्त नहीं हो पाता! जो हुआ, ठीक हुआ? कभी-कभी लगता है; इस लांग-खिंचाई से तो अच्छा था, वहीं दंडकारण्य में घूमते रहते! फक्कड़ जिन्दगी; अलमस्त तबीयत! गवैयों के साथ कान पर हाथ रखकर आल्हा गाया और आँसू बहाने वालों के लिए गमछा हाज़िर! आगे-पीछे कोई रोने वाला तो था नहीं। सो हर लठैत के साथ लाठी भाँजने को तत्पर! मुसीबत तब शुरू हुई, जब अचानक उनके अनायास स्पर्श से पत्थर सी औरत पिघल गई। वाह! इस जादू का तो उन्हें पता ही नहीं था! दिल उमग उठा। आल्हा की जगह मल्हार की घनघोर घटाएँ उमड़ने लगीं। बरस पड़ने को आतुर! हर मूरत छू कर देखने की इच्छा ज़ोर मारने लगी। ख़ास कर वो मूरत, जिसे पाने को हर सूरमा बेचैन था।...राजलक्ष्मी। अब उन्होंने भी अखाड़े में हज़ारों दंड-बैठक पेले थे। ऐसे कैसे पीछे हट जाते? गुरुदेव ने आदेश दिया, 'लपक ले, पट्ठे!' समकालीन सूरमाओं ने चुनौती उछाली। 'उतर कर देख! लंगोट न खसोट लिया तो कहना!' और लो! उन्होंने सबको चित कर दिया। उनके ही गले में राजलक्ष्मी ने वैजयन्ती माला पहनाई। यूँ तो सबने बधाई दी, पर वातावरण में जलने-भुनने की भयंकर गंध व्याप्त थी राजलक्ष्मी को पा, अपने ही पौरुष पर रीझ-रीझ उठे प्रभु!...वहीं से सब गड़बड़ शुरू हुई। मातृसत्तात्मक परिवार और प्रबल सौतेले भाई! कैसे देख पाते सिंहासन पर उनका अधिकार!...काँख में राजलक्ष्मी! पीढ़ी-दर-पीढ़ी!...ऐसा षड्यंत्र रचा कि अपने पराये हो गए। हाथ आई राजलक्ष्मी को त्यागना पड़ा। कुछ दिन उसका संसर्ग न भोगा होता, तो कोई बात नहीं थी। (आख़िर इतने साल काटे ही थे।) पर एक बार राजलक्ष्मी को पाकर उसका विरह झेलना!...नहीं...नहीं...येन केन प्रकारेण राजलक्ष्मी को पुनः प्राप्त करना ही होगा!...विरह कातर जो करता है, वही उन्होंने भी किया। हर कीट-पतंग, खग-मृग, नर-वानर से संपर्क सूत्र जोड़ा। जोड़ते नहीं तो क्या करते? सत्ता-संघर्ष में मजबूरन इन लोगों को साथ लेना पड़ा। और अब? अब हर चींटा गुड़ की डली पर चढ़ा चला आ रहा था।

आज जो लक़दक़ कपड़े डाटे, हाथ में 'मोबाइल' लिये घूम रहे हैं, कल तक कस्तूरी को चूरन समझ कर फाँक जाते थे। माणिक को अनारदाना समझ, चुभलाते रहते थे। लाल-हरे कपड़े पहनकर ख़ुशी से नाचने लगते थे। योग्यता? अजी, कैसी

योग्यता! बस, उत्पात करवा लो! एक पत्ता माँगो, तो पूरा जंगल उजाड़ दें! एक अंगार के लिए पूरा नगर ही फूँक डालें! संकट की घड़ी में...हाय प्रभु...हाय प्रभु करने लगेंगे! वो न दिखें, तो बेचारे हनुमंतसिंघ कहाँ छिपेंगे। उनका ध्यान आते ही प्रभु की नज़र सिंघजी पर पड़ी। जर्जर हो चले हैं; पर पड़े हैं चरणों में! उनकी स्वामिभक्ति बेदाग़ है। दाग़ लग ही नहीं सकता सारे शरीर पर ईंगुर जो मलते हैं। लोग उनकी सैद्धांतिक प्रतिबद्धता को तो समझते नहीं! हाँ...ईंगुर पोतना ज़रूर फैशन बन गया है। जिसे देखो, वही ईंगुर में नहाये चला आ रहा है! फलस्वरूप...जहाँ से गुजरते हैं, ईंगुर चूता चलता है। आम जनता को शिकायत है कि सारे देश का ईंगुरीकरण करे डाल रहे हैं!

सिंघजी बाल ब्रह्मचारी हैं। और बाक़ी ये सब? अड़हुल...फड़हुल...ज़ालिमलोशन वग़ैरह! इनके बाल मात्र ब्रह्मचारी हैं (शायद)। बाक़ी सब नारी संसर्ग से धन्य हो चुका है। नारी बनी ही इनके पंचानंद के लिए है। (पंचानंद?...शब्द, स्पर्श, रूप, रस और गंध) ओफ़्फ़ोह! लंका-विजय के बाद जो बौराये थे ये सब लोग!...पहली बार इतिहास में दर्ज हुए थे। बिना अपनी उपस्थिति रेखांकित किये, कैसे ख़र्च हो जाते? राज तो विभीषण को ही मिलना था। उसने इसी शर्त पर दल बदला था। हाँ, विभिन्न दलों के शक्ति-प्रदर्शन के अनुपात में महत्त्वपूर्ण पदों का विभाजन हुआ। और सब अपने-अपने काम पर चालू हो गए। चटपट नगर की व्यवस्था अनुकूल की। रक्षित-अरक्षित सब महिलाओं को संरक्षण दिया। उन पर अभय का वरदहस्त रखा। अब, एक बार रखा सो रखा। आज तक हटाया नहीं। वो बिलबिला रही हैं, अकुला रही हैं। पर ज़ालिमलोशन और उनके पट्ठे! हाथ हटाने को तैयार नहीं!

उधर सीमा पर स्थानीय गुंडे सिर उठाने लगे हैं।...जिसे जाने को कहो, उसे ही जंगल का सुख याद आने लगता है। तुरंत लोटा उठा, लांग सँभालता दौड़ लेता है।

अचानक उत्सव दंगल में बदल गया।

'मारो! पीटो! छोड़ो मत!...साले, विधर्मी कहीं के!'...जय-जयकार जूतमपैजार में बदल गई। हुआ यूँ कि प्रभु की जय के बीच, किसी ने 'जय लंकेश' का नारा उछाल दिया। फिर क्या था! ग़ज़ब का बवाल शुरू हो गया। श्री जामवंत ग़ुर्राये, 'यह सुनियोजित षड्यंत्र है'...कहाँ की मार-पीट? हंगामे का लाभ उठा, उत्साही नवयुवक तुरंत दुकानें लूटने में जुट गए। मुक्त बाज़ार व्यवस्था का यही अर्थ है। उत्सव का आनंद लेने के लिए, कुछ कमनीय कन्याएँ खिड़कियों और छतों से झाँक रही थीं। सदाचारी और धार्मिक प्रवृति के ये नवयुवक, इस हंगामे में उन्हें अरक्षित कैसे छोड़ सकते थे? वो दौड़े, ऊपर चढ़े और उन युवतियों को उठाकर ले गए—संरक्षणार्थ! प्रभु अभय मुद्रा में हाथ उठा, अपने राजभवन में लौट गए। अब इन टुच्चे-मुच्चे आततायिओं, अत्याचारियों को दंड देना, उनके दंडाधिकारी का काम था।

रात को दूरदर्शन ने इस संपूर्ण घटनाक्रम की रंगीन सूचना दी। मृतकों, घायलों और अपहृत कन्याओं की अनुमानित संख्या बताई। देश की विशाल जनसंख्या को देखते हुए, यह आँकड़ा इतना नगण्य है कि...हटाइये! प्रभु को और भी कई ज़रूरी काम हैं।

घोर सुसंस्कृत वाहिनी अत्यंत उत्तेजित थी। अभी दीपावली के उत्सव का झाग बैठा भी नहीं था कि कुछ नचकैयों ने उस पर नौटंकी बना डाली। सर्वथा नवीन प्रयोग! विजितों-दलितों के दृष्टिकोण से इतिहास की व्याख्या! ओफ़! विधर्मियों को इतना सम्मान! उन्हें मंच देंगे आप! वो अनाप-शनाप बोलें और हम सुनें!...तेरी तो! ज़ालिमलोशन गए और सब खुजली मिटा आए। परदा-वरदा-तख़्त-तंबू-बंबू—सब फूँक आये।...ज़ालिमलोशन ऐसे ही थोड़ी बजते हैं! उनके पास हर दाद-खाज-खुजली का इलाज है। अब करो नौटंकी! बाँस जड़ से ही उखाड़ दो, बाँसुरी साली कैसे बजेगी! सो उनके पट्ठे दिन-रात, दसों दिशाओं और तीनों लोकों पर नज़र रखते हैं। जहाँ कुछ आपत्तिजनक नज़र आया फूँक दिया।

कभी-कभी कुछ दुविधा की स्थिति पैदा हो जाती है। ये अख़बार वाले! ऐसी भाषा लिखते हैं कि बस! समझ में ही नहीं आता, वंदना है या भर्त्सना! किस-किस को रोयें! नौटंकिये दबाये, तो वो रंग की बाल्टी और कूँची वाला उठ खड़ा हुआ। साले ने दुनिया भर के रंग पोत दिये हैं! मगर...ये बला क्या है? यह चित्र परमपूज्य श्री जामवंत जी का है या किसी विधर्मी का? अब इतना चिंतन-मनन कौन करे! फूँको! फूँको इसे भी!

फूँका-फाँकी कुछ ज़्यादा ही हो गई। श्री शाखामृगशावकजी कुँलाचे भरते हुए आये। 'सायंकाल सरयू तट पर मीटिंग है। शोभा अवश्य बढ़ाएँ।''

अड़हुलपरशाद का लौंडा, कड़छुलपरशाद भी आया। दीपावली के दिन जो कन्याएँ अपहृत हुई थीं, उनमें एक विधर्मी निकली। उत्साहियों ने उसे भी फूँक डाला। वस्त्र स्वदेशी थे; इसलिए उतार लिए थे।

होतीलाल जी धोती के बाहर हुए जा रहे थे। उनके साले के बहनोई की कन्या भी ग़ायब थी। 'चौबीस घंटों में उसे ढूँढ़ कर लाओ, वरना...'

अच्छी मुसीबत है! जन्मजन्मांतर तक यही करते रहेंगे हम लोग? इसे ढूँढ़ कर लाओ...उसे ढूँढ़ कर लाओ!...हुँह...ये सिंघासन पिछियाते लोग!

सरयू का शांत और शीतल जल आज खौल रहा था। मीटिंग का ताप असहनीय हो चला था। आसेतुहिमालय, हाहाकार मचा हुआ है, कोई भी स्वीकार करना नहीं चाहता। सब उत्तरदायित्व को कंदुक बना कंदुक क्रीड़ा में व्यस्त हैं। सब एक ही स्वप्न में निमग्न, एक ही राग आलाप रहे थे—राजदंड उन्हें सौंप दो। एक ही दिन में सब ठीक कर देंगे। वैसे, अभी भी सब ठीक ही चल रहा है। प्रभु ने अत्यंत शांत व संयमित स्वर में आचरण की शुद्धता पर बल दिया। अड़हुलपरशाद ने ये शुद्धि-प्रकरण

लपक लिया। वो सिंघासन हथियाने को इतने आतुर हैं कि उस दिशा से जो भी आता है, तुरंत लपक लेते हैं। लहककर बोले, 'मैं अड़ह लपरशाद, सुपुत्र श्री कटहलपरशाद, यह यज्ञोपवीत हाथ में लेकर शुद्धि-अभियान पर निकलने की घोषणा करता हूँ। मैं पवित्र पंचतत्त्वों को साक्षी मान कर प्रतिज्ञा करता हूँ कि आसेतुहिमालय कुछ भी, कोई भी अशुद्ध नहीं रहने दूँगा।' उनके पट्ठों ने हर्ष ध्वनि स्वरूप भीषण हुंकार की।

प्रभु की भँवें तनीं। उन्होंने देशशुद्धि से पहले आत्मशुद्धि की बात कही। अचकचा गए अड़हुलपरशाद।

'आपके दर्शन मात्र से प्राणी शुद्ध हो जाता है, प्रभु! हमने तो...हमने तो स्पर्श किया है। हमसे बढ़कर शुद्ध कौन है? ज़रा दर्शन करवाइये!' मारे क्रोध के लाल भभूका हो उठे अड़हुलपरशाद! पट्ठों ने गमछे से हवा की।

'विश्वस्त सूत्रों से ज्ञात हुआ है कि दीपावली उत्सव के दिन कुछ कन्याओं का अपहरण पूर्व नियोजित था।'

'यह तो अनादि काल से होता चला आया है। आज कौन सी नई बात हो गयी?' ज़ालिमलोशन ने तड़ाक से टीप जड़ी।...अड़हुलपरशाद को पीछे ढकेलना होगा। सबका ध्यान अपनी और खींचे हैं।

अब होतीलाल जी शुरू हुए।

'एक कन्या मेरे साले के बहनोई की है। उसकी माता अन्न-जल त्यागे बैठी है। अगर कन्या नहीं मिली तो मैं भी अन्न-जल त्याग दूँगा!' उन्होंने विगलित स्वर में घोषणा की।

'ठीक है।...फलों का रस पीजिए और मिष्टान्न खाइए! वैसे, कन्या हम ढूँढ़ लाएँगे।' पट्ठों ने पटापट ताली बजाई। वाह, उस्ताद! क्या बात है? इस खुजली का भी इलाज बता दिया जालिमलोशन ने!

दर्प से हुंकार कर, ज़ालिम लोशन ने चारों ओर देखा। 'और कुछ?' यूँ झपटने को आतुर खड़े ज़ालिमलोशन बड़े भयोत्पादक लग रहे थे।

तभी श्री शाखामृगशावक जी कुलाँचे भरते हुए आये। किलकलाकर होतीलाल जी से बोले।

'कन्या मिल गई है। सही-सलामत है।'...फिर प्रभु की सूचनार्थ निवेदन किया। 'अब वो कन्या नहीं रही, बस्स! इतना सा ही परिवर्तन आया है।'

प्रभु भावुक हो उठे। उनके झंडे तले यह सब चल रहा है? क्रोध से भँवें तन गईं। होंठ फड़कने लगे। बत्तीसी बज उठी। प्रभु चीख़े और तुरंत खाँसने लगे। 'पराई स्त्री!...खों...खों...खुल्ल...खुल्ल...पानी...पानी!' दसों दिशाओं से दिक्पाल पानी लेकर दौड़े।

'कैसी पराई स्त्री प्रभु! अभी तो वह कन्या ही थी! और उसने स्वयं मुझसे

प्रणय निवेंदन किया था। मैं हृदय से अत्यंत कोमल हूँ। अतः, ऐसे उन्मुक्त प्रणय निवेदन का विधिसम्मत, पारंपरिक प्रतिसाद नहीं दे पाया। ऐसी कमनीय कन्या के नाक-कान काटने की इच्छा नहीं हुई। नम्रतापूर्वक उसकी याचना स्वीकार कर ली।' वो पलकें झुकाये, पाँव के अँगूठे से धरती कुरेद रहे थे। ये बालोचित भोलापन ओढ़े ज़ालिमलोशन भी अत्यंत भयानक लग रहे थे।

अड़हुलपरशाद फिर बीच में आ कूदे।

'विजित नगर यानि की जीती हुई 'टेरिटरी' पर आनंद करने के आदेश श्री होतीलाल जी ने ही दिए थे।...गर्भगृह से निकाल कर!' अब प्रभु से और नहीं सहा गया। कुछ देर नयन मूँदकर साँस समतल होने की प्रतीक्षा की, फिर बोले।

प्रभु उवाच : '...सहने की सीमा होती है, कुछ करने की सीमा होती है।'

'आप सब सीमाओं का अतिक्रमण कर चुके हैं। एकता को भूल अनेक अनर्थ कर रहे हैं। मेरे आदेशों का स्पष्ट उल्लंघन, ये आरोप-प्रत्यारोप, अब और सहन नहीं होते! मैं इस घनघोर अनुशासनहीनता से तंग आ गया हूँ। अतः सिंघासन त्याग, वानप्रस्थ ग्रहण करता हूँ!' ये तुरुप चाल! मान गए, भई! पुराने चावलों में दम है!

सभा में सुई-पटक सन्नाटा छा गया। सरयू स्थिर हो गई। पंछियों ने कलरव बंद कर दिया। वायु देवता ने पेड़ के पत्तों तक को बरज दिया। प्राण वायु तक का संचरण स्थगित! फिर एक तुमुल हाहाकार उठा!

'हाय, प्रभु नहीं! अभी नहीं! कुछ दिन और नहीं!'

बिना चूँ-चपड़ किए अड़हुलपरशाद और उनके पट्ठे, होतीलाल और उनके दरबारी, और हाँ! ज़ालिमलोशन और उनके लठैत भी—सब प्रभु चरणन में आ गिरे।...प्रभु के चरण चरण नहीं, सिंघासन के पाये हैं। कस कर पकड़ो! हिलने न पाएँ! जब तक हम अपनी गोटियाँ न 'फ़िट' कर लें, आप यहीं बिराजिये।

प्रभु आसेतुहिमालय का हाहाकार सुन सकते हैं, अपने भक्तों का नहीं! अतः वानप्रस्थ योजना को ठंडे बस्ते में डाल, भक्तों को अभय दे, अपने राजसी राजभवन की ओर चल दिए।

सभा विसर्जन की औपचारिक घोषणा हुई। सरयू ने प्रवाह पकड़ा और पक्षियों ने कलरव। इतनी देर से रुका हुआ वायु संचरण भी आरंभ हुआ। उफ़! इतना कुछ अकरणीय, अशोभनीय, अमर्यादित और अवर्णनीय होने लगा कि वातावरण असहनीय हो उठा! होतीलाल, अड़हुलपरशाद और ज़ालिमलोशन के समर्थकों में जम कर युद्ध होने लगा। न जाने कब युद्ध घोषणा हो जाए! अतः ऐसे छोटे-मोटे युद्धाभ्यास चलते ही रहते हैं। सरयू तट पर अस्त्र-शस्त्र कहाँ? सो लकड़ी, पत्थर, पादुका—जो हाथ में आ जाए, वही दे मारो। देवभाषा का दिव्य प्रयोग अलग! सब जी-जान से अपना वर्चस्व सिद्ध करने में लगे थे।

हनुमंतसिंघ हृदय से व्यथित हो उठे। ये कैसी संस्कारहीन संस्कृति पनप रही

है! प्रभु के सामने अनर्गल प्रलाप और उनके जाते ही यह उत्पात! वो लपक कर उठे और पलभर में अड़हुलपरशाद के सामने जा कूदे।

'वत्स अड़हुल! ये क्या हो रहा है? प्रभु के सामने....' 'ये प्रभुभक्ति की रामनामी चादर आप ही ओढ़िए-बिछाइए, अड़हुलपरशाद बीच में ही बात काट कर बोले। 'यहाँ तो ईंगुर की गंध से उबकाई आने लगती है।....उप्हें प्रभु बनाया किसने?' छाती पर दोहत्थड़ ठाक कर बोले, 'हमने!'

हनुमंत तुरन्त दो क़दम पीछे कूद लिए। योहत्थड़ की चपेट में जाते, तो आत्मा-परमात्मा का भेद मिट जाता।

अड़हुलपरशाद की सपाटबयानी से हनुमंतसिंघ अवाक् रह गए।

'क्या? तुमने प्रभु को प्रभु बनाया?'

'जी हाँ! आपकी उमर हुई, भूल गए होंगे। हम नहीं भूले। आप ही तो उनके महासंधिविग्राहक थे। जो इधर-उधर रिरियाते घूम रहे थे, उन अपदस्थ नेताओं को एकत्रित कर दल किसने बनाया? आपने! श्री लंका जाकर विभीषण जी को दल बदलने के लिए किसने प्रेरित किया? आपने!..ये माना कि वे भी अल्पमत में थे; पर आपका वरदहस्त न होता, तो वो ऐसा दुस्साहस कदापि न करते! एक बिलौटे ने हलवाई की दुकान सूँघ ली, तो बाक़ी क्यों पीछे छूटते? विभीषण जी अपने साथ-साथ श्री रावण चतुर्वेदी के अनेक महत्त्वपूर्ण सांसद तोड़ लाए। श्री रावण हारे नहीं, जोड़-तोड़ की राजनीति द्वारा हराए गए थे!'

'ठीक है! यह सब मैंने किया। क्योंकि आसेतुहिमालय देश को एक योग्य, दृढ़संकल्पी और सबसे बढ़ कर—निर्मल छवि संपन्न नेता की चरम आवश्यकता थी। इसलिए, देशहित में मैंने यह सब किया।....फिर तुम यह दावा कैसे कर रहे हो कि प्रभु को सर्वपूज्य प्रभु तुमने बनाया!'

'इसलिए भगवन!' कृत्रिम विनय से हाथ जोड़कर अड़हुलपरशाद बोले। 'इन तीन-चार राजलक्ष्मी विरह कातर सद्पुरुषों से आप शोक सभा तो करवा सकते थे, श्री रावण जैसे पराक्रमी शासक से युद्ध नहीं!' आप ये जानते थे और आपके प्रभु भी!...आपने हमारा सहयोग माँगा। और हमने दिया! मैं, श्री होतीलाल जी, श्री शाखामृगशावक जी और ज़ालिमलोशन....अन्य सब भी दल-बल सहित आपके पीछे हो लिए। गाँव-गाँव, नगर-नगर, घूमकर आपके लिए कार्यकर्ता, एकत्रित किये। आसेतुहिमालय...आसेतुहिमालय...जपते रहते हैं आप! यह सेतु बनाया किसने?' फिर दोहत्थड़, हनुमंत पीछे! 'हमने!' अड़हुलपरशाद चिंघाड़े। तनिक साँस लेकर बोले। 'विरोधियों की....और कैसे विरोधी? विरोधी होंगे प्रभु के! हम न तब सिंघासन के प्रत्याशी माने गए, न आज कहीं गिनती में हैं!...फिर भी' उन्होंने अपनी कदलीफल जैसी मोटी तर्जनी से हनुमंतसिंघ की नासिका ठकठकाई। '...फिर भी, हमने सब विरोधियों को धूल चटा, प्रभु को सिंघासन तक पहुँचा दिया।....तब शुद्ध अचार की

बात नहीं उठी?...चलो, अचार भी शुद्ध बना लें! पर आत्मा?....वह तो, सुना है—परमात्मा है। उसका क्या शुद्ध-अशुद्ध!' 'अचार नहीं, आचार!' अब हनुमंतसिंघ बहुत ही उद्विग्न हो उठे। 'जैसी प्रभु इच्छा कह कर चल दिए। अड़हुलपरशाद ने बाक़ी बचा भाषण अपने पट्ठों को पिला दिया।

हनुमंतसिंघ जी सीधे प्रभु चरणन में पहुँचे।

'ये उपद्रव ऐसे नहीं शांत होगा।....कुछ न कुछ करना ही पड़ेगा।'

'क्या करें, बताइये! इन नव-विकसित नेताओं के लिए, नित-नूतन पद सृजन हो रहा है। अब कौन सा नया पद बनाएँगे?'

'ऐसा कीजिए, प्रभु! वल्कलवस्त्र विभागाध्यक्ष का नवीन पद बनाइए और इस अड़हुलपरशाद को संतुष्ट कीजिए। तब फिर ज़ालिमलोशन को मनसबदार, और इस तरह नीचे तक सबकी प्रोन्नति हो जाएगी।'

'अरे होतीलाल जी! उनका क्या करोगे? उनकी काकदृष्टि तो ठीक मेरे सिंघासन पर है।'

'उन्हें गर्भगृह के साथ-साथ महासंधिविग्राहक का पदभार भी सौंप दीजिए। कुछ समय के लिए संतुष्ट हो जाएँगे। तब तक कोई नवीन रणनीति सोच लेंगे।'

प्रभु ने ध्यान से सिंघजी को देखा। काश! सब लोग इनकी तरह होते! आँखें तक ईंगुरी हो गई हैं, फिर भी अपने लिए कभी कोई माँग नहीं करते! निरंतर उनकी सत्ता के स्थाईकरण की जोड़-तोड़ में लगे रहते हैं।

'ठीक है!...ऐसे ही आदेश दे दीजिए।'

हनुमंतसिंघ जब प्रभु के निजी कक्ष से निकले, तो प्रभुसत्ता ओढ़े हुए थे। प्रभु की ही तरह अलभ्य, अगम्य और अगूढ़! लोगों ने उन पर तरह-तरह के प्रश्न फेंके; उन्होंने कंधे उचकाकर सब प्रश्न झाड़ फेंके। वो झपटते हुए आए और रपटते हुए प्रभु के आदेशों की पालना में लग गए।

नगर में सनसनी फैल गई; कुछ नवीन घटित होने को है।

होतीलाल को विश्वास था, प्रभु के सही उत्तराधिकारी वही है। परंपरा, अनुशासन और चमकती चाँद का तो यही आग्रह है। उनके यहाँ ईंगुर की खपत निरंतर बढ़ रही है। यूँ तो पूरे देश में ही ईंगुर की खपत बढ़ रही है। प्रभु की कृपा कौन नहीं चाहता! होतीलाल जी रूमाल नहीं रखते। धोती के छोर से ही काम चला लेते हैं। जो रूमाल रखते हैं, ईंगुर में रंग कर रखते हैं। रूमाल क्या? नसवार की डिब्बी, गुटखे का पाउच, 'क्लैरीफाइड एपल जूस' की शीशी—सब ईंगुरी!

राजभवन में उत्सव की गहमागहमी है। प्रभु नए विभागाध्यक्ष को तिलक लगा, पान-फूल भेंट करेंगे। वस्त्राभूषण वो स्वयं जुटाते रहेंगे। होतीलाल जी ने जब पद-मर्यादा और गोपनीयता की शपथ ली, तो कुछ चपल दरबारी हँस पड़े। धोती और मर्यादा! धोती और गोपनीयता! हाँ, पारदर्शिता की बात करते, तो जमती।

अड़हुलपरशाद तिलक लगवाकर, कुछ संतुष्ट नज़र आए। चंदन का शीतल प्रलेप उनके ताज़ा घावों पर औषधि का काम कर रहा था। लोगों ने बधाई दी; अड़हुल परशाद ने दाँत दिखाए। लोगों ने घावों के प्रति जिज्ञासा प्रकट की; उन्होंने दाँत भींच लिए।

'और ये माथे का गूमड़! कहीं ये श्री ज़ालिमलोशन का प्रताप तो नहीं? सुना है, उनके और आपके बीच.....'

'ये प्रभुराज्य है! यहाँ सबको अभिव्यक्ति की स्वतंत्रता है।' इतना कहकर अडहुलपरशाद हनहनाते हुए निकल गए।

राजभवन के उत्सव में ज़ालिमलोशन उपस्थित नहीं थे। अड़हुलपरशाद और जालिमलोशन में काँटे की टक्कर है। कूटनीति कहती है, ज़ालिमलोशन को गले लगाओ। वरना साला जाने क्या बवाल खड़ा करे! वो लपककर सिंघजी के पास पहुँचे।

'लाइए...ज़ालिमलोशन की मनसबदारी का आज्ञापत्र। हम स्वयं ले कर जाएँगे।'

'आप!' हनुमंतसिंघ जी ने विस्मय से उनके गूमड़ को देखा, जो अब इन्द्रधनुषी छटा बिखेर रहा था।

'जीवन क्षणभंगुर है। यहाँ कोई स्थाई मित्र या स्थाई शत्रु नहीं होता। फिर, हम सब ही प्रभु चरणन के दास हैं। लाइए....लाइए....आज्ञापत्र दीजिए। हम जाते हैं। सुना है, उन्होंने और उनके पट्ठों ने इस उत्सव के बहिष्कार की घोषणा की है।...हम मना कर लाते हैं उन्हें!'

आज्ञापत्र अंटी में खुरस, चले श्री अड़हुलपरशाद! एक बार सिंघासन हाथ आ जाए, फिर देखेंगे। नहीं माना, तो अगल-बगल दो सिंघासन डलवा लेंगे। पहले अपने पाले में तो लो!

नये-नये विभागाध्यक्ष बने थे। सो पूरे ताम-झाम के साथ ज़ालिमलोशन के अखाड़े पर पहुँचे।

...हल्ला मच गया! श्री अड़हुलपरशाद आए हैं। वो देखो... वो रहे! कितने ढेर सारे अंगरक्षक हैं, और कितनी बड़ी कार! (अब पेट्रोल चालित वाहन अत्यंत लोकप्रिय थे; संपूर्ण भारत गंभीर 'ऊर्जा' संकट से ग्रस्त था।)

जब अड़हुलपरशाद का स्वागत करने कोई नहीं निकला, तो उदारमना अड़हुल स्वयं कार से उतरकर अंदर गए। प्रांगण में जा कर जो कुछ उन्होंने देखा, वह अद्भुत से भी कुछ आगे था। अद्भुत का शिश्न-विस्तार!

ज़ालिमलोशन और उसके पट्ठे, सब मिलकर अच्छी-ख़ासी सुदर्शन जीप को घोड़ा बना रहे थे। प्लाईवुड के बड़े-बड़े कटआउट यत्र-तत्र-सर्वत्र बिखरे हुए थे। आरी, हथौड़े और कील-काँटे लिए शिल्पी व्यस्त थे। पहियों पर घोड़े के सुदृढ़ मांस-पेशियों से सज्जित पाँव, इंजन पर सुंदर मुख और बगलों पर घोड़े का शरीर! जीप क्या थी, दौड़ पड़ने को आतुर महत्वाकाँक्षा का उच्चैः श्रवा थी! शिल्पी हाथ झाड़कर उठे!

लो, हो गया!

'ये क्या हो रहा है, ज़ालिम!' अड़हुलपरशाद विस्मित से विस्फारित हो चले थे।

'अश्वमेध यज्ञ कर रहा हूँ।';

'क्या?' अड़हुलपरशाद लड़खड़ा गए। 'मगर क्यों?'

'क्यों! अरे, वही तो कर रहा हूँ, जो हमारी परंपरा है! हम क्या किसी चक्रवर्ती से कम हैं? इसलिए अश्वमेध यज्ञ कर रहा हूँ। जो इस अश्व को, यानि कि मुझे चुनौती देगा,'....यहाँ दो पल रुककर उन्होंने अड़हुल को घूरा, जंगली भैंसे की तरह नथुने फुलाए, भयंकर विषधर की तरह फुफकारे और घूँसा तानकर बोले, 'उसे मैं खटमल की तरह मसल दूँगा।'

ज़ालिमलोशन के पट्ठे उनके इस प्रदर्शन पर मुग्ध हो गए।...प्रसन्नता से किलक उठे। यह 'किलकिला शब्द,' लहरों की तरह उठता-गिरता, दूर-दूर तक सुनाई दिया।

'इस धर्मकार्य में मैं तुम्हारे साथ हूँ, बंधु!' उन्होंने ज़ालिमलोशन के कंधे पर हाथ रखने की चेष्टा की, जो असफल रही। ज़ालिमलोशन छिटककर दूर हट गए। फिर कानफोड़ किलकारियाँ!... अब अड़हुलपरशाद ने दूसरी जुगत भिड़ाई। अंटी से आज्ञापत्र निकाला।

'अपनी सद्भावनाओं के प्रतीक स्वरूप ये मनसबदारी का आज्ञापत्र लेकर आया हूँ।...अब क्या बताऊँ!' उन्होंने माथे का अदृश्य पसीना पोंछा। 'मैंने तुम्हारे पक्ष में अपनी मनसबदारी का त्याग कर दिया!'

'अये, रक्खो अपनी मनसबदारी अपने पास! हमें नहीं चाहिए। क्या करेंगे इस मनसबदारी का? शहद लगाकर चाटेंगे!' उन्होंने जीप का हॉर्न बजाया।...भों...भों...पों...पों की जगह प्रभु का जयगान बजने लगा।

'ये अश्वमेध का अश्व देख रहे हो! हम आसेतुहिमालय प्रभुनाम की अलख जगाएँगे। देश का बच्चा-बच्चा हमारी प्रभुभक्ति से आतंकित हो जाएगा। सारा देश प्रभावित हो जाएगा। और हम? सीधे सिंघासन पर जा विराजेंगे।'

ज़ालिमलोशन छाती पर दोहत्थड़ मारकर दहाड़े। 'हम रघुवीर के चाकर हैं। तुम्हारी मनसबदारी को लुलुआएँगे!'

कौन बनेगा करोड़पति

पौने नौ बजते ही अजीब सी अकुलाहट तन-बदन में रेंगने लगती है। दस गुणा दस के अपने दड़बे में होते हैं, तो फोकटिया यार-दोस्तों को भगाने की जुगत में लग जाते हैं। बाहर किसी को फँसा, चाय-पान-बीड़ी झाड़ने के चक्कर में होते हैं, तो हाथ आया शिकार छोड़, अपने बिल की ओर सरक लेते हैं। नहीं, बंधु! कृपया अन्यथा न लें। अविवाहित हूँ। शैया-सुख नहीं, नन्हा सा श्वेत श्याम टी. वी. ही वह चुंबकिया आकर्षण है, जो नौ बजते ही सक्रिय हो उठता है। अपनी बुलन्द आवाज़ में गुहारने लगता है, 'कौन बनेगा करोड़पति!' यह आवाज़ सुनते ही हम अभिभूत हो जाते हैं। लगता है, बड़े बी हमें ही पुकार रहे थे। तुरन्त तादात्म्यीकरण स्थापित हो जाता है। उधर वो, अपनी डिज़ानर ड्रैस में! इधर हम अपनी लुंगी-बनियान में! उधर उनका भव्य सेट, इधर हमारा अभव्य दड़बा! उधर जलती-बुझती बत्तियाँ, इधर टिमटिमाती चालीस वॉट की रोशनी! उधर सुहावना संगीत, इधर धौंकनी सी चलती साँस! उधर स्वयं जीवन से भी विराट बड़े बी, इधर तथाकथित जीवन का क्षुद्र नमूना मात्र हम—यानी कि छोटे पी। (पी? पीपुल...जनता। वी द पीपुल नहीं पढ़ा?)...कितने सज्जन और शालीन हैं बड़े बी! कम्प्यूटर तक को कम्प्यूटर जी कहते हैं और दर्शक महिलाओं को माताजी! गज़ब है! कुछ महिलाओं को यह अच्छा नहीं लगता! वो उच्च स्वर में विरोध करती हैं।....नाम लेकर पुकारो, बड़े बी। यह क्या माताजी-वाताजी लगा रखी है?

वैसे...कैसा बेमानी सवाल है! कौन नहीं बनना चाहता करोड़पति? ज़रा उसकी शक्ल तो दिखाना! ख़ैर....फिर आप भी पूछ रहे हैं, तो बताए देते हैं। हम! हम बनना चाहते हैं करोड़पति! मगर हमारे चाहने से क्या होता है। इतना आसान थोड़े ही है। पंचायती स्कूल के तृतीय श्रेणी के अध्यापक के सिरहाने टेलीफोन कहाँ? नुक्कड़ के एस. टी. डी. बूथ का ही सहारा है। सो वहाँ भी भावी करोड़पतियों की लम्बी पंक्ति होती है। मुट्ठी में रुपया दाबे प्रतीक्षा में खड़े-खड़े पैरों में जड़ें निकल आती हैं और देह पर अंकुर! फ़ोन लगाते-लगाते उँगली पिराने लगती हैं, सो अलग।...पर फ़ोन नहीं लगता। लगे भी तो कैसे? सब प्रस्तावित करोड़पति यही तो कर रहे हैं।

आजकल 'क' अक्षर से शुरू होने वाले धारावाहिक अत्यन्त लोकप्रिय हो रहे हैं। आँकड़े बता रहे हैं, अपना के. बी.सी. भी अत्यन्त लोकप्रिय कार्यक्रम है। नौ बजते ही जो अफ़रातफ़री मचती है कि क्या बताएँ! सब अक्लमंद बुद्धूबक्से से जा चिपकते हैं। ऐसा सुना है; नौ से बारह के शो में सिनेमा हॉल ख़ाली पड़े रहते हैं, सड़कों पर ट्रैफिक कम हो जाता है और अस्पतालों में भीड़। लेडी डॉक्टर आसन्न प्रसवा से कहती है, 'साढ़े आठ तक प्रसव हुआ तो ठीक! वरना पेट चीर कर नंदलाल अवतरित करवा देंगे।...नौ बजे से के.बी.सी. लग जाएगा।'

ज़रा ध्यान रखना, यार! नौ बजे के बाद कुछ भी ख़रीदना बड़ा खतरनाक है। दुकानदार की नज़रें टी.वी. पर टिकी होती हैं; बेचारे हमारे पड़ोसी! माँगी थी शक्कर, मिल गया संखिया! चाय में डाल, एक घूँट भरा ही था कि 'हॉट सीट' पर! सामने यमराज! ज़िन्दगी का बहीखता खोल, सवाल दाग़ा, ये चार महिलाएँ आपके बच्चों की माताएँ हैं। आपका विवाह किसके साथ हुआ था? ए. कमला, बी. बिमला, सी. अमला, डी. रमला।

अब आलम यह है कि पत्रिकाओं ने के.बी.सी. विशेषांक निकाल दिए। विजेताओं के साक्षात्कार छप गए। घाघ आयकर विभाग कान-पूँछ फटकार, चौकन्ना हो उठ बैठा। इन नवधनाढ्यों को चंगुल में लाने के निर्देश प्रसारित कर दिए।

के.बी.सी...ए बी सी डी की पाँति से निकल, फिज़ाओं में घुल गया।

एनसाइक्लोपीडिया ब्रिटैनिका ने अगले संस्करण में के.बी.सी. को मान्यता देने का निर्णय लिया है।

अब इतिहास दो काल-खण्डों में विभाजित होगा। पूर्व के.बी.सी. और उत्तर के.बी.सी.।

आने वाली पीढ़ियाँ, के.बी.सी. को सन्दर्भ बिन्दु मान, काल निर्धारण करेंगी। '...मैं और के.बी.सी. एक ही दिन इस दुनिया में आए थे। हठ न करो, बालिके! मेरी बात मान लो।...अभी कमसिन हो, नादाँ हो। तुम तो तब दुनिया में आईं, जब के.बी.सी. बुढ़ा चुका था।'

कहानियाँ कुछ इस तरह शुरू होंगी। 'बात तब की है, जब के.बी.सी. शुरू नहीं हुआ था।' या...'ऐसे-ऐसे एक ग़रीब था, जो हाशिए पर रहता था। वह मन्दबुद्धि के.बी.सी. तक नहीं पहुँच पाया और एक दिन हाशिए से भी लुढ़क गया।'

अब करोड़ों रुपयों का प्रश्न है, इस कहानी का अंत क्या होगा? यह मंदबुद्धि ग़रीब हाशिए से लुढ़क कर गया कहाँ?

कहाँ जाएगा! वहीं गया जहाँ हाशिए से लुढ़के लोग जाते हैं।...अंतरिक्ष में! ये जो चाँद के माथे पर दाग़ देख रहे हैं न आप! वह इन्हीं हाशिए से लुढ़के ग़रीबों की भीड़ है।

उधर रोज़-रोज़ की गुहार! कौन बनेगा करोड़पति? अरे, हम! और कौन? कैसे

यक़ीन दिलाएँ? हम सचमुच करोड़पति बनना चाहते हैं। कितने महीने हो गए नंबर लगाते-लगाते। पर जो नंबर हमारी हथेली पर गुदा है, लगता ही नहीं। नई सहस्राब्दि में छलाँग की तरह एक बार लगा था। किसी मधुरभाषिणी ने मधुवर्षा की।

'इस बार के प्रतियोगियों का चयन हो चुका है। कृपया, प्रतियोगिता पुनः आरम्भ होने पर अंकालिंगन करें। धन्यवाद।'

...हमारे रोंगटे खड़े हो गए!....ऐं!....क्या कह रही है सुकन्या! इस सद्भाव से आलिंगन का आमंत्रण!...तब तक वो अपना प्रस्ताव अंग्रेज़ी में दुहराने लगी। अंकालिंगन अर्थात नंबर डायल। ओह!...व्यर्थ रक्तचाप बढ़ गया।

बात समझ में नहीं आई। मधुरभाषिणी कहती है, बस! और नहीं! उधर हमारे छोटे पी. (पी.? परदा। और क्या?) पर बड़े बी बराबर हल्ला करते रहते हैं कि आप फ़ोन करो। और तो और! ब्रेक के दौरान भी बड़े बी अपनी बड़ी उँगली उठा कर धमकाते हैं, 'कहीं जाइएगा मत! मैं अभी आता हूँ।'....अब वो तो उठ कर निकल लेते हैं; हम बैठे कसमसाते रहते हैं।...कैसे जाएँ? बड़े बी ने मना किया है। लाचार...छोटे पी. को पकड़े बैठे रहते हैं।

एक दूसरा तरीका सुझाया गया। बिस्कुट खाओ और खाली डिब्बे इकट्ठे करो। सौ रुपए के डिब्बे देने पर एक कार्ड मिलेगा। इस कार्ड को खुरचो। खुरचने पर, जो वहाँ छपा है, मिल जाएगा। ढेर सारे इनाम घोषित हुए।...सबसे बड़ा इनाम...के. बी.सी....सीधे बड़े बी के सामने! सच्च! क्या कभी हम भी उनसे हाथ मिला सकेंगे! उन्हें जी भर कर देख सकेंगे! उनके गले पड़....क्षमा करें....गले लग सकेंगे! हम तो और लोगों को यह सब करते देख कर ही होश गँवा बैठते हैं। रोज़ श्री सत्यनारायण भगवान की पुण्यकथा की तरह, के.बी.सी. कथा प्रसारित होने लगी।....एक माली ने खुरचा, करोड़पति बन गया। बगीचे में पानी दे, अपनी कार में बैठ घर चला गया। उसे देख, एक मछली बेचने वाली ने खुरचा। वह ब्यूटीपार्लर में जा बैठी—मिस यूनीवर्स बनने!...इस तरह बहुतों के दिन बहुरे। जिन्होंने खुरचा; करोड़पति बन गए। ये सुसमाचार पाकर भी जिन्होंने नहीं खुरचा, अभी भी वहीं हैं!....हाशिए पर!

इसका मतलब है, बिस्कुट खरीदने ही पड़ेंगे। करोड़पति बनने के लिए कुछ तो पूँजी-निवेश करना ही चाहिए। मगर पूँजी नाम की वस्तु इस घर से ऐसे ग़ायब है, जैसे गधे के सिर से सींग, चील के घोंसले से मांस....वग़ैरह....वग़ैरह। कोई बात नहीं। उधार ले लेंगे, और क्या? वैसे भी महीने के चार सप्ताह चार चरणों में बँटे हैं। उधार चुकाओ, कम खाओ, खींचो खाओ....और फिर...उधार लाओ। यह सब तो चलता ही रहता है। हमारा बजट हमेशा ही काँखता-कराहता रहता है। कभी तीन टाँग की कुर्सी की तरह डगमगाता है, कभी शराबी की तरह लड़खड़ाता है, कभी बहुदलीय सरकार की तरह 'अब गिरा तब गिरा' वाली हालत में पहुँच जाता है। हमने भी वही किया, जो चतुर राजनेता करते हैं। बोझ से लदे गधे को के.बी.सी.

की गाजर दिखाई। गधे ने खीसें निपोर दीं। हम ने गर्म लोहे पर हथौड़ा जड़ा। 'मेरे प्यारे गधे, दो-चार क़दम और। सामने के.बी.सी. है। यानि पूरे एक करोड़ रुपए। सोच ले!' जीभ निकाले, हाँफता-काँखता गधा चल पड़ा।

सो खींच-तान कर पाँच सौ रुपए इकट्ठे किए और बिस्कुट-पनीर वग़ैरह खरीद लाए। यह पहला मौका था। अचानक हमारी श्वेत-श्याम ज़िन्दगी रंगीन हो उठी। नाश्ते में बिस्कुट, खाने में पनीर! सुबह-दोपहर-शाम!...कई दिन तक! डिब्बे जो ख़ाली करने थे। एक दिन वो सारे खाली डिब्बे बटोरकर दुकानदार के पास पहुँचे। कार्ड मिला। काँपते हाथों से खुरचा। दिल धड़क रहा था। कार या के.बी.सी.? अरे! यह क्या? लिखा था, पचास रुपयों के खाली डिब्बे और दो!...दिए। फिर वही! पचास के और दो! फिर दिए!....पाँच सौ रुपयों के खाली डिब्बे इसी तमाशे में निकल गए। अंत में निकला—कैलेंडर! हार कर दुकानदार ने कहा, 'ला, भई ला! कैलेंडर ही दे!' वो बोला, 'कैलेंडर आपके हाथ में है।'....हथेली के आकार का जो कार्ड था, उसके ही पीछे सूक्ष्मातिसूक्ष्म अक्षरों में बारहमासा छपा था। पाँच सौ रुपए फूँक कर ये इत्ता सा कैलेंडर ले कर लौटे हैं।

तुम्हें हमारी क़सम, बड़े बी! सच-सच बताओ। हमारा कोई चांस है? कभी पहुँचेंगे मख़मली गद्दी तक! माफ़! करना! 'हॉट सीट' का अनुवाद 'गर्म गद्दी' बिल्कुल नहीं जमता! और फिर....हम तो पैदा ही भाड़ में हुए थे। आज तक भुँज रहे हैं और अकेले ही भाड़ फोड़ने की तरक़ीबें सोच रहे हैं।....ये संशय अंग्रेज़ी के कारण पैदा हुआ है। बात यह है कि हम हैं सरकारी स्कूलों की सड़क छाप अंग्रेज़ी पढ़े नौनिहाल! इस पितृभाषा में विशेष गति नहीं है। हमारी सद्गति तो मातृभाषा के हाथों लिखी है। अब बताओ! हम तो 'असेंडिंग ऑडर' और 'डिसेंडिंग ऑडर' में उलझ कर धड़ाम हो जाएँगे और 'फास्टेस्ट फ़िंगर्स' अपना कमाल दिखा जाएँगी। जब तक 'इंडैक्स, मिडिल, रिंग और लिटिल फ़िंगर' तर्जनी, मध्यमा, अनामिका और कनिष्ठा बन कर समझ में आएँगी, यार लोग बाज़ी मार ले जाएँगे! हमें तो अभी-अभी पता चला है कि 'एड्रस' का अर्थ केवल 'पता' नहीं, संबोधन भी होता है! क्या सलाह हैं? अंग्रेज़ी-हिन्दी के शब्दकोश और विश्वकोश वग़ैरह खरीदे जाएँ! बड़ी मुसीबत है! कैसे भव-सागर पार करें! यह भाषा ही वह खाई है, जिसके उस पार संभावित करोड़पति हैं और इस पार स्थाई सड़कपति!

लगता है—सकड़पति भी न रहने पाएँगे। सब हाथ धो कर ग़रीब के पीछे पड़े हैं। पहले सरकार ग़रीब को हटाने पर तुली थी, अब यह पवित्र दायित्व टी. वी. ने सँभाल लिया है। कोई छप्पर फाड़ कर देना चाहता है, तो कोई सीधे दस करोड़ की बात करता है। उन्मुक्त अर्थनीति का अनर्थ देखिए। अब कोई लखपति को घास नहीं डालता। करोड़पति हो तो बात करें। टी.वी. के सब कार्यक्रम 'खुल जा सिम-सिम' हैं। और हम हैं अलीबाबा। चालीस चोर? कभी-कभी अपना दिमाग़

भी इस्तेमाल किया करो, यार! सब हमसे ही कबुलवाओगे?

इनामों की ऐसी मारामारी पहले कभी नहीं देखी। टी.वी. बताता है कि हर चीज़ के साथ इनामी कूपन मिलता है। भर कर भेजो। जो तक़दीर में है, मिल जाएगा। लाखों-करोड़ों रुपए, ज़ेवरात, हीरे, सोने के सिक्के इत्यादि। शायद ही कोई ऐसा अभागा हो, जो ख़ाली हाथ रह जाए! भला साबुन और टूथपेस्ट कौन नहीं ख़रीदता! पत्र-पत्रिकाओं से लेकर, दवा-दारू वाले तक—सब इनामी कूपन बाँट रहे हैं। अब क्या बताएँ...कल पान वाले भैया ने बड़े सलीके से बीड़ा बना कर दिया और साथ में चूना लगा डंठल पकड़ा दिया। हमारी प्रश्नवाचक मुद्रा के उत्तर में मुस्कराकर समझाया।

'पान के साथ मुफ़्त इनामी कूपन है।' फिर बाईं आँख दबाकर बोला, 'मेरे बताए आसामी को लगा दीजिए। मालामाल कर दूँगा।'

रोज़-रोज़ पान खाने का बूता न हो, तो टी.वी. पर प्रायोजित कार्यक्रम देखो और सवालों के जवाब दो। सही जवाब पर करोड़ों के इनाम! यह टी.वी. बड़े काम की जीज़ है। नहीं!...यह न होता, तो ऐसी कल्याणकारी योजनाओं का पता चलता! कभी जान पाते हम कि 'वैलेंटाइन डे' नाम की भी कोई चिड़िया है!...और हीरा ही है असली प्यार की पहचान! टी.वी. देख-देख कर ही पता चला है कि अब ऐसी कोई चीज़ नहीं बची, जिसके साथ इनामी कूपन न हो! फ्रिज, टी.वी., वॉशिंग मशीन, म्यूज़िक सिस्टम—ऐशोआराम की हर चीज़ के सुनहरे वायदे! हमें तो बस, इतना करना है कि साबुन के गत्ते पर छपे कूपन को भर कर भेजना है। सो बंधु, आजकल मूँगफली या केला खाकर, उसका छिलका भी 'चेक' करते हैं। क्या पता? कहीं कोई इनामी कूपन छिपा हो! तीर निशाने पर लग गया, तो सचमुच की दीवाली—लक्ष्मी पूजा!

लेकिन....लगता है, लक्ष्मीजी स्वयं और कहीं चली गईं, और अपना 'वाहन' हमारे यहाँ पार्क कर गईं।....न जाने कितने कूपन भर कर भेज चुके हैं, डाक टिकट तक के पैसे वापस नहीं मिले। हद हो गई!...ये ढेर-ढेर इनाम आख़िर जा कहाँ रहे हैं? आज के ही अख़बार में छपा है। किसी समाजसेवी संस्था ने शोध की है। पता चला है—धारावाहिकों की लोकप्रियता निर्धारित करने वाले मानक, टी.आर.पी. में करोड़ों का घोटाला है। (बधाई हो! देश ने सचमुच तरक़्क़ी की है। अब घोटाले तक करोड़ों में होते हैं)....हो सकता है, हम दनादन साबुन-पेस्ट ख़रीदते रहें, इनाम वाला कूपन कहीं छपा ही न हो!

कोई सहृदय समाजसेवी संस्था इस विषय पर शोध क्यों नहीं करती! इनाम मिल भी रहे हैं या नहीं!...हम कर लेते। मगर हम तो टी.वी. देख-देख कर सामान्य ज्ञान बढ़ाने में लगे हैं। प्रायोजित कार्यक्रम देखने और सवालों के जवाब देखने में व्यस्त हैं।...गब्बरसिंह के पिता का क्या नाम था? फलाँ-फलाँ गाने में हीरोइन ने कितनी बार कपड़े बदले? प्रसिद्ध फ़िल्म 'गपड़चौथ' के क्लाइमेक्स फ़ाइट सीन में

हीरो ने विलेन के कितने घूँसे जड़े? श्री मत्कुणचन्द्र का फ़िल्मी नाम क्या है?...जो समय बचता है, वह इस आदर्श वाक्य को पूरा करने में ख़र्च हो जाता है, 'हम यह साबुन या पेस्ट इसलिए इस्तेमाल करते हैं क्योंकि...' सच तो यह है कि हम इस वाक्य को तीन शब्दों में पूरा कर सकते हैं—करोड़पति बनना है। पर क्या करें! इसी तमन्ना को दस शब्दों में उँड़ेलने की मजबूरी ने त्रस्त कर रखा है।

अरे भई, ज़्यादा हिलो-डुलो मत! सीधे बैठो! फर्श पर तमाम साबुन और पेस्ट बिखरे पड़े हैं। साबुन पर पाँव पड़ा तो तबीयत साफ़ हो जाएगी। पेस्ट पर पड़ा तो पिच्च! हम भी बड़े बी के सामने ढंग से बैठने और सलीके से बातचीत करने का अभ्यास कर रहे हैं।...जी-जान से जुटे पड़े हैं करोड़पति बनने की जुगत में! आपको बताया था न! अभी तक अविवाहित हैं। कारण? आजकल लड़कियाँ ऋतिक रौशन के जैसा अच्छा-ख़ासा, खाता-पीता दूल्हा चाहती हैं। आई.ए.एस. और डॉक्टर-इंजीनियर भी दूसरे नंबर पर आ गिरे हैं। इन्फ़ोटैक इंजीनियर हो या ऋतिक रौशन! दफ़्तरी बाबू और स्कूल मास्टर अंतिम विकल्प हैं। (सत्यापन हेतु देखें : जनसंख्या सर्वेक्षण—2001, भारत सरकार की रपट) मेरे जिन साथियों ने यह हिमाक़त (यही...विवाह) की, उनकी दुर्दशा देखकर रोंगटे खड़े हो गए। अभी एक ही पेट की चिन्ता करनी पड़ती है। कभी रोटी, कभी डबलरोटी से भर ही जाता है। दो से तीन होते देर नहीं लगती! फिर तो गए काम से!...अतः हमने निश्चय किया है। पहले करोड़पति बनेंगे, बाद में पति! यूँ भी कह सकते हैं कि करोड़पति बने, तो ही पति बनेंगे, वरना...जाने दो!

हम भी लगे पड़े हैं और बड़े बी भी! जब-तब धर पकड़ते हैं। नाई की दुकान हो या पान की! बड़ी-बड़ी आँखों से घूरते हैं, और ख़ासी डाँट पिलाते हैं। 'आप यहाँ? उधर आपके पड़ोसी करोड़पति बने जा रहे हैं।' यानि? हिलने न पाएँ कंबख़्त! बस! टी.वी. सामने पसरा रहे और अंकालिंगन करता रहे!

बड़े बी को हमारे ठिकाने का पता कैसा चलता है? के.बी.सी. न हुआ, ससुर के.जी.बी. हो गया!

अभी-अभी हमारे परम मित्र के चचिया ससुर करोड़पति बनने का तुरन्त प्रभावी उपाय ले कर पधारे हैं। उनकी विवाह योग्य कन्या का नाम है—करोड़बाला!

यहाँ क़ोई जीवित नहीं!

अजीब सवाल पूछते हैं लोग! क्या हुआ था? कैसे हुआ था? डर लगा था? दिल धड़का था?

दिल सबका धड़कता है : हमारा ज़रा ज़ोर से धड़कता है। पुलिस वाला, मकान मालिक, लेनदार और...और कोई सुंदर चेहरा दिख भर जाए; फिर तो इतने ज़ोर-ज़ोर से धड़कता है कम्बख़्त कि क्या बताएँ?

पर उस दिन अपेक्षाकृत शांत था हमारा दिल! बात यह थी कि उस दिन गणतंत्र दिवस का पावन-पुण्य पर्व था। वातावरण देशभक्ति के प्रेरणास्पद गीतों से गुंजायमान था। अचानक सब कुछ गड़बड़ा गया! सुबह-सुबह यह घर क्यों काँप रहा है भई! सजावट के लिए जो एल्यूमिनियम की नलकियाँ लटकाई थीं, टन-टन-टन-टन कर बज उठीं। फेंग शुई के अनुसार यह बहुत शुभ संकेत है।

फिर तो शुभ संकेतों की झड़ी लग गई। छत पर लटका पंखा, बिजली का बल्ब, फ़र्श पर रखी कुर्सी-मेज़ और खाट—सब संकेत देने लगे। ये क्या? बिना किसी पूर्व सूचना के धरती ने अपना समर्थन क्यों वापस ले लिया? क्यों हमें गिराने पर तुली है? बदहवास-बगटुट हम स्थायी समर्थन यानी कि स्थिर ज़मीन की तलाश में भाग चले। छत को भी धरती की छूत लग गई। इधर हम घर से निकले, उधर वो टूटकर फर्श के गले लगी। बाहर आकर देखा—अल्पमत गठबंधन सरकार की तरह सारा गाँव सड़क पर आ गया था। मकान थे या चुनावी वादे? कुछ ढह गए थे, कुछ ढहने की प्रक्रिया में थे। एक अधटूटी दीवार पर लिखा था—वोट दो। किसे? वह ग़र्दगुबार में जा छिपा था।

जब धरती साँस लेने को रुकी तो हमने भी साँस ली। हमारा प्यारा गाँव उस विधानसभा कक्ष की तरह लग रहा था जहाँ माननीय सदस्यों ने जमकर प्रजातंत्र का स्वाँग रचा हो! किसी का जूता यहाँ, किसी की चप्पल वहाँ! सब कुछ उजड़ा-उजड़ा और वीरान! मकानों के मलबे से करुण चीत्कारें सुनाई देने लगीं। हम सब मिलकर मलबे में दबे लोगों को बाहर निकालने में जुटे। गाँव के सरपंच आए; तसल्ली के शब्द बाँटकर चले गए! अब? खाने को ठंडी हवा थी और पीने को आँसू!

सरपंच जी का मैट्रिक फ़ेल आवारा लड़का गाँव का युवा नेता है। हरदम काँख में ट्रांजिस्टर रेडियो दबाए घूमता रहता है। बदस्तूर चल रहा था रेडियो और दिल्ली से गणतंत्र दिवस के शानदार कार्यक्रमों का आँखों देखा हाल प्रसारित हो रहा था। यहाँ...झंडे को सलामी देने आए 40 बच्चे स्कूल की ध्वस्त इमारत के नीचे दबे हैं। काश! इस रेडियो को उलटा चलाया जा सकता। सज-धजकर राजपथ पर बैठे लोग घायलों की चीखें और गिरते मकानों का शोर सुन पाते। कार्यक्रम समाप्त होने पर जोशीले गाने प्रसारित होने लगे। आख़िर कब तक जोश न आता! लोग उठे और गिरी सरकार के विधायकों की तरह नई संभावनाएँ तलाशने में जुट गए।

अचानक रेडियो से समाचार प्रसारित होने लगे। यानी, दिल्ली को ख़बर हो गई। सहायता के लिए अपीलें होने लगीं..."दौड़ो रे! बचइयो लोगो...हमाए अँगना के कुआँ में लल्ला गिर गओ ए!...निकारियो जरा।"

शाम ढले सरकारी जीप नज़र आई! अधिकारीगण उतरे। ढहे मकानों पर नज़र डाली। पूछा, "यहाँ कितने लोग मरे?"

अरे! यह आँकड़े इकट्ठे करना तो हम भूल ही गए। दिशा-निर्देश भी नहीं मिले थे। जो लोग मलबे के नीचे दबे कराह रहे हैं, उन्हें किस श्रेणी में रखना है? अधिकारियों को पूरा ज़िला सँभालना था, वो अगले गाँव की ओर बढ़े। हमने लपककर उनके चरण गहे। "हुज़ूर...मलबे के नीचे बहुत-से लोग दबे पड़े हैं। स्कूल की छत भारी कंक्रीट की है, उसके नीचे..."

"सेना को ख़बर कर दी है। आती ही होगी।" बात काटकर वो बोले।

फुर्र...जीप उड़ गई।

जब बिना किसी योग्यता के कोई गुंडा सत्ता के चंगुल से मंत्री पद निकाल सकता है, तो बिना किसी उपकरण के हम क्यों नहीं इन घायलों को बाहर निकाल सकते? संकल्पित और प्रतिबद्ध लोग क्या नहीं कर सकते?

प्राण-पण से जुट गए। हर तरह की उठापटक की। कुछ लोगों को खींचतान कर बाहर निकाला। गाँव के डॉक्टर के पास जितनी दवा, रुई और पट्टियाँ थीं, ख़त्म हो गईं। अब घायलों का रोना सुनकर रही-सही दीवारें भी दरकीं जा रही थीं।

इन्हें कब, कहाँ और कैसे चिकित्सा सुविधा मिलेगी? किसी ने कराहकर कहा, "इस दुर्गति से तो मौत अच्छी।"...सच! कभी-कभी ऊपर वाला इतनी फ़ुरसत में होता है कि हर इच्छा तुरंत तथास्तु कर देता है। हम देखते ही रह गए, बरसों के संगी-साथी चल दिए। क्या इसी को इच्छामृत्यु कहते हैं? बेटे के हाथों में पिता की देह आई और बस्स! पति की गोद में पत्नी को लिटाया और सौभाग्यवती चल दी।

रात घिर आई। हम सब अब प्रस्तर युग में लौट चुके थे। बिजली चली गई थी; दूसरा कोई इंतज़ाम न था। ढहे घरों से जो कुछ निकाल पाए थे, पकाया और निगला। अब हमारी सब क्रियाएँ-प्रतिक्रियाएँ, भाव-अनुभाव सामूहिक हो चले थे।

सामूहिक भोजन, सामूहिक रुदन, सामूहिक जीवन, सामूहिक मरण और...और सामूहिक प्रतीक्षा...

दूसरे दिन पत्रकारों का दल पहुँचा! क़ीमती कैमरे और अन्य उपकरण! वही सवाल, "यहाँ कितने लोग मरे?"

"क्या बताएँ? मलबे में दबे लोगों को अभी से कैसे उस सूची में डाल दें? हाँ! लाशें दिखा दीं! खुद गिनो।"

स्कूल की छत हम सबकी छाती पर भारी बोझ बनी पड़ी थी। बड़ी मुश्किल से चार बच्चों को निकाल पाए थे! पत्रकारों ने तुरंत उनके फ़ोटो खींचे और मुँह के आगे माइक रखकर पूछा, "बोलो...कैसा लग रहा है?"

बच्चा चुप!

"मतलब...तुम्हारे इतने साथी अभी भी छत के नीचे दबे पड़े हैं, तुम 'लकी' हो कि बच गए...अब बोलो...कैसा लग रहा है?"

सहमा हुआ बच्चा टुकुर-टुकुर ताक रहा है।

वो तुरंत दूसरे बच्चे की ओर मुड़ गए। "तुम बोलो! कैसा लग रहा है? अच्छा लग रहा है न!"

बच्चा बोल पड़ा, "हाँ! अच्छा लग रहा है।"

वो हमारी तरफ़ लपके, "ये...सामने आपका मकान है?"

"जी हाँ!"

"ये तो पूरा ढह गया है!"

"जी हाँ!"

"इसके नीचे लोग दबे हैं?"

"जी हाँ!"

"कौन-कौन हैं?"

"मेरे माँ-बाप, दो भाई, भाभियाँ, उनके बच्चे और छोटी बहन।"

अब ये पूछेंगे—कैसा लग रहा है?

अचानक एक करुण चीत्कार ने उन्हें आकर्षित किया। वो उधर दौड़े। मलबे से निकाले गए बच्चे के शव पर माँ छाती कूट रही थी। खटाखट फोटो और माँ-बाप का 'इंटरव्यू'। हिलक-हिलककर रोती माँ किसी तरह बता रही है, "सुबह-सुबह नहा-धोकर झंडे को सलामी देने गया था..."

कैमरे और टेपरिकॉर्डर चल रहे हैं। ख़बर दृश्य और श्रव्य—दोनों होनी चाहिए!

इधर मलबे से आती कराहटें धीमी पड़ने लगीं। आज करने को कोई काम नहीं था। सब राशन-पानी कल ही निबटा चुके थे।

शाम ढले एक ट्रक गाँव में आया। उसमें भोजन सामग्री थी। गाँव के लोगों को गँवार वैसे ही थोड़ी ना कहते हैं! अनामंत्रित ही ट्रक घेरकर खड़े हो गए। इधर

अधिकारीगण अत्यंत कर्तव्यपरायण थे। जब तक उनके उच्च अधिकारी 'अति विशिष्ट' को लेकर नहीं आ जाते, वो ट्रक को पूरी हिफ़ाज़त से रखेंगे। हम लोगों ने भी रात्रि जागरण कर उनका मनोबल बढ़ाया। 'अति विशिष्ट' तीसरे दिन सुबह आए! साथ में दूरदर्शन का, अमला! कैमरे लगे, 'कोण' फ़िट हुए, तब 'अतिविशिष्ट' कार से उतरे! लो! ट्रक से भोजन निकालते ही, उसकी 'सुगंध' से 'अतिविशिष्ट' को उबकाइयाँ आने लगीं। जैसे-तैसे चार-पाँच लोगों को अपने 'करकमलों' से भोजन सामग्री दे राहत पहुँचाई, दूरदर्शन प्रभारी की तरफ़ देखा और उनका इशारा पाते ही 'चरण कमल' कार की ओर बढ़ा दिए। हमने भागकर उनकी राह रोकी। "माई-बाप...मलबे के नीचे लोग दबे पड़े हैं! तीस-पैंतीस बच्चे..." उन्होंने हाथ उठाकर हमें चुप रहने का संकेत किया और इस घोर अनुशासनहीनता के लिए अधिकारी को घूरा। अधिकारी ने हमें घूरा और हमने धरती को। वो फिर हिलती नज़र आई। हम घबराकर आलू-पूड़ी निगलते घायलों को देखने लगे! पानी डीज़ल टैंक से आया था, पर था पानी ही। भरपेट पी लिया, जितना भरकर रख सकते थे। रख लिया। जाते-जाते अधिकारी बोले, "सेना को ख़बर कर दी गई है। आती ही होगी।"

फुर्र र र र र र लवाजमा उड़ गया।

शाम को दूसरा पत्रकार दल आ धमका!

"कितने मरे? मुख्यमंत्री कहते हैं दस हज़ार मरे! रक्षा मंत्री एक लाख से ऊपर बताते हैं। प्रधानमंत्री जी नयन मूँदे सुपरिचित चिंतन मुद्रा में हैं। आप बताओ।"

"अब हम क्या बताएँ? आप ही बताओ। मलबे में दबे लोगों को गिनना है या नहीं?"

उनके पास अख़बार थे। अख़बार में ख़बरें! ख़बरों में नगर, ज़िला-ताल्लुका! इस छोटे-से गाँव की क्या औकात? बड़ी उत्साहवर्द्धक खबरें थीं! देश के कोने-कोने से सहायता सामग्री आ रही थी। दुनिया भर के देश सामान और धन भेज रहे थे। करोड़ों, अरबों डॉलर! डिब्बाबंद खाना, फलों का रस, दूध, बिस्कुट, पानी की बोतलें, दवाइयाँ, कंबल, तंबू, खोजी कुत्ते और चल-अस्पताल...हमने अपनी हथेलियों को ध्यान से देखा...न, इनमें कहीं कोई सूराख़ नहीं है। तो ये सहायता सामग्री जा कहाँ रही है। रह-रहकर पाँव स्कूल की ओर मुड़ जाते हैं। कराहटें धीमी पड़ने लगी हैं। नन्हे-नन्हे पाँव हिल रहे थे। रात तो अँधेरी होती ही है। वो क्या बताना? हाँ! ऊपर वाले ने दस-पंद्रह मिनट पानी बरसाकर राहत पहुँचाने का टोटका किया था। यह नहीं सोचा कि बेघर लोगों पर क्या गुज़रेगी?...राहत तो क्या मिलती? ठंड और बढ़ गई।

चौथा दिन...सामान से लदे ट्रक धूल उड़ाते निकल जाते हैं। यहाँ कोई नहीं रुकता।...इधर 'सुगंधित' भोजन ने अपना कमाल दिखाया। हैज़ा फैलने लगा। घायलों में इतना दम कहाँ कि उठकर जंगल तक जाएँ! पूरा वातावरण सुगंधित हो उठा है...सुबह तक आठ लोग और चल बसे। अबकी पत्रकार आएँ तो बताना, भूल मत

जाना। इन मौतों को किस श्रेणी में रखोगे? लोग तो अच्छे-भले थे, पेट कमज़ोर था। 'अतिविशिष्ट' का इंतज़ार नहीं झेल पाया।

पाँचवाँ दिन...लगता है, यहाँ तक आते-आते नहरों का पानी सूख जाता है। किसी तरह नदी के उद्गम तक पहुँचना चाहिए। अब हम सबको कोलंबस बनना है और नई दुनिया खोजनी है। समस्या यह है कि जो लोग मक्खियाँ नहीं उड़ा सकते, कुत्तों को नहीं हड़का पाते, उन्हें कैसे इस अभियान के लिए तैयार किया जाए। वही कालजयी तरक़ीब सूझी! किसी की सहायता करने का एक ही तो कारगर उपाय है।—गरमागरम, रंगारंग सांस्कृतिक कार्यक्रम या क्रिकेट मैच। इन्हीं कार्यक्रमों की योजना, समिति, उपसमितियों के चक्कर में पड़े थे कि अचानक अधिकारीगण जीप सहित अवतरित हुए। इनके पीछे-पीछे सेना का शक्तिमान ट्रक।

सेना के जवान कूदे, मलबा हटाने में जुट गए। अधिकारीगण निर्देश देने लगे। कुछ लोग शायद इसी प्रतीक्षा में थे कि अंतिम साँस खुले आकाश के नीचे लेंगे। इधर बाहर निकाला, उधर पंछी उड़ा। अब मृतकों की संख्या ठीक-ठीक बताई जा सकेगी...पर...ये भूकंप से कहाँ मरे थे?

स्कूल की छत हटाने के लिए भारी तकनीकी उपकरणों की आवश्यकता थी। अधिकारीगण कमर पर हाथ रखे खड़े थे। बोले, "जो है, उसी से काम चलाओ।" जवानों ने सब्बल-सरिए डाल-डालकर रास्ता बनाया और सात बच्चों को बाहर निकाला! सब मरणासन्न! अब इन्हें कहाँ ले जाया जाए। बेचारे सरकारी अफ़सर...अपने उच्च अधिकारी से पूछे बिना क्या निर्णय लेते? बच्चों को शक्तिमान में लिटाकर कुछ जवान सेना-अस्पताल की ओर दौड़े! बाक़ी फिर से काम पर जुट गए। मगर आदमी के हाथ क्रेन में कैसे बदल जाते? एक-एक करके नन्हे-नन्हे मासूम पाँव जड़ हो गए।

दो दिन तक अथक परिश्रम कर सेना के जवानों ने आँकड़े सही बिठाने में सरकार की मदद की और राशन-पानी देकर हमारी! अब इन शवों का क्या करें? भयंकर सड़ाँध फैलने लगी थी। इस बार अधिकारीगण गाँव के अंदर नहीं आए। बाहर से ही भोंपू द्वारा सूचना दे दी कि शवों की शिनाख़्त कर, सूची बनाकर, दाह संस्कार कर दो। गाँव तुरंत ख़ाली कर दो। फिर भूकंप आ सकता है। शिनाख़्त? छह-सात दिन से मलबे में दबे-कुचले आदमी की शिनाख़्त? और सूची? कहाँ है काग़ज़-क़लम, दाह संस्कार के लिए लकड़ी...? जैसे-तैसे किया यह सब! अन्य सब सामूहिक कामों की तरह सामूहिक चिता...

आठवाँ दिन...कोई भी ट्रक या जीप देखते ही ठ्ठ की ठ्ठ भीड़ उसे घेर लेती है। भूख-प्यास से मरते लोगों ने हया-शरम बेच खाई थी। और अब कुछ भी कर गुज़रने को तत्पर थे। पर ट्रकों का गंतव्य तो जिला मुख्यालय है। भीड़ पर खाने

के पैकेट और पानी की बोतलें फेंक-फेंककर सर्राटे से भाग निकलते हैं। इन पैकेटों और पानी की बोतलों को लेकर मारपीट हुई है—दो लोग मर गए...कृपया दर्ज कर लें।

नौवाँ दिन...अधिकारीगण आए और 'सहायता सामग्री मिलेगी' की गाजर दिखाकर किसी तरह हम आदिम खूँखार जानवरों को पंक्तिबद्ध किया। हमारा नंबर आने पर एक काग़ज़ की सहायता या राहत—जो भी चाहे, कहें—मिली। दिशा-निर्देश भी कि इस काग़ज़ को सुपाठ्य अक्षरों में ठीक-ठीक भरकर किसी ज़िम्मेदार अधिकारी के दस्तख़त करवाऊँ। अधिकारी पुनः प्रकट होंगे, तब यह काग़ज़ उन्हें अर्पित करूँ। उस पर विचार होगा, निर्णय किया जाएगा, तब कार्रवाई होगी। यहाँ भी वही का वही सवाल। फार्म कुछ यूँ था—आपका नाम...बाप का नाम...परिवार के कुल सदस्य—जीवित-मृत—जो अभी मलबे में दबे पड़े हैं, उन्हें मृत मान लूँ?

सुना...कहीं कम क़ीमत पर अनाज मिल रहा है। सुना तो आपने भी होगा...काफ़ी अनाज सड़ गया था। समुद्र में फेंकने चले तो जीवदया समिति वालों ने अधिकारियों को फटकारा। ग़ुर्राए, "अगर मछलियाँ मर गईं तो?"

"ठीक है," अधिकारियों ने अपनी गलती मान ली। निर्णय किया कि कम क़ीमत पर बेच देते हैं। और अगर लोग मर गए तो? तो क्या? यूँ भी तो लोग ज़हर खाकर मरते ही हैं। वह भी बाज़ार से ही खरीदते होंगे। कोई समाज सेवी यानी सेठ ज़हर थोड़े ही ना बँटवाता है!

भारी मात्रा में सहायता सामग्री आने की खबरें बराबर मिल रही थीं। इतनी सामग्री कि सड़ रही थी...लोग बंदरगाहों पर सामान लिए बैठे थे...लो भाई! सँभालो यह सहायता सामग्री! इधर से जवाब मिलता...थोड़ा ठहरो यार! पहले इनका सामान तो सँभाल लें।

...फिर हमारे गाँव में भूकंप के साथ अकाल क्यों? कुछ चतुर सयानों ने पता लगा ही लिया कि ये सामान कहाँ जा रहा है? पैसा सीधा बैंक में जाता है और सहायता सामग्री वोट बैंक में। अघा चुके हैं लोग! पर एक दाना भी वोट बैंक के बाहर नहीं जाने देंगे। न जाने कब चुनाव की हड़बोंग शुरू हो जाए! तब काम आएगी।

मुख्यालय पर अधिकारीगण विदेशी सहायता सामग्री देख रहे थे। मंत्री जी भी हैं, समन्वय समिति वाले भी हैं और...सर्वव्यापी पुलिसवाले भी। आय...हाय...कितनी प्यारी पैकेजिंग है। कैसा मज़बूत और सुविधाजनक तंबू...पिकनिक वग़ैरह के लिए कितने काम की चीज़ है। वाह-वाह कितने प्यारे नरम-नरम कंबल हैं! हाय! इतने बढ़िया कंबल इन लुटे-पिटे, भूखे-नंगे और घायलों को बाँट देने पड़ेंगे? ज़मीन में बिछा-बिछाकर, धूल-मिट्टी में लिथड़ा-लिथड़ाकर सब सत्यानाश कर देंगे...मंत्री जी गहरी साँस भरते हैं। हाय! पद मर्यादा के अनुसार सब साँस भरते हैं, हाय!...हाय! मंत्री उवाच : "अभी तो सँभालकर रखवा दीजिए...फिर देखते हैं...बड़े हिसाब-क़िताब

का काम है भाई...गिनकर देना, गिनकर लेना। प्रधानमंत्री जी ने कहा है कि सहायता सामग्री स!!!! ब ब्याज समेत लौटानी होगी..." कुछ याद आया उन्हें..."कल किसी अख़बार में छपा था कि कहीं हैज़ा फैल रहा है...देखना ज़रा।"

अधिकारी ने अख़बारवालों को पकड़ा। ख़ातिर-तवज्जो की। फिर कहा। "ख़ुद देख लो साब। कहाँ है हैज़ा? हम इतनी-इतनी दवाइयाँ, इतनी-इतनी चीज़ें बाँट रहे हैं...आप भी लीजिए। देखिए ज़रा...क्या नहीं है इस पैकेट में?" सचमुच! सब कुछ था। दूसरे दिन खंडन छप गया। कोई हैज़ा-वैज़ा नहीं फैल रहा।

हर आपदा अंततः बहती गंगा बन जाती है। जो चाहे डुबकी लगाए। दो घूँट चाय दस रु. की।

दसवाँ दिन...हमारे पड़ोसी सुनार लालाजी अपने मकान के मलबे की बड़ी चौकसी रखते हैं। रात को कुछ खटर-पटर सुनाई दी। जली टॉर्च हाथ में ले देखने चले। पुलिसवाले ने डंडा ताना। "भागो यहाँ से। फिर भूकंप आ सकता है।" लालाजी ने देखा! मलबे की सुरक्षा में चार बलिष्ठ युवक भी पुलिस का हाथ बँटा रहे हैं। लालाजी थर-थर काँपने लगे।

"ऐ...कौन हो तुम लोग? मेरे घर में क्या उठापटक कर रहे हो?"

युवक भला बूढ़े की बातों पर ध्यान देते! पूर्ववत खुदाई में लगे रहे।

लालाजी ने पुलिसवाले को गुहारा..."देखिए सिपाही जी...मेरे घर का सामान निकाल रहे हैं...ज़रा देखिए।"

"प्राइवेट चौकीदारी का पैसा लगता है," उसने खैनी मलते हुए जवाब दिया।

"पैसा! पैसा कहाँ है हमारे पास?"

"तो फिर क्यों जान खा रहा है? भाग यहाँ से...पैसा नहीं है! गले में चेन पीतल की है? क्यों?" उसने हाथ बढ़ाकर लालाजी की चेन खींच ली। लालाजी की पूरी काया पर मानो भूकंप उतर आया।

"मैं अभी जाता हूँ...और...और..."

"और क्या?" मलबा खोदते मुस्टंडों में से दो ने लालाजी को थाम लिया। बूढ़े आदमी हैं, कहीं गिर न पड़ें।

"चुपचाप जाकर सो रहो! समझे! अभी तो सिर्फ़ माल जाएगा...ज़रा भी शोर किया तो...हाँ। समझ गए न!" उन्होंने लालाजी को ज़ोर से धक्का दिया और हँसते हुए चले गए।

"लालाजी बेहोश हैं या मर गए? ठीक से पता करो। सुबह अधिकारीगण पूछेंगे।"

सिपाही ने खैनी ठोंककर मुँह में रखी और मुच्छड़-मुस्टंडों की रखवाली में लग गया।

बिजली आ गई है। जिनका मकान नहीं गिरा है, वहाँ टीवी चलने लगा...देखो। देखो...आपदा-प्रबंधन की मीटिंग हो रही है...सब मुँह लटकाए बैठे हैं। सामने सीलबंद

बिस्लरी। फल, मेवा और तरह-तरह के बिस्कुट। उन सबका एक ही निष्कर्ष–सेना को बुलाओ!...यह लो...ख़बरें आने लगीं! नवीनतम आँकड़े!...भारत सुंदरी का चयन...सुंदरी गुजरात विध्वंस से दुखी है। यह टीवी का तात्कालिक लाभ है। हमें पता चल गया कि हमारे दुख में कौन-कौन, कहाँ-कहाँ, किस-किस तरह से दुखी है। सुबह-सुबह टीवी पर अनेक साधु-संत, साध्वी-संतनियाँ प्रवचन देती हैं। सब परम दुखी। दुनिया भर को त्याग-दया, करुणा के उपदेश दे रहे हैं...वहीं बैठकर...दूर से दर्शन देकर...माया-मोह के बंधन काटना आसान है, टीवी के अनुबंध तोड़ना नामुमकिन!...एक धर्मध्वज तो इतने दुखी हुए कि सपरिवार किसी अभयारण्य में विहार कर दुख मनाने निकल गए। कुछ अति कोमल हृदयों के लिए दुख असहनीय हो चला था। उन्होंने विदेश यात्रा का प्रोग्राम 'फ़िट' कर दुख दूर करने की ठानी। उनके परम अशुभचिंतकों ने उन्हें चेताया कि इस वक़्त यह पलायन लाभदायी नहीं। नीति विरुद्ध है, सो अलग...दुख का सामना करो! सो उन्होंने भारी मन से अपनी विदेश यात्रा स्थगित कर दी। और अपनी वातानुकूलित कोठी में जाकर दुखी होने लगे...भूकंप में स्थूल भवन ही नहीं, सूक्ष्म स्वप्न भी ध्वस्त हो गए!...अब इन सब का क्या बुरा मानना? ऐसा तो होता ही रहता है। अँधेरा अंततः दीये के नीचे ही शरण पाता है...जिस दिन श्री गणेश जी महाराज सारी दुनिया में दुग्धपान कर रहे थे; उस दिन भी अनेक बच्चे अश्रुपान कर सो गए थे।

सरकार रह-रहकर बर्रा उठती है कि मुआवज़ा देगी; जनता रह-रहकर कराह उठती है कि अभी तो चमोली वाले ही लटके पड़े हैं। लोग इस क़दर नुक़्ताचीनी करते हैं कि क्या कहें? न जाने कौन साहब फरमा रहे थे कि लातूर भूकंप में एक अधिकारी के घर से सौ तंबू निकले थे। धन्य हो प्रभु! क्या करोगे सौ तंबुओं का?

इसी तरह जब लोकप्रिय फ़िल्मी सितारों ने भूकंप पीड़ितों के लिए सांस्कृतिक कार्यक्रम करने की ठानी तो किसी संशयात्मा ने कहा, "क्या ज़रूरत है कमर मटकाने की? इतना काला धन है! वही निकाल फेंको!"

क्रिकेट के खिलाड़ी भी कुछ-न-कुछ करेंगे ही। हर गली-मुहल्ले में सहायता सामग्री एकत्रित हो रही है। मुद्दा सिर्फ़ इतना है–हम तक कब पहुँचेगी? आज बीस दिन तो हो गए। "अब आप मेरा नाम भी मृतकों में दर्ज कर लें।"

"क्यों? आप तो अभी ज़िंदा हैं।"

"नहीं...ज़िंदा होते तो दूसरा भूकंप ले आते! इतना प्रबल-प्रचंड कि आपके रिक्टर स्केल भी न नाप पाते! हिलाकर रख देते इस तंत्र को! इस भ्रष्ट तंत्र के पोषक हर स्तंभ को।"

...चच्चच...बीमार है। भूकंप के बाद ऐसे मनोवैज्ञानिक रोग होते ही हैं। डॉक्टरों ने कहा था...लोगों को लगेगा फिर भूकंप आ रहा है।

भरसक रोनी सूरत बनाकर मंत्री जी बयान दे रहे हैं, "स्थिति नियंत्रण में है।

आपदा इतनी भीषण और विकराल थी कि उसको दो-चार दिन में सँभालना संभव न था...अब सब ठीक है। नुक़सान का आकलन कर रहे हैं...अभी स्थिति पूरी तरह स्पष्ट नहीं है। यह कहना मुश्किल है कितने लोग इस तबाही का शिकार हुए हैं!"

अपने आँकड़े सही कर लें हुजूर। गणतंत्र दिवस के ठीक 21 दिन बाद...खुले आकाश के नीचे...ठंड-भूख-प्यास से मरा यह नाचीज़!

संतन्ह के लच्छन सुनु भ्राता

...यह तो होना ही था। पहले से ही तय था सब कुछ। नियति...तक़दीर का खेल... ललाट लिपि...जो चाहें, कह लें। आपकी समझ में न पहले कभी आया था, न अब आएगा! कितना समझाया था कि ज्योतिष विद्या अनिवार्य कर दो। पूर्व प्राथमिक स्तर से पंचांग-पत्रा पठन आरंभ होना चाहिए। नहीं सुनी...अब भुगतो। पत्रा-पंचाग वग़ैरह पढ़ना तो आता नहीं था, सो एक महीने पहले ही होली मना डाली। बुधवार को ही होली जली और दूसरे दिन से रंग खेलना शुरू हुआ। ऐसी प्रचंड होली जली थी कि आज तक सुलग रही है। सुलगती क्यों नहीं। मेज़ कुरसी, कार-स्कूटर, आदमी, औरत-बच्चे जो हाथ आया, उसे ही झोंक दिया। लोगों ने वहाँ से आग ले जाकर अपने-अपने गली-मुहल्लों में होली जलाई। ऐसी ही प्रथा है। फिर सुर्ख़ लाल रंग, गुलाल और पिचकारी लेकर लोग होली खेलने के लिए रास्तों पर उतर पड़े। एक बार खेलना शुरू किया तो क्यों रुके कोई। होली है ही मतवालों का त्यौहार! खेल रहे सो खेल रहे हैं। जिसने दरवाज़े बंद कर लिए, उस कायर को दरवाजा तोड़ कर बाहर निकालो ज़बर्दस्ती रंग डालो! कैसे नहीं खेलेगा? एक बार तन-मन रंग गए तो फिर क्या पीछे हटना! वो भी रंग पर आ गया। जी जान से खेलने लगा।

ऐसे त्योहार को सबका समर्थन मिलता है। सार्वजनिक अवकाश! परीक्षाएँ स्थगित! पहले होली खेल लो! अपने जी की भड़ास निकाल लो! बाक़ी काम बाद में होता रहेगा। कोई किसी के रंग में भंग नहीं डालता। अपने-अपने ढंग से खुले खेलने की पूरी स्वतंत्रता है। जुनून है। बौराए हुए हैं लोग! मनचीती कर लेने दो! यह सोच कर पुलिस वाला भी पीठ की ओट दे देता है।

हमारा देश धर्मप्राण देश है। सब अपने-अपने धर्म पर चलते हैं। सरकार अपने धर्म पर, जनता अपने धर्म पर! सब के धर्मपालन पर कड़ी दृष्टि रखते हैं ज्ञानी-ध्यानी साधु-संत! मार्गदर्शन करने को सदैव तत्पर! अहा! यज्ञ की अग्नि मंद न पड़े। निरंतर आहुति देते रहो! धुएँ से धूपायित रहे यह देश! ज़रा कुछ इधर-उधर हुआ कि बंद! पहले देश को लाइन पर लगा लें, तब ही न आगे बढ़ेगा! देश को सही दिशा में आगे बढ़ाने का एक ही तरीक़ा है, 'बंद'! पहले इस हाथी को निश्चल-निस्पंद खड़ा

करो। इसके हाथ-पाँव चुस्त-दुरुस्त करो! जो न माने तो तोड़ दो! झक मार कर आगे बढ़ेगा!

होली का त्यौहार! धूमधाम देखकर हाथी पर भी 'मद' उतर आया! मतवाला हाथी! मस्त होकर लगा होली खेलने! यहीं से सब गड़बड़ शुरू हुई। भागो! दौड़ो! अरे, कोई इस मस्त हाथी को क़ाबू में करो। अपने महावत का ही घर रौंदे डाल रहा है! रक्षक गुहारे गए। वो अस्त्र-शस्त्र से सन्नद्ध हुए, रक्षा को तत्पर हुए। इधर साधु-संत विचारमग्न हो गए। 'मद' उतर रहा है। अब तो हाथी उधर मुड़ रहा है जिधर दुष्ट राक्षस रहते हैं।....ज़रा तसल्ली रखो भाई! ऐसा उतावलापन किस काम का? इतना बड़ा जीव है। कब तक कूद-फाँद करेगा? थक-हार कर अपने आप बैठ जाएगा! रक्षक देश की सीमा पर तैनात हैं। उन्हें वहाँ से हटाना? चच्च...चच्च... ज़रा सबर करो। अभी हालात सामान्य हुए जाते हैं। मुसीबत यह हुई कि हाथी नैतिक शास्त्र और धार्मिक प्रवचन नहीं समझता। ख़ास कर मस्त हाथी! वो पलटा और फिर उखाड़-पछाड़ में जुट गया! बेकार बैठे लौंडे-लपाड़ियों की बन आई।...पीछा करो... मारो...लूटो...खसोटो! अपना घर भर लो, छाती ठंडी कर लो। दर्ज तो यह सब हाथी के ही खाते में होगा।

सच्ची! किसी ने भी यह बेमौसम होली नहीं चाही थी। कम से कम कह तो यही रहे हैं। सब हाथ जोड़ कर शांति की अपील कर रहे हैं। शांति कौन? एक लुप्तप्रायः चिड़िया का नाम है। आपको कहीं दिखे तो हमें भी दिखाना। वो परस्पर सहिष्णुता की, धार्मिक स्वभाव की बातें कर रहे हैं। अब ये दोनों ही चीज़ें स्टाक में नहीं हैं। कहाँ से लाए? आख़िर इतना धार्मिक सद्भाव था इस देश में! गया कहाँ? निठल्लों की भीड़ चर गई! वो उक्ति सुनी है ना! 'सत्यं वद, धर्मः चर'

सौ रुपयों की खरी दहाड़ी, आना-जाना, खाना-पीना मुफ़्त! कोई खास काम तो था नहीं! हमने सोचा, चलो! थोड़ा घूम-फिर आएँ! आहा! कैसे आनंद से कटे दिन! फ़्री-फंड की रेल यात्रा, चकाचक खाना-पीना और भजन-भाव अलग! इहलोक की झाँय-झाँय में उमर बीत रही थी। इस बहाने कुछ परलोक के भी खाते में जमा कर आए। सो भैया! वहीं से लौट रहे थे। यात्रा की उमंग में गाते-बजाते, लहक़-लहक़ कर रसिया अलापते, हाथ उठा-उठाकर आल्हा की टेक उठाते! धन्य हो! तमाशा देखने को सब राज़ी, पैसा फेंकने को कोई नहीं। ऐं! ये कैसा अंधेर! कितनी ग़लत बात है। भला भजनीकों से भी सब्ज़ी-पूरी, दूध-चाय के पैसे माँगता है कोई? इतना अधर्म! अरे पान-तमाखू बीड़ी-सिगरेट तो यों ही हाजिर करते हैं लोग। ख़ैर माँगे जाओ! देता कौन है। पाँच मिनट में गाड़ी चल देगी। माँगते रहना गाड़ी के पीछे! राम जी की चिड़ियाँ। राम जी की खेत। खाओ भई चिड़ियो। भर, भर पेट।...सब उन्हीं की माया है ऐसे ही माँगत खात चले आ रहे थे कि यज्ञ विध्वंस हो गया। ज्ञानी जनों ने कहा है कि—जहाँ यज्ञ होता है, राक्षस आ ही जाते हैं। पता नहीं था कि यार

लोगों ने बरसाने की लठमार होली को मात देने की तैयारी कर रखी है। अब क्या है? आगे बढ़ो वीरो! जीते तो सारी वसुंधरा तुम्हारी, हारे तो टेक्नीकलर स्वर्ग!

वाह! क्या दृश्य है! पवित्र नाम स्मरण से दिशाएँ गूँज रही हैं। त्राहिमाम्... त्राहिमाम् रक्षा करो प्रभो! दिव्य अग्नि से अज्ञान का अंधकार दूर हो रहा है। बुराइयाँ नष्ट हो रही हैं। अग्नि है ही सर्व पवित्रं! जल-तप कर देश निखर उठेगा! गंधित धूम्र से आकाश धूम्रायित है। तुच्छ कीट-पतंगे नष्ट हो रहे हैं। हमारा धर्मप्राण देश! चींटी को आटा, साँप को दूध और बंदर को चने। आदमी को धर्म! जय हो...जय हो।

धर्म की गति अति सूक्ष्म है। अज्ञजनों की समझ में नहीं आती। समझने की ज़रूरत भी क्या है? आपको बस इतना करना है कि धर्म ध्वज उठाए, प्रशस्त धर्म मार्ग पर चलते रहें। देश की अस्मिता की रक्षा करनी है। सो जय-जयकार करते इधर से उधर, उधर से इधर आते-जाते रहो।...भारत बंद है; संतों का मुँह खुला है! महत्वाकांक्षाएँ झर रही हैं। इस पुनीत संकल्प में हज़ार-बारह सौ लोग काम आए, तो क्या हुआ? धर्म अमर है; मनुष्य मरण धर्मा! जे जायन्ते, ते म्रियन्ते!

और मरे भी वही न, जो होली के हंगामे में धर लिए गए। तो होली पर ये सब होना ही है! आप उधर से निकले ही क्यों? आप वहाँ गए ही क्यों? आप उस इलाके में बसे ही क्यों?

क्यों?...क्यों?...क्यों?

'होली है' के जोश में आदमी बहुत कुछ कर गुज़रता है। कुछ याद रहता है कुछ भूल जाता है। इतना याद रहा कि आज 'छुट्टी' है। ख़ूब जम कर खेलो। बाद में सुलह सफ़ाई होती रहेगी। हाथ जोड़ कर शांति पाठ करने वाले भूल गए कि हँसी मज़ाक मारधाड़ से भरपूर, दिल को छू लेने वाले इस महान, धार्मिक चलचित्र की पटकथा उन्होंने ही लिखी थी। इतना ही नहीं, नारियल फोड़, शंखनाद कर मुहूर्त 'शाट' भी दिया था। क्या तो भला सा नाम था! लिबरहान की जाने क्या?...उनके घुड़कने पर क़बूला भी था। सिंहासन हथियाने के लिए ही सब 'लीला' खेली थी। परदा उठ गया, लीला चालू आहे! वीर रस, करुण रस, वीभत्स और रौद्र के 'रिमिक्स' में ढल, गली मुहल्लों और चौबारों पर बज रहा है।

हे संत प्रवर! आप तो दिव्य दृष्टि संपन्न हैं। आप को इन अति उत्साहीजनों के रंगीन इरादों का भी आभास था। तो समय रहते अपना मंत्रबल-तंत्रबल क्यों नहीं प्रयुक्त किया?

इसलिए कि देश की अस्मिता के सामने निरासक्त जनता कहाँ रहती है? उदर की आग बुझाने में लगे तुच्छ जीव, अग्निहोत्र का महत्त्व क्या जानें?

यथार्थ है श्रीमन्! इतिहास में यह गौरव-गाथा रक्ताक्षरों से लिखी जाएगी। चारणों को इंगित मात्र चाहिए। देश क्या, वो विश्व इतिहास बदल देगें! अपने उत्प्रेरक

वचनों से आकाश गंगा को दहला देंगे।

शांति...शांति...ज़रा सबर रखो। भक्ति भाव बनाए रखो। अभी थोड़ी देर में प्रभु अवतार लेंगे। एक बार फिर इस धरा धाम पर प्रभुराज्य की स्थापना होगी।...

जब जब होइ धर्म कै हानि...

कहाँ हो करुणावतार! इस धर्मप्राण देश के प्राणों पर बन आई है!

आइए-आइए...देखिए, आत्मदाह!

पहले असहयोग आंदोलन का फ़ैशन था, आजकल आत्मदाह का है। पहले बात-बात में हर जोर जुल्म की टक्कर में 'हड़ताल हमारा नारा है' कहकर लोग आराम से बैठ जाते थे। अब फ़लाँ फ़लाँ तारीख़ तक यह न हुआ तो आत्मदाह कर लेंगे कह कर फ़ोटो खिंचवाने लगते हैं।

आसेतुहिमालय अनेकानेक आत्मदाह विशेषज्ञ हैं। इनके कुशल निर्देशन में आत्मदाह घोषित होते हैं, प्रायोजित होते हैं, प्रचारित-प्रसारित होते हैं और...और? और क्या? बस्स! ये कोई किस्सा कहानी थोड़े ही ना है जो हुंकारे के साथ ख़िंचती चली जाएगी!...बोल सियावर रामचंद्र की जै! जैसे दिन उनके फिरे, सब के फिरे! बोलो होलिकाय नमः!

होली! हम आत्मदाह विशेषज्ञों की आदि पुरखिन होलिका को पुण्य स्मृति में मनाया जाने वाला त्यौहार! वो ही पुण्यात्मा थीं जिन्होंने सबसे पहले आत्मदहन को आख्यानों में रेखांकित किया! बड़ी महारत हासिल थी उन्हें! वो स्वयं झुलसती तक न थी, आसपास बैठे सऽऽऽब स्वाहा!...हम उन्हीं के वंशज हैं। आत्मदाह की धधकती मशाल उठाए! इस परंपरा का निर्वाह करने को प्रतिबद्ध! कटिबद्ध!...सुनते हैं, उनके पास दिव्य वस्त्र था। उसे पहन, ओढ़ कर बैठने से आदमी जलना तो क्या, गरम भी नहीं होता था।...उस युग में वस्त्र था; इस युग में पत्रकार हैं! उनकी ओट में बैठने वाले पर आँच नहीं आती! ये निरंतर आत्मदाह के लिए ईंधन जुटाए रहते हैं।...हाँ...बँधु हाँ...तुम आत्मदाह करो, हम तुम्हारे साथ हैं।...तीली दिखाने मुख्यमंत्री या गृहमंत्री को पटा लाएँगे!

हाँ आँ आँ...हमें मालूम है, इस आख्यान का अंत ज़रा अप्रत्याशित था। होलिका जल मरी! चच्च च...पता नहीं कहाँ क्या गड़बड़ हुई!...वो वस्त्र खिसक गया होगा!...ठीक से प्रचार-प्रसार न हुआ होगा! यह तो संभव ही नहीं कि आत्मदाह की घोषणा हो, और कोई वस्तुतः जल मरे! हम ध्यान रखेंगे! पत्रकारों को खिसकने नहीं देंगे। हमारे आत्मदाह बजट का अधिकांश पत्रकारों की सेवा में समर्पित है। बाद में तो ये सब ख़र्चा-पानी 'रिफ़ंड' होना ही है! आत्मदाह न करने के लिए! तो आइए!...

मजमा जमाएँ! भाइयो और बहनो! हम अगले सप्ताह आत्मदाह कर रहे हैं। आप सपरिवार अवश्य पधारिएगा! अपने यार दोस्तों को भी साथ लाइएगा!...अच्छा बंदोबस्त किया है। आयोजन तो पिछले सप्ताह ही था। टी.वी. वालों के न पहुँचने के कारण मुल्तवी करना पड़ा। क्या करें? कोई मंत्री जी किसी संत जी से मिलने पधारे थे। टी.वी. वाले उधर दौड़ लिए! ख़ैर! इस बार तिथि-वार-वार मुहूर्त सब देखकर प्रोग्राम फ़िट किया है! टी.वी. वालों को भी कस कर 'एंटरटेन' किया है। वो भी आएँगे! दरअसल अपना आदमी घुसेड़ दिया है वहाँ। वही हड़का लाएगा पूरी टीम को! आप आस-पास ही रहना! कैमरा आपको भी फ़ोकस में ले लेगा! देखना! नेशनल टी.वी. पर आ जाओगे!

क्या पूछ रहे हैं? आत्मदाह का कारण?

कारण यही नेशनल टी.वी. है। जिस दिन ये हमारा चेहरा नहीं दिखाता; रोटी हज़म नहीं होती! वैसे हफ़्ते में तीन-चार बार तो हम दिखाए जाते है। मगर 'रोटी' रोज़ का 'आइटम' है और हज़म भी होनी चाहिए! पिछले चार-पाँच दिन से नेशनल टी.वी. हमें भुलाए बैठा है।...रोटी हज़म नहीं हुई! पेट अफ़रा गया; छाती में जलन हो रही है। इसलिए आत्मदाह का प्रोग्राम 'फ़िट' किया है। टी.वी. वाले भी क्या याद करेंगे? रिकार्ड कर लो, प्यारे! हम कितने महान हैं! जान जैसी तुच्छ चीज़ यूँ ही दे देते हैं। न जाने कितनी बार देने पर तुल आए हैं, और अभी न जाने कितनी बार और तुलेंगे! हम हैं ही ऐसी महान हस्ती! इलायची की तरह जान हथेली पर रखते हैं। मौका मिलते ही पेश कर देते हैं। हमारी दरियादिली का ढोल पीटा जाता है।

पिछली बार?

पिछली बार ज़रा कुछ गड़बड़ हो गई थी, यार! टी.वी. वाले नाराज़ चल रहे थे! नहीं आए! इस बार उनको भी चकाचक करके रखा है। आएँगे कैसे नहीं! ज़रूर आएँगे! इस बार सब पेंच ठीक-ठाक कस कर रखे हैं। अब क्या बताऊँ? बिना टी.वी. के अनशन-फनशन, आत्मदाह वग़ैरह का क्या मज़ा? वो अव्वल दरजे के मूर्ख होते हैं जो बिना टी.वी. वालों को बुलाए, ये सब ढोंग-धतूरे करते हैं। मुफ़्त में जान जाती है और नाम भी नहीं होता!...हम हर काम सुनियोजित ढंग से करते हैं! अनशन हो या आत्मदाह! अनशन हो तो क्रमिक! बारी-बारी से सब यार दोस्त चार-चार घंटे बैठ लेते हैं। तिलक लगवाते हैं, माला पहनते हैं, मौसम्मी का जूस पीते हैं और फ़ोटो खिंचवाकर चले जाते हैं। ज़िंदाबाद-ज़िंदाबाद होती है, सो अलग! बोलो क्या बुरा है?

हाँ...आँ...और भी कई कारण हैं। आत्मदाह कर रहे हैं, तो कारण भी कोई न कोई होगा ही! असल में दाह हमारी आत्मा में बसा है। हमारा तन-मन निरंतर दहकता रहता है। क्यों नहीं दहके! सुनिए हम सब एक साथ एक दल में रहे! साथ-साथ

पढ़े; साथ-साथ लड़े! साथ-साथ स्कूल जाते, साथ-साथ फ़ेल होते! साथ-साथ कॉलेज गए, साथ-साथ निकाले गए। साथ-साथ पकड़े गए, साथ-साथ जेल भेजे गए।...कोई वजह है वो साला मंत्री और मैं? संतरी पद के लिए भी लुलुआऊँ! उनके तो हगने-मूतने की भी ख़बर अख़बार में छपे और हमें छपास लगने पर आत्मदाह पर तुलना पड़े! ये अन्याय नहीं है?

है!...घोर अन्याय है! मलाई अकेले उड़ाओगे तो हज़म नहीं होगी। मिल-बाँट कर खाओगे तब ही अंग लगेगी। हम भी राज़ी, तुम भी राज़ी! दूसरा कारण यह कि उनके आगे-पीछे ज़ेड सिक्योरिटी लगी है। और हमें गली का कुत्ता तक नहीं पिछियाता!...आत्मदाह की घोषणा मात्र से ज़ोरदार 'फ़ुटेज़' मिलता है। टी.वी. कवरेज में रोज़ाना 'बाइट' आता है। आप नहीं समझेंगे, तकनीकी शब्दावली है। अब आगे का हाल पर्दे पर देखना...

आत्मदाह की घोषणा करते ही सारे देश में हड़कंप मच जाएगा। यानि कि आसेतुहिमालय भारतवर्ष हिल उठेगा। दंगे-फ़साद की लहरों पर लहरें उफन पड़ेंगी। गली-गली में मेरे समर्थक हैं। वो तोड़-फोड़ शुरू कर देंगे। सांप्रदायिक दंगे शुरू हो जाएँगे। तीन दिन के लिए भारत बंद! बस फिर क्या है? खड़ा खेल फर्रुख़ाबादी शुरू हो जाएगा! खेलो-खाओ, मौज मनाओ! तब देश की अस्मिता ख़तरे में पड़ जाएगी! अस्मिता कौन? सुष्मिता सेन की छोटी बहन? अरे, होगी, कोई! तुम भी यार, बाल की खाल निकालते हो!...आगे सुनो! चारों ओर से समर्थक दौड़े आएँगे! वो भीड़भाड़ धक्कम-धक्का होगी कि क्या कुंभ मेले में होती होगी! जहाँ दस-पाँच आदमी इकट्ठे हुए, कि अस्थाई दुकानें खुलीं। इससे बाज़ार की सुस्ती टूटेगी, उपभोक्ता वस्तुओं की बिकवाली में उछाल आएगा! देश की अर्थव्यवस्था कुलाँचें मारने लगेगी! सारा ख़र्च आख़िर में व्यापारी ही उठाता है, उसे भी चार पैसे मिलने चाहिए।

आत्मदाह जैसे महान धार्मिक आयोजन को पर्यटन विभाग भी लपक लेगा (जैसे सती प्रकरण को राजनेता) और विदेशी पर्यटक भी आने लगेंगे! अब आत्मदाह कहाँ देखने को मिलता है। भारत कृषि प्रधान देश है, सो साल के आठ महीने आदमी निठल्ला रहता है। तुरंत भीड़ उमड़ेगी, मजमा जमने लगेगा! ग़ज़ब की भीड़ देख पढ़े-लिखे लोग भी लपकेंगे। वो समझेंगे एक लाख एक कुंडीय यज्ञ था ऐसा ही कोई आयोजन है जिसके अंत में हलुआ-पूरी प्रसाद स्वरूप मिलेगा! सो बच्चों को काँख में दबाए, बूढ़ों का हाथ थामे श्रद्धालु पहुँचने लगेंगे! इतने लोगों को सँभालने के लिए सरकारी अमला सक्रिय होगा! और सक्रिय होंगे जेबकतरे-उठाईगीरे! बाक़ायदा ठेका उठेगा, बोली लगेगी और किसी एक गिरोह के नाम टेंडर खुलेगा! इन्हें नियंत्रित करने के लिए पुलिस विभाग सक्रिय होगा! माना टेंडर आपके नाम खुला है, हमारी चवन्नी तो देते जाओ! हिन्दी फ़िल्मों के कहानी-लेखक आ कूदेंगे! कितना कच्चा माल बिखरा पड़ा है। बच्चे (सिर्फ़ जुड़वाँ) खो जाएँगे! गले में पड़े ताबीज़ के सहारे

अब ये चंबल के बीहड़ों या सुनसान समुद्र तट पर मिलेंगे! एक कुख्यात दस्यु या अंतर्राष्ट्रीय तस्कर, दूसरा कर्मठ पुलिस अफ़सर। जुड़वाँ लड़कियाँ भी खो सकती हैं! ये उमरावजान 'अदा' या भैरवी बनकर जहाँ-तहाँ प्रगट होंगी! कुछ बच्चों को उनके चाचा-मामा ही उठवा देंगे! जायदाद का चक्कर है! गीतकार-संगीतकार आ टपकेंगे! लोकगीत और भजन रिकार्ड करेंगे, 'रिमिक्स' कर आगे बेच देंगे! मेले-ठेके का पक्का आयोजन देख नौटंकी और सरकस वाले भी आ जाएँगे! तड़ाक धिन-धिन...धिन-धिन तड़ाक...और? और हर फटे में अपनी टाँग घुसाने को आतुर पत्रकार पहुँचेंगे! देखा!.. ..एक घोषणा मात्र से इतना प्रचार-प्रसार! हर्र लगे न फिटकरी; रंग चोखा आ जाए!

अंतर्राष्ट्रीय स्तर पर देश का नाम होगा और साथ में हमारा भी! 'गिनेस बुक ऑफ़ वर्ल्ड रिकॉर्ड' वाले दौड़े आएँगे! सबसे अधिक बार आत्मदाह पर उतारू व्यक्ति! आप भूल तो नहीं गए। 'वाटर' फ़िल्म बनाने वालों को हमने ही पानी पिलाया था। बनने नहीं दी फ़िल्म! वो भी अजीब पनियल तबीयत के लोग थे। हमसे बात नहीं की, डेरे तम्बू उखाड़ घर भाग गए! ख़ैर...कहाँ तक गिनाएँ। क्या-क्या और किस-किस को रोका है...यही...आत्मदाह की घोषणा कर-करके! अरे! हमने तो सारा देश रोक रक्खा है। इंच भर भी हिल कर दिखाए ज़रा!...

जब भी सदियों पुरानी, हमारी महान संस्कृति पर किसी संकट का कोई आभास मात्र भी होता है, हम तुरंत आत्मदाह की घोषणा कर देते हैं! घोषणा मात्र से इतना बवाल मचता है, वो बयानबाज़ी होती है कि क्या बताएँ? नाना प्रकार के कनफटे, मूँडघुटे, जटाधारी, भगवाधारी, दिगंबर, नागा साधु, संत और संतनियाँ बमकने लगते हैं। वो कौआरोर होती है कि संसद सिटपिटा जाती है। सकते के आलम में सब कुछ थम जाता है! जान लें आप! देश को संसद नहीं, हम चलाते हैं! जब, जिधर जहाँ चलने को कहेंगे, चलेगा। रुकने को कहेंगे, रुकेगा! कस्बाई मुद्दे को राष्ट्रीय, और फिर राष्ट्रीय से खींच कर, अंतर्राष्ट्रीय बनाने में हमें महारत हासिल है। एक एंगल और भी है। मुद्दे का अंतर्राष्ट्रीयकरण होते ही प्रतिपक्ष सहम जाता है। उनकी जान सांसत में पड़ जाती है। अगला चुनाव हारने के आसार दिखने लगते हैं, वो तुरंत सौदेबाज़ी पर उतर आते हैं। आप जैसे 'यार-दोस्त' बीच में पड़ कर समझौता करवा देते हैं। वो हमें माला पहनाते हैं, पाँव छूते हैं और हमारी शर्तें मान लेते है। आत्मदाह अगले मुद्दे तक के लिए मुल्तवी! एक बार 'समझौता हो गया' की ख़बर टी.वी. पर आ जाए, तो कौन 'चेक' करने जाता है कहाँ क्या हो रहा है! हमसे समझौता कर लो, फिर जहाँ जो जी चाहे, करो! कौन पूछने वाला है! क्या कह रहे हैं आप?

अगर समझौता नहीं हुआ तो? कैसी बच्चों जैसी बातें करते हैं? इतने चेले-चपाटी किसलिए पाल रखे हैं? ये दल-फल, वाहिनी-आहिनी, दीक्षा-फीक्षा किस दिन के लिए है? ये सब बातें तो आत्मदाह से पहले ही तय कर ली जाती हैं। जिस भकुए को

कोई नहीं जानता, उसे हम नेशनल टी.वी. पर अवतरित करवा देते हैं। लाखों रुपया ख़र्च करने पर जो प्रचार-प्रसार नसीब नहीं होता, वो 'कंसेशनल' रेट पर उपलब्ध करवा देते हैं। एक बार नेशनल टी.वी. पर आ गए तो चाँदी ही चाँदी है। वार्ड मेंबर्स से लेकर राष्ट्रपति तक का चुनाव लड़ सकते हो। जनता को आपका चेहरा पहचाना सा लगता है। वोट बटोरने में आसानी होती है! और?...और टी.वी. को नित नया 'स्कूप' नहीं चाहिए? हर ख़बर चौबीस घंटे में बासी हो जाती है। फिर वो ताज़ी ख़बरों के लिए हुड़कने लगते हैं।...हम उन्हें ये ताज़ा माल 'सप्लाई' करते हैं। कहीं नहीं मिलता तो ख़ुद तैयार करते हैं।

ख़बर तैयार करना बहुत उच्चकोटि की कला है। आशा है आप हमारी ख़बर बनाने की कला का सम्मान करेंगे और आत्मदाह के अवसर पर भारी संख्या में पधारकर, हमारा उत्साहवर्द्धन करेंगे! फिर कोई शंका? ये हाथ क्यों खड़ा कर रखा है? ओफ़्फ़ोह! ये भी कोई पूछने वाली बात है? सचमुच आत्मदाह करेंगे या नहीं? अब क्या गीता पर हाथ रख कर क़सम खाएँ कि हम आत्मदाह करेंगे, केवल आत्मदाह करेंगे और आत्मदाह के अलावा कुछ नहीं करेंगे।

छोड़ो यार! इस तरह आत्मदाह करते होते, तो हो चुका था नाम!

□□